Joy Fielding lebt mit ihrer Familie teils in Toronto und teils in Palm Beach, Florida. Schon während ihrer High-School- und College-Zeit hatte sie den Vorsatz, Schriftstellerin zu werden, wurde jedoch zunächst durch eine Karriere beim Theater und Fernsehen davon abgelenkt. Ehrgeiz trieb sie nach Hollywood, Frustration zurück nach Toronto, wo sie sich wieder aufs Schreiben besann. Mit Erfolg veröffentlichte sie bisher sechs Romane.

Von Joy Fielding ist außerdem erschienen:

Ich will Ihren Mann (Band 1667)

Deutsche Erstausgabe Juli 1991
© 1991, 1994 Droemersche Verlagsanstalt Th. Knaur Nachf., München
Das Werk einschließlich aller seiner Teile ist urheberrechtlich geschützt.
Jede Verwertung außerhalb der engen Grenzen des Urheberrechts-
gesetzes ist ohne Zustimmung des Verlages unzulässig und strafbar.
Das gilt insbesondere für Vervielfältigungen, Übersetzungen,
Mikroverfilmungen und die Einspeicherung und Verarbeitung
in elektronischen Systemen.
Titel der Originalausgabe »Good Intentions«
© 1989 Joy Fielding
Originalverlag Doubleday
Umschlaggestaltung Agentur Zero, München
Umschlagfoto Tony Stone, München
Satz IBV Satz- und Datentechnik GmbH, Berlin
Druck und Bindung Ebner Ulm
Printed in Germany   20   19   18
ISBN 3-426-03100-0

Joy Fielding
Verworrene Verhältnisse

Roman

Aus dem Amerikanischen
von Michaela Grabinger

1

Sie sah ihn und wußte, daß es Schwierigkeiten geben würde.
»Lynn Schuster?« fragte er, während sie zaghaft die Haustür öffnete.
»Marc Cameron?« fragte sie zurück. Sie nickten sich zu. Gut, dachte sich Lynn, tat einen Schritt nach hinten und ließ ihn eintreten. Wir wissen ja, wer wir sind. »Kommen Sie rein.« Sie führte ihn ins Wohnzimmer.
Er ließ keine einzige der Höflichkeitsfloskeln aus, die bei einem ersten Besuch angebracht sind: Nett hatte sie es hier! Und es war so nett von ihr, ihn zu empfangen, besonders in Anbetracht der Umstände! Hoffentlich störte er nicht allzusehr! Worauf sie jeweils antwortete: Danke. Keine Ursache. Aber er störe wirklich überhaupt nicht. Ob er merkte, daß sie log?
»Möchten Sie eine Tasse Kaffee?« fragte sie. Sie hatte nicht vorgehabt, ihm etwas anzubieten; aber er sagte nein, danke, setzte sich auf den grün-weiß gestreiften Sessel gegenüber dem Sofa, dessen geblümter Bezugsstoff in ähnlichen Farbtönen gehalten war, und sah Lynn einige Sekunden schweigend an.
Warum war er gekommen? Warum hatte sie sich auf seinen Besuch eingelassen?
»Ist irgendwas?« fragte sie schließlich. Sie bemühte sich, seinem Blick auszuweichen, nicht in diese blauen, ernsthaft

dreinschauenden Augen zu sehen. Ernsthaft blaue Augen, schoß es ihr durch den Kopf. Ihre Knie zitterten. Wie ein dummes kleines Schulmädchen, dachte sie und setzte sich aufs Sofa. Sie fragte sich, ob die Anziehungskraft, die er auf sie ausübte, wohl auf Gegenseitigkeit beruhte.
»Entschuldigen Sie bitte«, sagte er. Seine Stimme klang tief, er sprach in leicht spöttischem Ton. »Ich hatte geglaubt, ich wäre schon darüber hinweg.«
»Über was hinweg?« fragte sie. Plötzlich kam in ihr die Hoffnung auf, er würde wieder gehen, ohne es ausgesprochen zu haben. Die Verwirrung, die er in ihr hervorrief, hatte sie völlig unvorbereitet erwischt. Von allen Reaktionen, auf die sie sich seit seiner telefonischen Ankündigung eingestellt hatte, war sie auf diese am allerwenigsten gefaßt gewesen – daß der Mann sie körperlich reizen würde! Das geht ganz einfach nicht, dachte sie, den Blick haarscharf an ihm vorbei auf das Fensterbrett gerichtet, wo das Foto im Silberrahmen stand: sie und ihr Mann und die beiden Kinder.
Marc Cameron war groß, genauso groß wie der Mann auf dem Foto, und genau wie bei Gary, mit dem sie seit vierzehn Jahren verheiratet war, begann sich auch bei ihm das Haar vorne ein wenig zu lichten. Anders als bei Gary jedoch war bei Marc Cameron das Haar an den Seiten noch ziemlich dicht und lang und ging in einen gepflegten rötlichen Bart über. Und während Gary schlank war, konnte man diesen Mann als kräftig, fast als bullig bezeichnen. Er war ganz und gar anders als jeder andere, zu dem sie sich jemals auch nur vage hingezogen gefühlt hatte. Es ist sicher nur eine vorübergehende Verwirrtheit, dachte sie nervös, eine unangenehme und unpassende körperliche Reaktion auf einige ziemlich unangenehme Ereignisse.
»Eine peinliche Situation.«
»Ja.«
Stille. Ein tiefer Atemzug. Dann noch einer. Den ersten tat er, den zweiten sie.

»Sie sagten, es gebe Dinge, die ich wissen sollte«, warf Lynn ein und verfluchte sich schon im selben Moment dafür. Nicht einmal jetzt kam sie aus dem Gesprächsmuster heraus, das sie von ihrem Beruf her gewohnt war.
»Das klang wahrscheinlich ziemlich melodramatisch.«
Lynn zuckte die Achseln, als wollte sie sagen: Was soll man machen? – und wartete, daß er weitersprach. Sie hatte Angst, ihre Stimme könnte zittern.
»Die ganze Sache hat mich ziemlich mitgenommen«, sagte er endlich. »Haben Sie etwas zu trinken da?«
Die Art, wie er das Wort »trinken« betonte, signalisierte eindeutig, daß er nicht auf den Kaffee anspielte, den sie ihm gerade angeboten hatte. »Ich habe Bier im Kühlschrank«, antwortete sie und wurde sofort von ihm unterbrochen.
»Bier wäre wunderbar. Wenn es Ihnen nichts ausmacht.«
Es machte ihr etwas aus, aber sie sagte nein, überhaupt nicht, entschuldigte sich und ging in die Küche, um es zu holen. Sie hoffte, dadurch eine gewisse innere Distanz zu ihm zu bekommen, die wenigen Sekunden zu nützen, um die Unbefangenheit wiederzuerlangen, die sie brauchen würde, um dieses Gespräch durchzustehen. Aber er war schon hinter ihr.
»Wie heißt denn der Künstler?« fragte er und deutete auf die vielen bunten Zeichnungen, die an der Kühlschranktür klebten.
»Meine beiden Kinder malen sehr gerne«, antwortete Lynn knapp.
»Ob jemand kleine Kinder hat oder nicht, erkennt man immer sofort an der Kühlschranktür.« Marc Cameron lächelte. »Ich habe zwei Jungs. Zwillinge. Jake und Teddy. Fünf sind sie jetzt. Im Augenblick sind sie ganz wild auf Fingerfarben. Mein Kühlschrank ist fast genauso bunt.«
»Hat es etwas mit Ihren Kindern zu tun?« fragte Lynn unvermittelt. Sie war jetzt entschlossen, diesen Besuch so schnell wie möglich über die Bühne zu bringen.
»Was?«

»Daß Sie hier sind. Was Sie mir erzählen wollen. Hat es irgend etwas mit unseren Kindern zu tun?«
»Nein.« Er nahm ihr die Bierflasche ab, die sie ihm mit ausgestrecktem Arm hingehalten hatte.
»Ach, Entschuldigung, wollen Sie vielleicht ein Glas? Gary hat Bier nie aus dem Glas getrunken.« Sie glaubte gesehen zu haben, daß er beim Klang dieses Namens zusammengezuckt war. »Er mochte es am liebsten gleich aus der Flasche.«
»Dann hätte ich gerne ein Glas.«
Lynn lächelte, obwohl sie sich nichts sehnlicher wünschte, als es nicht zu tun, langte in den Geschirrschrank und nahm eines von den hohen, bauchigen Gläsern heraus, die sie Gary zum Vatertag geschenkt hatte – Gläser, die mitzunehmen er sich nicht die Mühe gemacht hatte, als er auszog.
»Trinken Sie keins?« fragte Marc Cameron.
»Bier schmeckt mir nicht.«
»Überrascht mich nicht«, sagte er. »Suzette mag es auch nicht.«
Lynn versuchte zu lächeln, so wie sie es nur wenige Sekunden vorher mühelos getan hatte, aber als der Name seiner Frau gefallen war, fühlte sie, daß ihre Lippen sich zu einer Reihe häßlicher Falten kräuselten, als hätte sie gerade an einem Stück Zitrone gelutscht. Sie bemühte sich, so zu wirken, als stehe sie über der ganzen Sache, aber er machte es ihr nicht gerade leicht.
Sein Anruf war für sie völlig überraschend gekommen.
»Hier spricht Marc Cameron«, hatte er sich vorgestellt. »Ich würde gerne zu Ihnen kommen und mit Ihnen reden. Ich glaube, es gibt da einige Dinge, die Sie wissen sollten.«
Zuerst wußte sie gar nicht, wer er war und wovon er überhaupt sprach, während er dieses Wissen bei ihr ganz offensichtlich vorausgesetzt hatte. Sein Name – ein schöner Name, fand sie – sagte ihr überhaupt nichts.
»Entschuldigen Sie bitte«, warf sie ein, »aber ich weiß nicht, wer ...«

»Suzettes Mann«, erklärte er und schwieg dann.
Lynn war allein im Wohnzimmer des kleinen Vierzimmer-Bungalows gestanden und hatte versucht, sich diesen Mann, den sie noch nie gesehen hatte, vorzustellen. Was genau wollte er ihr wohl erzählen? Sie wußte aus Erfahrung, daß Informationen, von denen andere glaubten, sie müsse sie kennen, meistens das allerletzte waren, was sie hören wollte.
»Ich glaube nicht, daß das gut wäre...« erklärte sie ihm. Ihre Kehle war plötzlich trocken, und sie hatte das Gefühl, die Worte blieben ihr am Gaumen kleben.
»Es ist aber wichtig.«
»Ich wüßte nicht, was...«
»Bitte!« sagte er und fügte hinzu, von seiner Wohnung in Palm Beach zu ihrem Haus in Delray Beach brauche er mit dem Auto ja nur fünfzehn Minuten.
»Na gut.« Sie stimmte nur widerwillig zu und wußte sofort, daß es wahrscheinlich ein Fehler gewesen war. »In einer Stunde. Ich möchte vorher noch meine Kinder ins Bett bringen.«
»In einer Stunde«, wiederholte er. »Ach ja – und ich glaube, es ist das beste, wenn niemand etwas von meinem Besuch erfährt.«
»Wem sollte ich davon schon erzählen?« fragte sie noch. Da hatte er bereits aufgelegt.
Sofort danach rief sie ihre Anwältin unter deren Privatnummer an. »Renee«, sprach sie betont deutlich in den Hörer hinein und ließ dabei ihren Ärger über den eingeschalteten Anrufbeantworter nur ganz leicht durchklingen, »hier spricht Lynn Schuster, bitte entschuldigen Sie, daß ich Sie privat störe, aber ich glaube, es handelt sich um eine ziemlich interessante Sache. Es ist jetzt zehn nach acht, und ich habe gerade einen recht interessanten Anruf erhalten. Wenn Sie innerhalb der nächsten Stunde wieder zu Hause sind, rufen Sie mich doch bitte an. Wenn nicht, versuche ich Sie morgen vormittag zu erreichen.« Dann ordnete sie die

Berichte, an denen sie gerade gearbeitet hatte – großformatige weiße Blätter, die über die Glasplatte des Wohnzimmertisches ausgebreitet waren wie ein schönes Leinentischtuch, nur daß jemand dieses Tischtuch über und über beschrieben hatte –, stapelte sie aufeinander und stopfte den Packen in ihre bereits prall gefüllte Lederaktentasche. Mindestens eine Stunde früher würde sie morgen aufstehen müssen, um die Berichte fertigzuschreiben, überlegte sie, aber sie wußte genau, daß es ganz unmöglich war, sich jetzt noch auf die Arbeit zu konzentrieren – jetzt, da sich für die nächste Stunde ein Mann angekündigt hatte, der sich als »Suzettes Mann« bezeichnete und sie in ihrem Haus mit seinem Besuch beehren würde, um ihr etwas zu sagen, was sie seiner Meinung nach wissen sollte.

Was denn bloß? hatte sie sich gefragt, genau wie sie es sich auch jetzt fragte. Und als was hätte er sich denn bezeichnen sollen, wenn nicht als Suzettes Mann? Genau das war er doch. Zumindest bis zur Scheidung. Noch war sie doch wohl Garys Frau, oder? Zumindest bis zur Scheidung.

Die Situation war verwirrend, obwohl sie eigentlich ganz simpel war, wenn man sie in ihre Bestandteile zerlegte. Ihr Mann hatte sie wegen einer anderen Frau verlassen. Wegen einer verheirateten Frau. Der Mann dieser Frau hatte sie vor ungefähr einer Stunde angerufen und gefragt, ob er zu ihr kommen dürfe; es gebe Dinge, die sie seiner Ansicht nach wissen sollte.

Die Stunde zwischen diesem Anruf und seiner Ankunft hatte Lynn wie in Trance verbracht. Sie erinnerte sich, daß sie noch einige Minuten lang vor dem Telefon gestanden und dann ganz unvermittelt hektische Betriebsamkeit entwickelt hatte. Sie war durch den langen Flur gelaufen, an dessen Ende, hinter den Zimmern ihres Sohnes und ihrer Tochter, ihr eigenes Zimmer lag. Der siebenjährige Nicholas schlief bereits. Lynn trat an sein Bett und zog die Decke, die hinabgeglitten war, zu seinen Schultern hinauf; dann strich sie ihm sanft ein paar strohblonde Haare aus dem runden kleinen Gesicht und küßte ihn auf die Stirn. Er bewegte sich nicht. Etwa eine Minute lang stand Lynn so da und betrachtete ihr jüngstes Kind, überrascht, es so ruhig vorzufinden. Normalerweise gehörte Nicholas zu den Kindern, die sich sogar noch im Schlaf unaufhörlich bewegen. Lynn beugte sich über ihn, bis ihr Gesicht nur mehr Zentimeter von seinen Lippen entfernt war und sie die Wärme seines Atems spürte und wußte, daß er noch atmete. Das hatte sie nicht mehr getan, seit er ein Baby gewesen war. Plötzlich seufzte er auf, drehte sich zur Seite und erwischte dabei mit seiner locker geballten Faust fast Lynns Nase. Lynn lächelte, gab ihm noch einen Kuß und ging aus dem Zimmer.

Die zehnjährige Megan saß in ihrem Zimmer auf dem Fußboden, vertieft in den neuesten Roman von Nancy Drew. Lynn empfand das als seltsam tröstlich. Es gab ihr das Gefühl einer gewissen Kontinuität – die sie ansonsten in ihrem Leben seit einiger Zeit vermißte. Sie selbst hatte als kleines Mädchen Nancy Drew gelesen, und sie freute sich darüber, wenigstens diese eine Gemeinsamkeit mit ihrem ältesten Kind zu haben, das in jeder anderen Hinsicht seinem Vater ähnelte. Genau wie Gary war auch seine Tochter ruhig und sehr gefühlsbetont. Sie hatte den gleichen Mund wie ihr Vater und denselben ausgeprägten Sinn für Zahlen. (Wenn Lynn einen Apfel hat, schoß es ihr auf dem Weg durch den Gang zu ihrem Zimmer durch den Kopf, und Suzette nimmt ihr diesen Apfel weg, wie viele Äpfel hat Lynn dann noch?)

Widerwillig schritt sie auf den Spiegel zu, der gegenüber ihrem breiten, ungemachten Bett an der Wand hing, und fuhr sich ein paarmal mit der Bürste durch das naturgelockte, schulterlange braune Haar. Dann schminkte sie sich rasch den vollippigen Mund mit rosarotem Lippenstift und die blassen Wangen mit ein wenig Rouge. Sie hatte ihr ganzes Leben in Florida verbracht, aber sie gehörte zu den Menschen, die nie braun werden. Schon nach wenigen Minuten in der Sonne war sie knallrot wie eine Tomate – ganz im Gegensatz zu Gary und den Kindern, deren Haut von Natur aus bronzefarben war. (Wenn Lynn eine Tomate hat und Suzette nimmt ihr diese Tomate weg...) Sonnenstrahlen sind sowieso schädlich, überlegte sie, während sie sich leicht die Wimpern tuschte. Dann fiel ihr ein, daß ihre Mutter immer gesagt hatte, Wimperntusche sei das einzige, was eine Frau an Make-up wirklich brauche. Sie fragte sich, warum sie sich die ganze Mühe überhaupt machte – für einen Menschen, von dem sie überzeugt war, sie werde ihn auf den ersten Blick hassen.

»Gehst du weg?« wollte Megan, die plötzlich in der Tür stand, wissen. Der leicht schleppende Südstaaten-Tonfall verdeckte die Angst, die hinter dieser scheinbar einfachen Frage stand.

»Nein, mein Schatz«, antwortete Lynn dem Kind, das mit seinen 157 Zentimetern nur sieben Zentimeter kleiner war als sie selbst. »Ich bekomme Besuch.«

»Wer kommt denn?«

»Ein Klient«, log Lynn. Sie fühlte, daß sie rot wurde.

»Ein Mann?« bohrte Megan weiter. Ihre weiche Stimme klang plötzlich härter, und sie hatte die Schultern gestrafft.

»Ja«, sagte Lynn und versuchte, das Zittern in ihrer Stimme zu unterdrücken. »Er klang ziemlich durcheinander, als er mich anrief. Deshalb möchte ich, daß du in deinem Zimmer bleibst, falls er kommt, bevor du im Bett bist.«

»Warum kommt er denn nicht zu dir ins Büro?«

»Weil... das kann er eben nicht. Bist du fertig zum Schlafengehen?«

»Sehe ich so aus?« fragte Megan erstaunt. Ihr Kinderkörper in dem einteiligen Baumwollanzug wirkte auf Lynn, als würde er sich jeden Augenblick zu voller Reife entfalten.

»Dann schlage ich vor, daß du dich jetzt fertigmachst fürs Bett«, sagte Lynn so freundlich wie möglich.

Die schlanke Megan mit dem blonden Haar, der bronzenen

Haut und den braunen Augen mit den winzigen goldenen Sprenkeln starrte ihre Mutter an. In diesem Schuldgefühle weckenden Blick hatte sie es in letzter Zeit zu großer Kunstfertigkeit gebracht. Bildete Lynn sich das nur ein, oder kamen die Kinder heutzutage wirklich schon früher in die Pubertät?
»Hast du Parfüm dran?« fragte das Kind in anklagendem Ton und fügte, noch bevor Lynn antworten konnte, hinzu: »Ziehst du dich noch um?«
Lynn sah auf ihre weißen Jeans und die rotgestreifte Strickjacke hinunter, die sie angezogen hatte, nachdem sie von der Arbeit heimgekommen war. »Ich trage kein Parfüm«, antwortete sie ganz ruhig, »und was ist gegen die Sachen, die ich anhabe, einzuwenden?«
»Es sind keine Bürokleider«, antwortete Megan knapp.
»Die hier werden's auch tun. Hast *du* dich etwa schon umgezogen?« fragte Lynn spitz.
Wieder dieser Blick, der ganze Städte in Schutt und Asche legen konnte. Plötzlich fühlte Lynn sich verloren. Warum nur hatte sie dem Besuch dieses Menschen zugestimmt? War es nicht schon schlimm genug, daß ihr Mann sie wegen einer anderen Frau verlassen hatte? War es nicht, wenn man in einer kleinen Stadt wie Delray Beach lebte, demütigend genug, daß die Frau, deretwegen er sie verlassen hatte, nach allem, was man hörte, weder auffallend jung noch besonders hübsch war? Sollte sie sich jetzt auch noch durch den Mann dieser Frau Leid zufügen lassen? Bedeutete die Tatsache, daß der jeweilige Ehepartner sie wegen des jeweils anderen verlassen hatte, daß sie und dieser Mann in einer pervers anmutenden Beziehung zueinander standen?
Sie hatte ihr Bett mit großer Sorgfalt gemacht – sie haßte kaum etwas so sehr, wie in ein ungemachtes Bett steigen zu müssen –, hatte das Wohnzimmer aufgeräumt und schließlich Megan, die das Schlafengehen ungewöhnlich lange hinausgezögert hatte, in ihr Messingbett mit den vier Bettpfosten gesteckt. Nur wenige Sekunden später hatte es geklingelt.

»Da ist jemand an der Tür«, rief Megan, immer noch beängstigend munter, aus ihrem Zimmer.
»Ich weiß, mein Liebling«, sagte Lynn, als sie an Megans Zimmer vorbeiging, mit gesenkter Stimme, um deutlich zu machen, daß das Kind nun schlafen sollte, und ging in die Diele. Auf dem Weg dorthin hatte sie sich noch ein wenig das Haar zurechtgezupft und versucht, ihre Lippen zu einem Lächeln zu verziehen. Dann hatte sie dreimal rasch hintereinander Luft geholt und vorsichtig die Haustür geöffnet.
»Lynn Schuster?« hatte der Mann, der ihr gegenüberstand, gefragt.
So seltsam war es nun auch wieder nicht, sagte sie sich jetzt, während sie mit ihm ins Wohnzimmer zurückging, daß dieser Mann einen so starken körperlichen Reiz auf sie ausübte. Sie und Suzette (der Name blieb ihr in der Kehle stecken) hatten ja ganz offensichtlich denselben Geschmack, was Männer betraf. Ob Marc Cameron wohl auch Rechtsanwalt war?
»Sind Sie Rechtsanwalt?« fragte sie und ließ sich wieder auf dem Sofa nieder. Wenn sie die Fragen stellte, konnte sie wenigstens den Anschein von Selbstbeherrschung aufrechterhalten.
Marc Cameron ging auf das breite Fenster des gemütlichen, vorwiegend in Grün gehaltenen Wohnzimmers zu und starrte in die sternlose Nacht hinaus. »Man kann fast das Meer hören«, sagte er, mehr zu sich selbst als zu ihr. Und dann: »Nein, ich bin Schriftsteller.«
»Wirklich? Was schreiben Sie denn?« Sie biß sich auf die Unterlippe. Das hatte zu neugierig, zu interessiert geklungen. Jetzt würde er ihr lang und breit erklären, was er alles verfaßte, und sie würde keine Möglichkeit haben, ihn zu stoppen.
»Bücher«, sagte er lakonisch. »Nach den Titeln brauchen Sie mich gar nicht erst zu fragen. Sie haben sie bestimmt nicht gelesen, und mein Selbstbewußtsein ist sowieso schon

auf Null.« Er bemühte sich zu lächeln, brach den Versuch aber gleich wieder ab. »Außerdem schreibe ich gelegentlich Short stories für verschiedene New Yorker Hochglanzmagazine und jede Menge alberne Artikel für hiesige Lokalblätter – Porträts von bekannten Persönlichkeiten, die sich gerade in Florida aufhalten, lauter solche Sachen. Interessiert Sie das denn wirklich?«
»Also, ich...« Sie merkte, daß es sie tatsächlich interessierte, aber sie wollte es nicht sagen.
»Und Sie sind also Sozialarbeiterin?«
Lynn nickte. »Seit zwölf Jahren.«
»Macht es Ihnen Spaß?«
»Sie glauben gar nicht, was alles Spaß machen kann. Armut, Gewalt, Verwahrlosung, Mißhandlung – von alldem habe ich jeden Tag reichlich.«
»Ich könnte mir vorstellen, daß es als ständige Kost leicht deprimierend sein kann.«
»Also, um ehrlich zu sein« – warum wollte sie denn ehrlich sein? – »bevor all das passierte, hatte ich mit dem Gedanken gespielt, etwas anderes anzufangen. Aber jetzt, na ja... Ich glaube, zwei große Veränderungen wären ein bißchen viel auf einmal.« Sie räusperte sich, obwohl es eigentlich nicht nötig war, und sprach zu ihrer eigenen Überraschung weiter. »Der Trick ist, daß man sich nicht emotional hineinziehen lassen darf. Man muß sich und die Dinge voneinander scheiden... Entschuldigen Sie, das war eine ziemlich unglückliche Wortwahl.«
»Dieses Foto wurde vor ein paar Jahren aufgenommen«, bemerkte Marc Cameron, um das Thema zu wechseln, und nahm die kleine Fotografie im Silberrahmen, die Lynns einst glückliche Familie zeigte, in seine großen Hände.
»Ja, stimmt. Vor drei Jahren genau. Sehe ich jetzt soviel älter aus?« Warum hatte sie das bloß gesagt?
»Sie nicht«, sagte er und stellte das Bild wieder an seinen Platz auf dem Fenstersims. »Aber Gary.« Er sprach das Wort sehr deutlich aus und verlieh ihm dadurch eine

übertriebene Klangfülle, wodurch es irgendwie obszön wirkte.
»Ach ja«, sagte sie. Sie zupfte kleine Fetzchen ihres bereits abblätternden weißen Nagellacks ab. »Ich hatte ganz vergessen, daß Sie und er sich einmal begegnet sind.«
»Begegnet? Ich habe die beiden miteinander bekannt gemacht. ›Gary Schuster, ich möchte Ihnen meine Frau Suzette vorstellen. Suzette, darf ich dich mit Gary Schuster bekanntmachen? Er ist der Anwalt, der den Kauf unseres neuen Hauses unter Dach und Fach bringen wird.‹« Er lachte. »Bei einem Schriftsteller setzt man voraus, daß er Ironie zu schätzen weiß.« Er nahm einen großen Schluck Bier und sah dann wieder zum Fenster hinaus. »Es ist schön, so nahe am Meer zu wohnen«, fügte er völlig zusammenhangslos an.
»Ich gehe sehr gerne am Strand spazieren«, vertraute sie ihm an. Sie hielt das für ein wesentlich unverfänglicheres Thema und verlor einen Augenblick lang ihre Wachsamkeit. »Das hilft mir, die Dinge in die richtige Perspektive zu rücken.«
»Dann sagen Sie mir doch bitte mal, wie Sie es anstellen, *das* in die richtige Perspektive zu rücken!«
»Ich weiß nicht genau, was Sie meinen.«
»Nun, Ihr Mann kommt eines Tages von der Kanzlei nach Hause und erzählt Ihnen, daß er Sie wegen einer anderen Frau verlassen wird. Wie gehen Sie denn damit um?«
»Auf private Art und Weise«, sagte sie. Jetzt funktionierte ihr Verteidigungsmechanismus wieder.
Er lächelte. Die Falten um seine blauen Augen wurden tiefer. »Entschuldigung. Die natürliche Neugier eines Schriftstellers.«
»Klang mir mehr nach der Neugier des verschmähten Ehemanns«, sagte Lynn und bereute es sofort. Welchen Sinn hatte es, grausam zu sein? Dieser Mann war offensichtlich schon genug gekränkt worden. Seine Frage war nicht unnormal, ja nicht einmal unerwartet gewesen. Aber wie hätte

sie ihm sagen sollen, daß ihr das alles selbst jetzt noch – beinahe sechs volle Monate, nachdem ihr Mann angekündigt hatte, er werde sie wegen einer anderen Frau verlassen, sechs Monate, nachdem er die Koffer und seine juristischen Fachbücher gepackt hatte (als er seine Bücher einpackte, hatte sie gewußt, daß er es ernst meinte) und ausgezogen war –, daß ihr das alles selbst jetzt noch völlig irreal vorkam? Als er ihr geradeheraus gesagt hatte: »Ich habe mich in eine andere Frau verliebt; ich verlasse dich« – da hatte sie sich auf ganz sonderbare Weise wie von der Realität abgeschnitten gefühlt: Nichts von alldem passierte wirklich, sie war beim Lesen eingeschlafen und lag jetzt gemütlich in das Wohnzimmersofa gekuschelt, und das Ganze war nur ein häßlicher Traum. Erst während des Sprechens – sie hatte nur deshalb zu sprechen begonnen, weil er dies offensichtlich von ihr erwartet hatte – war ihr bewußt geworden, daß sie noch immer in allen drei Dimensionen anwesend war und daß der Mann, mit dem sie seit vierzehn Jahren in einer Ehe lebte, der Vater ihrer beiden kleinen Kinder, sie wirklich und wahrhaftig zu verlassen gedachte.
»Das meinst du nicht ernst«, hatte sie damals zu ihm gesagt, obwohl völlig klar war, daß er es ernst meinte. Er hatte diese Armesündermiene, die er immer dann aufsetzte, wenn er etwas Wichtiges zu sagen glaubte, und sein sonst so hübscher Mund zuckte vor Anspannung, als hätte er seine Gegenrede in Gedanken schon formuliert, bevor Lynn auch nur ein Wort geäußert hatte.
»Ich meine es«, erklärte er ganz langsam, »sehr, sehr ernst. Du weißt selbst, daß wir seit einiger Zeit nicht mehr richtig glücklich miteinander sind...«
»Was soll das heißen?« unterbrach sie ihn, wohlwissend, daß er es haßte, wenn man ihn nicht ausreden ließ. »Es ist mir neu, daß wir nicht glücklich sind. *Ich* bin glücklich. Wovon sprichst du eigentlich?«
Genau an diesem Punkt, als er mit seiner detaillierten Erklärung begann, hatte bei ihr das Gefühl eingesetzt, all das er-

lebe in Wirklichkeit nicht sie, sondern jemand anderer. Sie hatte die Vorstellung, hinter ihrem Schreibtisch in der Sozialberatungsstelle von Delray zu sitzen und einem Menschen zuzuhören, der diese Angelegenheit, die er vom Hörensagen kannte, ihr jetzt erzählte. Sie sah sich dort sitzen, wo sie immer saß, wenn traurige Geschichten berichtet wurden, nämlich an der Seite des Schreibtisches, die frei war von solchem Kummer, auf der Seite der professionellen Helferin, auf der *sicheren* Seite, auf der sie gerührt sein konnte, manchmal zu Tränen gerührt (besonders in den ersten Jahren war es so gewesen), aber nie wirklich *betroffen* und noch weniger selbst in Mitleidenschaft gezogen. Regelmäßig hörte sie sich Berichte über auseinandergerissene Familien an, über Ehen, die durch einen Hagel von Faustschlägen zerstört worden waren, über vernachlässigte und geschlagene Kinder, über emotionale Erpressung, über verlorene Seelen, die nur in wenigen Fällen wiedergefunden wurden. Es gehörte zu ihrem Job, zuzuhören, Anteilnahme zu zeigen, die Situation zu analysieren und, wenn möglich, Lösungen aufzuzeigen. Und wenn sie damit fertig war, wenn sie den Leuten zugehört und mögliche Lösungen gefunden hatte, dann schrieb sie ihre Berichte und versuchte, dem Wahnsinn, der ihr erzählt worden war, irgendeinen Sinn aufzuzwingen. Schmerz gehörte zu ihrer Tätigkeit als Sozialarbeiterin in der Sozialberatungsstelle von Delray Beach, Florida, aber er gehörte nicht zu ihrem Leben.
Und erst nachdem der Mann, der seit vierzehn Jahren ihr Ehemann war, seine Koffer und seine Jurabücher zusammengepackt hatte und ausgezogen war, begann ihr die bittere Wahrheit zu dämmern, und ihr wurde klar, daß sie, so wie Tausende anderer Frauen im ganzen Land, ohne große Umstände wegen einer anderen Frau abgeschoben worden war. Und jetzt stand der Mann dieser Frau in ihrem Wohnzimmer. Aber warum? Er hatte es ihr immer noch nicht gesagt.
»Könnten wir jetzt bitte zum Anlaß Ihres Besuchs kommen,

Mr. Cameron?« Lynn hörte die Ungeduld, die in ihrer Stimme mitschwang, und erkannte an den einfallenden Schultern Marc Camerons, daß auch er sie wahrgenommen hatte. »Gibt es denn einen solchen Anlaß überhaupt?«
»Ich bin mir nicht ganz sicher«, gab er zu und ließ seinen massigen Körper wieder in den grün-weiß gestreiften Sessel sinken, für den er plötzlich viel zu groß wirkte. »Als ich Sie anrief, glaubte ich es noch.« Er unterbrach sich, und langsam breitete sich ein Lächeln auf seinem Gesicht aus. »Ich hatte die besten Absichten. Zumindest hielt ich sie für die besten.«
»Sie sagten, es gäbe Dinge, die ich wissen sollte.«
Er zuckte die Achseln. »Es gibt Dinge, die ich Ihnen erzählen könnte, Dinge, die Ihnen helfen könnten, das von Ihnen gewünschte Scheidungsarrangement zu erreichen, Dinge, also, ich weiß nicht, irgendwelche Dinge. Aber in dem Augenblick, als ich hier zur Tür reinkam, wußte ich, daß keines dieser Dinge der wahre Grund meines Hierseins ist.« Er machte eine Sprechpause, was sein Gespür für den dramatischen Aufbau einer Rede bewies. »In Wahrheit war ich einfach neugierig. Schon wieder dieses Wort. Der verschmähte Ehemann war neugierig«, erklärte er, »wie Sie wohl aussehen. Wissen Sie eigentlich, daß Sie hübscher sind als sie?«
»Erwarten Sie, daß ich darauf etwas sage?« fragte Lynn nach einer langen Pause, in der sie verzweifelt nach einer witzigen Erwiderung gesucht hatte.
»Ich glaube, ich hatte die Hoffnung, Sie wären genauso wütend wie ich und würden mir alles über die Sache erzählen. Die ganzen miesen kleinen Einzelheiten – wann Sie es herausgefunden haben, was Gary genau zu Ihnen gesagt hat, was *Sie* daraufhin sagten, wie Sie sich fühlten, ob Gary Ihnen irgend etwas über Suzette erzählt hat oder irgend etwas über *mich*. Ob er gesagt hat, daß *sie* irgend etwas über mich gesagt hat. Daß ich ein miserabler Ehemann, ein miserabler Vater gewesen sei oder – Gott bewahre, das Schlimmste von

allem – ein miserabler Liebhaber. Details, Details. Mahlgut für die Mühle des Schriftstellers.«
»Ich bin keine große Rednerin«, erklärte sie ihm wahrheitsgetreu. Sie verspürte nicht den Wunsch, sich auf den Seiten seines nächsten Buches seziert zu finden. »Dafür bin ich eine gute Zuhörerin.« Sie war selbst überrascht, sich weiterreden zu hören. »Wenn *Sie* gerne darüber sprechen wollen...«
»Die Wahrheit ist«, sagte er und stand abrupt auf; er sprach jetzt schneller und mit zunehmender Überzeugungskraft, »daß ich tatsächlich gerne darüber sprechen würde. Die Wahrheit ist, daß ich mir nichts lieber wünsche, als dazusitzen und Erfahrungen mit Ihnen auszutauschen, einen pikanten Leckerbissen nach dem anderen durchzusprechen, bis wir beide der Sache so überdrüssig sind, daß sie uns gleichgültig wird, und dann würde ich gerne mit Ihnen in ein Motel fahren, am liebsten in das Motel, in dem sie damals beim erstenmal waren, ja, es müßte auf jeden Fall dieses Motel sein, und am liebsten würde ich mit Ihnen in dasselbe Zimmer gehen, in dem dasselbe verdammte Bett steht, und dann würde ich...« Er unterbach sich abrupt. »Vielleicht waren meine Absichten doch nicht so gut.«
Es entstand eine lange Pause. Keiner von beiden schien auch nur zu atmen.
»Da haben Sie ja eine richtige Ansprache gehalten«, sagte Lynn nach mehreren Sekunden. Sie bemühte sich, nicht schockiert oder aufgeregt zu klingen, obwohl sie schockiert und aufgeregt war.
»Sie können ja mal während eines Strandspaziergangs darüber nachdenken.« Er trank sein Bier aus und stellte das Glas mit einer heftigen Bewegung auf dem Rattan-Couchtisch ab, der zwischen ihnen stand. »Sagen Sie mir mal, Sie Sozialarbeiterin, wie Sie diesen Vorschlag in die richtige Perspektive rücken!«
»Sie erwähnten es ja selbst bereits – Sie sind im Augenblick sehr wütend«, erwiderte sie. Sie wußte nicht, was sie sonst

sagen sollte; angesichts der Leidenschaft, mit der er gesprochen hatte, fühlte sie Scham in sich aufsteigen und hoffte, daß man ihrem Gesicht die Gefühle, die er in ihr wachgerufen hatte, nicht ansah. Sie war hin und her gerissen zwischen dem Wunsch, diesem Mann die Tür zu weisen, und dem Verlangen, sich in seine Arme zu werfen.

»Und Sie sind *nicht* wütend?« fragte er, als sie den Blick von ihm abwandte. »Ach, jetzt hatte ich es schon wieder vergessen. Sie lösen Ihre Probleme ja ganz privat.« Er hob beide Arme in einer hilflos wirkenden Geste. »Bitte – es tut mir leid, wenn ich Sie damit beleidigt habe.«

»Es tut Ihnen überhaupt nicht leid.«

»Stimmt, es tut mir überhaupt nicht leid. Sie haben recht. Wahrscheinlich bin ich genau deshalb hierhergekommen, um Ihnen *das* zu sagen.«

»Und? Fühlen Sie sich jetzt besser?«

»Kommt auf die Antwort an.«

Sie konnte sich ein Lächeln nicht verbeißen. »Die Antwort lautet nein.«

»Trotzdem fühle ich mich jetzt besser.«

»Gut. Dann können Sie ja jetzt gehen.«

Er nickte, bewegte sich jedoch nicht vom Fleck. »Im Augenblick komme ich mir ziemlich idiotisch vor...«

»Wenn es Ihnen hilft – ich fühle mich auch nicht gerade super.« Sie stand auf, ging an ihm vorbei zur Haustür, öffnete sie und sah in die Sommernacht hinaus. Eine Hitzewelle schlug ihr entgegen. »Es war ein ungewöhnliches Vergnügen, Sie kennenzulernen, Mr. Cameron. Da haben Sie gleich noch ein bißchen Ironie, die Sie ja so zu schätzen wissen«, fügte sie fast gegen ihren Willen hinzu.

»Ich möchte Sie wiedersehen«, sagte er. Er stand mitten vor der Tür, so daß sie sie nicht schließen konnte. Lynn spürte die Wärme der Sommernacht auf ihrem Gesicht und die Kühle der Klimaanlage im Rücken. »Wissen Sie, ich führe mich nicht immer so idiotisch auf«, sagte er. »Und als ich hierherkam, merkte ich – also, ich *glaubte* zu merken, daß

wir die gleiche Wellenlänge haben. Vielleicht irre ich mich. Aber ich mag Sie wirklich, und ich möchte Sie wirklich gerne wiedersehen. Ich glaube, daß wir sehr viele Gemeinsamkeiten haben – von der einen, offensichtlichen, ganz abgesehen. Und« – er zögerte – »vielleicht möchte ich doch mit Ihnen reden. Ich komme mit der Sache nicht so gut klar, wie es bei Ihnen den Anschein hat. Ich habe das Ganze wohl noch nicht in die ›richtige Perspektive‹ gerückt.« Sie lächelte. »Vielleicht könnte ich Sie bei Ihrem nächsten Strandspaziergang begleiten.«
»Das halte ich für eine weniger gute Idee.«
»Ich glaube, ich werde Sie trotzdem wieder anrufen.«
Lynn zuckte die Achseln und behielt ihre ausdruckslose Miene entschlossen bei. Er trat von der Tür zurück und ging langsam zur Straße, wo sein Auto stand. Sie sah zu, wie er in den Wagen stieg, aber bevor er einen Blick zurückwerfen und sie beim Beobachten ertappen konnte, hatte sie die Tür geschlossen. Als sie ihn wegfahren hörte, ging sie ins Wohnzimmer und war geradezu überrascht, es heil und ganz vorzufinden. Sie hatte ein Gefühl, als wäre gerade eben ein Hurrikan darüber hinweggefegt. Mit zitternden Fingern nahm sie das Bierglas vom Couchtisch und trug es in die Küche. Sie wusch es rasch aus und stellte es in den Geschirrschrank zurück. Alle Spuren Marc Camerons waren mit einemmal verschwunden. Sie holte zweimal tief Luft, warf einen Blick auf die Uhr am Mikrowellenherd, um zu sehen, ob es nicht schon zu spät war, und rief noch einmal ihre Anwältin an.

2

Drei Nachrichten fand Renee Bower vor, als sie und ihr Mann Philip kurz nach ein Uhr nachts heimkamen. Eine stammte von Renees Schwester Kathryn aus New York, die beiden anderen hatte eine Klientin hinterlassen, Lynn Schuster; ihr Mann hatte sie vor kurzem verlassen und ihr ziemlich großzügige Scheidungsmodalitäten angeboten, um die schon seit vielen Jahren bestehende Ehe zu beenden.
»Ich würde zu gern wissen, um was es sich da handelt«, sagte Renee. Sie saß auf der Kante des Ehebetts und zog sich gerade die silberfarbenen Schuhe aus, die sie den ganzen Abend hindurch gedrückt hatten. Wurden jetzt auch ihre Füße dicker? Konnte man an den Zehen zunehmen?
»Du weißt doch genau, um was es sich handelt«, rief ihr Mann vom anderen Ende des ganz in Weiß gehaltenen Zimmers. »Sie braucht einfach jemanden, mit dem sie reden kann.«
»Ich meine doch nicht meine Schwester. Ich meine Lynn Schuster. Meiner Ansicht nach war der Fall praktisch abgeschlossen. Komisch, daß sie mich zu Hause anruft.«
»Egal, was es ist, es wird bis morgen warten müssen. Komm jetzt ins Bett«, drängte er. Er war schon ausgezogen und hatte sich zugedeckt.
»Ich verstehe einfach nicht, wie du so schnell im Bett sein kannst«, wunderte sich Renee, betrat den großen, in peinli-

cher Ordnung gehaltenen begehbaren Kleiderschrank, zog den schwarzen Pullover und die schwarze Hose aus und ließ beides am Boden liegen, wo es hingefallen war. Sie schlüpfte in ein langes Nachthemd und lief über den dicken weißen Teppichboden in das angrenzende, mit weißem Marmor ausgelegte Badezimmer.

»Ich verbringe eben nachts um eins keine zwanzig Minuten am Telefon, um meinen Anrufbeantworter abzuhören«, erklärte er milde.

»Ich auch nicht.« Renee starrte ihr Bild im grellen Licht des Badezimmerspiegels an. Sogar unter all dem Make-up wirkte ihre Haut fahl. »Bitte, gib nicht mir die Schuld, wenn *dein* Freund beschließt, mitten in der Woche eine Überraschungsparty für seine Frau zu veranstalten!« Sie schmierte einen großen Batzen Cold Cream auf jede Wange und einen auf die Spitze ihrer kleinen Stupsnase.

»Ist er nicht auch dein Freund?«

»Ich habe keine Freunde«, witzelte sie und dachte plötzlich, daß es eigentlich stimmte. Alle ihre Freunde waren in Wirklichkeit seine Freunde und erst durch eine Art Osmose zu den ihren geworden. Sie hatte sie geerbt, als sie Philip vor sechs Jahren heiratete. Alle ihre alten Freunde – einige davon hatte sie seit ihrer Kindheit gekannt – waren irgendwie verschwunden. Sie hatte sie an miteinander unvereinbare Terminpläne und an den Zeitmangel verloren. Sie dachte kaum mehr an sie. Sie gehörten einer anderen Epoche an, einer Welt vor Philip.

»Beeil dich und komm endlich ins Bett!« rief er aus dem Nebenzimmer. Er hatte behauptet, müde zu sein, aber in seiner Stimme schwang die Lust auf Sex mit.

Ob er wohl mit mir schlafen will? überlegte Renee und wünschte, die allnächtliche Prozedur vor dem Zubettgehen ließe sich beschleunigen – ein vergeblicher Wunsch, wie sie wußte. Sie war auf alle diese Hilfsmittel angewiesen. Sie konnte es sich nicht leisten, in diesen Dingen nachlässig zu sein. Bewußt langsam massierte sie die Cold Cream in die

Haut ein; rund um die Augen rieb sie nur ganz sanft. Sie wäre so gerne von Natur aus attraktiver gewesen – wenn schon nicht für sich selbst, dann wenigstens für Philip. Sie war erst vierunddreißig, aber bei der Party heute abend hatte sie den Eindruck gehabt, ihre Augenfalten wären tiefer als die der meisten anderen anwesenden Frauen einschließlich des Geburtstagskindes, das von seinem Vierzigsten überrumpelt worden und nicht gerade glücklich darüber gewesen war. Renee zog ein Kosmetiktuch aus dem marmorumkleideten Behälter und begann mit leichten, regelmäßigen Handbewegungen vorsichtig die dicke Cremeschicht vom Gesicht zu entfernen. Aus müden braunen Augen betrachtete sie ihre Poren. »Warum habe ich bloß keine grünen Augen wie Kathryn?« fragte sie sich leise, und ihr fiel wieder ein, daß die Stimme ihrer Schwester auf dem Tonband des Anrufbeantworters diesmal noch verzweifelter geklungen hatte als sonst. Seit dem plötzlichen Tod ihres Mannes nach einem Herzinfarkt vor drei Monaten war Verzweiflung etwas ganz Normales bei Kathryn. Die Zahl der Telefongespräche war enorm gestiegen, und doch weigerte sich Kathryn, New York auch nur für eine kurze Reise nach Florida zu verlassen.

Renee betrachtete ihr Spiegelbild und versuchte, in ihrem Gesicht Ähnlichkeiten mit ihrer Schwester zu finden. Aber da waren keine. Kathryn ist die Hübsche in der Familie, schoß es Renee wieder durch den Kopf, während sie vorsichtig die dicke Schicht Wimperntusche abschminkte, die sie am frühen Abend sorgfältig aufgetragen hatte. Gut, sie hatte etwas von Vaters Verstand abbekommen, aber wie Vater selbst des öfteren betont hatte, war Kathryn das Glück beschieden gewesen, die dunkelgrünen Augen und die schöngeformten, hochliegenden Wangenknochen ihrer Mutter zu erben. Was immer sie selbst vielleicht früher an Wangenknochen besessen hatte, dachte Renee jetzt, während sie mit kleinen, ärgerlichen Klapsen die Nachtcreme in die Backen einmassierte, war schon lange unter mindestens

zehn überflüssigen Pfunden verschwunden – Pfunden, die sie nicht brauchte und trotzdem seit über einem Jahr mit sich herumschleppte. Wohl eher seit zwei Jahren, wenn sie ehrlich war. Wohl auch eher fünfzehn Pfund, wenn sie *ganz* ehrlich war. Sie schielte hinüber zur Waage – dem Feind –, auf die sie seit Wochen nicht mehr gestiegen war, und kam zu dem Schluß, daß angesichts ihrer dürftigen 1,60 Meter nicht ihr Gewicht das Problem war, sondern ihre Größe.
»Nicht schon wieder!« sagte sie wütend zu sich selbst. Sie war immer wieder erstaunt darüber, daß eine Frau in ihrer Position – mit allem, was sie sich zugute halten konnte, mit allem, was sie bereits in einem relativ jugendlichen Alter erreicht hatte, und mit ihrer angeblich so großen Intelligenz – zwanghaft hinter das von der Frauenbewegung Erreichte zurückfiel, wenn es um Aussehen und Gewicht ging. Sie war eine erfolgreiche Anwältin, sagte sie sich, und eine sehr gute noch dazu. Alle ihre Klienten hielten sie für kompetent und scharfsinnig, geradezu für gewieft. Ihnen schien es nichts auszumachen, daß sie ein paar Pfund Übergewicht hatte. Warum sollte es auch wichtig sein, wieviel sie wog?
Sie begann sich energisch die Zähne zu putzen. Wenn sie in Begleitung von Philip war, beachtete man sie sowieso nie. Wie oft hatte sie sich anhören müssen, auch heute nacht wieder, sogar von ihren sogenannten Freunden: »Du bist vielleicht ein Glückspilz! Er ist ja so ein Prachtstück! Wie hast du dir den bloß geangelt?« Sie hatte es sich abgewöhnt, von der Ernsthaftigkeit derartiger Bemerkungen überrascht zu sein. Sie hatte sich daran gewöhnt nach fast sechs Jahren Ehe mit einem Mann, der nicht nur gut aussah, erfolgreich und elegant war, sondern obendrein ewig jungenhaft blieb – eine interessante Kombination mit sechsundvierzig Jahren.
Was machte es schon, wenn alle ihre Freunde, alle ihre *gemeinsamen* Freunde, ihr andauernd sagten, wie wunderbar sie aussähe, wenn sie nur ein paar Kilo abnehmen würde? Diese Frau heute auf der Party beispielsweise, diese Alicia-

aber-Sie-können-mich-Ali-nennen, die schlanke Rothaarige im Minikleid, die irgendwie immer neben Philip stand und die ihr erklärt hatte, erfolgreiche Diät sei nur eine Sache der Willenskraft. Diese dürre Zicke hatte noch nie im Leben eine Abmagerungskur durchstehen müssen. Sie zählte Ehemänner, wie andere Frauen Kalorien zählten, und wenn diese Ehemänner dazugehörige Ehefrauen hatten, was machte das schon? Ein Imbiß befriedigte oft mehr als ein dreigängiges Menü! »Finden Sie nicht auch, Renee?« hatte sie gefragt – aber auf was sich das bezogen hatte, daran konnte Renee sich jetzt nicht mehr erinnern. Hatte diese Frau vielleicht einen Imbiß namens Philip zu sich genommen?

Mißmutig ertappte Renee sich dabei, daß sie den festlichen Abend in Gedanken Revue passieren ließ. Sie hatte beobachtet, wie ihr Mann einer attraktiven Blondine aufreizende Komplimente ins Ohr flüsterte, hatte zugesehen, als er auf ziemlich zweideutige Weise mit dem Geburtstagskind tanzte, hatte sich synchron mit ihm bewegt, als er sich neckisch vorbeugte, um dem mageren Rotschopf im Minikleid Vertrauliches mitzuteilen. Renee war allein in der Ecke gestanden, hatte an ihrem Champagner genippt und sich ebensowenig von ihrem Platz auf dem mexikanischen Fliesenboden bewegt wie die Topfpalme, die neben ihr stand. Sie hatte sich verdammte Mühe gegeben, nicht eifersüchtig zu werden und den Eindruck zu erwecken, sie amüsiere sich prächtig. Philip hatte sie schon mehr als einmal wegen ihrer Eifersucht ermahnt. Es gäbe nicht den geringsten Grund, eifersüchtig zu sein, hatte er ihr immer wieder gesagt, aber es hatte eher wie eine Warnung geklungen.

Diese Phase seines Lebens sei vorbei, hatte er ihr versichert. Sie sei die einzige, die er brauche, die einzige, die er liebe. Die anderen hätten ihm nichts bedeutet. Sie gehörten der Vergangenheit an. Das wisse sie selbst. Habe sie nicht schon oft genug miterlebt, daß eine Ehe wegen einer völlig banalen, bedeutungslosen Stichelei in die Brüche gegangen sei?

Wolle sie etwa, daß dasselbe mit ihrer eigenen Ehe passiere?
»Treib mich nicht zu etwas, was ich gar nicht will«, hatte er zu ihr gesagt, und sie fragte sich – wenn auch nur einen Augenblick zu lang –, wie sie dazu kam, Verantwortung für seine Handlungen zu tragen.
Dennoch, die Reihe gutaussehender Frauen, die er kannte – *dünner* gutaussehender Frauen –, schien endlos zu sein. Die meisten von ihnen hatten Ehemänner, die um mindestens einige Jahrzehnte älter waren als sie selbst. Florida war geradezu überlaufen von schönen jungen Frauen, die reiche alte Männer geheiratet hatten – Männer, die sich einbildeten, in ihrem Charme und keineswegs in ihrer Brieftasche sei die Unwiderstehlichkeit ihrer Beziehung begründet. Wenn aber das Ende der Ehe noch vor dem Ende des Mannes gekommen war, stand die junge Frau oft im Regen. Der Geldadel Floridas wußte seinen Besitz durchaus zu schützen. Renee fragte sich, ob sie es je überleben könnte, wenn Philip sie verlassen würde, und wie sie das Leben gemeistert hatte, bevor sie einander begegnet waren.
»Mein Gott, Renee, was machst du eigentlich da drin?«
Aus irgendeinem Grund sinnierte sie im Anblick des runden Gesichts, das aus dem Spiegel zurückstarrte, und entfernte ein paar Kleckse Cold Cream, die seitlich von dem blonden, strähnchengetönten Haar klebten – aus irgendeinem Grund hat er *mich* genommen. Aus irgendeinem unbekannten, unbegreiflichen Grund bin ich die Frau, die er zur Frau haben will. »*Ich* bin die Glückliche«, sagte sie laut, und sie glaubte es.
»Was hast du denn so lange da drin gemacht?« fragte er, als sie sich neben ihn ins Bett legte.
»Meinst du, daß ich zwanzig Pfund abnehmen sollte?« fragte sie. Er hatte ihr den Rücken zugewandt, und sie kuschelte sich eng an ihn.
»Mit einem Bein würdest du mir nicht gefallen«, sagte er.
»Herzlichen Dank.«
»Können wir jetzt endlich schlafen?«

»Meinst du, ich sollte diese Wassermelonendiät machen?«
»Zähl doch einfach Wassermelonen statt Schäfchen. Damit erzielst du wahrscheinlich genau dasselbe Resultat.«
»Philip, ich stecke gerade in einer Krise, falls du es noch nicht bemerkt haben solltest«, erwiderte sie, nur halb im Scherz. »Du bist hier der Psychotherapeut. Sag mir, was ich tun soll!«
»Sprechstunde ist jeden Werktag von acht bis sechzehn Uhr.«
»Bitte!«
Er drehte sich ruckartig auf den Rücken und stützte sich auf einen Ellbogen, um ihr ins Gesicht sehen zu können. »Was war los im Bad? Zu wem hast du da drin gesprochen?«
»Findest du mich attraktiv?«
»Ich finde dich genau richtig.«
»›Genau richtig‹ ist nicht gerade das, was ich hören wollte.«
»Renee!« Es klang freundlich, aber sie hörte einen Anflug von Ungeduld heraus. »Du bist eine intelligente, tüchtige Frau...«
»Ich weiß. Ich weiß, daß ich eine intelligente, tüchtige Frau bin.«
»Du bist Anwältin.«
»Ich weiß, daß ich Anwältin bin. Du brauchst mir nicht zu sagen, daß ich Anwältin bin.«
»Du hast einen Mann, der dich liebt.«
»Wirklich? Habe ich wirklich einen Mann, der mich liebt?«
»Was denkst du denn?«
»Sprechstunde ist von acht bis sechzehn Uhr«, gab sie ihm mit seinen eigenen Worten zurück. »Frag mich bitte nicht, was ich denke. Spar dir das für deine Patienten auf. Sag mir, daß du mich liebst. Sag mir, daß ich für dich die schönste Sache der Welt bin.«
»Ich liebe dich. Du bist für mich die schönste Sache der Welt.«

»Warum nur glaube ich dir nicht?«
»Weil du nicht nur eine intelligente, tüchtige Frau und eine sehr erfolgreiche Anwältin bist, sondern zufällig auch ein hysterisches Weib, und wenn ich jetzt nicht bald zum Schlafen komme, bin ich morgen ein hysterischer Psychotherapeut, und das macht die Patienten meistens ziemlich nervös.«
Er wollte sich gerade wieder zur Seite drehen, aber ihre Stimme hielt ihn zurück. »Möchtest du mit mir schlafen?«
»Jetzt? Es ist ein Uhr nachts!«
»Ich habe dich nicht gefragt, wie spät es ist. Mir ist, weiß Gott, bekannt, wie spät es ist. Du hast es mir nun schon oft genug gesagt. Ich habe dich gefragt, ob du mit mir schlafen willst.«
»Ich kenne keine Frau, die einen rasender machen kann als du«, sagte er, aber gleichzeitig zog er sie zu sich und legte ein angewinkeltes Bein über ihren massigen Schenkel.
Es klopfte an der Schlafzimmertür. »Daddy?« erklang zaghaft eine Stimme.
Renee zog die Arme, mit denen sie gerade die immer noch schmalen Hüften ihres Mannes umfassen wollte, wieder zurück. Sie fielen nach hinten auf das Kissen, als wären schwere Gewichte an den Handgelenken befestigt. Sofort rückte Philip von ihr weg, setzte sich auf und starrte in die Dunkelheit, während Debbie, seine Tochter, sich zögerlich dem Bett näherte.
»Baby?« fragte er mit so sanfter Stimme, daß Renee sich augenblicklich fehl am Platz fühlte, so als hätte sie sich ins falsche Bett verirrt. »Ist irgendwas, Liebling? Warum schläfst du denn nicht?«
»Ich habe etwas Schlimmes geträumt«, sagte die zittrige Stimme. Einen Moment lang war Renee versucht, das angsterfüllte Mädchen zu sich ins Bett zu ziehen und zu trösten und ihm zu sagen, daß jetzt alles wieder gut sei. Aber dann sah sie das angedeutete Grinsen, das Debbie, das halbe

Kind, nicht verstecken konnte, und sie erstarrte. Selbst in der Dunkelheit erkannte Renee die wilde Entschlossenheit in den Augen der Tochter ihres Mannes.

»Möchtest du mir den Traum erzählen?« fragte derselbe Mann, der nur wenige Minuten zuvor Renee erklärt hatte, seine Sprechstunde beschränke sich auf die Zeit von acht bis sechzehn Uhr.

»Es war ein schrecklicher Traum«, erzählte das sechzehnjährige Mädchen, das wie vierzehn aussah, ihrem Vater, während der seine nackten Arme um ihren zitternden Körper legte. »Ich habe geträumt, daß ihr einen Autounfall hattet, du und Renee.«

Debbie sprach, wie sie es immer tat, das Doppel-*e* in Renees Namen französisch aus. (»Es heißt Renee, es reimt sich auf Bikini«, verbesserte Renee sie jedes Jahr wieder, wenn Debbie aus Boston kam, um den Sommer bei ihnen zu verbringen, und auch nach der Ankunft des Mädchens vor zwei Wochen hatte sie es wieder getan. »Renee – es reimt sich auf Bikini, *nicht* auf Soufflé.«)

»Du bist ganz schnell und ganz leichtsinnig gefahren...« erzählte Debbie, die von Renees innerem Monolog natürlich nichts mitbekommen hatte. »Das heißt, nicht du bist gefahren, sondern Renee.«

»Ist ja klar«, sagte Renee fast unhörbar.

»Überall standen Verkehrsschilder an der Straße, das waren Warnungen vor gefährlichen Kurven«, fuhr Debbie fort.

»Verkehrsschilder, die auf gefährliche Kurven hinweisen, ignoriere ich immer«, sagte Renee. »Irgend etwas an diesen gebogenen Dingern gefällt mir einfach nicht.«

Debbie preßte die Lippen aufeinander, so daß sie fast verschwanden. »Ich bin froh, daß du das so lustig findest«, sagte sie, die Schultern straffend, mit stoischer Ruhe. »Es tut mir leid, daß ich dich gestört habe, Renee. Ich gehe jetzt wieder in mein Zimmer.«

»Quatsch!« warf Philip sofort ein, zog seine Tochter wieder an sich und warf Renee einen vernichtenden Blick zu, der selbst in der Dunkelheit seine einschüchternde Wirkung nicht verfehlte. »Du störst uns nie. Das hier ist doch dein Zuhause.«

Und das hier ist mein Alptraum, dachte Renee, während sie zuhörte, wie ihr Mann seine Tochter zum Weitererzählen überredete.

»Also«, sagte Debbie, nachdem ihr Vater ihr lange genug zugeredet hatte, »ich habe die Gefahr gesehen, in der ihr wart. Ich wußte, wenn sie nicht abbremst« – »sie« heißt das jetzt, dachte Renee, »sie«, die Frau ohne Namen –, »dann würdet ihr beide über eine Klippe ins Meer stürzen...«

»Und? Hat sie abgebremst?« fragte Renee.

»Renee!« sagte ihr Mann mit tadelndem Unterton.

»Ich habe versucht, dich zu warnen. Ich habe geschrien: ›Renee, Renee!‹...«

»Ich habe wahrscheinlich gedacht, du meinst jemand anderen.«

»Wahrscheinlich konntest du mich nicht hören«, berichtete das Kind weiter, ohne Renees Worten die geringste Beachtung zu schenken. »Das Auto fuhr immer schneller. Und dann ist es die Klippe hinuntergestürzt. Ich mußte hilflos mit ansehen, wie es gegen die Felsen krachte. Ich habe geschrien.«

»Mein armes Baby«, tröstete sie ihr Vater.

»Ich bin hingelaufen, so schnell ich konnte, und habe euch in Sicherheit gebracht.« Renee sah erstaunt, daß Debbie tatsächlich Tränen in den Augen hatte. »Renee ist gestorben«, fügte Debbie hinzu. Es klang fast wie ein nachträglicher Einfall.

»Na, dann war's ja doch kein so schlimmer Alptraum«, erklärte Renee in heiterem Tonfall.

»Renee, ich weiß wirklich nicht, warum du so gehässig bist.«

»Ich bin immer gehässig, wenn ich gerade von einer Klippe in den Tod gestürzt bin.«

»Es war doch nur ein Traum«, sagte das Mädchen.

»Ja«, erwiderte Renee. Sie sah Debbie jetzt so deutlich, als wären gerade alle Lampen angeschaltet worden. »Ich fürchte, es war wohl wirklich nur ein Traum.«
»Geht es dir jetzt besser?« fragte Philip.
Debbie zuckte die Achseln und barg ihr Gesicht an der behaarten Brust ihres Vaters. »Ich hatte solche Angst um dich. Ich konnte ja nichts tun. Ich habe mich so hilflos gefühlt. Ich habe versucht, euch zu warnen. Aber sie wollte ja nicht auf mich hören.« Jetzt weinte das Kind tatsächlich.
»Ich mache uns jetzt eine heiße Schokolade«, sagte Philip energisch, als ob es heller Tag wäre. Sofort leuchtete Debbies Gesicht auf. Sie hob den Kopf und lächelte über die Schulter ihres Vaters hinweg zur bösen Stiefmutter hinüber, die bewegungslos und mit offenem Mund dasaß. »Erinnerst du dich noch, als du ein kleines Kind warst, da sind wir, wenn du einen bösen Traum hattest, auch immer in die Küche gegangen und haben uns heiße Schokolade gemacht...«
»Und du bist so lange bei mir gesessen, bis ich den letzten Schluck getrunken hatte. Ich kann mich gut daran erinnern. Ich hätte nicht gedacht, daß du dich auch daran erinnern kannst.«
»Hey, ich weiß noch alles aus deiner Kindheit. Jeden bösen Traum, jedes einzelne Niesen. Wenn du erst eine Tasse von Daddys heißer Spezial-Schokolade getrunken hast, wird es dir wieder gut gehen. Wer ist denn hier der Arzt, hm? Renee, bringst du mir bitte meinen Morgenmantel?«
Renee sagte nichts. Sie wußte, wann eine Situation aussichtslos war. Sie ging zum Schrank und holte den dunkelblauen Seidenmantel ihres Mannes hervor.
»Du willst sicher keine heiße Schokolade, oder?« fragte Debbie Renee, nachdem Philip in die Küche gegangen war und die beiden Frauen – die eine, vierunddreißig Jahre alt, die einsah, daß es keinen Sinn hatte, sich auf einen solchen Machtkampf einzulassen, und die andere, sechzehn, die das genau wußte – allein zurückblieben. »Ich meine, du machst doch gerade eine Diät, oder?«

»Im Augenblick nicht. Aber ich habe keinen Durst, danke.«
»Du siehst wirklich müde aus, Renee«, sagte Debbie sanft. »Geht es dir auch gut?«
»Ich fühle mich sehr gut, danke. Und mein Name ist Renee, er reimt sich auf Bikini. Nicht Renée.«
»Mir ist Renée lieber«, sagte das Mädchen eigensinnig. »Renee klingt wie, ich weiß nicht, wie das dicke Kind in der Grundschule, mit dem nie einer spielen wollte.«
Debbie war weg, bevor Renee es geschafft hatte, aus dem Bett zu springen und das Kind aus dem sechsten Stock des direkt am Meer gelegenen Wohnhauses zu werfen, in das sie nach der Hochzeit mit Philip eingezogen war. Einen ernsthaften Schaden hätte Debbie dabei nicht davongetragen, dachte Renee und ließ den Kopf aufs Kissen fallen. Das Mädchen war unverwüstlich.
Aus der Küche klangen Philips beruhigende Stimme und Debbies unschuldiges, mädchenhaftes Kichern zu ihr herüber. Renee wunderte sich, wie es dem Mädchen gelang, der Welt zwei so unterschiedliche Gesichter zu zeigen. Und wie war es möglich, daß ein kultivierter und intelligenter Mann wie Philip – von seiner Berufsausbildung ganz zu schweigen – so blind war, wenn es um die eigene Tochter ging? Wie konnte er sich nur so manipulieren lassen?
Jeden Sommer passierte das gleiche. Debbie verließ die Eastern-Airlines-Maschine aus Boston und ging einfach über ihre Stiefmutter hinweg, die am Anfang nur zu bereit gewesen war, ihre Freundin zu sein. Jetzt mußte Renee lachen, wenn sie daran dachte, wie ungeduldig sie die Ankunft von Philips einzigem Kind herbeigesehnt hatte, wie aufregend es für sie gewesen war, als sie das Mädchen, das damals zehn Jahre zählte, zum erstenmal sah. Debbie war zwar für ihr Alter recht klein gewesen, aber schon damals hatte sie sich so selbstbeherrscht gegeben, daß man sie für wesentlich älter hielt. Ihr langes, hellbraunes Haar hatte sie sich aus dem schmalen ovalen Gesicht gekämmt und zu einem ho-

hen Pferdeschwanz gebunden; ihre Beine waren im Verhältnis zu ihrem Oberkörper unproportioniert lang und sehr knochig gewesen, was den Eindruck von Zerbrechlichkeit noch gesteigert hatte. Wie ein hübscher rosaroter Flamingo, hatte sich Renee damals gedacht. Mehr wie ein Geier – das hatte sie in der Zwischenzeit gelernt, nachdem das Mädchen jeder Annäherung immer wieder mit großer Geschicklichkeit aus dem Weg gegangen war, das Ganze jedoch so hatte aussehen lassen, als wäre immer nur Renee kurz angebunden gewesen. »Sie mag mich nicht«, hatte Renee Philip unter Tränen anvertraut, aber Philip hatte ihr versichert, das Kind sei nur schüchtern und zudem Opfer eines Loyalitätskonflikts. Es sei ganz natürlich, daß seine Tochter einem Menschen gegenüber, der den Platz ihrer Mutter eingenommen habe, einen gewissen Groll hege, besonders in Anbetracht der Tatsache, daß die Scheidung alles andere als freundschaftlich über die Bühne gegangen sei, erklärte er ihr, und sie hatte sich seinem überlegenen Wissen auf diesem Gebiet gebeugt, obwohl sie instinktiv gewußt hatte, daß er sich irrte. »Was soll ich denn tun, damit sie mich liebt?« hatte sie ihn gefragt, und er hatte ihr geraten, einfach sie selbst zu sein. Als das nichts geholfen hatte – und es war selbst Philip schon sehr schnell deutlich geworden, daß es nichts half –, hatte er gesagt, sie solle gute Miene zum bösen Spiel machen und es durchstehen, es handle sich ja nur um zwei Monate im Jahr, das werde sie ihm zuliebe doch sicherlich aushalten können. Zuerst hatte sie das auch geglaubt. Aber dann waren ihr die zwei Monate von Jahr zu Jahr länger erschienen. Das Kind war in die Pubertät gekommen, und die subtilen Machenschaften hatten an Raffinesse gewonnen, die gegen sie gerichteten Sticheleien waren immer abgefeimter geworden und hatten immer besser getroffen.
Philip war ihr überhaupt keine Hilfe. Das Schuldgefühl, das er empfand, weil er sein einziges Kind einer Frau überlassen hatte, die er wegen ihrer Labilität ablehnte, machte ihn zur

Zielscheibe von Debbies Manipulationen. Wenn er sie durchschaute – und Renee war sich dessen sicher (mein Gott, der größte Idiot konnte sie durchschauen!) –, dann war er jedenfalls außerstande, anders als auf die naheliegendste Art und Weise darauf zu reagieren. Er erfüllte jeden einzelnen der Ansprüche, die Debbie auf seine Zeit, sein Geld, seine Psyche erhob. Bei jedem Streit stellte er sich auf ihre Seite; er zeigte Verständnis für ihre Haltung, für ihre Ängste und ihren Kummer. Debbie fürchte, ihn zu verlieren, erklärte er Renee und schien nicht wahrzunehmen, daß sie, Renee, unter genau der gleichen Angst litt.
»Du bist sehr schroff zu ihr gewesen«, sagte er, als er wieder ins Schlafzimmer zurückkam. Sein Atem roch nach Schokolade. »Sie ist noch ein Kind, das darfst du nie vergessen. Sie glaubt, du haßt sie.«
»Aber das ist doch lächerlich, Philip. Du weißt, daß ich alles versucht habe.«
»Streng dich noch mehr an. Bitte. Tu es für mich. Sie hat gerade geweint. Sie sagte, vielleicht sollte sie den Sommer nicht mehr bei uns verbringen, weil sie merkt, daß du sie nicht magst, und sie will nicht, daß wir ihretwegen Schwierigkeiten miteinander haben.«
»O mein Gott, Philip!« sagte Renee. Das ging über ihre Kraft. »Ich weiß wirklich nicht, was ich noch alles tun soll, damit sie glücklich wird – abgesehen davon, daß ich meinen Namen ändere oder eine Klippe hinunterstürze!«
Sie hoffte, er würde lachen, aber er tat es nicht. »Du bist die Erwachsene. Sie ist das Kind. du mußt ihr zeigen, wo es langgeht. So, und jetzt brauche ich meinen Schlaf.«
»Daß wir miteinander schlafen, steht jetzt wohl nicht mehr zur Debatte?« fragte sie. Im selben Moment klingelte das Telefon.
»*Jetzt* nicht mehr«, sagte er, und sie hörte die Erleichterung, die in seiner Stimme mitschwang, obwohl er sie als Ärger auszugeben versuchte.
Renee griff nach dem Hörer des Telefons, das neben ihrem Bett stand. »Es könnte ja auch für dich sein.«

»Bestimmt nicht«, sagte er und hatte recht, wie meistens.
»Ja, hier spricht Renee Bower«, bestätigte Renee der unbekannten Stimme am anderen Ende der Leitung. Ganz plötzlich verspürte sie eine leichte Übelkeit in der Magengrube. »Ja, Kathryn Wright ist meine Schwester. Wer spricht denn da?... Was? Was reden Sie denn da? Wer sind Sie?« Sie merkte, daß Philip sich neben ihr im Bett aufgerichtet hatte; trotz seiner Verstimmung war seine Neugierde geweckt. Renee lauschte dem Wortschwall der aufgebrachten Anruferin, deren Namen sie schon wieder vergessen hatte, und war eine Zeitlang unfähig, irgend etwas zu erwidern. Dann fuhr sie sich mit zitternder Hand über die Stirn. »O mein Gott!« sagte sie, und dann noch einmal: »O mein Gott!«

3

»Wir werden uns leider kurz fassen müssen«, sagte Renee Bower, als Lynn Schuster ihr Büro betrat und sich auf den Stuhl vor dem Schreibtisch setzte. »Ich muß nach Lauderdale fahren. Meine Schwester kommt um vierzehn Uhr mit dem Flugzeug aus New York.« Renee warf einen nervösen Blick auf ihre Armbanduhr. Automatisch tat Lynn dasselbe.
»Wie geht es ihr denn?« fragte Lynn.
Die Frage schien Renee zu verblüffen. »Ach, das vergesse ich immer wieder, Sie sind ja zusammen zur Schule gegangen. Es geht ihr nicht besonders«, erklärte sie ohne weitere Erläuterungen. »Also, was kann ich für Sie tun? Sie sagten, es sei wichtig.«
»Ich weiß nicht, ob es wichtig ist«, schränkte Lynn sofort ein, und Renee sah sie fragend an. »Ich habe gestern abend Besuch bekommen. Marc Cameron, der Mann von Suzette Cameron.«
»Interessant«, sagte Renee, aber ihr Gesicht blieb ausdruckslos. »Und?«
»Und?« Lynn dachte kurz an die Ereignisse des vergangenen Abends zurück, senkte den Kopf und begann das, was von ihrem weißen Nagellack noch übrig war, abzuzupfen. »Und ... er möchte mich wiedersehen.«
»Ich glaube, ich komme nicht ganz mit«, sagte Renee Bower ruhig. »Haben Sie vielleicht irgend etwas ausgelassen?«

»Eigentlich nicht«, antwortete Lynn. »Er rief mich an und sagte, daß er mich besuchen wolle, weil es bestimmte Dinge gibt, die ich seiner Ansicht nach erfahren sollte.«
»Zum Beispiel?«
»Na ja, ich glaube, er kam letztendlich nicht dazu, sie mir zu erzählen.«
»Aha. Und ist er dazu gekommen, irgend etwas anderes zu erzählen?«
Lynn schüttelte den Kopf. »Es ist alles sehr verwirrend.«
»Das merke ich. Lynn, was hat der Mann denn nun genau gesagt?«
»Er sagte, daß er neugierig auf mich ist und wissen will, wie ich aussehe. Er sagte, ich sei hübscher als Suzette. Er sagte, daß er große Schwierigkeiten hat, das, was geschehen ist, zu verarbeiten. Er meinte, wir hätten viele Gemeinsamkeiten. Er sagte, daß er mich wiedersehen will.«
»Und was haben Sie gesagt?«
»Ich sagte nein.«
»Gut.«
»Was heißt ›gut‹? Warum sagen Sie das?«
»Was soll das heißen – ›Warum sagen Sie das?‹ Was soll ich denn sonst sagen? Würden Sie ihn denn wiedersehen *wollen*?«
»Ich weiß nicht.«
Renee faltete die Hände und legte sie auf die Schreibtischplatte. »Lynn, was ist eigentlich los?«
»Ich weiß es nicht«, gab Lynn zu. Sie kam sich unendlich albern vor. Warum saß sie überhaupt hier? Die Situation begann allmählich einem Traum – beinahe einem Alptraum – zu gleichen. Sie hatte völlig die Orientierung verloren.
»Entschuldigen Sie mich einen Augenblick«, sagte Renee, stand auf und ging auf ihre Sekretärin zu, eine junge Brünette, die gerade ihren sorgfältig frisierten Kopf zur Tür hereingesteckt hatte. »Ich bin gleich zurück«, erklärte Renee, nachdem sie sich mit der jungen Frau besprochen hatte, verließ den Raum und schloß die Tür hinter sich.

Lynn sah sich in dem kleinen Büro um, dessen Fenster nach Süden auf den Innenhof des Atlantic Plaza gingen, eines relativ neuen, knallig rosaroten Einkaufszentrums, das zwischen der Siebten und der Achten Straße an der Hauptverkehrsader von Delray, der Atlantic Avenue, lag. Sie ertappte sich dabei, daß sie den riesigen Ficus benjamini anstarrte, der aus dem offenen Mittelhof emporragte und dessen Äste über den leeren Sitzbänken schwebten, die in dem rosafarbenen Ziegelpatio aufgestellt waren. Soweit Lynn sehen konnte, befand sich kein einziger Mensch in der Einkaufspassage, abgesehen von denen, die für ihre Anwesenheit bezahlt wurden – die müden Aushilfsverkäuferinnen in den leeren Geschäften und die gelangweilten Kellner in den kleinen, schummrigen Restaurants. Es war Sommer in Delray Beach.
In Delray war der Sommer eine ruhige Jahreszeit. Wie die meisten Küstenorte wurde Delray erst in den Wintermonaten lebendig, wenn die »Schneehasen«, wie die Saisongäste von denen genannt wurden, die das ganze Jahr über hier lebten, und die »Schneeflocken« – Touristen, die sich nur kurz hier aufhielten – die Strände bevölkerten und die Geschäfte füllten. In der »Saison« war die Atlantic Avenue eine völlig andere Straße. Dann standen die Autos zu jeder Tageszeit Stoßstange an Stoßstange vom Highway bis zum Meer, und die Stadt vibrierte vom Brummen ihrer Motoren.
Die Stille, die jetzt herrschte, hatte, zusammen mit der gänzlichen Bewegungslosigkeit, eine fast beängstigende Intensität. Vor dem Sommer in Florida war Lynn schon immer ganz besonders auf der Hut gewesen. Oft stieg die Temperatur bei völliger Windstille auf vierzig Grad, und für die, die nicht das Glück hatten, in Gebäuden mit Klimaanlage zu arbeiten und in klimatisierten Häusern zu leben, war es unerträglich. Da brannte bei manchen sehr schnell die Sicherung durch, und die Gereiztheit wich nur langsam. Viel zu oft hatte Lynn die Auswirkung der Sommerhitze auf den verletzten Gesichtern schon seit langem verletzter Seelen

gesehen. Viel zu oft standen Menschen mit gebrochenen Knochen und geplatzten Träumen vor ihrem Schreibtisch, und sie sollte das dann mit ein paar geschickt gewählten Sätzen wieder in Ordnung bringen. (»Bitte schlagen Sie Ihre Frau nicht noch einmal, Mr. Smith, sonst sind wir gezwungen, Maßnahmen gegen Sie zu ergreifen.«) Lynn haßte den Sommer.
In diesen Monaten hielt man es eigentlich nur am Meer aus, wo gewöhnlich eine leichte Brise ging. Normalerweise wäre Lynn jetzt dort gewesen. Sie hatte Mittagspause, und meistens fuhr sie für diese eine Stunde sofort an den breiten öffentlichen Strand, wo sich eine Badehütte an die andere reihte, stellte ihren Wagen am Rand des leeren Küsten-Highways ab, zog ihre Strumpfhose und die Sandalen aus und spazierte dann barfuß am Wasser entlang, beobachtete die Teenager, die mit ihren Surfboards auf die perfekte Welle warteten und Lynn ebensowenig Beachtung schenkten wie ihrer eigenen Sterblichkeit.
Megan und Nicholas waren zum Glück im Tagescamp untergebracht. Jeden Werktag wurden sie um acht Uhr früh mit dem Bus abgeholt und um siebzehn Uhr nach Hause gefahren. In der Zeit dazwischen spielten sie Tennis, malten, bastelten und schwammen in einem der drei riesigen Swimmingpools. Es war Lynn sehr wichtig, am Wochenende mit den Kindern am Meer zu sein. Vor der Trennung hatte sie es hin und wieder geschafft, Gary von der Arbeit loszueisen, so daß die ganze Familie sonntags nachmittags beim Strandpicknick zusammensitzen konnte. Jetzt holte Gary die Kinder am Sonntagmorgen ab und war dann den größten Teil des Tages mit ihnen verschwunden. Nur ganz selten ging er mit ihnen an den Strand. Gary hatte das Meer nie soviel bedeutet wie Lynn, aber darüber hatte sie bis jetzt eigentlich noch nie nachgedacht.
Im Sommer war das Meer warm wie Badewasser, und der leichte Wind, der vom Ozean herwehte, war angenehm und erfrischend. »Wenn du das Gefühl hast, die ganze Welt ist

gegen dich«, hatte ihr Vater ihr gesagt, als sie kurz nach Mutters Tod einmal Hand in Hand am Meer entlangspaziert waren, »dann schau dir das hier an!« Und dabei hatte er eine Handbewegung über das phantastische, blauglitzernde Panorama aus Brandung und Himmel hinweg gemacht. Vor neun Jahren war das gewesen, wurde ihr mit einem Schlag bewußt. Sofort war sie wieder in der Gegenwart und betrachtete das, was sie in einem ihrer Berichte sicherlich als »schön möblierten« Raum bezeichnet hätte.
Renees Büro hatte hellgraue Wände mit einer weißen Hochglanz-Einfassung am oberen Rand; die Möbel waren in feinabgestuften Pfirsichtönen gehalten. Das einzige, was nicht so recht in diese Umgebung paßte, waren die vielen herumliegenden Papiere; es sah aus, als hätte man sie einfach quer über Renees Schreibtischplatte abgeladen. Irgendwo in diesem Tohuwabohu, dachte Lynn, stecken die Reste meiner Ehe.
Lynn schloß die Augen und vergrub das Gesicht in den Händen. Was hatte sie hier eigentlich verloren? Warum hatte sie Marc Cameron nicht einfach gesagt, er solle mit seinen guten Absichten zur Hölle gehen, wo dergleichen Absichten ja unweigerlich endeten? Und warum hatte sie sich überhaupt erst auf das Treffen eingelassen?
Eine so leichtsinnige und schlecht durchdachte Handlungsweise kannte sie gar nicht an sich. In den ersten Monaten, nachdem ihr Mann sie verlassen hatte, war Lynn Schuster kein einziges Mal übereilt vorgegangen, sondern durch und durch professionell, nüchtern und vernünftig geblieben, ohne je die Fassung zu verlieren. Alle ihre Arbeitskollegen hatten sich bewundernd darüber geäußert, wie phantastisch sie mit der Sache zu Rande kam, und sie hatte nicht einen einzigen ihrer vielen Gesprächstermine ausfallen lassen. Auch ihre Aufgaben als berufstätige Mutter hatte sie mit der für sie typischen Gelassenheit angepackt, hatte sich darum gekümmert, daß die Kinder Plätze im Tagescamp bekamen, und war auch für die Kosten aufgekommen, ohne

erst Gary um das Geld zu bitten. Wenn Gary anrief, um mit ihr über die Kinder zu sprechen, wenn er sie besuchen kam oder sonntags etwas mit ihnen unternahm, begegnete sie ihm mit nie versiegender Freundlichkeit. Nur ein einziges Mal – als sie erfuhr, daß die Frau, wegen der ihr Mann sie verlassen hatte, nicht irgendeine geistlose Zweiundzwanzigjährige war, sondern eine verheiratete Frau fast im selben Alter wie sie selbst – war sie dem Zusammenbruch nahe gewesen.
War dies die Art von Details, hinter denen Marc Cameron her war? »Erzählen Sie mir alles«, hatte er gesagt. »Erzählen Sie mir ganz genau, was Gary zu Ihnen gesagt hat, wann Sie es herausgefunden haben, wie Sie sich gefühlt haben. Details, Details. Mahlgut für die Mühle des Schriftstellers.«
Wie sollte ich dir denn erzählen, was ich gefühlt habe? dachte sie jetzt, da sie auf der falschen Seite des unaufgeräumten Schreibtisches saß, auf der Seite, wo Schmerz mehr war als etwas, was man sich rasch mal anhörte. Ich habe doch so viel Verschiedenes gefühlt, so daß ich durch diese Anhäufung von Emotionen am Ende wie betäubt war. Und warum hatte sie erst dann geweint, als irgendeine Frau – sie wußte nicht mehr, wer, das hatte sie wohl verdrängt – ihr erzählte, sie habe die beiden zusammen gesehen – ihren Mann und die Frau, deretwegen er sie verlassen hatte –, in irgendeiner Kunstgalerie in der Worth Avenue, und daß sie sich geküßt hätten, geküßt in aller Öffentlichkeit neben einer riesigen modernen Skulptur, und daß die Frau weder übermäßig attraktiv noch skandalträchtig jung war? Warum hatte es dieser Information bedurft, damit sie plötzlich bittere Tränen weinen konnte, Tränen, die sie nur in ihrer privaten Umgebung, in ihrem Haus, vergossen hatte, als sie sich im Badezimmer einschloß und ihr wütendes Schluchzen mit einem großen gelben Strandtuch dämpfte, damit die Kinder nichts hörten?
Diese Tatsache erstaunte sie am allermeisten, auch wenn sie

es nur sehr ungern zugab, und ganz bestimmt hätte sie niemals mit irgend jemandem darüber gesprochen, nicht einmal mit ihrer Anwältin. Ihrem Gefühl nach wäre die Sache leichter zu verdauen gewesen – man hätte ihr weniger Mitschuld geben können –, wenn die Frau, deretwegen ihr Mann, ein ruhiger, nachdenklicher, attraktiver Vierzigjähriger, sie verlassen hatte, eine vollbusige, hirnlose Lolita gewesen wäre. Jugendlichkeit und Dummheit konnte sie verstehen, ja sogar tolerieren. Am Ende eines aufreibenden Tages hatten diese beiden Eigenschaften durchaus etwas Anziehendes. Zu einer Frau heimzukommen, die ebenso unkompliziert wie faltenlos war, stellte wohl ein Aphrodisiakum dar, dessen Wirkung sie nachempfinden und sogar entschuldigen konnte. Beispiele dafür hatte sie schon genug gesehen: ein Mann ließ sich nach vielen Jahren Ehe von seiner Frau scheiden, weil er mit einer zusammensein wollte, die genauso aussah wie seine Ehefrau auf alten Fotos. Oft klangen sogar die Namen der beiden Damen ganz ähnlich. Aus Caroline wurde Carol; Joanne wurde durch eine Joanna ersetzt. Und wenn Gary *das* hätte haben wollen, dann hätte sie unmöglich irgend etwas anders machen können, um ihn davon abzuhalten. Aber diese Frau, diese Suzette (deren Name dem ihren nicht im geringsten ähnelte), war, wie man hörte, keine große Schönheit – sogar ihr eigener Mann hatte Lynn erzählt, sie, Lynn, sei die Hübschere von beiden –, und außerdem war sie mit ihren siebenunddreißig Jahren nur zwei Jahre jünger als sie. Warum hatte Gary sie nur verlassen?

Sie hatten vierzehn Jahre (fünfzehn Jahre, wenn man die Verlobungszeit mitrechnete) miteinander gelebt, Jahre, die relativ streitfrei verstrichen und aus denen zwei Kinder und zwei erfolgreiche berufliche Karrieren hervorgegangen waren. Vierzehn Jahre lang hatten Lynn und Gary denselben Geschmack und dieselben Interessen geteilt und Wert darauf gelegt, sich gegenseitig bei der Arbeit zu unterstützen und auf die Bedürfnisse des jeweils anderen einzugehen.

Ihre Ehe war ausgesprochen problemfrei gewesen. Beide waren sie gesund, und beide hatten gutbezahlte Jobs, wenn auch Garys Einkommen ihren Verdienst weit übertraf. Trotzdem hatten sie sich nie um Geld gestritten und waren sich auch niemals über Politik, Religion, die angeheiratete Verwandtschaft oder Sex in die Haare geraten. Was die Außenwelt betraf – und was Lynn selbst betraf –, war ihre Ehe genauso annähernd perfekt gewesen wie die meisten modernen Ehen. Lynn und Gary, Gary und Lynn. Sie paßten ebensogut zusammen wie ihre Namen. Lynn war immer überzeugt gewesen, an ihrer Ehe gäbe es nichts zu verändern. Gary hatte da offensichtlich eine andere Ansicht vertreten. Aber warum hatte er ihr seine Gefühle nicht mitgeteilt, bevor die Meinungsverschiedenheiten so groß geworden waren, daß sie, in der Sprache der Juristen, eine unheilbare Zerrüttung der Ehe bewirkten? Warum hatte er so lange gewartet, bis die Worte, die aus seinem Mund kamen, nur mehr »Ich habe mich in eine andere Frau verliebt, ich verlasse dich« gelautet hatten?
Anfangs hatte sie geglaubt, er werde zurückkommen. In ein paar Tagen, hatte sie sich gesagt, dann: in ein paar Wochen. Von ihrer Anwältin war ihr geraten worden, keine voreiligen Schritte zu unternehmen, was Lynn, die nur selten überhastet vorging, sehr recht gewesen war. Für sie stand fest, daß es sich um eine typische Midlife-crisis handelte, wie aus dem Bilderbuch. Wenn sie Klientinnen in solchen Dingen beraten mußte, empfahl sie, zu vergeben und zu vergessen, wenn die Affäre den üblichen Verlauf genommen hatte, was bei Affären dieser Art meist der Fall war. Aber als aus der ersten Woche ein Monat, dann zwei, schließlich drei und jetzt sechs Monate geworden waren, ohne daß sich eine Veränderung abzeichnete – ganz im Gegenteil –, war Lynn gezwungenermaßen zu dem Schluß gekommen, daß ihr Mann es tatsächlich ernst meinte mit seiner allerneuesten Absicht, sich scheiden zu lassen, um diese andere Frau zu heiraten.

Er hatte ihr ein faires Angebot unterbreitet. Sie könne den hübschen Bungalow am Crestwood Drive behalten, hatte er ihr durch die Anwälte mitteilen lassen, sowie das gesamte Mobiliar mit Ausnahme des Queen-Anne-Stuhls, eines alten Stücks aus seiner Familie, das ihr sowieso nie besonders gefallen hatte. Er wollte die Hälfte der Kunstgegenstände, die sie im Lauf der Jahre gesammelt hatten, und seine ganze Sammlung alter Rock-and-Roll-Platten. Er hatte ihr keine Alimente angeboten, dafür aber großzügige Unterhaltszahlungen für die Kinder; außerdem war er bereit, weitere fünf Jahre für die Hypothek aufzukommen. Renee Bower hatte Lynn erklärt, sie werde ihn wohl dazu überreden können, diesen Zeitraum um einige weitere Jahre auszudehnen; auch bei ein paar weniger wichtigen Punkten hatte sie in typischer Juristenmanier verhandelt, aber im großen und ganzen stand fest, daß Lynn und Gary Schuster sich auf dem besten Weg zu einer fairen, in gegenseitigem Einvernehmen beschlossenen Auflösung ihrer Ehe befanden. Man konnte ihr gratulieren. Sie verhielt sich wie ein reifer, verantwortungsbewußter erwachsener Mensch. »Sie können sich glücklich schätzen«, hatte Renee ihr gesagt, als das erste Abfindungsangebot auf dem Tisch lag. »Offenbar heiratet er Geld.«

Aus irgendeinem Grund hatte diese Neuigkeit sie ein wenig getröstet. Gary hatte es nie zugelassen, daß der allmächtige Dollar sein Leben oder seine Libido beherrsche. Er war ein vielbeschäftigter Anwalt in einer gutgehenden, renommierten Kanzlei und seit kurzem auch Teilhaber. Er verdiente eine Menge. Die Arbeit machte ihm Spaß. Er hatte nicht den Ehrgeiz, in die High-Society aufzusteigen. Die Tatsache, daß diese Frau Geld besaß, war – das wußte Lynn – im Vergleich zu den wie auch immer gearteten anderen Qualitäten, die den Ausschlag für sein Interesse an ihr gegeben hatten, von untergeordneter Bedeutung. Immer wenn Lynn sich vorzustellen versuchte, welche Qualitäten das sein könnten, traten ihr die Tränen in die Augen, und sie begann unangenehm flach zu atmen; deshalb hatte sie sich gezwungen, nicht mehr daran zu denken, sondern sich statt dessen auf ihren Beruf und die Kinder zu konzentrieren. Und dann hatte Marc Cameron angerufen und war zu ihr gekommen und hatte sie ganz in Verwirrung gestürzt mit seinen völlig unerwarteten Worten und seinem interessanten Gesicht und seinem massigen Teddybär-Körper – und jetzt dachte sie schon wieder über all diese Dinge nach, all diese Dinge, über die sie doch nicht nachdenken wollte.

»Also, Sie haben es mir immer noch nicht erzählt«, sagte Renee Bower. Erst jetzt wurde Lynn bewußt, daß ihre Anwältin wieder im Zimmer war. »Warum, um alles in der Welt, wollen Sie Marc Cameron wiedersehen?«

»Ich bin neugierig«, hörte Lynn sich sagen. Dasselbe Wort hatte Marc am Abend zuvor benützt.

»Auf was denn? Darauf, wie weit Sie es treiben können, bis Ihr Leben wirklich zerstört ist?«

Einige Sekunden lang sagte Lynn gar nichts, sondern starrte nur in das Dunkelrosa ihres Faltenrocks. »Auf seine Frau«, sagte sie leise. »Ich glaube, wenn ich ehrlich bin, muß ich zugeben, daß ich genauso neugierig auf sie bin, wie Marc Cameron es auf mich war.«

»Und Sie glauben, er wird Ihnen sagen, was Sie wissen wollten?«

»Ich glaube, er brennt geradezu darauf.«

»Und warum?«

»Ich weiß nicht. Vielleicht einfach, um es loszuwerden.«

»Nein, nicht warum *er* über *sie* reden will, sondern warum *Sie* es wissen wollen.«

»Würden Sie es nicht wissen wollen?«

Lynn sah einen Anflug von Unschlüssigkeit in Renees sanften Augen. »Ich weiß es nicht. Vielleicht. Ich glaube, eher nicht. Nein«, erklärte Renee schließlich mit Bestimmtheit. »Was würde es denn bringen?«

Lynn zuckte die Achseln. »Es könnten sich dadurch einige Dinge aufklären.«

»Viel wahrscheinlicher ist, daß es Sie völlig konfus machen wird. Was gibt es noch? Sie haben mir nicht alles gesagt.«

Lynn sah sich im Zimmer um und tat so, als betrachtete sie die zarten Farben eines Bildes mit zwei Ballettänzerinnen, das links neben Renees Kopf hing. »Ich finde ihn sehr attraktiv«, sagte sie schließlich so leise, daß man es kaum hören konnte.

Renee ließ die Hände in den Schoß sinken und lehnte sich auf ihrem Stuhl zurück. »Na endlich«, sagte sie. »Das ist ein Grund, den man nachvollziehen kann.«

Lynns Blick richtete sich sofort auf die Augen ihrer Anwältin.

»Was ist gestern nacht ganz genau passiert, Lynn?« fragte Renee vorsichtig.

»Gar nichts«, erklärte Lynn hastig. »Ehrlich. Absolut nichts. Aber die... die Chemie stimmte, wenn man so will...«

»Das werden Sie nicht tun.«

»Wie bitte?«

»Das werden Sie nicht tun«, wiederholte Renee. »Diese Chemie. Sie werden sich nicht auf irgendwelche... Experimente einlassen.«

»Aber dazu ist die Chemie doch da!« Lynn versuchte zu lächeln, aber sie erkannte, wie ernst es Renee war. »Warum denn nicht? Was wäre denn so falsch daran?«

»Was wäre richtig daran? Mein Gott, Lynn, Sie wissen ganz genau, was so falsch daran wäre, sonst säßen Sie jetzt nicht hier. Sie brauchen nicht meine Erlaubnis, wenn Sie etwas mit einem Mann anfangen wollen. Sie sind ein großes Mädchen. Sie sind hierhergekommen, Sie haben mich privat angerufen – *zweimal*, möchte ich betonen –, weil Sie genau wissen, daß es ein großer Fehler wäre, sich mit diesem Mann einzulassen, und Sie wollten, daß ich Ihnen das bestätige. Hiermit bestätige ich es Ihnen, und das kostet Sie mehr als zweihundert Dollar die Stunde. Also noch mal und in aller Deutlichkeit: Gehen Sie nicht mit diesem Mann aus;

schlafen Sie nicht mit ihm; reden Sie nicht mit ihm; am besten denken Sie nicht mal an ihn.«
»Ich verstehe nicht, warum ich nicht...«
»Weil er der Ehemann der Frau ist, mit der Ihr Mann abgehauen ist. Das mal vorneweg. Ein bißchen mehr auf die Praxis bezogen: Überlegen Sie doch nur mal, welche Auswirkungen das auf Ihre Kinder haben könnte. Denken Sie daran, daß wir hier in einer Kleinstadt leben und daß die Leute reden würden, ganz besonders, wenn es sich um etwas derart Delikates handelt. Deshalb machen Sie sich besser einmal Gedanken über Ihren guten Ruf und Ihre berufliche Stellung. Am allermeisten sollten Sie aber die Scheidungsvereinbarungen im Blick behalten, denn es sind gute Vereinbarungen, und Sie würden die ganze Sache vermasseln, wenn Sie etwas täten, was Garys Zorn weckt, bevor nicht alles unterschrieben, besiegelt und rechtsgültig ist.«
»Warum sollte Gary wütend werden, wenn ich mich mit Marc Cameron treffe?«
»Denken Sie darüber nach, Lynn. Nehmen Sie sich ein paar Tage Zeit – oder ein paar Monate –, und denken Sie darüber nach. Der territoriale Imperativ, oder wie man das nennt. Wenn die Situation umgekehrt wäre, was glauben Sie, wie Sie die Sache dann sehen würden? Allermindestens würde Gary Ihre Motive erahnen. Und er hätte ja auch recht.«
Lynn öffnete den Mund, um etwas zu erwidern, aber Renee überging es. »Lynn, Marc Cameron ist sehr gekränkt. Er ist verwirrt. Ehrlich gesagt, scheint er mir ziemlich daneben zu sein. Welcher Mann in seiner Position nimmt schon den Telefonhörer ab und ruft die Frau des Mannes an, mit dem ihm seine Frau davongelaufen ist? Und *warum* will er Sie wiedersehen? Denken Sie darüber nach. Er ist wie vor den Kopf gestoßen. Und besser könnte er sich seine Phantasien doch gar nicht erfüllen, als wenn er sich an dem Mann, der ihn so vor den Kopf gestoßen hat, rächt, indem er ganz wörtlich dessen Frau stößt. Lynn«, sagte sie mit gesenkter Stimme, nachdem sie tief Luft geholt hatte, »er ist sehr wütend. Viel-

leicht ist ihm gar nicht bewußt, was er da macht. Wahrscheinlich hat er gar nicht die Absicht, Ihnen weh zu tun, aber was zählt das schon, wenn er es dann doch tut? Können Sie das denn jetzt brauchen?«
»Und Sie glauben nicht, daß die winzige Möglichkeit besteht, daß Marc... daß dieser Mann mich einfach attraktiv findet?«
»Ich glaube, daß sogar eine *große* Möglichkeit besteht, daß er Sie attraktiv findet. Warum auch nicht? Sie sind eine hübsche, kluge Frau, und er müßte blind sein, wenn er Sie nicht attraktiv fände. Aber, Lynn, *Sie* haben mit der ganzen Sache im Grunde nichts zu tun.« Renee schob ihren Stuhl zurück und ging um den Schreibtisch herum auf Lynn zu. In diesem Augenblick dachte Lynn, wie hübsch ihre Anwältin wäre, wenn sie ein paar Pfund abnehmen würde.
»Lynn«, begann Renee noch einmal und zwang ihre Gesprächspartnerin, ihrem Blick standzuhalten, »eines Tages werden Sie einen Mann kennenlernen, der Sie aus den richtigen Gründen attraktiv findet. Aber *der* ist es nicht.« Aufmerksam betrachtete Renee Bower die klaren grauen Augen ihrer Klientin. »Sie werden wahrscheinlich nicht auf mich hören, stimmt's?« In ihrer Stimme schwangen Skepsis und Resignation mit.
»Ich weiß nicht«, erwiderte Lynn nach einer kurzen Pause wahrheitsgetreu.
»Können Sie wenigstens so lange warten, bis wir die Scheidungsvereinbarungen unterzeichnet haben?«
»Ich werde mir Mühe geben.«
»Bitte geben Sie sich große Mühe!« Renee schwieg, und Lynn merkte, daß es noch immer nicht ganz ausgestanden war.
»Was?« fragte Lynn.
»Ich finde, Sie sollten mit jemandem reden.«
»Mit jemandem? Was meinen Sie damit?«
»Jemandem, dessen Beruf das ist.«
»Ich rede doch mit jemandem, dessen Beruf das ist. Ich rede mit Ihnen.«

»Mit einem Psychologen«, sagte Renee unumwunden.
»Und sagen Sie jetzt nicht, ich würde übertreiben«, fuhr sie fort, als Lynn genau dazu ansetzte. »Lynn, Sie haben diese Scheidung bisher sehr gut verkraftet, vielleicht sogar zu gut. In Ihnen hat sich eine ganze Menge Emotionen aufgestaut. Was könnte es schaden, wenn Sie über das alles einmal mit jemandem sprechen?«
»Ihr Mann braucht wohl neue Patienten, was?«
»Im Augenblick gilt meine Sorge nicht Philip. Es geht ihm sehr gut, danke der Nachfrage. Wie wäre es mit jemandem aus Ihrer Beratungsstelle?«
»Wollten Sie nicht zum Flughafen fahren?« fragte Lynn und sah auf ihre Uhr. Renee Bower tat es ihr nach. Sie hatte verstanden, daß das Gespräch hiermit an sein Ende gekommen war.
»Mein Gott, ja, ich muß mich beeilen.« Sie rührte sich nicht vom Fleck.
»Ist irgendwas?«
Renee hob die Hände. »Ach, zum Teufel! Sie haben die Verrücktheit nicht für sich gepachtet. Meine Schwester hat letzte Nacht versucht, sich das Leben zu nehmen.«
»Was? O mein Gott!«
»Ja, das habe ich auch gesagt.« Einige Sekunden lang stand Renee völlig bewegungslos da. »Kathryn hat schon immer gewußt, wie sie meine Aufmerksamkeit erregen kann.«

4

Renee musterte die eintreffenden Passagiere, die durch die Schwingtüren in die Ankunftshalle des Flughafens Fort Lauderdale traten, und fragte sich, ob Kathryn unter ihnen sein würde. Die Frau, die in der vergangenen Nacht angerufen hatte – Renee konnte sich des Namens immer noch nicht entsinnen –, hatte versprochen, sie werde Kathryn zum Flughafen fahren und dafür sorgen, daß sie die Maschine bestieg. Aber was hätte sie tun sollen, wenn Kathryn sich einfach geweigert hätte, hierherzufliegen?

Renees Blick folgte einem langsam gehenden Mann mittleren Alters, der jetzt seine besorgt wirkende Frau mit einer halbherzigen Umarmung begrüßte, und ertappte sich dabei, wie sie über ein junges Mädchen schmunzelte, das sich in die Arme seiner erwartungsfroh dreinschauenden Großeltern stürzte. Renee beobachtete gern fremde Menschen, es machte ihr Spaß, sich auszumalen, in welcher Beziehung sie jeweils zueinander standen. Sie stellte sich vor, daß der ziemlich abwesend wirkende Mann gerade von einem Kongreß in New York zurückgekommen war, zu dem er auch seine Geliebte mitgenommen hatte – die Frau nämlich, die direkt vor ihm durch die Schwingtüren gerauscht war und kein einziges Mal zurückgeblickt hatte. Der Mann lächelte seine Frau vage an, während sie ihn mit Fragen über die Reise bombardierte; die Fassade ihrer Ehe aufrechtzuerhalten, war ihr genauso wichtig wie ihm. Renee überlegte, wie

lange es wohl dauern werde, bis sie in einer Anwaltskanzlei wie der ihren saßen, möglicherweise auf der anderen Seite ihres eigenen Schreibtisches. Ob sie die beiden dann wohl wiedererkennen würde?
Was das junge Mädchen betraf, das sich in der schützenden Umarmung seiner Großeltern auskicherte, so vermutete Renee, daß es aus einer zerrütteten Ehe stammte. Die Großeltern, wahrscheinlich väterlicherseits, hatten das Mädchen schon mehrere Jahre lang nicht gesehen. Schließlich hatte die Mutter dem Treffen zähneknirschend zugestimmt, und jetzt waren das Mädchen und seine Großeltern fast außer sich vor Freude.
Renee merkte, daß sie die Leute angestarrt hatte, und wandte den Blick ab. Philip hatte wahrscheinlich recht, dachte sie, wenn er sagte, daß ihr Beruf auf ihre Lebenseinstellung abzufärben beginne. Als er diese Beobachtung zum erstenmal machte, hatte Renee es von sich gewiesen, ja, sie war sogar beleidigt gewesen. »Trifft das auf deinen Beruf vielleicht nicht zu?« hatte sie verärgert gefragt.
Aber vielleicht hatte er recht, dachte Renee jetzt. Es stimmte, daß in ihrer Welt jeder Mensch entweder kurz vor der Scheidung stand oder sich gerade von einer Scheidung erholte. Bis in meine Phantasien hinein, dachte sie, während sie das Paar mittleren Alters beobachtete, das jetzt an dem Mädchen und seinen Großeltern vorbei die Ankunftshalle durchquerte. Warum konnte das Leben nicht einfach sein? Warum konnten nicht alle bis ans Ende ihrer Tage gut miteinander auskommen, so wie die Märchenbücher es verhießen? Wer wußte schon mit der Realität etwas anzufangen, wenn diese Realität fast immer so verdammt unangenehm war?
Meine Realität nicht, versicherte sie sich hastig. Ich habe den Märchenprinzen geheiratet. Ich lebe meine Phantasie. Ein paar Pfund hin oder her!
Drei Menschen stürmten durch die Tür in die Ankunftshalle, zwei Frauen und ein mürrisch dreinblickender Junge,

nicht älter als zehn. Schwestern, schloß Renee sofort. Die eine hatte nie geheiratet, die andere lebte seit kurzem von ihrem Mann getrennt und unternahm jetzt mit ihrem mißmutigen Sohn einen kurzen Urlaub in Florida, bevor die Kämpfe um das elterliche Sorgerecht begannen. Möglicherweise ein Bestechungsgeschenk. »Schau mal, Schätzchen, ist Florida nicht wunderschön? Wenn du bei Mommy bleibst, machen wir ganz viele solche Reisen.« Renee wandte sich ab. Philip hatte auf jeden Fall recht.
Sie überlegte, was Philip jetzt wohl gerade machte. Am Morgen hatte er ihr gesagt, er wolle sie, wenn möglich, zum Flughafen begleiten, sie solle ihn anrufen, bevor sie wegfahre. Aber als sie anrief, hatte seine Sekretärin ihr in ihrem englischen, die Vokale verschluckenden Akzent, mitgeteilt, Mr. Bower sei gerade mit einem Patienten beschäftigt, sie solle es bitte in fünf Minuten noch einmal versuchen. Renee hatte gewartet, hatte ein zweites Mal angerufen, war mit derselben Information abgespeist worden, und hatte dann so lange gewartet, daß sie zu spät zum Flughafen gekommen wäre, wenn sie sich noch länger geduldet hätte. Noch ein allerletztes Mal hatte sie die Nummer ihres Mannes gewählt, aber es war besetzt gewesen. Da war sie losgefahren. Sie war fast zwanzig Minuten zu spät am Flughafen angekommen, aber Kathryns Maschine hatte zum Glück dieselbe Verspätung gehabt. Renee warf einen Blick auf die Reihe öffentlicher Telefone an der gegenüberliegenden Wand und spielte mit dem Gedanken, noch einmal bei Philip anzurufen. Hoffentlich war er nicht sauer, weil sie nicht gewartet hatte. Es schoß ihr durch den Kopf, daß eigentlich sie Grund hatte, sauer zu sein, aber sie schob den Gedanken rasch beiseite.
Sie sah wieder zur Schwingtür hin. Eine Frau, die einige Jahre älter und einige Zentimeter größer war als sie selbst, betrat gerade die Ankunftshalle und blieb stehen. Die Frau war sehr blaß, ihre Haut hatte die Farbe und Konsistenz entrahmter Milch. Ihr dünnes blondes Haar hing schwunglos an den Seiten ihres eingefallenen Gesichts herunter. Diese

Frau hat vor kurzem eine Tragödie durchlebt, dachte Renee und ging näher heran. Sie war fast zwei Jahrzehnte lang mit einem Mann verheiratet gewesen, den sie sehr liebte, mit einem Mann, der sie vor kurzem verlassen hat, nicht durch Scheidung, sondern durch den Tod. Sie hat keine Kinder (aber mindestens drei Fehlgeburten erlitten), keinen Beruf (ihr Mann war ihr Beruf gewesen) und jetzt ihrer Meinung nach keinen Grund mehr zu leben. Und deshalb hat sie letzte Nacht ihre Schwester und ein paar Freunde angerufen, um sich zu verabschieden – ihre Freunde nahmen an, sie wolle ihre Schwester in Florida besuchen; ihre Schwester nahm an, sie könne sie auch am nächsten Morgen zurückrufen –, und dann legte sie sich ins schöne heiße Badewasser und schnitt sich in aller Ruhe die Pulsadern auf. Ihre Freunde fanden sie kurz vor Mitternacht und brachten sie sofort ins Krankenhaus, wo man sie verband, tadelte und entließ. Die Schnitte seien nicht sehr tief, hatte der Arzt ihr trocken mitgeteilt. Er hatte gesagt, sie leide unter Depressionen, hatte ihr Valium verschrieben und sie nach Hause geschickt.
Renee betrachtete die Verbände an den schlanken Handgelenken und mußte plötzlich gegen einen Brechreiz ankämpfen.
»Kathryn«, sagte sie leise und schloß ihre Schwester zärtlich in die Arme.
Renee hatte das Gefühl, ein Gespenst zu umarmen. Der Mensch, den sie da umfangen hielt, besaß überhaupt kein Gewicht. Überhaupt keine Körperlichkeit. Kathryn löste sich langsam von Renee und blickte ihr starr in das angstverzerrte Gesicht. Renee sagte nichts, sah nur zu, wie sich in den immer noch erstaunlich grünen Augen ihrer Schwester Tränen bildeten. Erst jetzt bemerkte sie, daß auch sie selbst weinte.
»Du bist ja so dünn«, sagte Renee mit brechender Stimme, als ihre Schwester ein Lächeln versuchte, während an ihrer Oberlippe eine Träne entlangrollte und in ihrem Mund ver-

schwand. »Wie war der Flug?« fragte sie. Sie wollte die wichtigen Fragen nicht voreilig stellen.
»Wir sind in ein paar Turbulenzen geraten«, flüsterte Kathryn. Offensichtlich kostete sie das Sprechen Mühe. »Ich bin immer noch ein bißchen zittrig.«
»Wenn wir zu Hause sind, legst du dich gleich hin.« Renee faßte ihre Schwester am Ellbogen in der Hoffnung, sie zum Gepäckband bugsieren zu können, aber Kathryns Körper verweigerte jede Bewegung. Ihre Augen starrten mit leerem Blick auf irgendeinen Punkt in der Ferne.
Renee betrachtete das feingeschnittene Gesicht ihrer Schwester, während sie überlegte, was sie jetzt tun sollte. Die grünen Augen waren noch immer das Schönste, Auffälligste an diesem Gesicht, auch wenn sie im Augenblick rot unterlaufen waren. Kathryns hochliegende Wangenknochen waren immer noch perfekt wie die eines Fotomodells und fielen jetzt um so mehr auf, als sie deutlich abgenommen hatte. Aber auch ganz ohne Make-up, sogar mit diesem zerstreuten, starren Blick, war Kathryn unbestreitbar eine Schönheit. Arnies Tod war ein grausamer Schock für sie gewesen. Wieder wanderte Renees Blick die zerbrechlich wirkenden Arme ihrer Schwester bis zu den einbandagierten Handgelenken hinab. Warum nur? hätte sie gerne gefragt, aber sie sagte bloß: »Kathryn, wir müssen dein Gepäck holen.« Und dann projizierte sie ihre eigene Übelkeit auf ihre Schwester: »Ist alles in Ordnung? Wird dir schlecht?«
Kathryns Blick heftete sich mit solcher Eindringlichkeit auf Renee, daß diese einen Schritt zurücktrat und ihre Schwester losließ. »Du hast doch Mom und Dad nichts davon erzählt, oder?«
Renee schüttelte den Kopf. »Nein. Ich habe mir gedacht, daß du sie ja später anrufen kannst.«
»Nein!«
»Wenn du ein bißchen zur Ruhe gekommen bist.«
»Nein!«
»Nur damit sie wissen, wo du bist.«

»Ich will nicht, daß sie wissen, daß ich hier bin. Ich will nicht, daß sie erfahren, was passiert ist.«
»Sie sind unsere Eltern, Kathryn!«
»Bitte!« Kathryns Stimme klang schon fast hysterisch. Renee bemerkte, daß einige der umstehenden Leute sich zu ihnen umgedreht hatten.
»Okay, okay«, gab Renee klein bei. »Wie du willst.«
»Ich will nicht, daß sie es erfahren. Du weißt doch, wie Mutter sich aufregen würde. Du weißt doch, wie enttäuscht Daddy wäre.«
Renee nickte und zog ihre Schwester mit sich zum Gepäckband. Wie sehr sich Mutter aufregen würde, dachte sie, hing ganz davon ab, wie sehr Kathryns Selbstmordversuch Vater aufregen würde, und Vaters Enttäuschung würde sich in einem wortlosen, starren Blick äußern, so als hätte er ja schon immer gewußt, daß es soweit kommen werde, so als ob ihre Depression eine gegen ihn persönlich gerichtete Beleidigung wäre, als ob... als ob... Dieses stumme Starren hatte ihre ganze Kindheit hindurch Bände gesprochen. Es schleuderte einem ein Enttäuschtsein von fast alttestamentarischen Dimensionen entgegen. Renee konnte verstehen, warum Kathryn so darauf bedacht war, diesem Blick zu entgehen, auch wenn sie wußte, daß ihre Schwester sich ihm früher oder später würde stellen müssen.
»Welche Farbe hat dein Koffer?« fragte Renee, während sie die Gepäckstücke betrachtete, die auf dem Band vorüberzogen.
Kathryn sah sie erstaunt an; dann wurde ihr Blick wieder leer. »Ich weiß nicht mehr«, sagte sie schließlich. »Ich habe nicht gepackt. Marsha hat alles gepackt. Sie hat dich auch angerufen und mich zum Flughafen gefahren. Ich weiß nicht mehr, welche Farbe mein Koffer hat«, wiederholte sie und hob die verbundenen Handgelenke zu den Augen, um die Tränen zu verbergen.
»Macht nichts. Wir werden ihn schon finden.«
Kathryn wischte sich die Tränen aus den Augen. »Der Arzt

war nicht gerade beeindruckt von meinen Verletzungen«, sagte sie plötzlich ziemlich ruhig. »Er sagte, er glaube nicht, daß ich wirklich sterben wollte.«
»Na, Gott sei Dank.« Renee wandte den Blick immer nur so lange von ihrer Schwester ab, wie sie brauchte, um die neu auf das Band fallenden Koffer zu registrieren. »Ist er das?« Sie ging mit ihrer Schwester auf einen alten Leinenkoffer in den Farben Dunkelblau und Braun zu, der ihr irgendwie bekannt vorkam. »Kathryn, ist das hier dein Koffer?« fragte sie noch einmal, bückte sich, zog ihn zu sich hinunter und las das Namensschild. »Kathryn Metcalfe Wright«, stand darauf. »Hattest du noch welche dabei? Kannst du dich erinnern, wie viele Koffer deine Freundin gepackt hat?«
Kathryn schüttelte den Kopf. »Nur einen, glaube ich.«
Den schweren Koffer halb tragend, halb ziehend, mit dem anderen Arm die Taille ihrer Schwester fest umfassend, verließ Renee das Flughafengebäude. Als sie bei dem weißen Mercedes angekommen waren – ein Geschenk von Philip zu ihrem letzten Hochzeitstag –, warf sie das Gepäckstück in den Kofferraum und führte Kathryn zur Beifahrertür. »Steig ein«, sagte sie freundlich.
Renee fuhr zur Flughafenausfahrt und bog in die Zubringerstraße zur I-95 ein. Zärtlich tätschelte sie Kathryn die Hand, als berührte sie einen zerbrechlichen Gegenstand aus Porzellan, und sah, daß ihre Schwester die Augen schloß. Ein paar Minuten später hörte sie ihre leichten, regelmäßigen Atemzüge und stellte erleichtert fest, daß sie eingeschlafen war.

»Hallo? Ist irgend jemand zu Hause?« rief Renee, als sie zusammen mit ihrer Schwester die verspiegelte Diele ihrer Wohnung betrat. Sie sah, daß Kathryn beim Anblick ihres Spiegelbildes zusammenzuckte, und führte sie schnell durch den Gang ins Wohnzimmer. Sofort kam das Meer in den Blick. »Debbie ist wahrscheinlich zum Strand gegangen«, sagte Renee und bugsierte ihre Schwester zu dem wei-

ßen Sofa gegenüber dem großen Fenster, das vom Fußboden bis zur Decke reichte. Sie hoffte, daß ihre Stimme nicht verraten hatte, wie erleichtert sie war, die Wohnung leer vorzufinden.
»Das habe ich dir ja zum schlechtestmöglichen Zeitpunkt angetan«, sagte Kathryn.
»Was soll das heißen?«
»Du hast doch schon Debbie bei dir wohnen. Deine verrückte Schwester war da doch das Allerletzte, was du hättest brauchen können.«
»Hat dir noch niemand gesagt, daß die Wohnungen in Florida genau zu diesem Zweck da sind? Hey, das war ein kleiner Scherz. Du mußt jetzt lachen!«
Kathryn brachte ein mattes Lächeln zustande. »Ich hätte wahnsinnig gern ein Glas Wasser.«
»Bleib sitzen, ich hole es dir.« Renee ging sofort in die Küche, füllte ein großes Glas mit Wasser, öffnete die Kühlschranktür und warf einen Blick hinein. »Willst du was essen?«
»Nein, danke. Das Wasser reicht mir.«
Renee tastete nach einer Tüte mit Mini-Schokoriegeln, die ganz hinten im Kühlschrank lag, und steckte sich hastig einen in den Mund. Dann ging sie ins Wohnzimmer zurück. »Du solltest etwas essen«, sagte sie zu ihrer Schwester. »Du mußt zu Kräften kommen.«
»Ich habe keinen Hunger, danke. Später vielleicht.« Kathryns Blick schweifte durch den Raum. »Weißt du eigentlich, daß ich noch nie in deiner Wohnung gewesen bin?«
»Das liegt daran, daß du nie aus New York wegfährst.«
»Arnie verreist eben nicht gern.«
»Na, und was meinst du?« fragte Renee, ohne auf die Bemerkung einzugehen, die Kathryn über ihren Mann gemacht hatte, als würde er noch leben. »Gefällt's dir?«
Kathryn schwieg eine Weile. Renee überlegte schon, ob sie die Frage überhaupt gehört hatte und noch antworten würde, da begann Kathryn zu reden. »Es sieht dir nicht ähnlich«, erklärte sie, als spräche sie über ein Foto.

»Na ja, das stimmt. Ich meine, es stimmt nicht, aber es stimmt«, stotterte Renee. Sie kam sich idiotisch vor. »Es war Philips Wohnung, aber sie ist so perfekt, daß wir keinen Grund zum Umziehen sahen. Sie ist direkt am Meer und reicht für unsere Bedürfnisse völlig aus. Wir haben ja drei Schlafzimmer. Sie ist einfach perfekt«, wiederholte sie.
»Sie ist so weiß.«
Renee versuchte, die Wohnung mit Kathryns Augen zu sehen und sich zu erinnern, wie sie reagiert hatte, als Philip sie vor sechseinhalb Jahren zum erstenmal hierher mitgenommen hatte. »Philip mag kein Chaos. Er sagt, davon hat er schon tagsüber in der Praxis genug, da will er es nicht auch noch abends daheim haben. Er mag es aufgeräumt und sauber.«
»Und wie magst du es?«
»Wie meinst du das?«
Kathryn schwieg.
Renee sah zu, wie sie vorsichtig an ihrem Wasser nippte. »Ich mag es genau so, wie es ist.« Sie folgte Kathryns Blick, der über die Wohnzimmerwände schweifte und die galerieartig arrangierten modernen, abstrakten Bilder begutachtete. »In einer weißen Umgebung kommen die Kunstwerke besser zur Geltung.«
»Bist du glücklich?« fragte Kathryn.
»Ja, sehr.«
»Das freut mich.«
Renee setzte sich neben ihre Schwester. Sie fürchtete sich vor der nächsten Frage, aber sie wußte, daß sie nicht darum herumkam.
»Warum hast du das getan, Kathy? Ich weiß, wie sehr du Arnie geliebt hast, aber...«
»Du weißt es überhaupt nicht«, sagte Kathryn mit gepreßter Stimme.
»Wie meinst du das?« Diese Frage hatte sie nun schon zum zweitenmal gestellt.
Plötzlich sprach Panik aus Kathryns Augen. »Du weißt

nicht, wie sehr ich ihn geliebt habe«, sagte sie. Sie hatte sich schnell wieder gefangen. »Er war mein Leben.«
»Er war ein großer Teil deines Lebens, aber er war nicht alles.«
»Er *war* alles«, verbesserte Kathryn sie. »Ich war gerade achtzehn, als ich Arnie heiratete. Ich war noch ein Kind. Er war beinahe alt genug, um mein Vater sein zu können. Erinnerst du dich, wie wütend Vater damals war?«
Renee nickte. Vaters Wut vergaß man nicht so leicht.
»Arnie war mein ganzes Leben. Er tat alles für mich. Er kümmerte sich um alles. Ich mußte nie eine Entscheidung treffen. Ich mußte nie irgend etwas organisieren. Arnie sorgte dafür, daß alles bestens lief. Und wir machten alles zusammen. Fast zwanzig Jahre lang. Zwanzig Jahre! Und dann stand er eines Abends beim Essen vom Tisch auf. Ich hatte einen scharfen Hackbraten für ihn gekocht. Er schmeckte Arnie nicht, weil er keine scharfen Sachen mochte, aber ich hatte mir gedacht, dieses Rezept ist nicht besonders schwierig, und dann habe ich es eben mal probiert. Und es schmeckte ihm wirklich nicht besonders, aber er aß es. Und dann stand er auf, und plötzlich fiel er auf die Knie. So ist es passiert. Er fiel einfach zu Boden. Ich schrie. Ich lief zu ihm. Zuerst dachte ich, er macht einen Witz, weißt du, albert ein bißchen rum, weil ich den Hackbraten zu scharf gewürzt habe, aber dann drehte ich ihn auf den Rücken und sah sein Gesicht, und da wußte ich sofort, daß er tot war.«
»Kathy, das ist jetzt drei Monate her. Darüber haben wir doch schon so oft gesprochen. Ich glaube nicht, daß es gut für dich ist, wenn du darüber so lange nachgrübelst.«
»Was soll ich denn sonst tun, Renee? Was soll ich denn sonst mit meinem Leben anfangen?«
»Du mußt weiterleben. Du bist jung, du bist schön. Das Leben kann so herrlich sein. Du mußt dem Leben eine zweite Chance geben. Das hätte sich auch Arnie gewünscht.«
»Arnie wünscht sich, daß ich bei ihm bin.«

»Nein«, sagte Renee resolut. Sie faßte ihre Schwester bei den Händen und sah, daß sie zusammenzuckte. »Entschuldige«, murmelte sie hastig und ließ Kathryns zitternde Hände wieder los. »Aber das würde Arnie gar nicht wollen. Er würde wollen, daß du glücklich bist und aus deinem restlichen Leben soviel wie möglich herausholst...«
»Nein.« Kathryn schüttelte den Kopf und schloß die Augen.
Renee überkam einen Augenblick lang dasselbe Gefühl, das sie schon am frühen Nachmittag während der Unterhaltung mit Lynn Schuster gehabt hatte – das Gefühl, Teile des Gesprächs fehlten einfach, wichtige Fakten würden zurückgehalten. »Kathryn«, sagte sie ganz langsam, »verschweigst du mir irgend etwas?«
Kathryn schlug die Augen auf; einen Moment lang war ihr Blick angsterfüllt. »Nein, natürlich nicht.«
»Warum piesackst du sie denn so?« fragte jemand hinter ihnen. Sofort war Kathryn am ganzen Körper angespannt und drehte sich nach der Sprecherin um. Renee blieb vornübergebeugt auf dem Sofa sitzen. Sie brauchte sich nicht umzudrehen, um zu erfahren, wer es war.
»Kathryn«, sagte sie leise, »das ist Philips Tochter, Debbie. Debbie – meine Schwester Kathryn.«
»Die Hand geben wir uns wohl besser nicht«, sagte Debbie, trat in die Mitte des Raums und stierte auf Kathryns Verbände.
»Ich dachte, du wärst nicht da. Ich habe gerufen, als ich reinkam. Wahrscheinlich hast du mich nicht gehört.«
»Doch, ich habe dich gehört. Aber ich wußte nicht, daß das eine Vorladung sein sollte.«
»Natürlich sollte das keine Vorladung sein«, setzte Renee an, unterbrach sich dann aber. Was brachte es schon?
»Na, was ist das denn für ein Gefühl, wenn man sich die Handgelenke aufschlitzt?« fragte Debbie.
»Debbie!«
»Nein, ist schon gut«, sagte Kathryn rasch. »Es macht mir nichts aus, darüber zu sprechen.«

»Sie will darüber sprechen«, sagte Debbie mit Genugtuung, ließ sich in der Mitte des weißen Teppichs zwischen dem weißen Sofa und dem weißen Sessel im Schneidersitz nieder. »Also, wie war es denn?«
»Es hat weh getan.« Kathryn starrte auf die Mullbinden, als könne sie durch sie hindurchschauen. »Es hat sehr weh getan. Deshalb habe ich wahrscheinlich auch nicht sehr tief geschnitten.«
»War es viel Blut?«
»Um alles in der Welt...«
»Ja«, antwortete Kathryn, ohne dem Ausruf ihrer Schwester Beachtung zu schenken. »Es sah aus, als würde ich in Tomatensaft baden.«
Debbie kicherte, und erstaunlicherweise fiel Kathryn in ihr Lachen ein.
»Wie hast du die Schnitte denn gemacht?« wollte Debbie wissen und beugte sich interessiert vor.
»So.« Kathryn fuhr mit einem zitternden Finger die Breite ihres Handgelenks entlang.
»Wenn du dich umbringen willst, mußt du der Länge nach schneiden«, erklärte Debbie sachlich. »Das habe ich mal in einem Film gesehen. Die haben gesagt, wenn man nur ins Krankenhaus will, schneidet man der Breite nach. Wenn man wirklich sterben will, schneidet man in derselben Richtung, in der die Venen verlaufen, dann kann man nämlich nicht mehr genäht werden. Am schnellsten geht es natürlich wohl mit einem Revolver. Mein Dad hat einen Revolver. Er liegt im Nachttisch neben seinem Bett.«
»Können wir jetzt bitte über etwas anderes sprechen?« bettelte Renee. Sie spürte schon wieder eine aufkommende Übelkeit.
»Ich finde das sehr interessant«, erklärte Debbie ihrer Stiefmutter.
»Das war keine Bitte!« informierte Renee sie barsch. Sie beschloß, den Revolver bei der erstbesten Gelegenheit anderswo zu verstauen. Sie war schon immer dagegen gewe-

sen, daß das Ding überhaupt in der Wohnung herumlag. Warum hatte Debbie es bloß erwähnt? Hatte das Mädchen denn überhaupt kein Gefühl?
Debbie hob die Hand zu einem schneidigen Gruß: »Aye, aye, Captain!«
Renee wandte sich ihrer Schwester zu. »Ich denke einfach, wir sollten ein anderes Gesprächsthema finden.«
»Meine Mutter hat auch mal versucht, sich umzubringen«, verkündete Debbie. »Hast du das eigentlich gewußt, Renee?«
»Nein«, gestand Renee, zu verblüfft, um irgend etwas hinzuzufügen.
»Als mein Vater sie verlassen hatte, war sie völlig fertig. Ich war damals natürlich noch ein Kind, aber ich glaube, sie hat sich damals ganz ähnlich gefühlt wie du jetzt.« Debbie lächelte Kathryn an, die sie aufmerksam betrachtete. »Sie begann zu trinken und nahm Schlaftabletten, um die Nacht durchzustehen. Eines Nachts hatte sie zuviel getrunken und zu viele Tabletten geschluckt. Wir haben sie sofort ins Krankenhaus gebracht. Die haben ihr den Magen auspumpen müssen. Es war ganz schön eklig.«
»Entschuldigt mich.« Renee lief in die Küche, goß sich ein Glas Wasser ein, trank es rasch aus, langte dann in den Kühlschrank, nahm sich noch einen Schokoriegel aus der Plastiktüte und verschlang ihn mit drei hastigen Bissen. Im Wohnzimmer plapperte Debbie weiter über ihre Mutter, erzählte Kathryn, wie schön sie gewesen sei, wie dünn sie gewesen sei, ganz ähnlich wie Kathryn. Ganz anders als Renee.
Es stimmte. Renee hatte Fotos von Philips früherer Frau Wendy gesehen. Sie war *wirklich* schön. Und dünn. Und schrecklich labil. Jedesmal wenn Renee an Debbies Mutter dachte, fiel ihr wieder die Geschichte ein, die Philip ihr am Anfang ihrer Beziehung anvertraut hatte. Wendy hatte offensichtlich einmal kurz vor dem Zubettgehen einen Streit provoziert, und als Philip hartnäckig bei seinem Entschluß

blieb, die Nacht lieber in einem Hotel zu verbringen, als sich ihre Beschimpfungen weiter anzuhören, war sie doch tatsächlich auf die Straße gerannt und hinter seinem Wagen hergelaufen – und das splitternackt. War hinter seinem Wagen hergelaufen wie ein Hund, hatte er damals weinend erzählt und Renee dann gestanden, er habe diese Geschichte bisher noch keinem einzigen Menschen erzählt, so sehr schäme er sich der Sache.

»Ich denke, Kathryn sollte sich jetzt hinlegen«, sagte Renee, als sie das Wohnzimmer wieder betrat. Debbie saß neben Kathryn auf dem Sofa. Kathryn lag in die Arme des Mädchens gekuschelt, hatte die Augen geschlossen und schlief.

»Mach dir keine Sorgen um Kathryn«, sagte Debbie im allersüßesten Ton. »Ich kümmere mich schon um sie.«

»Das ist sehr nett von dir, Debbie«, sagte Renee leicht gerührt. Ganz plötzlich war sie dankbar für die Anwesenheit ihrer Stieftochter.

»Und danach kümmere ich mich um dich«, sagte Debbie, wandte den Kopf zum Fenster und sah gelassen aufs Meer hinaus.

5

Den ganzen frühen Vormittag hindurch hatte das Telefon geklingelt. Lynn Schuster hob den Blick von ihrem papierübersäten Schreibtisch und richtete ihn auf die gepflegte junge Frau, die in der Tür zu ihrem kleinen, ordentlich aufgeräumten Büro stand. »Für Sie. Leitung eins«, sagte ihre Sekretärin, die Hände unter einem Stapel säuberlich aufeinandergeschichteter Aktenmappen vergraben. »Ich ordne schnell mal diese Berichte hier ein.«
Lynn nickte und nahm den Telefonhörer ab. Sie haßte die Freitage. Freitags war es immer am schlimmsten. Kurz vor dem Wochenende waren die Menschen offenbar verzweifelter als sonst, was sie nie verstanden hatte – bis Gary sie verließ. Bis dahin war der Freitag immer ein Tag gewesen, auf den sie sich gefreut hatte, weil er – zumindest in der Theorie – bedeutete, daß die Familie die folgenden zwei Tage hindurch ausspannen und zusammensein konnte. In der Praxis allerdings hatte Gary an den Wochenenden meistens gearbeitet, die Kinder waren bei irgendwelchen Freunden zum Spielen gewesen oder hatten zu Hause miteinander gestritten, und sie hatte sich abgerackert, um Berichte abzuschließen, die scheinbar nie termingerecht fertig wurden. Trotzdem, die Illusion hatte damals Bestand gehabt. Die Möglichkeiten hatten existiert. Als Gary vor sechs Monaten ausgezogen war, hatte er alle Möglichkeiten mit sich genommen. Jetzt freute Lynn sich nicht mehr auf die Wochenen-

den, was noch offensichtlicher machte, wie unglücklich sie geworden war. »Lynn Schuster«, sagte sie in die Sprechmuschel hinein.

»Marc Cameron«, kam sofort die Erwiderung. »Und bevor Sie auflegen«, fuhr er fort – aber das hatte sie gar nicht vorgehabt –, »möchte ich mich bei Ihnen für mein Benehmen von neulich abend entschuldigen.«

»Entschuldigung angenommen«, erklärte Lynn hastig. »Danke für den Anruf.«

»Legen Sie nicht auf!« wiederholte er. Diesmal hatte sie es vorgehabt.

Lynn schielte nervös zur Bürotür hinüber. Ihre Sekretärin stand am anderen Ende des Gangs und legte Berichte ab. Ein paar Minuten würde das wohl noch dauern. »Was kann ich für Sie tun, Mr. Cameron?«

»Als erstes können Sie mich Marc nennen. Und dann können Sie heute mit mir zu Abend essen.«

Lynn holte tief Luft, atmete ganz langsam aus und blies dabei versehentlich mehrere Blätter von der Schreibtischplatte. »Ich glaube nicht, daß das gut wäre«, sagte sie und sah zu, wie die Papiere auf den beigen Teppichboden zu ihren Füßen schwebten.

»Aber warum denn?« Er klang provozierend hartnäckig.

»Das dürfte doch wohl offensichtlich sein.«

»Ist es wegen dem, was ich gesagt habe?«

»Nein, wegen dem, was Sie sind.«

»Schriftsteller?«

Sie lachte. »Suzettes Mann.«

»Können wir nicht einfach vergessen, wer wir sind? Ich korrigiere mich«, fügte er im selben Atemzug hinzu: »Wer wir *waren*.«

Lynn spielte nervös an dem breiten goldenen Ring herum, der am Ringfinger ihrer linken Hand steckte. »Ich glaube, das dürfte sich als schwierig erweisen.«

»Nicht, wenn wir etwas dagegen unternehmen.«

»Ich habe für heute abend schon etwas vor«, sagte sie und

sprach, als er nichts erwiderte, weiter. »Mein Vater und seine Frau kommen zum Essen. Wirklich.«
»Was ist mit morgen abend?«
»Ich kann nicht.«
»Wieder Ihr Vater?«
»Nein, mein besseres Wissen. Es tut mir leid. Ich glaube ganz einfach nicht, daß es gut wäre.«
»Das haben Sie schon mal gesagt.«
»Es tut mir wirklich leid, daß wir uns unter diesen Umständen kennenlernen mußten...«
»Klingt wie bei einem Begräbnis.« Er lachte. »Was soll's – ich bin Schriftsteller. Ich bin an Absagen gewöhnt. Hören Sie mal, würden Sie mir einen Gefallen tun?«
»Wenn ich kann.«
»Nehmen Sie ein Stück Papier«, befahl er. Lynn griff nach ihrem Notizbuch; in diesem Augenblick erschien die Sekretärin wieder in der Tür. »Schreiben Sie!« Er diktierte eine Nummer, die Lynn gehorsam notierte und laut wiederholte, nachdem er sie dazu aufgefordert hatte. »Meine Telefonnummer«, erklärte er. »Ich habe mir eine Wohnung gemietet, bis die ganze Sache über die Bühne ist. Falls Sie Ihre Meinung bezüglich eines Treffens mit mir ändern sollten, was ich von tiefstem Herzen hoffe, dann rufen Sie mich an!«
»Mach ich«, sagte Lynn und gab ihrer Sekretärin durch eine Geste zu verstehen, sie solle eintreten und sich setzen. »Danke für Ihren Anruf.«
»Es war mir, wie immer, ein Vergnügen«, sagte er und hängte ein. Lynn legte den Hörer auf die Gabel und lächelte – vielleicht etwas zu krampfhaft – die junge blonde Frau mit dem Pferdeschwanz an, die jetzt vor ihr saß.
»Stimmt etwas nicht?« fragte die Sekretärin und beugte sich vor, um ihre Bereitschaft zum Zuhören zu bekunden. »Sie sehen aus, als hätten Sie Schmerzen.« Lynn zwang sich, die Lippen zu lockern. Ihre Sekretärin, die Arlene hieß und etwa Ende Zwanzig war, nahm eine dünne Aktenmappe von

ihrem Schoß und reichte sie Lynn über den Schreibtisch hinweg.
»Was ist das?« Lynn schob Marc Cameron in die hinterste Ecke ihres Bewußtseins und konzentrierte sich auf die Aktenmappe, die ihre Sekretärin ihr in die Hand gedrückt hatte.
»Es ist von McVee«, sagte Arlene und stand auf, um an ihren eigenen Schreibtisch zurückzukehren, der im Gang, gleich vor Lynns Bürotür, stand. »Verdacht auf Kindesmißhandlung. Er will, daß Sie der Sache sehr vorsichtig nachgehen. Alle Unterlagen sind in seinem Büro. Streng vertraulich. Offensichtlich könnten wir da jemandem auf sehr große Zehen treten. Sie sollen mal hinfahren.«
Lynn öffnete die Mappe und überflog die wenigen getippten Zeilen auf dem ersten und einzigen Blatt. Sie wußte, daß bei Abschluß ihrer Recherchen viele Blätter in dieser Mappe liegen würden. Viel zu viele. Keith und Patty Foster, las sie; die Namen sagten ihr nichts; Tochter Ashleigh, sieben Jahre.
Automatisch fiel Lynns Blick auf die gerahmten Fotografien ihrer eigenen beiden Kinder, die hinter den Papierstapeln auf ihrem Schreibtisch fast versteckt waren. Ungehalten verschob sie die Stapel, bis der Blick auf die beiden lächelnden Kinder frei war, die sie das letzte Mal gesehen hatte, als sie morgens den Bus zum Feriencamp bestiegen und sich dabei mit kaum verhohlener Wut über die jüngste Missetat des jeweils anderen angestarrt hatten. Megan, die zur Zeit der Aufnahme neun Jahre alt gewesen war, wirkte scheu und strahlte eine ruhige Schönheit aus, die bereits die Frau hinter den feinen Gesichtszügen des Kindes erahnen ließ, während Nicholas' Foto, das ihn an seinem siebten Geburtstag zeigte, ein einziges Dokument gewaltiger, zahnlückiger Selbstbeglückwünschung darstellte.
Lynn schloß die Aktenmappe und stützte den Kopf in die Hände. Sie hatte keine Lust, irgend etwas über siebenjährige Kinder zu lesen, die möglicherweise Opfer elterlicher

Mißhandlungen geworden waren. In den zwölf Jahren, die sie nun schon an vorderster Front für die Sozialberatung von Delray Beach arbeitete, war dies der einzige Aspekt ihrer Tätigkeit geblieben, an den sie sich nie hatte gewöhnen können. Mißmutig öffnete sie die Mappe wieder und sah, der Aufforderung ihrer Sekretärin entsprechend, nach, um welche Adresse es sich handelte. Harborside Villas, las sie und schüttelte den Kopf. Nicht gerade eine gängige Adresse für Vorfälle dieser Art, aber sie wußte schon seit langem, daß Geld und soziales Prestige nur geringen Einfluß auf Vorfälle dieser Art hatten, wenn sie auch sicherlich in engem Zusammenhang mit der Behutsamkeit standen, die in diesem Fall angeordnet worden war.

Die mutmaßliche Mißhandlung war von einer Nachbarin gemeldet worden, einer Mrs. Davia Messenger, die im Haus neben dem der Fosters wohnte. Lynn war klar, daß sie zu den Harborside Villas hinausfahren mußte, um die Frau so schnell wie möglich zu befragen. Sie sah sich nach ihrem Terminkalender um, fand aber nur den Notizblock, auf den sie mit dicken Strichen Marc Camerons Telefonnummer gekritzelt hatte. »Arlene, wie sieht mein Terminplan für heute aus?«

»Sie haben einen Termin um vierzehn Uhr.«

»Und was ist heute vormittag noch?«

»Nichts, was nicht warten könnte.«

Wenige Minuten später saß Lynn in ihrem Auto und fuhr auf dem Federal Highway nach Süden, zu den Harborside Villas, zu einer Mrs. Davia Messenger und zu einer Geschichte, von der sie eigentlich gar nichts wissen wollte.

Die Harborside Villas waren Teil eines hufeisenförmigen Häuserkomplexes am Inland Waterway, der mit einem eigenen kleinen Jachthafen, zwei großen Swimming-pools und vier Tennisplätzen aufwartete. Die Preise begannen bei einer Viertelmillion Dollar für ein Apartment und stiegen dann steil an bis zu den teuersten Unterkünften, einer Reihe

von acht identischen, weißen, zweistöckigen Häusern, die dem Hauptgebäude gegenüber standen und freien Blick auf den Inland Waterway boten.
Davia Messenger wohnte im vorletzten dieser Häuser, gleich neben dem Eckhaus, das den Fosters gehörte. Lynn marschierte den gewundenen roten Ziegelweg entlang zur Haustür der Messengers und betrachtete im Vorbeigehen den Luxus, der hier überall ins Auge stach. Sie hatte kaum den bronzenen Türklopfer in Form eines Delphins gehoben, da wurde die Tür bereits von einer großen, dünnen, leicht gebeugt dastehenden Frau geöffnet, deren scharfe, unregelmäßige Gesichtszüge schon seit langem zu einem kummervollen Ausdruck erstarrt waren.
»Sie hat Sie nicht kommen sehen, oder?« begrüßte die Frau Lynn nervös in der Diele ihres durchgestylten Hauses. Lynn notierte sich im Geist das Alter der Frau – Ende Fünfzig – und ihr leuchtend rotes, geometrisch geschnittenes Haar, erwiderte jedoch nichts. Die Frau schloß die Tür hinter ihr und führte sie in das peinlich saubere, von leuchtend gelben und grauen Farbnuancen durchflutete Wohnzimmer. Zaghaft ging Lynn auf die beiden blaßgelben Zweiersofas zu, die in der Mitte des großen Raums mit der phantastischen Aussicht über den Inland Waterway standen. Sie hatte das deutliche Gefühl, daß dieses Zimmer noch nicht viele Besucher gesehen hatte.
»Entschuldigen Sie die kleine Verspätung. Ich bin im Verkehr steckengeblieben. Sie haben ein wunderschönes Haus«, sagte Lynn fast in einem Atemzug. Als sie sich setzte und Notizbuch und Filzstift hervorholte, sah sie Mrs. Messenger zusammenzucken.
»Sie sind vorsichtig mit diesem Stift, ja?« Es war mehr eine Erklärung als eine Bitte.
»Selbstverständlich«, sagte Lynn und bemühte sich um einen aufmunternden Gesichtsausdruck, obwohl sie sich so fühlte, wie ihre Kinder sich fühlen mußten, wenn man ihnen befahl, mit den Buntstiften aus dem Wohnzimmer zu

verschwinden. »Wie lange wohnen Sie schon hier, Mrs. Messenger?«
»Sechs Jahre«, antwortete die Frau hastig. »Wir sind die ersten Besitzer. Wir haben gekauft, als die Häuser noch im Bau waren. Wir wußten, wie schön sie werden würden. Wir haben einen Blick für das Schöne, mein Mann und ich.« Sie bemühte sich zu lächeln, aber ihre Mundwinkel zuckten nur, und sie gab den Versuch wieder auf. »Wissen Sie, es macht mir keinen Spaß, so etwas zu tun«, sagte sie. »Sie werden doch meinen Namen aus dem Spiel lassen, oder? Der Mann, mit dem ich gesprochen habe, hat mir versichert, daß mein Name aus dem Spiel bleibt.«
»Ihre Identität wird streng geheim gehalten, Mrs. Messenger.« Lynn beobachtete, daß die Frau ununterbrochen unsichtbare Fussel in Kreisform von dem offenbar teuren Bezugsstoff des zweiten Sofas zupfte.
»Die Fosters sind wichtige Leute. Er arbeitet bei Data Base International. Ziemlich hohes Tier.« Davia Messengers Blick schweifte nervös durch den Raum. Sie bückte sich und entfernte einen vermuteten Schmutzfleck von dem hellen Drury-Teppich zu Lynns Füßen. Zuvorkommend hob Lynn die Fersen vom Boden und ließ sie erst sinken, als die Frau ihre Aufmerksamkeit anderswohin gerichtet hatte.
Lynn machte sich rasch eine Notiz über den hochgradig nervösen Zustand der Frau, der ihrer Ansicht nach durch ihren Besuch zwar verschlimmert, nicht jedoch verursacht worden war. Die Fahrigkeit dieser Frau wirkte allmählich ansteckend auf sie.
»Erzählen Sie mir doch mal, was Sie zu Ihrem Anruf bei uns veranlaßt hat, Mrs. Messenger.«
Die Frage schien Davia Messenger zu überraschen. »Na, das kleine Mädchen natürlich. Ashleigh. Sie ist der Grund für meinen Anruf. Es gibt ja heute so viele Ashleighs, finden Sie nicht auch?«
»Sie haben den Verdacht, daß ihre Eltern sie mißhandeln?«

»Ich habe keinen Verdacht, ich *weiß* es.« Davia Messenger näherte sich Lynn mit einer raubvogelartigen Bewegung; ihre langen Finger waren weit gespreizt und zitterten. »Wie erklären Sie sich denn sonst, daß das arme kleine Ding ständig mit Blutergüssen übersät ist? Letzte Woche hatte sie ein blaues Auge. Und ein paar Wochen davor war es ein gebrochener Arm.«
»Kinder haben oft mal einen Unfall, Mrs. Messenger.« Lynn bemerkte, daß Davia Messenger den Blick von ihrem Gesicht gewandt und auf eine Stelle links von ihrer Wange, direkt über der Schulter gelenkt hatte. Bevor sie überlegen konnte, was genau Davia Messenger da anstarrte, beugte die Frau sich vor und strich Lynn ein einzelnes Haar zurück, das ihren ausgeprägten Sinn für Ästhetik offensichtlich gestört hatte.
»Nichts da Unfall! Patty Foster mißhandelt ihre Tochter.«
»Waren Sie Zeugin dieser Mißhandlungen?« Es fiel Lynn zunehmend schwer, sich zu konzentrieren. Sie hatte den Wunsch, Davia Messenger solle sich, verdammt noch mal, endlich hinsetzen.
»Ich bin Zeugin der Ergebnisse. Ich höre das Kind zu jeder Tages- und Nachtzeit weinen.«
»Aber Sie waren nie persönlich anwesend, als Patty Foster Ashleigh körperlich mißhandelte?«
»Diese Frage habe ich bereits beantwortet«, fuhr die Frau sie an.
»Was genau war der Anlaß für Ihren Anruf, Mrs. Messenger?«
»Ich verstehe nicht. Ich habe Ihnen doch gesagt...«
»Sie haben angedeutet, daß dies schon seit einigen Monaten so geht, trotzdem haben Sie uns erst jetzt angerufen. Ist gestern nacht irgend etwas vorgefallen?«
»Wenn Sie das Kind weinen gehört hätten, bräuchten Sie diese Frage nicht zu stellen. Ich habe es einfach nicht mehr ertragen, das mit anzuhören.«

»Hat Ihr Mann das Weinen auch gehört?«
»Ja, natürlich.«
»Kann ich mal mit ihm sprechen?«
»O nein, nein, nein«, kreischte Mrs. Messenger mit wild fuchtelnden Händen. »Lassen Sie ihn aus dem Spiel. Er will mit der Sache nichts zu tun haben. Er hat gesagt, ich soll Sie nicht anrufen. Niemand wird dir glauben, hat er gesagt. Dieser Mr. Foster ist ein wichtiger Mann in dieser Gegend. Nein, nein, nein. Lassen Sie meinen Mann aus dem Spiel!«
Lynn ließ den Filzstift sinken; sie bemerkte, daß Mrs. Messenger den Atem anhielt. »Warum sind Sie so sicher, daß *Mrs.* Foster ihre Tochter mißhandelt und nicht Mr. Foster?«
»O nein, nein, nein«, wiederholte die Frau, diesmal im Brustton der Überzeugung. »Mr. Foster ist ein Gentleman. Er würde nie einem Kind weh tun. Es ist seine Frau. Sie ist viel jünger als er. So jung, daß sie seine Tochter sein könnte. Seine Enkelin sogar. Ziemlich hübsch wohl. Sie tut nicht viel. Sitzt den ganzen Tag im Bikini am Pool. Weiß gar nicht, warum die überhaupt Kinder hat. Das darf man hier eigentlich gar nicht, wissen Sie. Zumindest hatte ich diesen Eindruck, als wir das Haus hier kauften, als es noch im Bau war. Wir haben wirklich einen Blick für das Schöne, mein Mann und ich. Haben es selbst eingerichtet. Bitte passen Sie mit diesem Stift auf, ja?«
Lynn steckte die Kappe auf den schwarzen Filzschreiber, klappte ihr Notizbuch zu und legte beides in ihre Aktentasche zurück. Es war offensichtlich, daß sie bereits alle verwertbaren Informationen bekommen hatte, die Mrs. Davia Messenger zu geben bereit war, und sie befürchtete, daß die Frau einen Ausschlag bekommen würde, wenn sie noch länger bliebe. »Danke, Mrs. Messenger. Ich denke, ich werde mich jetzt mal mit den Fosters unterhalten.«
»Das dürfen Sie nicht!«
»Wie bitte?«

»Verstehen Sie denn nicht? Sie wird sehen, daß Sie aus meinem Haus kommen, und sofort wissen, daß ich die Sache gemeldet habe. Sie ist ein sehr rachsüchtiger Mensch.«
Lynn Schuster sah der Frau, die sie nervös anblinzelte, tief in die Augen. Sie beobachtete, daß diese Augen immer schmaler wurden. Sie wußte, daß sie es hier nicht gerade mit der glaubwürdigsten Zeugin zu tun hatte, aber sie wußte auch, daß jedem Hinweis auf Kindesmißhandlung nachgegangen werden mußte.
»Ich versichere Ihnen, daß Ihre Identität geheimgehalten wird.«
»Sie wird natürlich versuchen, Sie zu täuschen. Sie kann sehr überzeugend wirken. Sie dürfen sie nicht unterschätzen«, fuhr Mrs. Messenger fort, während sie Lynn zur Haustür folgte, hinter der sie sich, als Lynn in den heißen Sonnenschein hinaustrat, regelrecht versteckte.
Davia Messenger ist eine unangenehme, möglicherweise sogar psychisch labile Frau, dachte Lynn, während sie quer über den schmalen Rasenstreifen zur nächsten Haustür ging. Vor Gericht würde sie eine höchst unzuverlässige Zeugin abgeben. Mit diesen Gedanken klopfte Lynn zaghaft an die Tür der Fosters. Als sie feststellte, daß niemand daheim war, fühlte sie sich erleichtert.

Wenige Minuten später steckte sie mit ihrem Wagen im größten Stau. Es war extrem heiß, und bei einigen Autos auf dem überfüllten Highway kochte bereits das Kühlwasser. Fahrer, deren Wagen am Straßenrand liegengeblieben waren, standen mit schweißglänzenden Gesichtern und vor Aufregung verzerrten Mündern neben aufgeklappten Motorhauben, unter denen Dampf aus den heißgelaufenen Motoren hervorschoß. Lynn beobachtete sie gelassen, beugte sich vor, schaltete ihre Klimaanlage aus, um diesem Schicksal zu entgehen, und kurbelte statt dessen das Fenster hinunter. Sofort drang die heiße Luft in den Wagen, als suchte auch sie sich einen Ort zum Verkriechen. Lynn

stützte den Ellbogen auf die Wagentür, zog ihn aber sofort wieder zurück. Ihre Haut schmerzte, als wäre sie mit einer brennenden Fackel in Berührung gekommen.
Sie lugte durch die Windschutzscheibe und versuchte die Ursache des Staus zu ergründen, aber ein großer gelber Lieferwagen, auf dessen Rückfenster bunte Blumen gemalt waren, versperrte ihr die Sicht. In dem Auto rechts neben ihr stritten sich ein Mann und eine Frau. Sie konnte nicht hören, was sie zueinander sagten, aber die schmalen, verzerrten Gesichter ließen die Annahme zu, daß sie sich gegenseitig die Schuld für die augenblickliche Situation zuschoben.
»Ich habe dir gesagt, du sollst nicht diese Strecke fahren«, glaubte sie den Mann sagen zu hören, »aber nein, du wußtest es ja besser!«
Lynn sah über den Mittelstreifen hinweg, und ihr Blick fing das zynische Grinsen eines jungen Mannes in einem Sportwagen auf, der ungehindert in die Gegenrichtung fuhr. Er erinnerte sie an Marc Cameron, und einen Augenblick lang überlegte sie, ob er es nicht tatsächlich gewesen war. Aber nein – ihr fiel ein, daß Marc Cameron ja einen Bart hatte. Der Mann in dem Sportwagen war glattrasiert gewesen. Und er war mindestens fünfundzwanzig Jahre jünger als der Mann, der sie Anfang der Woche besucht hatte. Er war Marc Cameron überhaupt nicht ähnlich gewesen. Was war nur los mit ihr? Was für Gedanken gingen ihr da durch den Kopf?
Sie hörte den Wagen hinter ihr hupen und sah, daß der Lieferwagen vor ihr ein fast unmerklich kleines Stück weitergefahren war. Dankbar für diese Ablenkung, folgte sie ihm die wenigen Zentimeter, hielt an und legte den Leerlauf ein. Sie konnte es sich nicht leisten, wertvolle Zeit an Gedanken über Männer wie Marc Cameron zu verschwenden. Sie fand ihn anziehend – na und? Er war der erste Mann, seit Gary sie verlassen hatte – der erste Mann seit Gary, Punktum –, der solche Gefühle in ihr geweckt hatte – na und? Seit über sechs Monaten hatte sie mit keinem Mann geschlafen. Sol-

che Gefühle waren für sie jetzt ungefähr so nützlich wie ein Loch im Kopf. Was brachten denn solche Gefühle – Gefühle, die einen nervös und zappelig und schlaflos machten? Besonders angesichts der Tatsache, daß sie keine Lust hatte, ihnen nachzugeben. Oder hatte sie Lust, ihnen nachzugeben? Sie hatte seine Telefonnummer. Wenn sie wieder im Büro war, brauchte sie nur den Hörer abzunehmen und zu wählen. »Hallo, Marc Cameron? Hier ist Lynn Schuster. Ich kenne da ein tolles Motel, wo man gut zu Abend essen kann.«

»Sei nicht albern«, sagte sie laut. Du bist schon zum Abendessen verabredet. Mit deinem Vater und seiner charmanten Frau Barbara, die er vor drei Jahren geheiratet hat, die ihm seine Jugend wiedergegeben hat und ein neues Leben und all die anderen großartigen Gemeinplätze, die sie einem unermüdlich auftischt. Jeder ist seines Glückes Schmied; wenn der liebe Gott dir eine Zitrone gibt, dann mach Limonade daraus; wenn du glaubst, es geht nicht mehr, kommt von irgendwo ein Lichtlein her. Die Frau war eine wandelnde Enzyklopädie oberflächlicher »kluger« Sprüche. Lynn hatte nie verstanden, wie ihr Vater, ein intelligenter, belesener Mann, sich je mit einer solchen Frau hatte einlassen können. Nicht daß irgend etwas mit ihr nicht gestimmt hätte. Barbara war attraktiv und hatte gute Manieren, aber ihre Lektüre beschränkte sich auf Lebenshilfe- und Diätbücher, und Gespräche begann sie mit Leo-Buscaglia-Zitaten und schloß sie mit Worten von Rollo May. Dazwischen bekam man Ratschläge aller möglichen Leute von Richard Simmons bis hin zu Dr. Ruth zu hören. Lynn bezweifelte, daß diese Frau jemals einen eigenen Gedanken gehabt hatte. Und dennoch hing ihr Vater bei jeder dummen Silbe, die sie aussprach, an ihren Lippen.

Auch nach drei Jahren lächelte er noch gütig zu den Aussprüchen seiner Frau, fügte ein paar wohlgewählte eigene Beobachtungen hinzu und machte liebevolle Bemerkungen über Barbaras jüngste Großtaten. Immer hieß es »Barbara

dies« und »Barbara das« und »Hast du kürzlich Barbaras Namen in der Zeitung gelesen? Sie leitet diese neue Wohltätigkeitsaktion.« »Die Nächstenliebe beginnt zu Hause«, sagte Barbara dann. Eigener Herd ist Goldes wert. Morgenstund' hat Gold im Mund. Reden ist Silber, Schweigen ist Gold.
Ihre Mutter hätte beim bloßen Gedanken an eine solche Frau das große Würgen bekommen. Gegen eine zweite Ehe ihres Mannes hätte sie zwar nichts einzuwenden gehabt – auch Lynn hatte nichts dagegen –, aber er hätte bestimmt eine passendere Frau finden können – wenn schon nicht *seinem* Geschmack entsprechend, nun, dann wenigstens *ihrem*.
War es das, was sie an dieser Frau so störte? Daß ihr Vater, der ihr im ersten Jahr nach dem Tod seiner Frau so großes Vertrauen geschenkt hatte, nicht zu ihr gekommen war, als er eine neue Partnerin gefunden hatte? Daß er sie seinem einzigen Kind stolz als vollendete Tatsache präsentiert hatte? Und die Frau, klein, dunkelhaarig, ganz anders als ihre Mutter, hatte ihr freundlich die Hand gedrückt und gesagt, wie entzückt sie sei, jetzt zur Familie zu gehören. Du verlierst nicht den Vater, sondern gewinnst eine Freundin. Wann immer du mich brauchst, werde ich zur Stelle sein. Die Liebe ist stark wie der Tod. All you need is love. She loves you, yeah, yeah, yeah.
Die Liste war endlos. Ihre Mutter hätte gekotzt.
Lynn krümmte den Rücken und strich sich eine Haarsträhne aus dem Gesicht. Sie bekam ein schlechtes Gewissen, weil sie so gemeine Dinge dachte. Das war das einzige, was man Barbara lassen mußte: Die Frau war zu keiner Gemeinheit fähig. Alle Gemeinheit hatte sie mit ihrer Sammlung erbaulicher Aphorismen förmlich weggeliebt. In einer so schonungslos munteren Umgebung hatten Gemeinheiten keine Chance. Sie brachen zusammen unter dem Druck all dieses Frohsinns. Und ihr Vater saugte ihn geradezu in sich auf.

Seit Jahren hatte er nicht so gut ausgesehen. Das lag wahrscheinlich an der neuen fettarmen, salz- und zuckerfreien Diät, auf die Barbara ihn gesetzt hatte. Kein Fett, kein Salz, kein Zucker, keine negativen Gefühle. Es trug allerdings nicht gerade dazu bei, eine Abendeinladung interessant werden zu lassen. Und sie sollte sich eine Liebesnacht mit möglicherweise herrlich schmutzigem Sex entgehen lassen, nur um mit Miss Sympathie zu Abend zu essen?
Es würde nicht das erste Mal sein, daß sie Sicherheit und Geborgenheit einem hohen Risiko vorzog, auch wenn dieses Risiko die Möglichkeit in sich barg, die entsprechenden Investitionen in vielfacher Höhe zurückzubekommen. Aber sie war einfach keine Spielernatur. Sie blieb immer dort, wo sie ihrer Meinung nach hingehörte. Sie ging keine unnötigen Risiken ein. Aus demselben Grund hatte sie wohl auch den Job abgelehnt, den man ihr beim Bezirksschulamt in Palm Beach angeboten hatte. Es wäre eindeutig ein Karrieresprung gewesen – sie hätte praktisch das Sozialressort des Schulamtes für den gesamten Bezirk geleitet –, aber dann hätte sie nicht mehr, wie gewohnt, an vorderster Front arbeiten können, und es hätte eine viel größere Verantwortung mit sich gebracht; eine solche Verantwortung in dieser Phase ihres Lebens noch zu übernehmen, hatte sie sich nicht zugetraut. Im letzten halben Jahr hatte es schon genug Umbrüche für sie gegeben. Sie brauchte keinen neuen Job. Sie brauchte keinen neuen Mann. Und Marc Cameron schon gleich gar nicht. Oder Sex. Oder auch nur den Gedanken an Sex. Alles, was sie jetzt brauchte, war, aus diesem Stau herauszukommen und zurück ins Büro fahren zu können. Eine Tasse Kaffee konnte sie brauchen. Und eine Idee, was sie zum Abendessen kochen sollte.
Wieder hupte der Wagen hinter ihr; nicht einmal, sondern kurz hintereinander immer wieder. Es klang wie ein Schluckauf oder ein Hustenanfall. Lynn blickte rasch auf die Autoschlange vor ihr und sah, daß sie sich bewegte. Hastig legte sie den Gang ein und warf einen Blick in den Rückspie-

gel; der Mann im Wagen hinter ihr zeigte ihr gerade wutentbrannt den gestreckten Mittelfinger seiner rechten Hand. Genau das, was ich jetzt brauche, dachte sie. Sofort sah sie Barbara, die Frau ihres Vaters, vor sich. Ich wünsch' dir einen schönen Tag, sagte sie.

6

Renee träumte. In ihrem Traum saß sie in dem edlen neuen, weißen Pratesi-Morgenmantel, den Philip ihr zu Weihnachten geschenkt hatte, am Küchentisch, versuchte das Kreuzworträtsel der *New York Times* zu lösen und trank schon die achte Tasse Kaffee. Sie wußte, daß es die achte war, weil sie all die anderen Tassen kreisförmig auf dem Tisch gruppiert hatte, so daß es aussah wie das Zifferblatt einer Uhr. Das Telefon klingelte; es hatte den ganzen Morgen hindurch geklingelt. Renee wandte langsam den Kopf in Richtung des Apparats und rang mit sich, ob sie abnehmen sollte oder nicht.
Das Klingeln hörte nicht auf, und schließlich gab sie nach. Sie beugte sich vor, ohne vom Stuhl aufzustehen, und hob den weißen Hörer ans Ohr. Noch bevor sie Hallo sagen konnte, hörte sie eine Stimme. »Hier ist Marsha von der Partnervermittlung ›Heiliges Ehrenwort‹«, sagte die Frau mit hartem New Yorker Akzent. »Wir rufen Sie an, um Ihnen alles über Ihre tolle Party zu erzählen.«
Plötzlich hatte die Stimme ein Gesicht. Marsha von der Partnervermittlung »Heiliges Ehrenwort« tauchte vor Renee auf, schwarzhaarig, unglaublich dick – die Cheshire-Katze hinter dem furchterregenden Grinsen.
»Wie Sie wissen, führt die Partnervermittlung ›Heiliges Ehrenwort‹ seit zehn Jahren Menschen zusammen, Menschen wie Sie und Ihren Mann.«

»Nein«, unterbrach Renee die Stimme. Die Wirklichkeit drang in ihren Traum ein und versuchte ihr Recht geltend zu machen. Sie und Philip waren einander in einem Restaurant durch einen gemeinsamen Bekannten vorgestellt worden, der sich über ihre knapp fünf Monate später stattfindende Hochzeit höchst überrascht, ja geradezu verblüfft gezeigt hatte. Eine Partnervermittlung hatten sie nicht nötig gehabt. »Sie müssen sich verwählt haben.«
»Die Party, die wir veranstalten«, fuhr die Frau fort, ohne Renees Einwand zu beachten, »ist also zur Hälfte *unsere* Feier und zur Hälfte *Ihre*. Wir lassen alle unsere glücklichen Paare bei einer ganz großen Jubiläumsfete zusammenkommen, und da Sie und Ihr Mann einer unserer schönsten Erfolge sind, nehmen wir an, daß auch Sie an dieser Festivität sicherlich teilnehmen werden. Haben Sie einen Stift bei der Hand? Können Sie die Informationen mitschreiben?«
Die Frau verwandelte sich. Aus der dunkelhaarigen Dicken wurde eine zierliche Blondine. Ihre Handgelenke waren dick einbandagiert.
Die Kugelschreiber steckten in einem Marmeladenglas, das hinter dem Telefon stand; um an sie heranzukommen, mußte Renee über die Leiche ihres Mannes gehen, die vor ihr auf dem weiß gefliesten Fußboden lag. Ein Schlachtermesser mit Holzgriff stak in seinem Herz. Da hatte jemand saubere Arbeit geleistet. Rein technisch betrachtet, wußte Renee natürlich, daß sie das Messer von ihrem Platz aus eigentlich gar nicht sehen konnte, aber sie sah es trotzdem.
Philip lag auf dem Bauch, und wenn man von der ziemlich großen Blutlache absah, wirkte er erstaunlich unbeeinträchtigt – so als hätte er sich lediglich entschlossen, ein kleines Nickerchen auf dem Küchenboden zu machen. Er hat in seinem Leben schon verrücktere Dinge angestellt, dachte Renee, schritt über ihn hinweg und zog einen Kugelschreiber aus dem Glas. Sie teilte der Frau mit, daß sie jetzt bereit sei, hörte konzentriert zu, während die Frau ihr Ort und Zeit der anstehenden Festlichkeiten diktierte, notierte alles gehor-

sam und unterbrach sie nur einmal, um sich den Namen der angegebenen Straße buchstabieren zu lassen.
Plötzlich waren Polizisten da und warteten geduldig, bis sie all die sinnlosen Informationen aufgeschrieben hatte. Sie erklärte ihnen, sie sei ein braves Mädchen, sei schon immer ein braves Mädchen gewesen. Sie fesselten sie mit Handschellen und steckten ihr einen Knebel in den Mund. Trotz des Knebels konnte Renee ihnen sagen, daß sie ihre Rechte kenne und ihren Anwalt sprechen wolle. Die Polizisten wiesen sie darauf hin, daß sie selbst Anwältin sei. Der Tote auf dem Boden drehte sich um und lächelte. Er streckte den Arm aus und packte Renee am Fußgelenk. »Hab' ich dich!« sagte er.

Renee fuhr aus dem Schlaf auf. Ihr Atem ging in kurzen, heftigen Stößen.
»Was ist denn?« fragte Philip und setzte sich, offenbar ziemlich verwirrt, ebenfalls auf. »Was war denn?«
Renee zog die Beine an die Brust, umfaßte ihre Unterschenkel mit den Armen und legte die Stirn auf die Knie. »Ich habe etwas Schreckliches geträumt.«
»Puh!« sagte Philip und ließ sich ins Kissen zurückfallen, als hätte ihn jemand nach hinten geschubst. »Du hast mich fast zu Tode erschreckt.«
»Entschuldige.« Sie versuchte das Traumbild von Philip, der tot auf dem Küchenboden lag, aus ihren Gedanken zu vertreiben. »Es war ein grauenhafter Traum.«
Philip schwieg.
»Soll ich ihn erzählen?«
»Nein.«
Renee spürte einen kurzen Stich – etwa an derselben Stelle, an der in ihrem Traum das Messer durch Philips Brust gestoßen war. Debbies Traum hast du dir ohne jede Klage angehört, hätte sie am liebsten gesagt, aber sie unterließ es, weil sie wußte, wie kindisch es klingen würde, ja wie kindisch es *war*. »Ich habe geträumt, daß du tot bist«, sagte sie dann aber doch.

Philip drehte sich von ihr weg. »Das ist unter den gegebenen Umständen doch ganz natürlich.«
»Wirklich? Unter was für Umständen?«
»Der Mann deiner Schwester ist vor drei Monaten gestorben. Deine Schwester wohnt bei uns. Du fühlst dich in deine Schwester ein. Ganz simple Übertragung.«
»Ich habe geträumt, daß *ich* dich umgebracht habe! Ich habe geträumt, daß ich dir ein Messer ins Herz gestoßen habe!«
»Wie lieb von dir.«
»Es war entsetzlich. Ich fühle mich schrecklich.«
»Solltest du auch. Jetzt hör schon auf, Renee. Wir können noch zehn Minuten schlafen.«
Renee starrte durch die Dunkelheit auf das Leuchtzifferblatt des Weckers, dachte wieder an die letzten Sekunden ihres Traums und sah plötzlich Philips teuflisches Grinsen, das sich im Wecker spiegelte. »Wie spät ist es?« Ihre Stimme überschlug sich vor Aufregung. »Ist es schon zehn vor sieben?«
»Die Uhr lesen kann sie auch«, sagte Philip und vergrub den Kopf unter dem Kissen.
»Ich muß aufstehen. Ich komme sonst zu spät.« Renee schlug die Decke zurück und wollte gerade aus dem Bett springen, als Philips Hand sie davon abhielt.
»Was ist denn los?« fragte er ruhig.
»Ich habe in einer Stunde eine Besprechung mit den Partnern unserer Kanzlei! Das schaffe ich nie! Ich verstehe nicht, wie das passieren konnte. Ich hatte den Wecker auf halb sieben gestellt.«
»Und ich habe ihn dann auf sieben gestellt«, sagte Philip seelenruhig.
»Was?«
»Ich habe ihn auf sieben gestellt«, wiederholte er. »Ich dachte, es wäre ein Versehen. Mach dir keine Sorgen – warum solltest du es nicht in einer Stunde schaffen?«
»Philip, du weißt doch, wie lange ich immer brauche. Ich

muß duschen und mich frisieren und mich schminken...«
»Und deinen Mann küssen...«
Renee beugte sich vor, um Philip neben den Mund zu küssen, aber zu ihrer Überraschung drehte er den Kopf blitzschnell so, daß ihr Kuß direkt auf seinen Lippen landete. Noch überraschter war sie, als dieser Kuß sich zu einer leidenschaftlichen Umarmung ausweitete. Sanft und sehr widerwillig löste sie sich aus seinen Armen. »Philip, ich muß jetzt raus.«
»Hast du nicht mal ein paar Minuten Zeit, um deinem Mann zu sagen, daß du ihn liebst?«
Renee lächelte. »Ich liebe dich.«
»Kann dich nicht hören.«
»Ich liebe dich«, wiederholte Renee ein bißchen lauter und kichernd. Sie kam sich vor wie ein Schulmädchen.
»Beweis es!«
»Philip, das geht nicht. Ich muß aufstehen.«
»Ich liebe dich«, sagte er und küßte sie wieder, diesmal noch drängender.
Renee fühlte seine Zunge in ihrem Mund, fühlte, wie seine Hände sanft ihre Arme entlang bis zu den Schultern glitten und seine Finger die Träger ihres Nachthemds nach unten schoben. »Das ist nicht fair!«
»Was ist nicht fair?«
»Ich bin spät dran«, flüsterte sie. Das Nachthemd glitt zu ihren Hüften hinab. Sie spürte seine Hände auf ihren Brüsten; seine Lippen gruben sich seitlich in ihren Hals.
Renee wich zurück, zog sich das Nachthemd wieder hoch und schob die Träger über die Schultern. »Ich müßte schon seit einer Stunde auf sein.«
»Na und? Du hast eben verschlafen.«
»Ich habe nicht verschlafen. Du hast den Wecker verstellt. Das hättest du nicht tun dürfen.«
»Also gut, ich habe einen Fehler gemacht. Aber der zusätzliche Schlaf würde dir, ehrlich gesagt, ganz gut tun. Du siehst

in letzter Zeit etwas müde aus. Du kannst mir nicht erzählen, daß die Anwesenheit deiner Schwester keinen Streß für dich bedeutet. Ein bißchen zusätzlicher Schlaf würde sich auf dein Äußeres besser auswirken als eine Tonne Make-up. Renee, du hast immer noch viel Zeit, um dich herzurichten. Gib nach! Schlaf mit deinem Mann!«
Renee wollte etwas dagegen sagen, aber sie spürte seine Finger auf ihrem Mund.
»Wir haben kaum mehr Zeit, miteinander zu schlafen. Ich kann mich erinnern, daß du es nach der Hochzeit nie abwarten konntest, mit mir zu schlafen.«
»Es geht mir immer noch so.«
»Wirklich?«
Wieder spürte Renee Philips Hände auf ihren Schultern und seinen Atem dicht an ihrem Gesicht.
»Sag mir, was du willst, Renee«, bat er. »Ich werde nichts tun, wenn du nicht völlig einverstanden damit bist. Wenn dir diese Besprechung wirklich so wichtig ist, dann kann ich dafür Verständnis aufbringen.«
»Nichts ist mir wichtiger als du.«
»Also, was willst du?« fragte er noch einmal. Seine Lippen liebkosten ihren Hals. »Sag mir, was ich tun soll. Willst du, daß ich einen Rückzieher mache? Willst du, daß ich dich in Ruhe lasse? Damit du dich anziehen kannst?«
»Ich will, daß du mit mir schläfst«, hörte Renee sich selbst sagen.
»Wirklich?«
Renee nickte. Sie atmete schneller.
»Willst du das hier?«
Renee spürte, daß er sich wieder an ihrem Nachthemd zu schaffen machte.
»Ja? Sag's mir!«
»Ja.«
»Und was willst du weiter?«
»Philip...«
»Ich mache nichts, was du nicht willst.«
»Bitte...«

»Bitte was? Willst du das?« Sie spürte, wie seine Hände ihr Nachthemd von unten hoben, fühlte, daß er sie ins Bett zurückschubste und das Nachthemd bis zur Taille hinaufschob. »Sag mir, was ich machen soll.«
»Ich kann nicht. Es ist mir peinlich.« Sie spürte seine Hände zwischen ihren Beinen.
»Willst du, daß ich dich berühre?«
»Ja.«
»Dann sag es.«
»Ich will, daß du mich berührst.«
»Wo?«
»O Gott, bitte...«
»Wo soll ich dich berühren? Da?«
Renee stöhnte auf.
»Willst du, daß ich es mit dem Mund mache?«
»Philip...«
»Sag es!«
»Ich will, daß du es mit dem Mund machst.«
»Ich mache alles, was du willst«, sagte er.
Renee schloß die Augen und griff nach dem Kissen, das neben ihrem Kopf lag. Sie spürte Philips Zunge zwischen ihren Beinen und hörte sich durch den geöffneten Mund keuchen. Sie hatte Angst und war den Tränen gefährlich nahe, ohne zu wissen, warum.
»Was soll ich jetzt tun?« fragte er mit heiserer Stimme.
»Was du willst«, sagte sie. Sie wollte nicht sprechen. »Mach, was du willst.«
»Nein, wir machen das, was du willst. Willst du, daß ich in dich komme?«
Renee versuchte zu antworten, aber sie brachte keinen Ton heraus.
»Sag es!« forderte Philip sie auf. Er war irgendwo über ihr. »Sag mir, daß du mich in dir haben willst.«
»Bitte... ich will dich in mir haben.«
Sie spürte, wie er mit beiden Händen ihren Hintern hob und dann grob mehrere Male in sie stieß. Sie öffnete die Augen und sah ihn auf sich herabstarren. Er lächelte.

Als es vorbei war, setzte Philip sich im Bett auf und bat um ein Papiertaschentuch. »Tut mir leid, daß es so lange gedauert hat«, sagte er mit einer Kopfbewegung zum Wecker. »Aber daran bist du schuld. Du hast mich heiß gemacht.«
Renee befühlte ihr schweißnasses Haar. »Ich muß in der Kanzlei anrufen und Bescheid geben, daß ich an der Besprechung nicht teilnehmen kann.«
»Die können dich doch alle mal am Arsch lecken!« Er grinste. »Na ja, das habe ich ja wohl gerade eben erledigt.«
»Philip«, setzte Renee langsam an. Sie wußte nicht genau, ob dies der geeignete Augenblick für ein solches Thema war, konnte sich aber auch keinen besseren vorstellen. »Hast du mal über das nachgedacht, worüber wir vor ein paar Wochen gesprochen haben?«
»Was soll das denn gewesen sein?«
»Ob wir ein Baby wollen«, sagte Renee leise. Noch immer spürte sie Philip in sich.
»Ich glaube nicht, daß das eine gute Idee ist«, sagte er zärtlich und legte ihr kurz die Hand auf die Schulter. Dann verschwand er im begehbaren Kleiderschrank, tauchte, den Morgenmantel über der Schulter, wieder auf und betrachtete sich im Spiegel gegenüber dem Bett.
»Warum denn nicht?«
»Ich versuche nur, ein bißchen realistisch zu sein, Schatz. Wie viele Dinge kann ein Mensch gleichzeitig tun, und zwar gut tun? Du bist doch schon jetzt völlig überlastet.« Er blickte von Renee zu dem Wecker auf dem Nachtschränkchen und wieder zurück. »Du hast nicht mal Zeit zum Duschen. Wie willst du da Zeit für ein Baby haben?«
»Ich nehme sie mir einfach.«
»Genausoviel Zeit, wie du dir für Debbie nimmst?«
»Das ist gemein!«
»Nein, gemein wäre es, wenn du noch ein Kind auf diese bereits übervölkerte Welt bringen würdest, ohne dich hundertprozentig um dieses Kind kümmern zu können. Ich will nicht, daß irgendeine Haushälterin, die nicht einmal Englisch spricht, mein Kind aufzieht.«

»Viele Frauen arbeiten und haben Kinder, Philip.«
»Du bist nicht viele Frauen. Du bist du. Und im Augenblick ist das Wichtigste in deinem Leben die Karriere.« Er lachte. »Ich muß ja schon fast einen Termin vereinbaren, um mit meiner Frau schlafen zu können.«
»Ich würde alles ein bißchen langsamer angehen.«
Philip schlenderte zu ihrer Seite des Betts hinüber, beugte sich hinunter und küßte Renee auf die Stirn. »Du kannst nichts langsamer angehen. Du bist voll und ganz auf deine Arbeit fixiert. Sogar als wir miteinander schliefen, hast du dir Gedanken darüber gemacht, wie spät es wohl ist. Stimmt's? Sag jetzt nicht, es wäre anders gewesen. Ich weiß immer, was du fühlst.« Er warf ihr einen gedankenverlorenen Blick voller Resignation zu. »Ich hätte gerne Eier und Speck zum Frühstück«, sagte er auf dem Weg ins Badezimmer.
Renee blieb einige Minuten auf der Bettkante sitzen. Dann nahm sie den Hörer vom Telefon. Sie wählte rasch, ohne auf das Zittern ihrer Finger zu achten. »Hi, Dan. Hier spricht Renee. Ich schaffe es nicht zu der Besprechung. Ich fühle mich nicht besonders heute morgen. Nein, ich habe wohl nur irgend etwas Falsches gegessen. Ich versuche, um neun da zu sein. Danke. Tut mir wirklich leid.«
Sie legte den Hörer auf und ging auf ihr Spiegelbild zu. »O Gott«, sagte sie und schüttelte sich beim Anblick ihres nackten Körpers. »Wie erträgt er es nur, dich anzusehen?« Sie drehte sich um und starrte auf den rosaroten Striemen, der sich quer über ihre linke Pobacke zog.
Seit einiger Zeit schlug Philip sie jedesmal, wenn sie miteinander schliefen, zweimal kräftig auf den Hintern. Das hatte vor mehreren Monaten begonnen, vielleicht war es auch schon länger her, überlegte sie und versuchte sich an das erste Mal zu erinnern. Sie waren eines Nachts von einer Party heimgekommen und hatten so ziemlich wie immer miteinander geschlafen, da drehte Philip sie plötzlich auf den Bauch und schlug sie zweimal hart auf den Hintern. Schon

der erste Schlag war wie ein Strafhieb gewesen – stechend, schnell, scharf. Den zweiten hatte er ihr mit noch größerer Entschiedenheit verabreicht. Er hatte einen Abdruck hinterlassen, und der Schmerz war lange geblieben.
Renee betrachtete den langsam verblassenden roten Streifen auf ihrer blassen Haut. Sie mochte diese Angewohnheit nicht. Trotzdem zögerte sie, dies Philip gegenüber zu erwähnen. Vielleicht würde er sie dann der Einfallslosigkeit zeihen, ihr vorwerfen, sie habe keine Lust, etwas Neues auszuprobieren. Renee schlug die Augen nieder, sorgsam darauf bedacht, nicht noch einmal in den Spiegel zu sehen.
Sie fand ihr Nachthemd mitten in dem Chaos aus Decken und Kissen, zog es über den Kopf, holte ihren weißen Frotteemorgenmantel – den weißen Pratesi-Mantel, den sie im Traum angehabt hatte – aus dem Schrank und zog ihn an. Als sie an der Badezimmertür vorbeiging, hörte sie Philip unter der Dusche singen.
Debbie war in der Küche. Sie stand am Spülbecken und trank ein Glas Orangensaft.
Renee holte tief Luft. »Du bist aber früh auf.«
»Du bist aber spät dran«, erwiderte Debbie und betrachtete sie mit seltsamem Blick. »Deine Frisur ist Klasse.«
Renee wurde rot, wandte sich ab und schob sich verlegen das Haar hinter die Ohren.
»Schläft Kathryn noch?«
»Sie schläft meistens bis gegen zehn.«
Renee langte in den Kühlschrank und holte eine Schachtel Eier und eine Packung Frühstücksspeck heraus.
»Frühstück ist die wichtigste Mahlzeit des Tages, sagt man«, erklärte Debbie. Sie versuchte nicht einmal, die Verachtung zu verbergen, die in ihrer Stimme mitschwang.
»Das hier ist für deinen Vater.«
Debbie nickte und schwieg, während Renee den Speck in die Pfanne legte.
»Ich möchte mich bei dir dafür bedanken, daß du die ganze Woche hindurch so lieb zu Kathryn warst«, sagte Renee zu

Debbie, überrascht, daß ihr im Zusammenhang mit ihrer Stieftochter das Wort »lieb« über die Lippen gekommen war. »Ich glaube, es war gut für sie, daß sich jemand um sie gekümmert hat.«
Debbie zuckte die Achseln. »Du brauchst mir nicht zu danken. Ich mag sie.«
»Na ja, ich fand es nett von dir, daß du dir die Zeit genommen hast...«
»Irgend jemand muß es ja tun«, sagte Debbie spitz. Renee fragte sich, ob es möglich war, daß das Mädchen und sein Vater im Schlaf miteinander kommunizierten.
»Hier riecht es aber gut«, sagte Philip einige Minuten später und blieb vor der geöffneten Küchentür stehen.
»Es ist fertig«, erklärte Renee und hielt ihm den Teller zur Begutachtung hin.
»Sieht köstlich aus, aber ich muß jetzt wirklich los. Ich habe gar nicht gemerkt, daß es schon so spät ist.« Er legte die Finger an den Mund und warf seiner Frau und seiner Tochter eine Kußhand zu. »Bis später!«
Einige Sekunden stand Renee da, den Teller mit dem Speck und den Eiern in der Hand. Sie sah zu, wie Debbie das leere Glas ins Spülbecken stellte, ohne sich die Mühe zu machen, es auch auszuwaschen.
»Entschuldige mich«, sagte Debbie, drückte sich an ihrer Stiefmutter vorbei und verschwand in ihrem Zimmer.
Renee trug den Teller mit dem Speck und den Eiern zum Küchentisch und setzte sich. Wieder sah sie im Geist ihren Mann auf dem weißen Fliesenboden liegen und fühlte seine kalte Hand um ihr Fußgelenk. Sie stopfte sich ein Stück Speck in den Mund. »Hab' ich dich«, sagte sie.

7

Lynn saß allein an ihrem Küchentisch und betrachtete stirnrunzelnd die halbvollen Schüsseln mit Cornflakes und die noch ganz gefüllten Saftgläser. Nicholas hatte die Rinde seines Toasts so verformt auf dem Tisch liegen gelassen, daß sie wie ein Gesicht aussah, das ihr spöttisch die Zunge herausstreckte. Megans Vier-Minuten-Ei stand unangetastet in seinem Becher. »Megan!« rief sie ihre Tochter. »Du hast dein Ei nicht mal angerührt!«
»Ich bin im Bad«, kam als Erwiderung vom anderen Ende der Diele.
Lynn warf einen Blick auf die Uhr am Mikrowellenherd. Es war schon nach neun. Gary hatte sich verspätet. Normalerweise holte er samstags morgens als allererstes die Kinder ab. Heute war er schon fünfzehn Minuten zu spät dran. Auch gut, dachte Lynn, weil sie wußte, wie lange Megan manchmal im Bad brauchte. Sie begann, den Tisch abzuräumen, und nahm sich vor, die beiden nicht mehr zu zwingen, mehr zu essen. Es war sinnlos. Seit der Trennung aßen sie einfach samstags morgens nur sehr wenig. Lynn nahm an, daß sie nervös und aufgeregt waren, weil sie an diesem Tag ihren Vater sahen. Heute waren sie ganz besonders ungeduldig. Ihr Vater nahm sie das ganze Wochenende über zu sich. Lynn hatte Megan in der Nacht dreimal aufs Klo gehen hören. Megans Tasche, die so vollgepackt war, daß man den Reißverschluß nicht zumachen konnte, stand schon seit zwei Tagen vor der Tür ihres Zimmers.

»Was glaubst du, wohin Daddy mit uns fahren wird?« fragte Nicholas. Er war in die Küche zurückgekommen und sah zu, wie seine Mutter das Geschirr im Spülwasser versenkte.
»Ich weiß es nicht, mein Liebling.« Dein Vater bespricht solche Dinge nicht mehr mit mir, fügte sie in Gedanken hinzu.
»Glaubst du, daß er mit uns nach Disney World fährt?«
»Wir waren doch erst in Disney World«, erinnerte Lynn ihn. Zwei Monate bevor dein Vater mich verließ, dachte sie.
»Ich weiß. Aber da sind wir nicht überall gewesen. Und Daddy hat gesagt, daß wir noch mal hinfahren dürfen.«
»Also, das müßt ihr mit Daddy besprechen.« Würde sie dieses seltsame Gefühl je loswerden, immer dann, wenn die Rede von ihrem Mann war, aus dem Leben ihrer Kinder ausgeschlossen zu sein?
»Ich wette, er fährt mit uns nach Disney World«, sagte Nicholas zuversichtlich.
»Mach dir lieber nicht so viele Hoffnungen, Schätzchen. Aber ich bin sicher, ihr werdet überall viel Spaß haben, egal, wohin Daddy mit euch fährt.« Warum sagte sie so etwas? Sie war sich dessen überhaupt nicht sicher.
Es klingelte an der Tür.
»Daddy!«
»Mach auf!« sagte Lynn, aber Nicholas war schon zur Haustür gerannt. »Ich warte hier in der Küche mit dem übrigen Personal«, murmelte Lynn, als sie die Stimme ihres Mannes hörte. Im Geiste sah sie ihn, wie er sich zu ihrem gemeinsamen kleinen Sohn hinunterbeugte. Sie sah die Grübchen in seinem gutgeschnittenen Gesicht vor sich und mußte sich an der Küchentheke festhalten. »Wann wird dieses Gefühl endlich aufhören?« fragte sie ihr Spiegelbild im getönten Glas des Mikrowellenherds.
Nicholas kam hüpfend und springend in die Küche gelaufen. »Daddy will mit dir sprechen.«

Lynn zwang sich zu einem Lächeln. »Schau doch mal nach, ob du auch alles dabei hast«, schlug sie Nicholas vor. Wieder war ihr Sohn verschwunden, bevor sie den Satz zu Ende gesprochen hatte.
Gary stand im Wohnzimmer und starrte durch das große Fenster aufs Meer hinaus – in einer ganz ähnlichen Haltung wie Marc Cameron eine Woche zuvor. Er trug ein neues Sportsacco – ein sicheres Zeichen dafür, schloß Lynn, daß Disney World nicht auf dem Programm stand.
»Hi, Gary.« Lynn räusperte sich verlegen und bemühte sich, weiterhin zu lächeln.
»Lynn«, sagte er freundlich und wandte sich zu ihr, ohne sich vom Fleck zu bewegen. »Du siehst großartig aus.«
»Danke. Wie geht es dir?«
»Gut. Ausgezeichnet«, verbesserte er sich, wobei er das letzte Wort unnötig betonte. »Und dir?«
»Ganz gut. Die Kinder freuen sich wirklich unheimlich auf dieses Wochenende.«
Schuldbewußtsein, gemischt mit einem ganz unerwarteten Trotz, stand Gary plötzlich ins Gesicht geschrieben. Seine Lippen zitterten zwischen einem Lächeln und einer unwirschen Miene. »Genau darüber wollte ich mit dir sprechen«, sagte er langsam. »Mir ist etwas dazwischengekommen. Ich kann die Kinder leider nicht, wie geplant, das ganze Wochenende zu mir nehmen.«
»Was sagst du da? Wir haben das schon vor Wochen beschlossen! Und es war deine Idee!« Die Sätze purzelten nur so heraus, bevor Lynn überhaupt nachdenken konnte.
»Ich weiß das, und es tut mir ja auch leid.«
»Es tut dir leid.« Lynn dachte an Megans Reisetasche, die erwartungsvoll vor ihrem Zimmer stand. »Die Kinder haben fest damit gerechnet...«
»Ich weiß das doch. Aber was bringt das denn jetzt? Versuchst du, mir Schuldgefühle zu machen?«
»Ich versuche, das alles zu verstehen«, erwiderte sie.
»Was gibt es da zu verstehen? Es ist doch ganz simpel. Ich

kann die Kinder nicht übers Wochenende zu mir nehmen. Ich hole es beim nächstenmal nach. Ich sage ja nicht, daß ich sie nicht mitnehmen kann. Es geht nur nicht, daß sie bei mir übernachten, das ist alles.«
Das ist alles, wiederholte Lynn in Gedanken. »Und was ist mit *meinen* Plänen?« wollte sie wissen. Sie fragte sich, warum sie dieses offensichtlich völlig sinnlose Gespräch überhaupt weiterführte.
Gary wirkte ehrlich überrascht bei dem Gedanken, sie könnte irgendwelche eigenen Pläne haben. »Also, wenn du wirklich ausgehen willst, bezahle ich natürlich einen Babysitter.«
»Und wenn ich übers Wochenende wegfahren will?«
»Hast du das denn wirklich vor?« Sein Gesichtsausdruck wurde weich, neugierig.
Wieder dieses Wort, dachte Lynn und gab nach einer kurzen Pause zu: »Nein, ich bleibe das Wochenende über hier.«
Gary hob die Hände, wie um zu fragen, was das Ganze dann eigentlich solle. »Sagst du es ihnen, bitte?«
Lynn überlegte, was sie alles sagen könnte, dachte an die stichelnden Bemerkungen, die sie machen könnte, die Pfeile, die sie losschicken könnte, fand dann aber, daß all dies keinen Sinn hatte. Letztlich würde sie nur sich selbst weh tun. »Möchtest du, daß ich ihnen etwas Bestimmtes sage?« fragte sie. Es gelang ihr sogar, ihre Stimme von jedem sarkastischen Anklang freizuhalten.
»Sag ihnen, ich führe sie schick zum Essen aus. Sag ihnen, sie sollen sich schön anziehen.«
Sie werden begeistert sein, dachte Lynn, schwieg jedoch.
Megan saß in ihrem Zimmer auf der Bettkante; ihre Reisetasche war ausgepackt, der Inhalt lag auf dem Boden verstreut. »Hast du mitgehört?« fragte Lynn, obwohl die Frage unnötig war. Sie setzte sich neben ihre Tochter aufs Bett und legte ihr den Arm um die Schulter.
»Macht nichts«, sagte Megan und schob den Arm ihrer Mutter weg.

»Es gibt ja noch mehr Wochenenden.«
»Macht nichts«, wiederholte Megan. Sie starrte geradeaus, weigerte sich, ihre Mutter anzusehen.
»Ich liebe dich«, sagte Lynn.
»Daddy liebt mich auch«, erwiderte Megan hastig.
»Natürlich«, sagte Lynn, zog aber in diesem Moment innerlich eine Grenze: Seine Handlungsweise auch noch zu rechtfertigen war sie nicht bereit.
Nicholas steckte den Kopf zur Tür herein. »Also los«, sagte er. »Daddy wartet.« Sein Blick schweifte durchs Zimmer und blieb schließlich auf Megans ausgepackter Tasche stehen. »Was ist denn hier los?«
»Ihr könnt nicht das ganze Wochenende bei Daddy bleiben. Dafür führt er euch in ein ganz besonderes Restaurant zum Mittagessen aus. Er möchte, daß ihr euch umzieht und euch ganz schick macht«, sagte Lynn in einem Atemzug. Nicholas verzog das Gesicht, seine Augen füllten sich mit Tränen.
»Er sagt, daß es ja noch viele Wochenenden gibt«, fügte sie hinzu, als ihr Sohn langsam aus dem Zimmer ging. In diesem Augenblick haßte sie ihren Mann.
»Gary Schuster, du verdammtes Arschloch!« sagte sie laut, als er mit den Kindern weg war und sie sich daranmachte, Megans Sachen wieder einzuräumen. »Geh doch zum Teufel, du Arschloch!«
Es klingelte an der Tür.
»Was? So schnell mit dem Essen fertig?« Sie sah auf ihre Armbanduhr. Es war erst eine halbe Stunde her, daß sie das Haus verlassen hatten. Lynn ging rasch an die Tür und öffnete sie, ohne zu fragen, wer draußen sei. Vor ihr stand grinsend Marc Cameron.
»Ich dachte mir, vielleicht haben Sie Lust auf einen Spaziergang am Meer«, sagte er.

»Es ist ein sehr komisches Gefühl«, sagte Lynn, während sie neben Marc Cameron den überlaufenen Strand entlangspazierte, »wenn du deine Küche betrittst, und dein zukünfti-

ger Ex-Ehemann geht gerade deine Post durch, nimmt sich etwas aus dem Kühlschrank und verhält sich überhaupt so, als wäre es immer noch sein Haus.« Sie versuchte zu lächeln. »Solange er die Hypothek abzahlt, findet er das wohl nur recht und billig. Ich kann nicht viel dagegen unternehmen.«
»Sie könnten ihm sagen, er soll sich zum Teufel scheren.«
»Nicht, solange ich will, daß er die Hypothek abzahlt«, erwiderte Lynn wahrheitsgemäß. Sie fragte sich, was sie eigentlich hier am Strand mit diesem Mann verloren hatte.
»Das mit heute abend ist wahrscheinlich meine Schuld«, sagte Marc.
»Was? Wie meinen Sie das?«
»Dieser Typ, dieser Catcher, den ich vor ein paar Tagen interviewt habe, hat mir Eintrittskarten für den Kampf im Auditorium heute abend geschickt und mir gesagt, ich solle meine Jungs mitnehmen. Als ich die Karten hatte, rief ich Suzette an und fragte, ob es in Ordnung wäre, wenn ich die beiden mitnähme. Sie sagte ja, das ginge in Ordnung. Also ist Suzette heute abend frei. Suzette verbringt ihre Samstagabende nicht gern allein.«
Lynn schluckte die plötzlich wieder in ihr aufsteigende Wut hinunter. »Wo sind Ihre Jungs denn jetzt?«
»Bei einer Geburtstagsparty im Safari-Park. Um vier hole ich sie ab.«
Lynn merkte, daß er sie anstarrte, aber sie weigerte sich, seinen Blick zu erwidern.
»Sie mußten also für heute abend alles absagen, was Sie geplant hatten?« fragte er.
»Ach, ich wollte nur mit einer Freundin ins Kino gehen.«
Macht nichts, hörte sie Megan sagen.
»Es ist einfach nicht fair«, sagte Marc trocken und wich einem großen blauen Fregattvogel aus, der ihm im Weg lag.
»Ja, das stimmt wohl. Aber so ist das nun mal.«
»Ihnen wird zugemutet, alle Probleme auf sich zu nehmen, und was ist mit ihm?«

»Ihm wird zugemutet, verliebt zu sein«, sagte Lynn mit zittriger Stimme.
»Passen Sie auf!« warnte Marc Cameron und schubste Lynn gerade rechtzeitig zur Seite, bevor sie auf einen Fregattvogel trat, den die Flut angeschwemmt hatte. »Noch dazu ein so schöner, großer«, sagte er und packte sie am Arm, um sie zu stützen. »Entschuldigung, ich wollte Sie nicht so fest stoßen. Alles in Ordnung?«
Lynn warf einen raschen Blick auf den Sand zu ihren Füßen. »Ich stehe ja noch«, sagte sie und ertappte sich dabei, daß sie Marc direkt in die Augen starrte. Und dann küßte er sie plötzlich. Sie wußte nicht, wie es dazu gekommen war, und konnte sich auch später nicht genau erinnern, was zu diesem Kuß geführt hatte. Weder hatte Marc vielsagend den Kopf zu ihr hinabgebeugt noch sich langsam ihrem Gesicht genähert, er hatte überhaupt nichts getan, was die Vermutung zugelassen hätte, daß er sie küssen würde. Plötzlich war sein Mund einfach auf ihrem, seine Arme waren um ihre Taille geschlungen, und sein weicher Bart preßte sich an ihr Kinn. Ihr fiel ein, daß sie noch nie zuvor einen bärtigen Mann geküßt hatte, und dann merkte sie, daß sie den Kuß erwiderte. Sofort riß sie sich los. Auf dem Gesicht einer vorbeigehenden Frau im Badeanzug erschien plötzlich der entsetzte Gesichtsausdruck ihrer Anwältin. »Das war keine sehr gute Idee.«
»Es tut mir leid«, sagte er hastig.
»Nein, es tut Ihnen überhaupt nicht leid.«
»Stimmt. Und Ihnen?«
»Das darf nicht wieder vorkommen«, sagte Lynn, um seiner Frage auszuweichen. Sie sah sich verlegen um und hatte das Gefühl, alle starrten sie an. Sie wartete ab, was Marc als nächstes sagen würde.
Ihr kam es vor, als wären sämtliche Bewohner der Stadt am Strand, dabei hatte der Kuß in Wirklichkeit nur die Aufmerksamkeit sehr weniger Menschen erregt. Weiter unten am Strand, näher am Wasser, ließen Teenager Frisbee-

Scheiben über die Körper der Sonnenanbeter segeln. Die vorsichtigeren Strandgäste hatten sich in den Schatten der bunten, zum Meer hin offenen Badehütten zurückgezogen. Einige vergruben ihre sonnenverbrannten Nasen in Büchern, andere beaufsichtigten ihre unternehmungslustigen Kleinkinder, die sich in regelmäßigen Abständen selbständig machten, um in die Freiheit zu entweichen. SCHWIMMER NACH RECHTS, SURFER NACH LINKS gebot ein großes Schild unter dem Aussichtsturm des Bademeisters, aber heute waren nur wenige Surfer da und noch weniger Wellen. Erleichtert stellte Lynn fest, daß, wenn überhaupt jemand den Kuß beobachtet hatte, er ein bereits vergessenes Ereignis war.

Sie faßte sich ans Kinn, wo sein Bart an ihrer Haut gerieben hatte. Sie ertappte sich bei dem Wunsch, er möge sie noch einmal küssen, und begann schneller zu gehen, um einen klaren Kopf zu bekommen. Was hatte sie eigentlich an einem Samstag vormittag zu suchen hier draußen mit dem einzigen Mann, mit dem sie jeden Umgang vermieden hätte, wenn es nach ihrem gesunden Menschenverstand – von ihrer Anwältin ganz zu schweigen – gegangen wäre?

»Sie haben also immer schon in Florida gelebt?« fragte Marc. Er mußte fast laufen, um mit ihr Schritt zu halten.

»Ja, mein ganzes Leben lang«, antwortete sie knapp und hielt ihr Tempo.

»Leben Ihre Eltern noch hier?«

»Mein Vater. Meine Mutter ist vor neun Jahren gestorben.« Sie blieb unvermittelt stehen. »Machen wir hier Konversation? Sind wir hier mit Small talk beschäftigt, oder was?«

»Hätten Sie es lieber, wenn ich Sie noch mal küssen würde?«

»Also doch Small talk«, sagte Lynn und fiel wieder in ihre schnelle Gangart zurück. Sie waren schon mehrere Kilometer von ihrem Ausgangspunkt entfernt. Jetzt konnte sie genausogut versuchen, das Beste aus der Situation zu machen,

auch wenn sich der Strand an diesem Vormittag nicht gerade zum Spazierengehen eignete. Der Sand war zu weich und zu naß, ihre Füße sanken ständig ein.
»Was macht denn Ihr Vater?« fragte Marc. Er hatte den richtigen Gehrhythmus gefunden und hielt jetzt problemlos mit ihr Schritt.
»Er ist Rentner. Er war Imprägnator, aber nach dem Tod meiner Mutter hat er die Firma verkauft.«
»Und was macht er jetzt?«
»Spielt viel Golf. Vor ein paar Jahren hat er wieder geheiratet.«
»Sie mögen sie nicht«, behauptete Marc. Wieder blieb Lynn stehen. Sie sah ihn erstaunt an.
»Woher wissen Sie das?«
»Einfach von der Art, wie Sie das sagten, daß er wieder geheiratet hat. Was ist denn mit ihr?«
»Gar nichts. Sie ist eine sehr nette Frau.«
»Warum können Sie sie dann nicht ausstehen?«
Lynn wollte schon eine schnippische Antwort geben, aber die Ernsthaftigkeit in seinen blauen Augen hielt sie davon ab. Er muß ein erstklassiger Interviewer sein, dachte sie und wünschte, sie hätte eine gute Antwort auf seine Frage parat.
»Ich weiß auch nicht. Sie ist eine sehr nette Frau. Sie ist höflich, sie kocht gut, und sie kann den ganzen lieben Tag über ihre Wohnzimmermöblierung sprechen. Fröhlich ist sie auch, weiß Gott. Ich habe keine Ahnung, warum ich sie nicht mag. Ich hätte sie mir einfach nicht ausgesucht, das ist alles.«
»Darum hat Sie ja auch niemand gebeten.«
»Vielleicht besteht gerade darin das Problem.« Sie gingen weiter, aber bedeutend langsamer als vorher. »Sie ist nicht meine Mutter«, fuhr Lynn nach kurzem Schweigen fort. »Das ist wohl die ehrlichste Antwort, die ich Ihnen geben kann, und ich weiß, daß es nicht fair von mir ist, sie aus diesem Grund nicht zu mögen, aber...«

»So ist das nun mal«, sagte Marc mit denselben Worten, die Lynn vorhin gebraucht hatte. »Erzählen Sie mir von Ihrer Mutter.«
Lynn spürte Tränen in ihre Augen steigen. Selbst jetzt noch, nach neun Jahren, waren die Tränen immer nur ein paar gut gewählte Worte entfernt. »Sie war eine bemerkenswerte Frau. Anders als die anderen. Sie war ihr ganzes Leben lang Hausfrau, aber als sie fünfzig wurde, ging sie zurück an die Universität und machte ihren geisteswissenschaftlichen Abschluß. Ausgerechnet in mittelalterlicher Geschichte. Sie las ständig. Immer wenn ich an meine Mutter denke, sehe ich sie mit einem Buch in der Hand vor mir.«
»Schon mag ich sie.«
Lynn lächelte. »Sie war es, die darauf bestand, daß ich das College besuchte, einen Beruf erlernte, etwas aus meinem Leben machte. Sie hat mir immer gesagt, ich solle nicht darauf warten, daß irgend jemand daherkommt und alles für mich erledigt.«
»Wie ist sie gestorben?«
»Alzheimer-Krankheit«, sagte Lynn. Eine ungebetene Träne verriet mehr als ihre plötzlich gepreßt klingende Stimme. »Sie verlor einfach kleine Teile ihrer Identität, bis nichts mehr da war. Am Ende hatte sie nicht mehr die geringste Kontrolle über sich. Weder über ihre Körperfunktionen noch über ihren Verstand. Sie wußte nicht einmal mehr, wer ich war.«
»Das muß sehr schlimm für Sie gewesen sein.«
Lynn hob die Schultern. »So ist das nun mal«, sagte sie, womit das Thema unmißverständlich abgeschlossen war.
»Wie haben Sie Gary kennengelernt?« fragte Marc, nachdem sie eine ganze Weile schweigend nebeneinander hergegangen waren.
»Ist das ein Interview?«
»Ich möchte einfach mehr über Sie herausfinden.«
»Und was haben Sie bisher herausgefunden?«

»Daß Sie schön sind«, begann er, »sensibel, fürsorglich. Daß Sie sich gerne unter Kontrolle haben. Daß Sie schnell gehen«, sagte er, und sie lachte, ohne es zu wollen. »Daß Sie gut küssen.«
»Ich habe Gary hier am Strand kennengelernt«, sagte Lynn rasch, um seine Worte mit ihren eigenen wegzuschieben. »Ich war mit ein paar Freundinnen hier. Er hatte auch Freunde dabei. Aus irgendeinem Grund sind alle diese Freunde verschwunden, und zum Schluß saßen Gary und ich nebeneinander auf einer Decke.« Lynn bemühte sich, es sehr beiläufig klingen zu lassen, aber selbst jetzt noch spürte sie die leichte Brise jenes Nachmittags auf der Haut und sah das Fleckenmuster der bunten, orangeroten und gelben Decke, auf der sie gesessen waren. Sie erinnerte sich an die Grübchen in Garys Wangen, rechts und links der Mundwinkel, und sie entsann sich, wie bitter das Bier geschmeckt hatte, das Gary ihr anbot, die Flasche vertrauensvoll von seinen Lippen an die ihren setzend. »Er strahlte so eine Ruhe aus. Er drängte mich nicht. Er konnte gut zuhören, das gefiel mir, denn damals glaubte ich eine Menge zu sagen zu haben. Ich hatte gerade meinen Magister gemacht und war sehr darauf aus, aller Welt zu zeigen, was ich wußte. Ich habe wirklich geglaubt, ich hätte den Mann kennengelernt, mit dem ich den Rest meines Lebens verbringen würde.« Wieder fühlte sie ungebetene Tränen aufsteigen. Wie ließen sich nur ihre momentanen Gefühle für Gary mit dem vereinen, was sie noch vor wenigen Stunden für ihn empfunden hatte? »Ich glaube, ich habe mich leergeredet«, sagte Lynn und war dankbar, als Marc keine weiteren Fragen stellte. Den Rest des Weges legten sie schweigend zurück.
Als sie den Strand verließen und die Straße zu ihrem Haus entlanggingen, überlegte Lynn, was sie tun sollte, wenn er sie bat, hineinkommen zu dürfen, wenn er sie zu küssen versuchte, wenn er vorschlug, sie sollten sich wiedersehen. Sie rief sich ins Gedächtnis zurück, was Renee ihr geraten

hatte, dachte an die Gründe, aus denen jeder Gedanke an eine Beziehung mit diesem Mann außer Frage stand. Sie dachte auch daran zurück, wie wütend sie auf Gary gewesen war, welches Gefühl der Machtlosigkeit er ihr gegeben hatte, wie schön Marcs Kuß gewesen war, wie sehr er sie erregt hatte. Würde er versuchen, sie noch einmal zu küssen? Würde er seinen Vorschlag wiederholen, die Beziehung im nächstgelegenen Motel fortzuführen?
Sie standen vor seinem Auto. »Meine Nummer haben Sie ja«, sagte er.

8

»Wir möchten diese Sache möglichst reibungslos über die Bühne bringen«, erklärte der Anwalt und warf Renee, die ihm an dem runden Konferenztisch gegenübersaß, ein affektiertes Lächeln zu.
Renee erwiderte Herbert Tarnowers Grinsen, wandte den Blick von dem kleinen, rundlichen Anwalt ab und betrachtete seine großgewachsene Klientin mit dem ausgeprägten Sex-Appeal. Penny Linkletter war fünfundzwanzig, über einen Meter achtzig groß und sah aus, als wäre sie gerade von der Bühne eines Nachtclubs in Las Vegas herabgestiegen. Fehlt nur noch das entsprechende gewagte Kostüm, dachte Renee und lächelte dem schon reichlich betagten Ehemann der Dame zu. Warum, überlegte sie, stand die Größe der Brieftasche, die ein Mann besaß, so häufig in umgekehrter Relation zur Größe seines Gehirns? Warum wurden die Menschen immer nur älter, aber nie klüger?
»Wir halten das, was Mrs. Linkletter zum Zwecke einer gütlichen Einigung fordert, in keiner Weise für unverhältnismäßig«, fuhr der Anwalt in seinen Ausführungen fort; er wollte noch etwas hinzufügen, aber Renee unterbrach ihn.
»Sie halten also die einmalige Summe von zwei Millionen Dollar plus zwanzigtausend Dollar Unterhalt monatlich nicht für ein klitzekleines bißchen überzogen?« Sie machte gar nicht den Versuch, ihren sarkastischen Unterton zu verbergen.

»Mr. Linkletter ist ein sehr wohlhabender Mann. Seine Frau hat Anspruch auf einen Teil seines Einkommens.«
»Mrs. Linkletter war alles in allem ganze sechzehn Monate lang Mrs. Linkletter...«
»Und war Mr. Linkletter in diesen sechzehn Monaten eine vorbildliche Ehefrau.«
»Und hat in diesen sechzehn Monaten ungefähr mit der Hälfte der Einwohnerschaft des Bezirks Dade geschlafen«, fiel Renee ihm ins Wort. Sie ließ einen Aktenordner über den Konferenztisch gleiten; an den Spitzen der schön maniküreten Anwaltsfinger kam er zum Stillstand. »Hier drin werden Sie eidesstattliche Erklärungen einer ganzen Reihe von Männern und Frauen finden – das reicht vom japanischen Gärtner bis zum kubanischen Dienstmädchen. Mrs. Linkletter war eine Arbeitgeberin, die ungemein viel auf Chancengleichheit hielt.« Sie lächelte Penny Linkletter an, die seltsamerweise zurücklächelte. »Wir haben auch Fotos«, fügte Renee hinzu.
»Kann ich die mal sehen?« fragte Penny Linkletter, zog die Frage aber sofort zurück, als sie den vernichtenden Blick ihres Anwalts bemerkte. Sie rückte die Schulterpolster ihres weißen Baumwollpullovers zurecht, zupfte am Saum ihres Minirocks und sagte nichts mehr.
Herbert Tarnower schwieg einen Augenblick, um seinen normalen Gesichtsausdruck wiederaufzubauen. »Offensichtlich sind wir jetzt so weit, daß wir mit den Verhandlungen beginnen können«, sagte er.
»Aber *wir* nicht«, erklärte Renee ohne Umschweife. »Wir halten die von Mr. Linkletter vorgeschlagene Vereinbarung für mehr als fair.«
»Fünfzigtausend Dollar? Mein Gott, allein letztes Jahr hat der Mann über fünf Millionen verdient!«
»Sie sollten vielleicht doch mal einen Blick auf diese Fotos werfen, Mr. Tarnower«, empfahl Renee ihm.
»Sehen Sie«, sagte Herbert Tarnower hastig – nun nicht mehr entrüstet, sondern im Tonfall väterlicher Besorgnis –,

»wir sind nicht daran interessiert, vor Gericht zu gehen. Und ich bin sicher, daß es auch nicht in Mr. Linkletters Interesse liegt. Enthüllungen dieser Art sind letztendlich doch immer für beide Seiten peinlich, und ein Mann von Mr. Linkletters Alter und Ruf...«
»Mr. Linkletter ist achtundsiebzig Jahre alt und insgesamt fünfmal geschieden. Seine letzten drei Ehefrauen waren allesamt große Blondinen zwischen zwanzig und dreißig; zwei davon haben Mr. Linkletter vor Gericht gebracht und nicht das geringste zugesprochen bekommen. Ich gebe Ihnen, Mr. Tarnower, zu bedenken, daß Mr. Linkletter Ihre Klientin gar nicht erst geheiratet hätte, wenn ihm leicht etwas peinlich wäre.« Renee ging auf die Tür des Konferenzraums zu und gab damit zu verstehen, daß die Besprechung beendet war. »Denken Sie darüber nach«, riet sie Penny Linkletter und deren Anwalt. Dann half sie dem schweigenden, aber lächelnden Mr. Linkletter vom Stuhl auf und führte ihn aus dem Raum. »Und lassen Sie mich wissen, wie Sie sich entschieden haben.«

»Den ganzen Vormittag hindurch haben ständig Leute für Sie angerufen«, teilte die Sekretärin mit, als Renee in ihr Büro zurückkam.
»Hat Philip zurückgerufen?«
»Nein, noch nicht. Soll ich es noch mal versuchen?«
»Nein, ich mache das schon.«
»Fiona Stapleton hat dreimal angerufen.«
Renee verzog mißmutig das Gesicht. »Na gut. Ich rede wohl besser mal mit ihr. Warten Sie kurz, bis ich Philip angerufen habe, und dann legen Sie sie auf meine Leitung.«
Renee ging rasch in ihr Büro. Als sie sich zur untersten Schublade bückte, um einen Mini-Schokoriegel herauszuholen, stieß sie sich die Hüfte an der spitzen Ecke ihres Schreibtisches an. »Geschieht mir ganz recht«, sagte sie, wickelte eilig den Schokoriegel aus und aß ihn, während sie die Nummer von Philips Praxis wählte. Sie wartete darauf,

daß seine Sekretärin sich meldete – eine magersüchtige Frau mit einer gleichermaßen dünnen Stimme und dem Namen Samantha. Vor einigen Jahren hatte sie einen Sommer in England verbracht und kultivierte seither einen leichten britischen Akzent. »Kann ich mit meinem Mann sprechen?« fragte Renee, als Samantha sich mit blecherner Stimme gemeldet hatte.
»Hat er denn nicht zurückgerufen?« fragte die Sekretärin, obwohl sie es genau wußte. »Na ja, er ist heute vormittag wirklich schrecklich beschäftigt. Ist es dringend?«
»Nein, nein, es kann warten.« Renee langte in die unterste Schublade und zog noch einen Schokoriegel hervor. Philip hatte davon gesprochen, daß sie möglicherweise zusammen zu Mittag essen würden, deshalb hatte sie mit niemand anderem etwas vereinbart; jetzt aber war es fast zwölf Uhr, und es sah nicht so aus, als würde das Treffen noch zustande kommen. »Ich rufe später noch mal an. Danke schön«, fügte sie hinzu, ohne eigentlich zu wissen, für was. Hastig aß sie den zweiten Schokoriegel und schloß die Schublade, bevor sie in Versuchung kam, sich noch einen dritten herauszuholen.
Ihr Telefon summte.
»Mrs. Stapleton ist auf Leitung eins«, sagte ihre Sekretärin.
»Danke.« Renee drückte den entsprechenden Knopf.
»Sie haben auf meine Anrufe überhaupt nicht reagiert!« beschwerte sich die Frau am anderen Ende der Leitung.
»Wir haben das doch alles bereits besprochen«, erklärte Renee geduldig. »Ich habe Ihnen gesagt, daß ich mich um Ihre Scheidungsangelegenheiten erst dann wieder kümmern kann, wenn Sie Ihre Rechnungen bezahlt haben.«
»Woher soll ich fünftausend Dollar nehmen?«
»Mrs. Stapleton, ich habe sehr großes Mitgefühl mit Ihnen – wirklich«, fügte sie hinzu, als die Frau höhnisch auflachte. »Aber Sie kannten meine Gebührensätze, als Sie sich an mich wandten, und Sie waren mit den vereinbarten Zahlungsterminen einverstanden. Es ist ein komplizierter Fall.

Ich habe bereits sehr viele Stunden daran gearbeitet, und Sie können von mir nicht erwarten, daß ich das kostenlos tue. Ich habe Ihnen Ihre Zahlungsfristen schon mehrmals verlängert, aber wie gesagt, bei der letzten Besprechung unserer Anwaltspartner wurde beschlossen, daß wir an Ihrem Fall unmöglich weiterarbeiten können, bevor Sie nicht alle fälligen Rechnungen beglichen haben. Es tut mir leid, aber so ist das nun mal.« Sie hörte, daß eingehängt wurde. »Und danke für den Anruf«, rief sie, als sie den Hörer auf die Gabel legte.
Plötzlich wurde die Bürotür aufgerissen. Debbie kam, selbstsicher ausschreitend, auf Renee zu. Sie trug mehrere Einkaufstüten im Arm. Dicht hinter ihr ging, lammfromm lächelnd und genauso bepackt, Kathryn. Renees Sekretärin war beiden aufgeregt gefolgt. »Deine Schwester ist da!« verkündete Debbie in dem Augenblick, als Renees Sekretärin die große Neuigkeit mitteilen wollte. »Und deine böse Stieftochter.« Debbie lachte, ließ die Tüten auf einen der Stühle an der anderen Seite von Renees Schreibtisch fallen und forderte Kathryn mit einer Geste auf, das gleiche zu tun.
»Schon gut, Marilyn«, sagte Renee zu der ziemlich verwirrten jungen Frau, deren Frisur mindestens fünf Zentimeter zu ihrer Größe beitrug. »Ich glaube, Sie kennen meine Schwester Kathryn noch nicht. Sie ist aus New York zu Besuch gekommen. Und das hier ist die Tochter meines Mannes, Debbie. Sie verbringt den Sommer bei uns.«
»Aus Boston«, sagte Debbie in süßlichem Tonfall. »Ich lebe dort bei meiner Mutter.«
»Was verschafft mir die Ehre eures Besuchs?« fragte Renee, als ihre Sekretärin den Raum verlassen hatte, und warf einen beunruhigten Blick auf die zahlreichen Tüten.
»Debbie ist mit mir ins Boca Town Center gefahren«, erklärte Kathryn ruhig.
»Bloomie's«, sagte Debbie. Ihr Lächeln verwandelte sich in ein boshaftes Grinsen. »Ich habe alles auf Daddys Rechnung gekauft.«

»Ich zahle es ihm schon zurück«, erklärte Kathryn rasch. »Debbie meinte, das ginge in Ordnung.«
»Ich habe Kathryn zu einem Badeanzug überredet, der wahnsinnig sexy ist. Dad wird ganz aus dem Häuschen sein, wenn er den sieht. Kathryn hat eine süße Figur, findest du nicht auch, Renee?«
»Was habt ihr hier verloren?« fragte Renee und versuchte, ihre Jacke über die ausladenden Hüften zu ziehen. Es lag ihr sehr daran, Debbie so schnell wie möglich loszuwerden.
»Wir wollten dich zum Mittagessen abholen«, sagte Kathryn und warf Debbie einen beifallheischenden Blick zu. Renee war zwar dankbar dafür, daß Debbie Kathryn aus der Wohnung entführt hatte, und freute sich darüber, daß es dem Mädchen gelungen war, sie zu einem Einkaufsbummel zu überreden, aber was Debbies wahre Motive betraf, so hatte sie große Bedenken. Debbie war nicht der Typ, der anderen half, wenn es ihnen schlechtging.
»Ich glaube nicht...« stammelte Renee. Wenn sie doch nur Philip erreicht hätte!
»Du mußt etwas essen«, erklärte ihre Schwester in freundlich bittendem Ton. »Na komm schon, Renee, es wird dir guttun. Genauso wie der Einkaufsbummel heute vormittag mir gutgetan hat.«
»Wir gehen ins Troubadour«, stimmte Debbie ein.
»Ins Troubadour? Das ist aber ziemlich teuer, Debbie.«
»Na und? Geht doch auf Daddys Rechnung.« Sie langte in ihre Leinentasche und holte eine funkelnde goldene Kreditkarte heraus. »Daddy hat mal gesagt, das Troubadour ist das beste Restaurant in Delray.«
»Komm schon«, drängte Kathryn mit dem Anflug eines Lächelns. »Zum Schluß gibst du ja doch nach.«
»Gehen wir doch einfach zu Erny's.«
»Ins Troubadour!« erklärte Debbie ihrer Stiefmutter unerbittlich und steckte die Kreditkarte in ihre Handtasche zurück. »Komm schon, Renee, ich will dich mal verwöhnen.«

Ein Kellner führte sie in das schummrig beleuchtete Restaurant und wies ihnen einen runden, mit einem Leinentuch bedeckten Tisch im hinteren Teil des eleganten, in Rosa und Violett gehaltenen Raums zu. Sofort wurden ihnen ein Korb mit Brötchen und die Weinkarte gereicht. Kellner schwebten mit hilfreichen Empfehlungen und der Tageskarte herbei. Sie brauchten nicht lange für ihre Bestellung. Renee sprach sich gegen den von Debbie geäußerten Wunsch nach einer Flasche Champagner aus und bestellte statt dessen drei Gläser Grapefruitsaft.
»Du bist eine Spielverderberin«, sagte Debbie.
»Du bist noch nicht volljährig«, brachte Renee ihr in Erinnerung zurück. Es war an der Zeit, daß Debbie das mal von jemandem gesagt bekam, fand sie. »Und ich muß noch arbeiten.«
»Viel zu tun heute?« fragte ihre Schwester.
»Sehr viel.«
»Als wir reinkamen, sah es aber nicht so aus, als ob du im Streß gewesen wärst«, sagte Debbie und ließ ihren Blick prüfend über den Raum schweifen.
»Das ist ja gerade der Trick«, erklärte Renee freundlich. »Im Streß zu sein, aber entspannt zu wirken.«
»Ich habe nicht gesagt, daß du entspannt gewirkt hast. Es sah nur nicht so aus, als ob du im Streß gewesen wärst.«
Renee griff nach einem Brötchen.
»Wer wird heute also geschieden? Leute, die wir kennen?« fragte Kathryn. Ihr Blick wanderte vorsichtig zwischen ihren beiden Begleiterinnen hin und her.
Renee schüttelte den Kopf und biß in das Brötchen, das zu ihrer Überraschung warm war.
»Renee darf nicht über ihre Fälle sprechen«, sagte Debbie altklug. »Ich habe sie schon ein paarmal gefragt«, fuhr sie in gekränktem Ton fort, »aber sie sagt nichts.«
»Das sind streng vertrauliche Dinge, Debbie«, sagte Renee, um Geduld bemüht. »Das verstehst du doch. Dein Vater hat genau das gleiche Problem.«

»Mein Vater hat überhaupt keine Probleme.«
»Na, dann nennen wir es eben Situation. Er darf nicht über seine Patienten sprechen.«
»Tut er aber«, sagte Debbie. Sie versuchte gleichzeitig raffiniert und unschuldig zu wirken. »Und zwar mit mir.«
Renee schwieg. Ihre Augen hatten sich noch immer nicht ganz an das schummrige Licht angepaßt. »Hier war ich noch nie. Es ist sehr hübsch.«
»Dad war schon hier«, sagte Debbie, den Blick auf den fast völlig dunklen vorderen Teil des Restaurants gerichtet. »Ich habe gehört, wie er mal am Telefon davon gesprochen hat. Er hat gesagt, daß es sein Lieblingslokal ist.«
»Wirklich?« hörte Renee sich sagen. Sie bereute es sofort.
»Du mußt dir das weiße Kleid ansehen, das Kathryn gekauft hat«, sagte Debbie. Themenwechsel bereiteten ihr keinerlei Schwierigkeiten. »Sehr sexy. Mit freiem Rücken.«
»Ich kann immer noch nicht glauben, daß ich es wirklich gekauft habe. Es ist so anders als alles, was ich bisher getragen habe.«
»Es steht dir toll!«
»An Debbie ist wirklich eine Verkäuferin verlorengegangen.«
»Das glaube ich auch.«
»Kathryn hat einen so schönen Körper«, wiederholte Debbie. »Ich finde, sie sollte ihn ruhig zeigen.« Ihr Blick wanderte von Kathryn zu Renee. »Es ist wirklich kaum zu glauben, daß sie deine ältere Schwester ist.«
»Fast fünf Jahre älter«, betonte Kathryn.
»Man könnte schwören, es wäre umgekehrt.« Debbie lächelte süßlich. Renees Finger krampften sich um die untere Kante ihres Stuhls.
»*Bon appétit*«, sagte Debbie, als etwa zwanzig Minuten später das Essen serviert wurde. Sie warf einen langen, kritischen Blick auf Renees Teller. »Willst du wirklich alle diese

Pommes frites essen, Renee? Was ist denn? Diesmal habe ich deinen Namen doch richtig ausgesprochen.«
Renee begann ihr Steak und die Pommes frites mit kleinen, regelmäßigen Bissen zu essen. Sie sprach nur dann, wenn sie nicht anders konnte, und aß absichtlich alles auf. Dann bestand sie auf einem Nachtisch, während die beiden anderen nichts mehr wollten. »Wenn schon, denn schon«, sagte sie. Sie fügte ihrem Kaffee einen Löffel voll Zucker und einen Schlag Sahne hinzu und trank dann noch eine zweite Tasse.
»Ist das nicht mein Vater?« fragte Debbie plötzlich und starrte auf den Eingang des Lokals. Renee hatte bemerkt, wie Debbie den Blick während des Essens mehrere Male dorthin gewandt hatte, aber sie hatte es für das beste gehalten, sich nicht umzudrehen. Jetzt schnellte ihr Kopf in diese Richtung. »Er *ist* es. Wen hat er denn dabei?« Renee konnte nur den Hinterkopf der Frau sehen, aber trotz des Halbdunkels und der Entfernung von etwa zwölf Metern war ihr klar, daß es sich um die ihr wohlvertrauten roten Locken der Frau handelte, die sich ihr damals als Alicia-aber-Sie-können-mich-Ali-nennen Henderson vorgestellt hatte. »Kennst du sie, Renee? Ich glaube nicht, daß ich sie schon mal gesehen habe. Daddy!« schrie Debbie plötzlich, sprang von ihrem Stuhl auf und winkte wild drauflos.
Renee wandte sich genau in dem Augenblick wieder um, als sich Alicia-aber-Sie-können-mich-Ali-nennen auf ihrem Stuhl umdrehte. Aus den Augenwinkeln heraus sah sie widerwillig gerade noch das klassische Profil und den üppigen Busen der Frau; dann schloß sie ganz fest die Augen. Sie mußte gar nicht hinsehen, um zu wissen, daß Philip schon aufgestanden war und jetzt zu ihnen herüberkam. Sie brauchte seine Stimme gar nicht zu hören, um zu wissen, was er sagen würde, und genausogut wußte sie jetzt, daß ihre Anwesenheit in diesem Restaurant kein Zufall war, daß nicht das Schicksal dieses unerwartete Zusammentreffen arrangiert hatte, sondern daß dies die Art ihrer Stieftochter

war, sie zu »verwöhnen«. Wahrscheinlich hatte Debbie mitgehört, als Philip das Rendezvous am Telefon vereinbarte. Philips Leichtfertigkeit war ebenso groß wie die Hellhörigkeit seiner Tochter.

»Renee«, sagte Philip betont fröhlich, bückte sich und küßte sie auf die Wange. »Was für eine wundervolle Überraschung! Hallo, Kathryn! Na, wie geht es dir denn heute?«

»Schon viel besser.« Kathryn lächelte und faßte sich unbewußt an die Handgelenke. Sie hatte nicht die geringste Ahnung von dem Drama, dessen Zeugin sie soeben wurde.

»Tut mir leid, daß ich nicht dazu kam, dich zurückzurufen. Aber du weißt ja, wie die Zeit manchmal davonfliegt. War es denn etwas Wichtiges?«

Renee schüttelte den Kopf. Offensichtlich hatte er ihre vagen Pläne für einen gemeinsamen Restaurantbesuch völlig vergessen. Jedenfalls hatte es keinen Sinn, die Sache jetzt aufzuwärmen. »Ich wollte nur mal Hallo sagen.«

Er lächelte freundlich. »Hat es euch geschmeckt?« fragte er. »Das Essen hier ist köstlich. Wenn ich eher gekommen wäre, hätte ich euch den Schwertfisch empfohlen. Eigentlich sind hier alle Fisch- und Nudelgerichte erstklassig.«

»Ich habe Pasta gegessen«, sagte Debbie stolz, »Kathryn hatte Rotbarsch. Und Renee«, fügte sie lakonisch an, »Steak und Pommes frites.«

»Ach, das ist aber schade«, meinte Philip. »Steak schmeckt doch überall gleich.«

»Das nächste Mal weiß ich es dann«, sagte Renee. Sie hatte keine Ahnung, was sie damit eigentlich sagen wollte.

»Mit wem bist du denn hier, Dad?« fragte Debbie.

»Du kannst dich doch noch an Alicia Henderson erinnern, die du auf Bennetts Party kennengelernt hast«, flüsterte Philip Renee ins Ohr. »Sie hat Schwierigkeiten mit ihrem Mann. Sagt, er sei schizophren, aber er will sich nicht helfen lassen, und sie weiß nicht mehr, was sie machen soll. Sie wollte sich beraten lassen, aber ohne daß man sie in meine Praxis gehen sieht, deshalb haben wir uns hier getroffen. Es

ist ihr ein bißchen peinlich, deshalb will sie nicht zu euch rüberkommen, aber sie hat mich gebeten, schöne Grüße auszurichten.«
Renee nickte schweigend und reckte den Hals, um ihren Mann auf den Mund zu küssen.
»Also, dann bis später.« Philip umarmte seine Tochter herzlich. »Schön, daß ich euch hier getroffen habe«, sagte er, und es gelang ihm, so zu klingen, als meinte er es ernst. »Es ist schön, wenn ich sehe, daß meine drei Mädels zusammen ausgehen und Spaß haben!«
»Sie ist hinreißend«, sagte Debbie, als Philip an seinen Tisch zurückgekehrt war. »Dieses wunderschöne rote Haar – und was für eine Figur!« Renee warf dem Kellner einen Blick zu und gab ihm zu verstehen, er solle die Rechnung bringen. Sie überlegte, wie lange sie wohl brauchen würde, um Debbies Körper zu zerstückeln, und welche Orte sich als Versteck für die einzelnen Teile eignen würden.

»Lynn Schuster auf Leitung zwei«, verkündete Renees Sekretärin am späten Nachmittag über die Sprechanlage.
»Lynn – gerade habe ich an Sie gedacht.« Renee zwang sich zu einem fröhlichen Tonfall, obwohl sie alles andere als fröhlich war. Das Mittagessen – sowohl das Essen selbst als auch seine Begleitumstände – waren ihr den ganzen Nachmittag über immer wieder sauer aufgestoßen. Sie hoffte nur, daß Debbie nicht gemerkt hatte, wie bestürzt sie gewesen war. Sie hatte einfach die Zähne zusammengebissen, dem Beispiel ihres Mannes folgend, gelächelt und dem Mädchen versichert, wie sehr sie diesen kleinen Ausflug genossen habe. Aber die ganze Zeit über hatte sie gegen eine große und ständig wachsende Angst ankämpfen müssen. Das Lügen war ihr noch nie leichtgefallen. Sie wunderte sich darüber, daß es Philip so mühelos gelungen war. Aber vielleicht hatte er ja gar nicht gelogen, versuchte sie sich einzureden. Vielleicht war das Mittagessen mit Alicia Henderson ja genauso spontan und harmlos gewesen, wie er be-

hauptet hatte. Und vielleicht würde man sie ja zur Richterin am Obersten Bundesgericht ernennen. Und vielleicht bestand der Mond ja wirklich aus Käse.
Was machte sie nur falsch? Was an ihr trieb Philip in die Arme sämtlicher Alicias-aber-Sie-können-mich-Ali-nennen der Welt? Was ließ sie denn vermissen? Renee betrachtete die Knöpfe an ihrer Bluse, die jeden Moment abzuspringen drohten. Davon, daß sie etwas vermissen ließ, konnte nicht die Rede sein, dachte sie. Genau das Gegenteil war der Fall. Es gab einfach zuviel von ihr. Sie mußte wieder eine Diät machen. Sie mußte ihr Gewicht in den Griff bekommen. »Entschuldigen Sie«, stammelte sie, als ihr bewußt wurde, daß sie kein einziges von Lynns Worten mitbekommen hatte und daß Lynn sehr aufgeregt klang. »Was? Sagen Sie das noch mal... Was hat er? Blumen hat er Ihnen geschickt? Wer hat Ihnen Blumen geschickt? ... Das ist ja nicht zu glauben... Gut, gut, jetzt beruhigen Sie sich mal. Werfen Sie die Blumen weg, wenn Ihnen das hilft – ich habe den starken Verdacht, daß es Ihnen helfen wird –, und dann machen Sie sich einen ordentlichen Drink. Lynn, hören Sie mir überhaupt zu? ... Gut. Ich hatte heute selbst keinen besonders guten Tag. Das erzähle ich Ihnen ein andermal. Aber jetzt schmeißen Sie erst mal die Blumen in den Müll, trinken etwas und versuchen sich zu entspannen.« Sie verabschiedeten sich voneinander, und Renee legte kopfschüttelnd den Hörer auf. »Männer«, sagte sie mehrmals hintereinander, so lange, bis das Wort jede Bedeutung verloren hatte.

9

Nur wenige Minuten nachdem Lynn am Ende eines frustrierenden Tages ihr Haus betreten hatte, waren die Blumen geliefert worden. In der Arbeit hatte sie Stunden am Telefon verbracht, ohne irgend etwas erreicht zu haben, und ähnlich deprimierend waren die Stunden gewesen, in denen sie sich um eine Familie gekümmert hatte, die durch den Drogenmißbrauch des Sohns zerstört worden war. Das Tüpfelchen auf dem i war dann ein langatmiger Vortrag eines Rechtsanwalts namens Stephen Hendrix gewesen, der den aufgebrachten Keith Foster vertrat, den Vater des angeblich mißhandelten Kindes. Hendrix hatte klipp und klar gesagt, wenn sie seinen Klienten weiterhin belästige, bleibe ihm keine andere Wahl, als rechtliche Schritte gegen sie einzuleiten. Gegen sie *persönlich*, wie er betonte.

»Wir haben einen Hinweis auf eine mutmaßliche Kindesmißhandlung erhalten«, hatte Lynn ihm mit möglichst ruhiger Stimme erklärt, »und wie Ihnen, Mr. Hendrix, bekannt sein dürfte, müssen wir jedem derartigen Hinweis nachgehen. Ich habe wiederholt versucht, mit Mr. und Mrs. Foster einen Termin zu vereinbaren, und bin jedesmal auf heftigsten Widerstand gestoßen. Das letztemal, als ich zu den Harborside Villas hinausfuhr, weigerte sich Patty Foster, mir die Tür zu öffnen. Ich belästige Ihre Klienten keineswegs. Ich will nur ein Gespräch mit ihnen und ihrer Tochter Ashleigh führen. Dazu habe ich nicht nur das

Recht, sondern geradezu die Pflicht. Falls es nötig werden sollte«, hatte sie dann hinzugefügt und dem Mann, der gute dreißig Zentimeter größer als sie war, fest in die Augen geblickt, ohne sich einschüchtern zu lassen, »werde ich bei meinem nächsten Besuch Beamte der Polizei von Delray Beach mitbringen. Die können Sie dann ja auch belangen. Aber das liegt ganz bei Ihren Klienten.«

»Ich beabsichtige, ebenfalls anwesend zu sein«, hatte Stephen Hendrix an dieser Stelle eingeworfen. Es war eine Kapitulation gewesen, aber er hatte es so hingestellt, als habe er die Oberhand behalten. »Ich möchte das Gespräch überwachen.«

»Ganz wie Sie wünschen.« Sie hatte ihre Sekretärin beauftragt, einen Termin für die nächste Woche zu vereinbaren. Die Fosters hielten sich gerade außerhalb der Stadt auf und waren zu einem früheren Zeitpunkt nicht erreichbar. Schließlich sei Mr. Foster ein sehr beschäftigter und sehr wichtiger Mann, hatte Stephen Hendrix – nicht zum erstenmal – erklärt.

»Beschäftigt sind wir alle«, hatte sie trocken erwidert. »Hier geht es um das Kind.«

So ungern Lynn es auch zugab, aber solche Szenen zerrten an ihren Kräften. Sie haßte heftige Wortwechsel und wütend erhobene Stimmen. Mein Gott, du hast dir wirklich den falschen Beruf ausgesucht, dachte sie, als sie nach der Arbeit heimgekommen und sofort in die Küche gegangen war, um sich frischen Saft aus Orangen von den Bäumen in ihrem Garten zu pressen. Megan und Nicholas würden auch bald kommen. Es blieb ihr gerade noch Zeit für ein schönes, entspannendes Bad. Und dann hatte es an der Tür geklopft, und vor ihr war, kaum sichtbar hinter der großen Blumenschachtel, ein Botenjunge gestanden.

»Lynn Schuster?« fragte er und drückte ihr die Blumen in die Hand, bevor sie ihre Identität bestätigen oder leugnen konnte. Wie in Trance, mit leerem Blick, sah sie ihm nach, die Schachtel nur mit Mühe im Arm balancierend. Das

konnte doch nicht wahr sein, dachte sie. So weit würde er nicht gehen.
Behutsam streckte sie, ohne den Oberkörper zu bewegen, das rechte Bein aus und schloß die Tür mit einem leichten Tritt. Ganz still stand sie da. Nein, dachte sie noch einmal, so weit würde er nicht gehen.
Sie wußte nicht, wie lange sie so dagestanden war, barfuß in der Diele mit einer langen, rechteckigen Blumenschachtel in den ausgestreckten Armen, aber plötzlich spürte sie das Gewicht der Schachtel. Sie gab sich einen Ruck und ging ins Wohnzimmer, setzte sich aufs Sofa und riß die Schachtel auf, zunächst ohne die beiliegende Karte zu beachten. So weit würde er nicht gehen, schoß es ihr wieder durch den Kopf, als sie das Dutzend wunderschöner, langstieliger gelber Rosen anstarrte.
Sie ließ die Rosen in der Schachtel und beobachtete, wie sich ihre Finger widerwillig dem kleinen Kuvert näherten. Sie rang mit sich, ob sie es öffnen oder einfach wegschmeißen sollte. »Kinder, seht mal, irgend jemand hat uns Blumen geschickt!« begann sie schon zu üben. Im Geist hörte sie bereits den Schwall von Fragen, der unweigerlich folgen würde, riß endlich den Umschlag auf und zog die Karte heraus.
»Ich danke Dir für die vielen wunderbaren Jahre«, las sie laut. Ihr Blick verschleierte sich. »In der Hoffnung, daß wir noch viele weitere Jahre Freunde bleiben werden.« Sie ließ die Karte auf den Rattan-Couchtisch vor ihr fallen. »Alles Liebe, Dein Gary.« Sie wollte den Deckel der Blumenschachtel durch das Zimmer werfen, aber er war an einer Stelle noch mit einem Klebestreifen befestigt und flatterte nur kurz in der Luft, um dann wie an einem Faden über den Tischrand herabzubaumeln. »Gary Schuster, du verdammtes Arschloch!« schrie sie und brach in bittere Tränen aus.
Seit sie am Morgen aufgewacht war, hatte sie die Bedeutung dieses Tages verdrängt. 16. Juli. Ihr Hochzeitstag. Sie hatte

den Kalender ignoriert und das Datum in ihrem Terminbüchlein einfach überschlagen. Sie hatte sich auf den Aktenberg auf ihrem Schreibtisch gestürzt, hatte unglaublich viel telefoniert und sich mit Klienten beschäftigt, hatte sich dem unangenehmen Anwalt der Fosters ohne Umschweife gestellt und mittags durchgearbeitet, hatte geschuftet und verdrängt, bis es Zeit gewesen war, nach Hause zu gehen. Und irgendwie hatte sie es geschafft, den Tag einigermaßen gut hinter sich zu bringen.

Und dann waren die Blumen gekommen. War das Garys Auffassung von einem Scherz? Oder waren die Blumen Suzettes Idee gewesen? Sie starrte in die Schachtel und staunte, wie immer, über die natürliche Vollkommenheit von Rosen. Gelbe Rosen mochte sie am liebsten. Gary wußte das, genauso wie *sie* wußte, daß Gary, nicht Suzette, die Idee gehabt hatte, ihr Blumen zu schicken. Wahrscheinlich hatte die Frau gar keine Ahnung davon, wahrscheinlich wäre sie schon bei dem Gedanken daran geradezu entsetzt gewesen, genauso entsetzt, wie Lynn darüber war, sie erhalten zu haben.

Sie kannte Gary gut genug, um zu wissen, daß es nicht in seiner Absicht gelegen hatte, grausam zu ihr zu sein, sondern daß er allen Ernstes glaubte, er würde ihr damit etwas Nettes tun. Der sensible Mann der achtziger Jahre. Ist das wirklich das, was die modernen Frauen sich wünschen? Blumen von ihren Ex-Männern an den Tagen, die normalerweise ihre Hochzeitstage gewesen wären?

Gedankenverloren griff sie nach der Karte und las sie noch einmal. »Ich danke Dir für die vielen wunderbaren Jahre«, wiederholte sie laut und ungläubig, schlug wütend mit der Faust auf den Tisch und sah, wie die Blumen hochschnellten. »Wenn sie so verdammt wunderbar waren, warum bist du dann abgehauen? Und wer, verdammt noch mal, will denn hier Freundschaft?« Sie versetzte der Schachtel einen groben Schubs, so daß sie auf dem grünen Teppichboden landete und die Rosen in schöner Willkür auseinanderfie-

len; sie bückte sich und sammelte sie auf. »Verdammte Scheiße!« schrie sie, trug die Schachtel in die Küche und steckte sie ins Spülbecken. »Was hast du dir eigentlich dabei gedacht?« fragte sie und sah im Geist Garys grinsendes Gesicht vor sich. »Was um alles in der Welt hat dich dazu gebracht, mir das da zu schicken?«
Aber in dem Teil ihres tiefsten Inneren, den sie den ganzen Tag versteckt gehalten hatte, mußte sie zugeben, daß sie eigentlich gar nicht so sehr überrascht war. Irgendwo ganz tief innen hatte sie schon den Verdacht gehegt, er sei zu so etwas fähig, auch wenn sie eine Sekunde, bevor sie die Karte gelesen hatte, glaubte, die Blumen könnten von Marc Cameron sein.
Was sollte sie jetzt machen? Erwartete Gary von ihr, daß sie ihn anrief und sich bedankte? Um alles in der Welt – sollte sie das etwa wirklich tun? Wie lautete die Anstandsregel für eine solche Situation?
Zum Teufel mit ihm, dachte sie, griff nach dem Telefonhörer und rief statt dessen ihre Anwältin an. »Hallo, Renee? Hier spricht Lynn. Gary hat mir gerade Blumen geschickt. Ist das nicht unglaublich? Heute wäre unser fünfzehnter Hochzeitstag gewesen, und dieser Verrückte hat mir gerade ein Dutzend langstieliger gelber Rosen geschickt. Ich bin so wütend, daß ich am ganzen Leib zittere. Und ich muß mich beruhigt haben, bis die Kinder nach Hause kommen, aber ich schaue immer wieder auf die Blumen und lese diese alberne Karte. Ist das nicht unglaublich? Er hofft, daß wir noch viele Jahre lang Freunde sein können«, sprudelte es aus ihr heraus. Nur vage wurde ihr bewußt, daß die Frau am anderen Ende der Leitung ihr offenbar nicht richtig zuhörte. Aber dann war Renee aufgewacht und hatte ihr gesagt, sie solle die Blumen in den Müll werfen und sich einen ordentlichen Drink machen. Sie hatte sich zusammengerissen. Hatte sie am Telefon wirklich einfach so drauflos geplappert? Und warum hatte sie eigentlich ausgerechnet Renee Bower angerufen? Es handelte sich doch gar nicht um ein ju-

ristisches Problem. Sie hatte andere, viel bessere Bekannte und Freunde, die sie anrufen konnte. Aber seit der Trennung stand sie in einer seltsamen inneren Distanz zu ihren alten Freunden, für die sie immer die eine Hälfte eines glücklich verheirateten Paares dargestellt hatte. Niemand, und sie selbst am allerwenigsten, wußte so recht, wie ihr neuer Status zu bewerten war. Lynn zog die Schachtel aus dem Becken und stopfte die schönen Blumen in den Mülleimer unter der Spüle. Als sie sich den ordentlichen Drink mixte, zu dem Renee ihr geraten hatte, hörte sie den Campbus vor dem Haus vorfahren.
»Wie war's im Camp?« fragte sie ihre Kinder, als die beiden in die Küche wankten.
»Durst. Ich habe solchen Durst!« brummte Nicholas, faßte sich an den Hals und schlug ungeduldig seine rundlichen kleinen Knie aneinander, während Lynn Milch aus dem Kühlschrank nahm und für beide Kinder je ein großes Glas füllte. »Ich bin Erster!« sagte er und nahm rasch einen Schluck, bevor Megan ihr Glas auch nur an den Mund gesetzt hatte. »Es war super«, antwortete er, als sein Glas leer war.
»Es ging so«, sagte Megan leise. Sie hatte gar nicht versucht, in den Wettkampf um den ersten schmatzenden Schluck Milch einzutreten.
»War irgend etwas, Schätzchen?«
Megan schüttelte den Kopf, trank ihre Milch aus und wischte sich mit einer Serviette den Mund ab. Als sie sie in den Mülleimer unter dem Spülbecken werfen wollte, sah sie die Blumen. »Was sollen denn die da drin?« Megan zog die gelben Rosen behutsam aus ihrer unkonventionellen Vase. »Mom, warum sind diese Blumen im Mülleimer?« Lynn zuckte nur die Achseln. Sie hatte keine passende Antwort parat. »Von wem sind die?«
»Von deinem Vater«, sagte Lynn wahrheitsgemäß, was sie aber sofort bereute. Es war völlig unnötig, Megan in ihr Unglück mit hineinzuziehen.

»Oh.«
Lynn erwartete, daß ihre Tochter wütend und empört reagieren werde, und sah verblüfft zu, wie Megan die Blumen einfach wieder in den Mülleimer zurücksteckte und die Tür des Schränkchens schloß. »Megan?« rief sie ihr nach, als das Mädchen die Küche tränenüberströmt verlassen hatte. Lynn wandte sich Nicholas zu, der die Szene mit riesengroßen Augen beobachtet hatte. »Also, was ist passiert?«
»Nichts«, antwortete Nicholas, senkte den Blick und verlagerte sein Gewicht von einem Fuß auf den anderen. »Es war toll im Camp...«
»Ich meine nicht das Camp. Ich meine den Samstag. Das Mittagessen mit Daddy. Keiner von euch beiden hat auch nur ein Wort darüber erzählt, und Megan ist seither ganz besonders still.«
»Nichts ist passiert.«
»Nicky...«
»Kann ich bitte noch ein Glas Milch haben?«
»Hat Daddy etwas gesagt, worüber Megan sich aufgeregt hat?«
»Daddy nicht«, antwortete Nicholas und hielt buchstäblich den Atem an.
»Was soll das heißen?« Lynn merkte, daß auch sie nicht mehr atmete. »War bei dem Mittagessen außer euch und Daddy noch jemand dabei?«
Nicholas hob die Schultern. »Ja, so ungefähr.«
»So ungefähr?«
»Da war noch diese komische Frau dabei.«
»Kannst du dich an den Namen dieser komischen Frau erinnern?«
Nicholas nickte. »Suzette«, sagte er schließlich. Lynn hatte es gewußt.
Sie streckte die Arme aus und drückte ihren Sohn an sich. »Danke, mein Liebling. Es tut mir leid, daß du geglaubt hast, du müßtest das für dich behalten.«
»Daddy hat gesagt, er findet es besser, wenn wir dir das nicht erzählen.«

Lynn nickte. Das glaube ich gern, dachte sie in Erinnerung an Garys Einwilligung, die Kinder erst nach Ablauf einiger weiterer Monate mit Suzette zu konfrontieren. Sie können nicht alles gleichzeitig verkraften, hatte Lynn argumentiert, und er war einverstanden gewesen. Warum hatte er jetzt seine Meinung geändert? Was ging in seinem hübschen Kopf bloß vor? In ihrer Vorstellung sah sie wieder die Blumen hinter der geschlossenen Tür des Küchenschränkchens. »Du wolltest doch noch ein Glas Milch«, sagte sie zu ihrem Sohn. Wieder einmal war sie verblüfft, wie sehr er ihr selbst als Kind ähnlich sah. Es hatte schon etwas Ironisches an sich, überlegte sie – und sofort verband sich für sie mit diesem Wort das Bild Marc Camerons –, daß die Söhne meistens ihren Müttern, die Mädchen dagegen ihren Vätern ähnelten. Noch bevor Nicholas antworten konnte, schenkte sie ihm ein zweites Glas Milch ein und verließ die Küche, um nach Megan zu sehen.

Megan lag auf der Tagesdecke ihres vierpfostigen Metallbetts und starrte mit leerem Blick an die Decke. Ihre langen, rund um die spitzen Knie schmutzverkrusteten Beine lagen ausgestreckt über der weichen weißen Zierdecke. Die Unterkanten ihrer ausgefransten Turnschuhe drückten dunkle Falten in den gesteppten Stoff. Lynn ging langsam auf ihre Tochter zu und setzte sich ans Fußende des Betts. »Nicholas hat mir erzählt, daß Daddy am Sonntag beim Essen eine Freundin dabeihatte.«

»Das macht nichts«, flüsterte Megan ihre derzeitige Standardantwort.

»Möchtest du darüber reden, Liebling?«

Megan schüttelte trotzig den Kopf.

Lynn wußte genau, was in Augenblicken wie diesen gesagt werden mußte, sie kannte all die beruhigenden Phrasen, die in ihren Lehrbüchern fein säuberlich aufgelistet waren, lauter Sätze, die sie jetzt wahrscheinlich gesagt hätte, wenn dies nicht *ihr* Kind, wenn dies nicht *ihre* problematische Situation gewesen wäre. Statt dessen tätschelte sie einfach nur Megans Knie und schwieg.

Plötzlich brach Megan in Tränen aus. Das Bett erzitterte von ihrem herzzerreißenden Schluchzen. »Ich will nicht mehr Rechtsanwältin werden, Mommy. Muß ich denn Rechtsanwältin werden?«
Lynn spürte, daß auch sie wieder feuchte Augen bekam. Heute ist ganz offensichtlich der Tag der Tränen, dachte sie und nahm ihr weinendes Kind in den Arm. »Nein, Liebling, natürlich nicht. Du kannst werden, was du willst.«
»Ich will nicht Rechtsanwältin werden.«
»Du hast noch viel Zeit, dich zu entscheiden.«
»Ich will das tun, was du machst.«
»Ganz wie du es willst«, erklärte Lynn und streichelte den Rücken ihrer Tochter.
Megan riß sich unvermittelt los, so daß Lynn die Arme ausstrecken mußte, um sie weiter halten zu können. »Und Ballettstunden will ich auch keine mehr!«
»Aber du bist doch immer so gerne ins Ballett gegangen«, sagte Lynn. Sie hatte Mühe, mit den abrupten Themenwechseln mitzuhalten.
»Ich will aber keinen Ballettunterricht mehr«, beharrte Megan.
»Okay. Du mußt ja nicht. Vielleicht überlegst du es dir noch mal«, sagte sie, während Megan sich wieder an sie kuschelte. Das Schluchzen, das für kurze Zeit abgeflaut war, kehrte mit noch größerer Vehemenz zurück.
»Warum hat sie denn dabeisein müssen?« fragte Megan wütend. »Warum hat Daddy sie unbedingt mitbringen müssen?«
»Wein nicht, Baby. Es ist ja alles in Ordnung.«
»Ich hasse sie, Mommy. Ich hasse sie, weil sie uns Daddy weggenommen hat!«
»Ich weiß, mein Schatz. Ich bin auch nicht gerade verrückt nach ihr.«
Lynn hörte Schritte, wandte den Kopf um und sah, daß sich Nicholas auf Zehenspitzen heranschlich, so wie nur er das konnte. Und dann legten sich die drei Schusters zu einem

festen kleinen Knäuel aus Armen, Beinen und Tränen zusammen und wiegten rhythmisch gegen den beinahe unerträglich schmerzenden Verlust an, den jeder von ihnen auf seine Art durchlitt.

»Ich bin froh, daß Sie mich angerufen haben«, sagte er. Lynn hob den frischen Erdbeer-Daiquiri hoch und prostete ihrem Gegenüber schweigend zu. »Ich war mir nicht sicher, ob Sie es tun würden. Und warum haben Sie es getan? Nicht daß ich etwas dagegen einzuwenden hätte, ganz im Gegenteil. Ich bin nur neugierig.«
»Die Neugier des Schriftstellers?« fragte Lynn, und Marc Cameron lächelte. »Heute ist mein Hochzeitstag.«
»Es wird ja immer interessanter.«
»Ich dachte, Sie würden diese Ironie zu schätzen wissen.«
Sein Lächeln wurde breiter. »Ich komme also als Lückenbüßer ganz gelegen?«
»Ehrlich gesagt, weiß ich nicht genau, was Sie für mich sind.« Sie schwieg kurz und sah sich in dem kleinen, leeren italienischen Lokal in Fort Worth um, das sie als Treffpunkt vorgeschlagen hatte. »Ich war wütend und deprimiert. Ich mußte einfach eine Weile aus dem Haus. Meine Nachbarin ist bei den Kindern geblieben. Am besten sollte ich mich schon im voraus entschuldigen. Ich glaube nicht, daß ich heute eine anregende Gesprächspartnerin sein werde.«
»Bisher machen Sie es sehr gut. Wissen Sie schon, was Sie bestellen wollen?«
Sie schüttelte den Kopf. »Ich habe keinen großen Hunger.« Sie trank den Rest ihres Daiquiri mit zwei raschen Schlucken aus. »Aber gegen noch einen Drink hätte ich nichts einzuwenden.«
Marc Cameron winkte sofort den Kellner herbei und bestellte zwei weitere Drinks.
»Erzählen Sie mir doch etwas über Ihre Schriftstellerei«, sagte Lynn. Sorgsam vermied sie es, ihm in die wachsamen blauen Augen zu blicken. »Arbeiten Sie gerade an irgend etwas?«

»Mir spukt seit einiger Zeit die Idee zu einem Roman im Kopf herum.«
Sie lachte. »Das glaube ich gern. Es geht da nicht ganz zufällig um einen seit kurzem getrennt lebenden Mann, der etwas mit der Frau des Mannes anfängt, wegen dem seine eigene Frau ihn verlassen hat?«
»Das kommt ganz darauf an.«
Lynn sah ihm in die Augen. »Auf was?«
»Haben wir denn etwas miteinander angefangen?«
»Nur so eine Redewendung«, sagte Lynn und räusperte sich. Sie war froh, als der Kellner mit dem zweiten Drink kam. »Jedenfalls bin ich nicht gerade begeistert bei der Vorstellung, mich in Ihrem nächsten Buch wiederzufinden.«
»Die meisten Menschen finden es toll, wenn sie sich schwarz auf weiß verewigt sehen.«
»Auch wenn sie wenig schmeichelhaft portraitiert wurden?«
»Auch dann. Sie müssen bedenken, daß die ›Bösen‹ sich kaum je selbst wiedererkennen. Außerdem – warum glauben Sie, daß Sie schlecht wegkommen würden?«
Lynn hob das Glas zum Mund und bemerkte zu ihrer Überraschung, daß es halb leer war, als sie es wieder abstellte. »Sitzengelassene Frauen werden doch bestenfalls als Heulsusen dargestellt und schlimmstenfalls als erbarmungswürdige Kreaturen. Beide Aussichten begeistern mich nicht gerade.«
»Dann schlagen Sie eine Alternative vor!«
Lynn dachte nach. Im Grunde wußte sie bereits, wie die Antwort lauten mußte. »Ach, ich glaube, ich wäre gerne... ach, was soll's... heldinnenhaft.« Marc Cameron lachte über ihre Wortwahl, und sie hob das Glas und prostete ihm noch einmal schweigend zu, trank aber nicht. »Heldinnen müssen doch heldinnenhaft sein, oder nicht?«
»Warum glauben Sie, daß Sie die Heldin sein würden?« Er verzog den Mund zu einem schiefen Grinsen und sah sie schalkhaft an, als ob er alles über sie wüßte, als ob er alle ihre

Geheimnisse kennen würde und genau darüber informiert wäre, welchen Knopf er drücken mußte, um das gewünschte Resultat zu erzielen.
»Ich habe *Kinkerlitzchen* gelesen«, sagte sie nach einer kurzen Pause. Sie hatte sein jüngstes Buch angesprochen und freute sich, als das Schalkhafte in seinem Blick echter Verblüffung wich.
»Wirklich? Wann denn?«
»Nach unserem Strandspaziergang bin ich in die Bibliothek gegangen und habe es ausgeliehen. Zuerst wollte ich es kaufen, aber kein Buchladen hatte es.«
Er lachte traurig. »Wie könnte es auch anders sein. Na, und?«
»Und... es hat mir gefallen. Sie sind ein Mann komplizierter Gedanken.«
Diesmal lachte er laut auf, warf den Kopf zurück und amüsierte sich ganz offensichtlich über ihr Urteil. »Das hat mir noch niemand gesagt. Ich glaube, ich fühle mich geschmeichelt.«
»Ich hatte den Eindruck, daß es stark autobiographisch ist, allerdings in ganz anderer Hinsicht als Ihr erstes Buch, *Peinliches Schweigen*.«
»Also, jetzt fühle ich mich *wirklich* geschmeichelt. Ist Ihnen klar, daß Sie vielleicht der einzige Mensch in diesem Bundesstaat sind – ach, was sage ich, im ganzen *Land* –, der beide Romane von mir gelesen hat? Ich glaube, nicht mal Suzette hat *Peinliches Schweigen* zu Ende gelesen.«
»Es war nicht so gut konzipiert wie Ihr zweites Buch«, sagte Lynn und sah, daß er die Stirn runzelte. »Ich fand *Kinkerlitzchen* besser. Finden Sie nicht auch?« Der Kellner war an ihren Tisch getreten, aber Lynn schüttelte beim Gedanken an einen weiteren Drink den Kopf. Der Kellner zog sich wieder zurück.
»Ich teile Ihre Ansicht, aber trotzdem höre ich es nicht gern. Was immer man Ihnen darüber erzählt, daß Schriftsteller konstruktive Kritik zu schätzen wüßten, ist ganz großer

Schwachsinn. Wir mögen keine Kritik, ob sie nun konstruktiv ist oder nicht. Wir wollen ausschließlich gute Kritiken, ganz besonders von unseren Freunden und Geliebten.« Er sah Lynn eindringlich in die Augen. Sofort stellte Lynn sich vor, wie sie sich mit ihm über ein breites Bett wälzte. Sie hob ihr Glas an den Mund und leerte es mit einem einzigen großen Schluck. Etwa eine Minute lang kämpfte sie mit sich, ob sie nicht den Kellner zurückrufen und noch einen Drink bestellen sollte, oder – jetzt war es auch schon egal – noch zwei oder drei, blieb aber schließlich vernünftig.
»Und in welche Kategorie gehöre ich?« fragte sie unvorsichtigerweise, denn sofort sah sie sich wieder Hüfte an Hüfte mit ihm unter schwarzer Satin-Bettwäsche verschwinden. Was machte sie eigentlich hier? Was machte sie überhaupt?
»Das zu entscheiden überlasse ich Ihnen.«
Lynn entfernte das Glas so weit vom Mund, daß sie sprechen konnte. »Was würde sich denn auf den Seiten Ihres nächsten Romans interessanter ausnehmen? Was würde mich denn zur Heldin werden lassen?«
»Die Geliebte, ganz ohne Frage«, antwortete er wie aus der Pistole geschossen.
Lynn stellte ihr leeres Glas auf den Tisch zurück, ließ es aber nicht los. In was manövrierte sie sich da hinein? »Ich fand Ihre Ambivalenz in bezug auf Ihren Vater im zweiten Buch sehr gut beobachtet«, lenkte sie ab. Ganz hinten im Kopf hörte sie das Echo ihrer eigenen Worte, spürte Marcs unsichtbare Hände auf ihren Brüsten, spürte, wie sie an ihrem Körper hinabwanderten. Sie räusperte sich. »Sie kamen mir weniger zornig vor als in Ihrem ersten Buch. Ich hatte den Eindruck, Sie akzeptierten ihn eher.« Sie versuchte sich auf seinen Mund zu konzentrieren, während er sprach.
»Mein Vater verließ meine Mutter, als ich noch sehr klein war. Kleiner, als meine Jungs jetzt sind. Er zog von Buffalo, wo ich aufgewachsen bin, nach Florida, und ich habe ihn erst als Teenager wiedergesehen. Plötzlich schrieb er mir,

tauchte bei meinen Schul- und College-Abschlußfeiern auf und so weiter.« Lynn nickte und versuchte sich auf seine Worte zu konzentrieren; sie erinnerte sich, diese Einzelheiten in seinen Büchern gelesen zu haben. »Ich war immer noch wütend, ich wollte nicht viel mit ihm zu tun haben. Aber als meine Mutter wieder geheiratet hatte, wurde mein Bedürfnis, ihn zu hassen, kleiner, obwohl das Kind in mir ihm weiß Gott noch immer nicht verziehen hat, daß er mich verließ, als ich vier war, und es ihm wohl auch nie ganz verzeihen wird. Aber vor etwa zwölf Jahren lud er mich ein, ihn in Palm Beach zu besuchen, und ich sagte zu, und dann dachte ich mir, daß es doch recht schön sein müßte, nicht sechs Monate im Jahr jeden Morgen einen Berg von Schnee von meinem Auto schaufeln zu müssen, und so sah ich mich nach einer freiberuflichen Tätigkeit um. Ich meine, ein Schriftsteller kann doch wirklich überall arbeiten. Ich bin also nach Hause gefahren, habe ein paar Badehosen und meine Selectrix-Schreibmaschine eingepackt und hier angefangen. Schon ziemlich bald hatte ich ein paar Artikel verkauft, und kurze Zeit später bat man mich, eine Geschichte über die vielen kleinen Ballettschulen zu schreiben, die damals in Palm Beach plötzlich wie Pilze aus dem Boden schossen, was ja ziemlich ungewöhnlich war, wenn man bedenkt, daß das Durchschnittsalter in Palm Beach siebenundneunzig Jahre beträgt.«
Lynn lachte. Der Kellner tauchte wieder auf, blieb diesmal ungeduldig neben ihrem Tisch stehen, den Block demonstrativ in der Hand, um die Bestellung zu notieren, egal, ob sie schon etwas ausgesucht hatten oder nicht.
»Das Tagesgericht?« fragte Marc und schaute Lynn an.
Lynn warf einen Blick auf die Speisekarte, sah, daß als Tagesgericht gegrillter Rotbarsch angeboten wurde, und nickte. Marc gab die Bestellung an den Kellner weiter, der über die getroffene Wahl leicht verstimmt zu sein schien.
»Und da haben Sie Suzette kennengelernt?« fragte Lynn.
Plötzlich war ihr klar, woher Megans Abneigung gegen das Ballett stammte.

»Ihre Eltern hatten ihr eine kleine Ballettschule finanziert. Sie hatte Tänzerin werden wollen, aber es war etwas dazwischengekommen. Ob Sie es glauben oder nicht, sie wurde von der Schule gefeuert, weil sie im zarten Alter von sechzehn Jahren ein Verhältnis mit ihrem sehr verheirateten Tanzlehrer hatte. Jedenfalls ist sie schließlich mit irgendeinem Möchtegern-Schauspieler auf und davon und verbrachte ein paar drogenreiche Jahre in Hollywood. Dann kehrte sie heim zu Mommy und Daddy und ließ sich von ihnen ein kleines Ballettstudio einrichten. Ich ging damals zu ihr, um sie für diese Geschichte zu interviewen, und das, was ich da zu sehen bekam, muß mir wohl gefallen haben. Sie hat so ein interessantes, fast ägyptisch geschnittenes Gesicht, sehr klare, markante Züge. Auf jeden Fall sind wir bald danach zusammengezogen, und zwar unter lautstarkem Protest ihrer Eltern. Schließlich war ihr armes Baby ja bereits von zwei unwürdigen Künstlern geschändet worden, da konnten sie über einen dritten kaum begeistert sein, wenn ich mich denn zu den Künstlern zählen darf. Sie beschlossen, mich und meine Beziehung zu ihrer Tochter einfach zu ignorieren. Aber dann wurde Suzette schwanger, und wenn man Zwillinge erwartet, dann wird es schwierig mit dem Ignorieren, und so legten sie uns dann ganz beiläufig nahe, doch mal ans Heiraten zu denken, was wir natürlich taten, und alles weitere gäbe, wie man so schön sagt, genug Stoff für noch ein paar Romane ab. Wo starren Sie denn hin?«

Lynn hatte sich bemüht, den Blick während dieser langen Rede auf Marc Camerons Mund zu heften, aber ständig kam ihr sein Bart dazwischen. Normalerweise sah sie den Leuten beim Gespräch in die Augen, aber Marc Cameron hatte die verwirrende Angewohnheit, einfach zurückzustarren und Signale auszusenden, mit denen sie nicht umzugehen wußte; deshalb hatte sie versucht, sich auf seinen Mund zu konzentrieren. Sie dachte darüber nach, daß sie eigentlich keine bärtigen Männer kannte, und sofort spürte sie wieder

seinen Bart ihr Gesicht kitzeln. Sie hatte ihre Männer immer rasiert bevorzugt. Jetzt mußte sie beinahe laut auflachen. Ihre Männer! Welche Männer denn? Gary war in den letzten fünfzehn Jahren der einzige Mann für sie gewesen. Sie hatten dieses blöde kleine Restaurant mit seinen mürrischen, ungeduldigen Kellnern gemeinsam entdeckt. Warum war sie hierher gekommen? Was hatte sie hier in der Nacht ihres fünfzehnten Hochzeitstages mit diesem bärtigen Mann zu suchen, der nicht ihr Ehemann war?
»Ist alles in Ordnung?« fragte Marc Cameron.
Lynn schüttelte den Kopf. Sie brachte kein Wort heraus.
Er streckte den Arm über dem Tisch aus und hob ihr Kinn, so daß sie gezwungen war, seinen Blick zu erwidern. Sofort kamen ihr die Tränen. Marc Cameron verschwamm vor ihren Augen.
»Möchten Sie gehen?« fragte er.
»Und was ist mit dem Essen?«
»Wir kommen ein andermal wieder.« Marc Cameron legte hastig einige Zwanzig-Dollar-Noten auf den Tisch und trat neben sie, um ihr von dem Holzstuhl mit der niedrigen Lehne aufzuhelfen. »Kommen Sie. Gehen wir ein bißchen an die frische Luft.«
Lynn ließ sich behutsam aus dem Restaurant nach draußen führen. Als sie von der kühlen, klimatisierten Luft des Lokals in die Hitze kam, hatte sie das Gefühl, eine Sauna zu betreten. Trotz der dunklen Schwere der nächtlichen Hitze trockneten ihre Tränen nicht. Sie flossen nur noch stärker. Sie konnte kaum etwas sehen, während sie den Gehsteig entlanggingen. Marc Cameron führte sie, bis sie vor seinem kleinen roten Toyota standen. »Wohin fahren wir?«
»Steigen Sie erst mal ein«, bat er sie sanft, und sie tat, was er gesagt hatte.
Sie konnte kaum ausmachen, wohin er mit ihr fuhr, und erkannte erst dann, daß sie in der Nähe des Strands waren, als sie das vertraute, tröstliche Tosen des Ozeans hörte. Unsicher schritt sie neben Marc her, der sie am Ellbogen hielt

und quer über den großen, zementierten Parkplatz zum Lake-Worth-Pier führte, wo noch immer viele junge Leute waren, die aus John G's kamen, einer sehr beliebten Diskothek. Immer noch die Hand an ihrem Arm, führte Marc Cameron Lynn zum dunklen Strand; am Wasser ließ er sie sanft los, damit sie sich setzen konnte. Im nächsten Augenblick spürte Lynn, daß ein Taschentuch an ihre Wange gedrückt wurde. Sie betupfte sich die unteren Augenlider damit und fühlte, daß es ihre Tränen aufsaugte wie Löschpapier. »Ich habe immer schon gewußt, daß ich diese Dinger irgendwann mal gut brauchen können würde«, sagte Marc. »Fühlen Sie sich jetzt besser?«
»Ich komme mir vor wie eine Idiotin«, sagte Lynn und schneuzte sich laut in das nasse Taschentuch. Sie merkte, daß er ihr die Schuhe ausgezogen hatte und ihre Hosenbeine hinaufrollte. »Darf ich fragen, was Sie da machen?«
»Ich dachte, es würde Ihnen vielleicht besser werden, wenn Sie nasse Füße bekämen. Fragen Sie mich bitte nicht, warum.«
»Wollen Sie meinen verletzlichen und deprimierten seelischen Zustand ausnützen?« Sie spürte, daß sie diese Frage nur halb im Scherz gestellt hatte.
»Sie können mich meinetwegen altmodisch nennen, aber die Vorstellung, mit einer tränenüberströmten Frau zu schlafen, macht mich nicht gerade an.«
»Mein Gott«, wimmerte sie, von sich selbst angewidert. »Ich kann einfach nicht aufhören! Was ist nur los mit mir? Woher kommen bloß all diese Tränen? Allmählich geht es mir auf die Nerven!« Als sie den Kopf in den Knien vergrub, lachte er leise. Dann hörte sie, daß er wegging. Wollte er sie etwa weinend hier im Sand sitzen lassen? Sie hätte es ihm nicht einmal verdenken können. Der Abend war nicht so amüsant geworden, wie er es sich möglicherweise erwartet hatte. Aber wo ging er denn hin?
Plötzlich fühlte sie, wie seine Hände von hinten ihre angespannten Nackenmuskeln kneteten. »Das tut gut«, flüsterte

sie nach einigen Minuten. Sie hoffte, er würde nicht aufhören damit.
Er hörte nicht auf. Er drückte seine Hände fest in ihre Schultermuskeln, seine Finger verschwanden in ihrem Haar und massierten ihren Schädel, wanderten dann ganz langsam ihren Rücken hinab. Sie überlegte, ob sie ihm nicht sagen sollte, daß es jetzt genug sei, aber in Wahrheit war es noch nicht genug, noch nicht annähernd genug. Als seine Hände sich wieder zu ihren Schultern hinauftasteten, drehte Lynn sich plötzlich um und warf sich ihm mit solcher Wucht entgegen, daß er nach hinten kippte. Noch im Fallen preßte sie ihren Mund auf seinen. Er umschlang sofort ihre Taille, sie rollten im Sand, und sie spürte wieder, wie die weichen Barthaare ihr Gesicht kitzelten. Sie fühlte seine Zunge in ihrem Mund, seine Hände umfaßten ihren Hintern. Was um alles in der Welt tat sie da? Ebenso unvermittelt und heftig, wie sie ihn umgestoßen hatte, riß Lynn sich jetzt aus Marcs Armen, setzte sich auf und sah aufs Meer hinaus, als suchte sie dort eine befriedigende Erklärung für ihr Verhalten.
»Ich dachte, die Vorstellung, mit einer tränenüberströmten Frau zu schlafen, macht Sie nicht gerade an«, sagte sie, nachdem sie die Erklärung nicht gefunden hatte.
»Offensichtlich bin ich perverser, als ich dachte.«
»Das gibt bestimmt ein wunderbares Kapitel in Ihrem nächsten Buch ab.«
»Ich werde Milde walten lassen.«
Lynn erhob sich leicht schwankend und begann sich den Sand abzuklopfen. »Es tut mir leid.«
»Es tut Ihnen überhaupt nicht leid.«
»Stimmt.« Sie hielt einen Augenblick inne und lächelte. »Aber es sollte mir eigentlich leid tun.«
»Warum denn?«
»Erstens habe ich Ihnen das Abendessen vermasselt. Schließlich haben Sie eine Menge Geld in ein Essen investiert, das Sie nicht mal zu sehen bekamen.«

»Ich hatte keinen Hunger.«
»Und dann habe ich ununterbrochen geheult.«
»Sie hatten mich doch gewarnt, daß Sie keine besonders anregende Gesprächspartnerin abgeben würden.«
»Und dann habe ich mich Ihnen an den Hals geworfen.«
»Zu diesem Zeitpunkt begann sich die Lage eindeutig zu bessern...«
»Und dann habe ich plötzlich aufgehört.«
»Ein wankelmütiges Weib.«
Lynn sah sich hilflos um. »Ich müßte jetzt wirklich nach Hause...«
»Aber...?«
»Aber ich habe einen Riesenhunger«, sagte sie, und auf einmal lachten sie beide. »Ich kann es selbst kaum glauben, aber ich sterbe vor Hunger.« Sie richtete den Blick auf ein Restaurant oben an der Straße. »Haben Sie Lust, es noch einmal mit dem Abendessen zu versuchen? Diesmal lade ich Sie ein.«
Er sagte nichts, sondern nickte nur und führte sie den Strand hinauf zu dem Lokal.
»Sie sind ein netter Mann«, sagte sie, als sie das laute, voll besetzte Restaurant betraten. Er erwiderte etwas, denn seine Lippen bewegten sich, aber Lynn konnte es nicht verstehen.
Erst als sie sich an einen kleinen Tisch an der Wand gesetzt hatten und der Kellner erschienen war, um ihre Bestellung entgegenzunehmen, wurde ihr bewußt, was er gesagt hatte:
»Nicht immer.«

10

Renee saß da und betrachtete ihre Schwester. Kathryn lag ausgestreckt wie eine Katze in der Sonne auf dem großen Balkon von Renees Wohnung im sechzehnten Stock. Vor ihnen lag das Meer. Der Balkon mit seinen frischgeputzten weißen Fliesenquadraten umfaßte die ganze Eckwohnung und bot von jeder Stelle aus freien Blick auf den Ozean. Kathryn hatte ihre Liege in den Teil des Balkons geschoben, der rechtwinklig zum Meer und parallel zu dem großen Swimming-pool verlief, in dem sich trotz der spätnachmittäglichen Hitze kein Mensch befand. In dieser Jahreszeit war das Delray Oasis benannte Gebäude zu mehr als der Hälfte unbewohnt, und die Leute, die hier das ganze Jahr über lebten, saßen kaum je in der Sonne. Schließlich konnten sich die häßlichen Leberflecken ja auch als etwas wesentlich Schlimmeres herausstellen, nämlich als die ersten, gefürchteten braunen Anzeichen von Hautkrebs. Wenn nicht vorher schon die Herzschrittmacher versagten. Zwei bereits etwas ältere Hausbewohner waren im Winter gestorben; ein weiterer lag im Krankenhaus, und es stand nicht zu erwarten, daß er wieder zurückkommen würde.
Renee sah zu, wie ihre Schwester sich auf den Bauch drehte und dabei vorsichtig jeden Druck auf die Handgelenke vermied. Sie hatte die Verbände abgenommen, unter denen einige häßliche, wenn auch nicht sehr tiefe Schnitte zum Vorschein gekommen waren, und wendete die Handinnenflä-

chen jetzt nach außen, damit auch sie braun wurden. Kathryn war schon immer gerne in der Sonne gewesen. Ironie des Schicksals, dachte Renee, daß ihre Schwester von Florida nach New York gezogen war, in eine Stadt, in der sie, Renee, selbst immer gerne gelebt hätte. Es waren ihr Angebote von einigen bedeutenden Anwaltsfirmen im Norden unterbreitet worden, aber sie hatte sich entschlossen, nach Florida zurückzugehen, um dort in einer angesehenen, ja hervorragenden Kanzlei anzufangen. Aber warum? Florida sei ein Friedhof der Lebenden, pflegte sie jedem, der es hören wollte, zu sagen, ein Altersheim in Form eines Bundesstaates, der kleine Warteraum des lieben Gottes, wie sie gern zitierte. Philip hielt ihr immer Statistiken unter die Nase, die Florida als den amerikanischen Bundesstaat mit dem größten Bevölkerungszuwachs auswiesen, dessen Einwohnerzahl von Jahr zu Jahr stieg, weil alle Menschen ganz wild darauf seien, dorthin zu ziehen. Können sie haben, dachte Renee, aber dazu gab sie keine Kommentare mehr ab, weil sie wußte, daß Philip Florida liebte und nie auch nur daran denken würde, wegzuziehen. Renee versuchte es sich bequem zu machen. Die Knöpfe an dem weißen Polsterbezug ihrer Liege bohrten sich in ihre Oberschenkel. Sie hätte sich umziehen sollen, als sie – zur Abwechslung einmal früh – von der Arbeit heimkam, aber die Vorstellung, in einen Badeanzug zu schlüpfen, deprimierte sie nur – noch ein Grund, Florida zu hassen.
Die Leute sind ganz wild darauf, hierher zu ziehen. Renee schüttelte verwundert den Kopf, als sie noch einmal über Philips Worte nachdachte. Soweit sie zurückdenken konnte, hatte sie sich nie etwas anderes gewünscht, als von hier wegzukommen. Für das Meer hatte sie nie viel übriggehabt und sich an die unbarmherzige Sonne nie gewöhnen können. Sie haßte die hohe Luftfeuchtigkeit und vermißte den Wechsel der Jahreszeiten. Florida war etwas für Leute, die am liebsten alles so hübsch und seicht wie auf einer Postkarte hatten, ohne jeden Schatten am Horizont. Florida war etwas

für Menschen wie ihre Eltern, die zu ichbezogen waren, um zu bemerken, daß die Leute hier in ihrer Leblosigkeit an tote Fische erinnerten, oder für Menschen wie Philip, Menschen, die überall den Rahmen ihrer unmittelbaren Umgebung sprengten. Florida gab nur den sonnigen Hintergrund für Philips Persönlichkeit ab. Aber nicht für ihre. Aus irgendeinem Grund war Renee hier nie heimisch geworden. Einmal, als sie noch auf die Columbia Law School ging, hatte sie für kurze Zeit den Absprung geschafft, aber irgend etwas hatte sie hierher zurückgelockt. Was das nur gewesen sein mag, grübelte sie. Und warum wohl?
Sie verlagerte ihre Beine so, daß die Polsterknöpfe keine Löcher mehr in ihre Schenkel bohrten, und warf einen Blick ins Wohnzimmer, wo Consuela, die Haushaltshilfe, die dreimal wöchentlich kam, um die Vierzimmerwohnung zu putzen und zu kochen, gerade den weißen Teppich in der Mitte des Fußbodens mit dem Staubsauger bearbeitete. »Es ist so weiß«, hatte Kathryn gesagt, und das ließ sich nicht bestreiten. Renee dachte an das bunte Tohuwabohu in dem Zimmer zurück, das sie und ihre Schwester sich als Kinder geteilt hatten, und hörte in Gedanken, wie ihre Mutter sie anflehte, doch ihre Spielsachen aufzuräumen und ein bißchen Ordnung zu halten. Kathryn und sie hatten sie immer so lange ignoriert, bis dann Vater eingeschritten war. Renee erinnerte sich, daß ihr Vater einmal vor lauter Wut einige ihrer geliebten Posters von der Wand riß und zerfetzte, weil er ihnen gesagt hatte, sie dürften sie nicht mit Klebestreiben befestigen. Der Klebefilm hatte mehrere kleine Stückchen Wandfarbe mitgerissen, und ihr Vater hatte den beiden beim Anblick der Ruine ihres einst so herrlichen Zimmers schluchzenden Mädchen erklärt, dies hätten sie sich selbst zuzuschreiben. Renee hatte die häßlichen leeren Stellen an der Wand sofort mit bunten Filzstiftzeichnungen verschönert und war zum Dank für diese Mühe ordentlich verprügelt worden.
Jetzt betrachtete sie das kahle Weiß ihres Wohnzimmers

und wunderte sich, wie es kam, daß sie sich in einer Umgebung zu Hause fühlte, die, objektiv betrachtet, eher an das Foyer eines Luxushotels erinnerte. Sogar ihr Büro hatte mehr private Ausstrahlung und Wärme. Sie wandte den Kopf wieder zum Pool. Nein, die erstarrte Perfektion ihrer Wohnung strömte wahrhaftig keine Wärme aus.
Und doch, genau wie sie ihrer Schwester gesagt hatte – sie wollte es nicht anders. Wenn Philip glücklich war, war auch sie glücklich, und nichts hatte Bedeutung, außer die Frage, ob Philip sich wohl fühlte – Philip, ein Mann der weitausholenden Gesten und der klug gewählten Worte – Worte, die, wenn er sie mit seiner tiefen, selbstbewußt klingenden Stimme aussprach, alle Aufmerksamkeit auf ihn lenkten. Wenn Philip einen Raum betrat, brachte er alle Farbe mit, die dieser Raum brauchte. Vielleicht hatte er die Einrichtung seiner Wohnung deshalb so konzipiert.
Renee merkte, daß ihr die Lider im grellen Sonnenlicht schwer wurden. Es war erst kurz nach sechzehn Uhr, und obwohl sie nicht besonders lang in der Kanzlei gewesen war, hatte sie doch sehr hart gearbeitet. Sie war früh heimgekommen, hatte ihre Schwester auf dem Balkon schlafend vorgefunden und ganz leise eine zweite Liege danebengeschoben. Kathryn hatte nie mehr etwas über die Motive ihres Selbstmordversuchs gesagt.
Vielleicht war jetzt der geeignete Zeitpunkt gekommen, sie zum Sprechen zu bringen. Consuela würde bald gehen. Debbie hatte am Morgen verkündet, sie werde den Tag mit Freunden auf Singer Island verbringen. Und Philip würde erst in einer Stunde nach Hause kommen.
Renee empfand es als angenehme Abwechslung, einmal als erste daheim zu sein. Normalerweise kam sie frühestens um sechs Uhr abends, oft viel später. Dann stürzte sie, einen Schwall von Entschuldigungen und beschwichtigenden Phrasen auf den Lippen, in die Wohnung, lief in die Küche, um das, was Consuela gekocht hatte, auf den Tisch zu bringen, fragte Philip, wie es ihm an diesem Tag ergangen sei,

bemühte sich, ihm die Aufmerksamkeit zu schenken, die er brauchte, die Aufmerksamkeit, die er verdiente. Philip beherrschte das Gespräch, so wie er alles in seiner Wohnung beherrschte. Hin und wieder wurde Renee bewußt, daß er ihr umgekehrt kaum je einmal eine Frage stellte, daß er am Ablauf ihres Arbeitstages nicht interessiert zu sein schien und daß er nach dem Abendessen oft vom Tisch aufstand, ohne ihr auch nur einen dankbaren Blick zuzuwerfen. Sie mußte den Tisch ohne die Hilfe ihres Mannes oder der Tochter ihres Mannes abräumen. Daß Debbie der Ansicht war, Renee besitze die Persönlichkeit eines Fußabstreifers, hatte Renee einmal bei einem Gespräch zwischen Vater und Tochter mitgehört. »Man hat einfach ständig Lust, auf ihr rumzutrampeln«, hatte Debbie kichernd gesagt und nur zaghafte Einwände von seiten ihres Vaters geerntet. Seit wann ist es möglich, mich als Fußabstreifer zu bezeichnen? überlegte Renee. Das Wort selbst tat ihr weniger weh als die Tatsache, daß Philip sie nur so halbherzig verteidigt hatte.

Auch ihr Vater hatte Worte oft als Waffen verwendet, die sie lächerlich machen und verletzen sollten. Als sie noch sehr klein gewesen war, hatte sich einmal eine große schwarze Schlange um ihren Fußknöchel gewunden, als sie draußen spielte, und ihre Schreie hatten Vater bei seinem Sonntagnachmittagsschläfchen gestört. Er hatte sie eine Heulsuse und ein egoistisches kleines Ding genannt und ihr gesagt, es geschehe ihr ganz recht, denn sie habe nicht dort gespielt, wo sie hätte spielen sollen. »Heulsuse, egoistisches kleines Ding«, hatte es in ihren Gedanken noch widergehallt, als die Schlange schon längst verscheucht worden war. Sie konnte die Worte sogar jetzt noch hören, und sie spürte auch wieder den Schmerz, den sie ihr zugefügt hatten. Vielleicht hatte sie sich deshalb für die Rechtswissenschaft entschieden – um sich wehren zu können. »Du bist zu schlagfertig«, warf Philip ihr in letzter Zeit manchmal vor. War sie zu weit ins andere Extrem umgeschlagen? Konnte man zu schlagfertig sein?

Vielleicht hatte ihr Vater sie nur hart machen, seine sensible jüngere Tochter zwingen wollen, stark zu sein. Sie mußte zugeben, daß es ihm, wenn er es denn beabsichtigt hatte, durchaus gelungen war. Sie war berühmt für ihre Härte. Und es war in ihrem Leben alles besser gelaufen, als sie selbst gehofft hatte. Sie hatte alles, was man sich wünschen konnte: einen reichen Ehemann, eine todschicke Wohnung, eine erfolgreiche Karriere. Alles, nur keine Kinder, dachte Renee, und vielleicht hatte Philip ja recht. Vielleicht wären Kinder einfach zuviel für sie.

»Wenn ich dich sehe, bereue ich, daß ich Kinder in die Welt gesetzt habe«, hatte ihr Vater einmal gesagt, und schon als kleines Kind, *gerade* als kleines Kind, hatte sie gewußt, daß sie der Grund für seine Gefühlskälte und die Quelle der Unzufriedenheit ihrer Mutter war. Sie wurde nicht geliebt, weil sie nicht liebenswert war. Das hatten sie ihr oft genug erklärt, wenn auch mehr durch das, was sie verschwiegen, als durch das, was sie ihr sagten.

Renee sah sich als sechsjähriges Kind auf das parkende Auto ihrer Mutter zulaufen. Ihre Mutter saß mit steifem Rücken darin, der Motor lief, und sie blickte starr geradeaus; ihre Unterlippe zitterte, ihre Hände spielten nervös am Lenkrad herum, als Renee auf den Beifahrersitz kletterte. »Es tut mir leid, daß ich so spät dran bin.«

»Alle anderen Kinder sind schon vor zehn Minuten herausgelaufen. Du weißt doch, wie sehr dein Vater es haßt, wenn ich zu spät komme. Du weißt doch, er will, daß ich immer da bin, wenn er heimkommt.«

»Ich habe die Bänder von meinen Ballettschuhen nicht aufgekriegt. Sie waren ganz verknotet.«

»Die anderen Kinder hatten keine Schwierigkeiten damit.«

»Die hatten keine Knoten drin.«

»Irgend etwas muß es ja jedesmal sein, was, Renee?« Sie zwinkerte rasch, um zu verhindern, daß ihr die Tränen herabrollten und das Make-up verschmierten. Aber es gelang

ihr nur zum Teil; sie kramte ein Papiertaschentuch aus ihrer Handtasche und betupfte sich verstohlen die Wimpern.
»Bist du wütend?«
»Nein, ich bin natürlich nicht verärgert«, korrigierte ihre Mutter sie so leise, daß Renee ganz genau hinhören mußte.
»Es tut mir leid.«
»Ich weiß. Aber mit ›tut mir leid‹ kommen wir auch nicht schneller nach Hause.«
»Warum müssen wir daheim sein, bevor Daddy kommt?«
»Weil er es so will«, sagte Helen Metcalfe, warf einen prüfenden Blick auf ihr Spiegelbild im Rückspiegel und erneuerte die Wimperntusche, die die Tränen weggewischt hatten. »Dein Daddy arbeitet sehr viel, damit wir ein schönes Leben haben. Und er verlangt nicht sehr viel als Gegenleistung«, fuhr sie fort, als würde sie einen vorbereiteten Text ablesen. Renee sah zu, wie ihre Mutter die Wimperntusche in die Handtasche verstaute und einen anderen, Renee ebenfalls wohlvertrauten Gegenstand hervorholte. Sie beobachtete, wie ihre Mutter die kleine, flache Schachtel öffnete und ihr einen abgenützten Pinsel entnahm, mit dem sie sorgfältig Rouge auf den Wagen verteilte. Renee wurde bewußt, daß sie das Gesicht ihrer Mutter noch nie in ungeschminktem Zustand gesehen hatte. Selbst ganz früh am Morgen, selbst am Strand, war das Gesicht ihrer Mutter voll geschminkt. Renee überlegte, was mit dem Gesicht ihrer Mutter wohl los war, daß sie immer so viel Mühe darauf verwendete, es mit Make-up zu bedecken.
»Warum schmierst du dir dieses Zeug ins Gesicht?«
»Weil es deinem Vater gefällt«, antwortete ihre Mutter, wie Renee es erwartet hatte. Helen Metcalfe legte das Rouge in die Handtasche zurück und ließ sie zuschnappen. Dann wandte sie sich zum erstenmal, seit Renee im Auto saß, ihrer Tochter zu. »Ist es so in Ordnung?«
»Du siehst hübsch aus.«

Helen Metcalfe genehmigte sich ein kurzes Lächeln. »Vielleicht ist dein Vater heute später dran. Wenn wir uns beeilen, sind wir vielleicht vor ihm zu Hause.«
Er war nicht später dran, und sie schafften es nicht vor ihm. Er ging schon im Wohnzimmer auf und ab, als sie daheim eintrafen. Sofort löste sich Renees Mutter von der Seite ihrer Tochter, lief auf ihren Mann zu und küßte ihm die Wange, lief, um ihm den Gin-Tonic zu mixen, den aus irgendeinem unerfindlichen Grund nur sie mixen konnte, erklärte, Renees Unterricht sei später als sonst beendet gewesen, leckte seine Wunden, erklärte, tröstete, versuchte vergeblich, den Hausfrieden zu wahren, und stellte sich auf die Seite ihres Mannes, als Renee ihr zu Hilfe kommen wollte.
»Ich brauche ja keine Ballettstunden zu nehmen«, hatte Renee angeboten. Sie haßte es, wenn ihre Mutter sie im Stich ließ. Sie hörte nur die Worte ihrer Mutter und nicht die dahinter verborgene Angst, als sie ihren Vater vergeblich zu versöhnen versuchte. »Ich möchte gar keine Ballettstunden nehmen.«
»Aber du wirst weiter Ballettunterricht nehmen, junge Dame, und du wirst lernen, dankbar dafür zu sein.« Ihr Vater starrte sie mit kaum verhohlener Wut an. »Wirklich, Renee, wenn ich dich sehe, bereue ich es, Kinder in die Welt gesetzt zu haben.«
Renee wandte den Blick von dem inneren Bild ihres Vaters ab und richtete ihn auf Kathryn; sie beneidete sie um ihren Schlaf. Sie hoffte, daß er traumlos war. »Du darfst deinen Vater nicht so aufregen!« hörte sie ihre Mutter sagen. Der vertraute Refrain zog sie wieder in die Vergangenheit zurück. Nie fragte irgend jemand, wie es in der Ballettstunde gewesen sei. Niemand außer Kathryn, erinnerte sie sich. Kathryn hatte sich damals am Abend hingesetzt und ihr geduldig gezeigt, wie sie ihre Schuhe binden mußte, damit keine Knoten entstanden; und sie hatte sie angefleht, nicht mit Vater zu streiten, schweigend zu akzeptieren, was er sagte, und es einfach an sich abprallen zu lassen.

Aber es prallte nicht an ihr ab. Es stürzte über ihrem Kopf zusammen wie eine gefährliche Woge, zog sie hinab, nahm ihr die Luft zum Atmen und erstickte sie. Vielleicht mag ich das Meer deshalb nicht, dachte Renee, schloß die Augen und lauschte seinem protestierenden Tosen.
Während sie weitergrübelte, bemerkte sie plötzlich, daß jemand hinter der gläsernen Schiebetür stand, die in die Küche führte. Instinktiv hielt sie die Augen geschlossen. Sie hörte, wie die Tür aufgeschoben wurde, und ließ den Kopf zur Seite fallen, als würde sie tief schlafen. Wenn es Philip war, und dessen war Renee sich sicher – sie glaubte gehört zu haben, daß er sich von Consuela verabschiedet hatte –, würde er sie vielleicht mit einem Kuß wecken; der schöne Prinz würde ihre gerechte Belohnung für den harten Tag sein.
Renee merkte, daß sich die Gestalt näherte, und hob die Lider gerade so viel, daß sie sehen konnte, was vor sich ging, gleichzeitig aber weiterhin zu schlafen schien.
Sie sah, wie ihre Schwester, die noch nicht gemerkt hatte, daß sie nicht mehr allein war, sich streckte, umdrehte und aufsetzte. Kathryn drehte den Kopf, sah Philip, zuckte zusammen und hob die Hand an den Mund, um einen Schrei zu unterdrücken.
Philip war sofort bei ihr. Er hielt die Finger an den Mund und gab ihr zu verstehen, daß sie ruhig sein solle. »Entschuldige«, flüsterte er. »Ich wollte dich nicht erschrecken.« Er warf einen Blick nach links. »Renee schläft.«
»Mein Gott, ich muß wirklich total weg gewesen sein. Ich wußte nicht mal, daß sie hier ist. Wie lange stehst du denn schon da?«
»Ein paar Minuten erst.«
Kathryn sah auf ihre Uhr. »Heute sind ja alle schon so früh daheim.«
»Ein Patient hat abgesagt. Warum Renee schon hier ist, weiß ich nicht.«
Er trat ans Geländer, lehnte sich darauf und starrte ange-

spannt auf irgendeinen Punkt in der Ferne. »Ich wollte mir gerade einen Drink machen. Möchtest du auch einen?«
»Das wäre lieb von dir.«
»Gin-Tonic?«
»Super.«
»Ich ziehe mich vorher um, wenn du nichts dagegen hast.«
Renee wollte gerade die Augen öffnen und verkünden, daß auch sie gerne einen Drink hätte, aber Philip war schon in der Wohnung verschwunden. Was sollte das Versteckspiel? Warum hatte sie nicht einfach die Augen aufgeschlagen und ihnen gesagt, daß sie gar nicht schlief? Und warum tat sie es auch jetzt nicht?
Irgend etwas hielt sie davon ab. Vielleicht ist es besser so, dachte sie. Sie hatte schon seit einiger Zeit gehofft, Kathryn werde einmal mit Philip unter vier Augen sprechen. Aber er hatte immer soviel zu tun gehabt, oder es war einfach immer noch jemand dagewesen. Vielleicht konnten sie sich jetzt einmal miteinander unterhalten. Vielleicht würde Kathryn sich öffnen. Vielleicht konnte Philip ihr helfen. Am liebsten wäre Renee nicht dabeigewesen, aber wenn sie jetzt aufstand und sich entschuldigte, würde Kathryn darauf bestehen, daß sie dablieb. Renee lauschte nicht gerne. Aber sie glaubte keine andere Wahl zu haben. Eine Lüge führte eben unweigerlich zur nächsten. Der Weg zur Hölle war mit guten Absichten gepflastert.
»So, bitte schön«, sagte Philip einige Minuten später, trat auf den Balkon und drückte Kathryn einen kalten Longdrink in die Hand. »Ein Gin-Tonic für die schöne Dame.« Er holte sich keine Liege, sondern einen Balkonstuhl mit gerader Lehne, und setzte sich lässig, mit weit gespreizten Beinen hin; im Schoß hielt er ein Glas mit einem extra-trockenen Martini. Philip trank immer extra-trockene Martinis, die er sich selbst machte, wofür Renee ihm, auch noch nach sechs Ehejahren, übertrieben dankbar war. Durch die halbgeschlossenen Augen sah sie seine weiße Hose und die teure

schwarz-weiße Seidenstrickjacke mit den kurzen Ärmeln, und ihre Gedanken schweiften zu der Überlegung ab, wieviel Geld Philip wohl im Jahr für Kleidung ausgab. Auf jeden Fall mehr als sie. Sie kaufte sich jedes Jahr neue Sachen zum Anziehen, aber die sahen immer nach den abgelegten vom Vorjahr aus und fühlten sich auch so an. »Klassisch« war das Wort, mit dem Renee ihre Garderobe meistens beschrieb, aber »matronenhaft« paßte eigentlich besser. Weite dunkelblaue oder olivgrüne Blusen, Hosenanzüge in gedeckten Farben und aus Stoffen, die nie knitterten oder in irgendeiner Weise auffielen, es sei denn durch ihre Biederkeit. Jede Menge schwarze Hosen und lange Pullis. Alles, was ihre ausladenden Formen versteckte. Wie hatte sie es nur soweit kommen lassen mit sich? Warum war die wilde Entschlossenheit, die sie in den meisten Dingen des Lebens an den Tag legte, verschwunden, wenn es darum ging, Diät zu halten? Früher hatte sie nie soviel gegessen. Ihr Vater neigte zwar dazu, schnell ein paar Pfund anzusetzen, aber normalerweise geschah das nur, wenn er mehr als üblich getrunken hatte. Renee trank selten mehr als gelegentlich ein Glas Wein zum Abendessen.
Philip dagegen genehmigte sich meistens ein paar Drinks vor dem Essen, genauso wie ihr Vater früher. Renee verzog den Mund zu einem schiefen Lächeln, als hätte sie einen angenehmen, aber auch verwirrenden Traum. Wie lange war ihr die – zumindest oberflächliche – Ähnlichkeit zwischen ihrem Mann und ihrem Vater eigentlich schon bewußt? Wann war ihr aufgefallen, daß beide gleichermaßen an ihr vorbeischauten, wenn sie sprach, daß beide dieselbe lässige, ärgerliche und doch reizvolle Arroganz besaßen, dieselbe fast schon kindliche Egozentrik, die sich nur so gutaussehende Männer wie eben Philip und ihr Vater leisten konnten? Sogar äußerlich sahen sie sich unglaublich ähnlich, obwohl Philip unbestreitbar der Massigere von beiden war, mindestens acht Zentimeter größer als ihr Vater mit seinen 1,82 Metern; er hatte auch breitere Schultern und einen

schwereren Körperbau. Die Statur eines Footballspielers, fand sie, und ihr fiel wieder ein, daß Philip im College Football gespielt hatte, bevor er sich für die Medizin entschied, für den gleichen Beruf also wie ihr Vater, wenn auch für eine andere Fachrichtung. Ian Metcalfe war ein inzwischen pensionierter Internist. Seine Frau hatte früher als Krankenschwester gearbeitet. Sie hatten sich in der Kantine einer Klinik kennengelernt und ineinander verliebt. Es war schon seltsam, daß beide Männer sich Frauen ausgesucht hatten, die jeweils fast dreißig Zentimeter kleiner als sie selbst waren. In ihrer Phantasie sah Renee ihre Mutter in steifer Haltung neben ihrem Vater stehen, und sofort schob sich das Bild von ihr selbst darüber, wie sie neben Philip stand, als wären sie beide Skizzen auf einem Blatt Papier, die darauf warteten, zu Ende gezeichnet zu werden. Was für komisch aussehende Paare, dachte sie und schob die Vorstellung weg. Die Ansicht, Frauen heirateten immer Männer, die ihren Vätern ähnelten, hatte sie nie akzeptiert. Ihr eigener Vater war ein wortkarger, unangenehmer Mensch. Philip war keines von beidem. Er war gesellig und charmant. Als sie noch leicht genug gewesen war, war sie bei Philip immer wieder förmlich abgehoben. Er hatte sie vor einem Leben voller Sehnsucht und Einsamkeit bewahrt und ihren Kopf mit Worten gefüllt, die sie sich in einer verzweifelten Zeit verzweifelt herbeigewünscht hatte: »Du bist schön, du bist soviel wert wie zehn andere Frauen; ich liebe dich, weil du liebenswert bist. Ich liebe dich. Ich liebe dich. Du bedeutest mir alles.« Wenn sie solche Worte in letzter Zeit seltener zu hören bekam, wenn es eine Krise in ihrer Ehe gab – nein, nicht Krise; das Wort Krise war auf jeden Fall zu stark –, dann war das weniger sein Fehler als vielmehr ihrer. Er konnte überhaupt nichts dafür. Wenn es eine Krise gab – nein, keine Krise; Probleme –, dann waren diese Probleme – und Probleme ließen sich ja schließlich lösen – durch sie entstanden, und es lag an ihr, sie aus der Welt zu schaffen.

»An was denkst du gerade?« fragte Philip. Renee hatte schon zu einer Antwort angesetzt, als ihr bewußt wurde, daß die Frage ihrer Schwester galt.
Die Frage verdutzte Kathryn offensichtlich; ihre Hand zuckte, und ein Teil ihres Drinks landete auf den frischgeputzten Bodenfliesen.
»Verdammt! Sie hat ihn gerade saubergemacht!« Kathryn wollte schon aufspringen, aber Philip legte ihr seine Hand auf den Arm und hielt sie zurück. Renee und Kathryn sahen zu, wie er in einer theatralischen Geste ein Papiertaschentuch aus der Hosentasche zog – so als wäre er Zauberer und führte seinen besten Trick vor – und sich bückte, um die wenigen Tropfen neben seinen Füßen aufzuwischen. Renee bemerkte, daß er seine Slipper von Gucci ohne Socken trug; ihr fiel wieder ein, daß er sich das angewöhnt hatte, als es »in« wurde. »Tut mir leid«, entschuldigte sich Kathryn. »Ich war mit den Gedanken...«
»...hundert Kilometer weit weg. Deshalb habe ich dich ja auch gefragt. Es sieht aus, als würdest du sehr tiefsinnige Gedanken hegen.«
Kathryn lachte. »Das ist das erste Mal, daß ich tiefsinniger Gedanken bezichtigt werde.«
»Na, erzählst du sie mir?«
»Ich versuche gerade, etwas ausreichend Tiefsinniges zu denken, damit du nicht enttäuscht sein wirst.«
Er schwieg. Offensichtlich wollte er abwarten.
»Ich habe an meine Mutter gedacht«, sagte sie schließlich.
Renee fand es erstaunlich, daß sie annähernd dieselben Gedanken gehabt hatten.
»Da bist du bei mir genau an der richtigen Adresse«, sagte er lachend.
»Du mußt dir wahrscheinlich eine Unmenge über dieses Thema anhören.«
»Nicht soviel wie früher. Es ist nicht mehr so modern, Mommy für alles verantwortlich zu machen.«

»Renee findet, ich sollte sie anrufen. Ich sollte meinen Eltern sagen, daß ich in der Stadt bin. Ich sollte ihnen erzählen, was ich tun wollte.«
»Und du? Was denkst du darüber?«
»Ich glaube, ich bin noch nicht soweit, ihnen gegenüberzutreten.«
»Dann laß es bleiben.«
»Ich kann auch nicht ewig davor weglaufen.«
»Was ist so schlimm am Weglaufen?«
Kathryn lachte, und Renee mußte den Kopf abwenden, um ihr eigenes Grinsen zu verstecken.
»Wir müssen alle hin und wieder weglaufen«, sprach Philip weiter.
»Ich habe mein ganzes Leben lang nichts anderes gemacht.«
»Ich glaube nicht, daß das stimmt.«
Kathryn starrte ihre Schwester an, und einen Moment dachte Renee, sie hätte gemerkt, daß sie gar nicht schlief.
»Ich bin völlig kaputt«, sagte sie schließlich.
»Dafür siehst du aber ziemlich gut aus, finde ich.«
Kathryn massierte sich ihre nackten Füße. Sie trug den neuen Badeanzug, den sie auf Debbies Drängen hin gekauft hatte. Renee mußte zugeben, daß er genau das Richtige für Kathryns schöne Figur war. Sie fühlte eine Welle von Eifersucht in sich aufsteigen und schämte sich sofort dafür.
»Ach, ich weiß nicht«, sagte Kathryn kopfschüttelnd. »Ich weiß einfach nicht, wovor ich die ganze Zeit solche Angst habe.«
»Ich verstehe deine Ängste«, sagte Philip. Seine Stimme wirkte wie ein Magnet – beide Frauen richteten den Blick auf ihn; aber seine Aufmerksamkeit galt ausschließlich Kathryn.
»Wirklich?«
»Das möchte ich doch annehmen. Verstehen«, sagte er und lächelte zaghaft, »ist mein Beruf.« Renee hörte sie beide lachen und hätte gerne mitgelacht. »Komm, Kathryn, hab

Geduld mit mir! Mein letzter Patient hat abgesagt. Ich fühle mich einsam und unsicher.«
Kathryn lachte wieder, diesmal sehr aufreizend. »Wie kann ich Ihnen denn helfen, Herr Doktor?«
»Sprich mit mir. Sag mir, was in diesem hübschen Köpfchen vor sich geht.«
»Nicht viel«, sagte Kathryn und schüttelte das Kompliment mit einer Kopfbewegung ab. Hatte sie es überhaupt als Kompliment empfunden? Renee versuchte sich zu erinnern, wann Philip ihr das letztemal auch nur eine so beiläufige Schmeichelei gesagt hatte.
»Nun sag schon«, drängte Philip sanft.
»Es ist so trivial.«
»Gefühle sind niemals trivial.«
»Ich habe mich als Kind nie geliebt gefühlt«, begann sie und lachte verlegen auf. »Renee hat dir sicherlich das gleiche erzählt.«
»Stimmt«, bestätigte Philip. »Aber wir reden jetzt nicht über Renee. Wir reden über dich.«
Renee hörte ihre Schwester laut aussprechen, was sie selbst nur wenige Minuten zuvor gedacht hatte.
»Arnie war der erste Mensch, der erste Mann, von dem ich mich geliebt fühlte. Aber was verstand ich schon von Männern? Ich war achtzehn, als ich Arnie Wright heiratete.« Kathryns Blick verschleierte sich. »Aber er war so gut zu mir. Er war so lieb, so aufmerksam. Ich habe ihn gar nicht verdient.«
»Du hast es nicht verdient, dich geliebt zu fühlen? Dich akzeptiert zu fühlen?«
»Ich war nicht gut genug für ihn.«
»Hat er dir das gesagt?«
»Arnie?« Kathryn lachte. »Natürlich nicht. Arnie hat mir jeden Tag, den ich mit ihm verheiratet war, gesagt, daß er mich liebt. Er hielt mich für das Wunderbarste auf Erden.«
»Aber du hast ihm das nicht geglaubt.«

»Wie denn? Schau mich doch an. Ich bin nichts. Ich mache nichts. Ich habe nichts. Arnie war mein ganzes Leben. Ohne ihn existiere ich überhaupt nicht. Und mit seinem Tod starb alles, was ich je gewesen war. Nur noch dieser Körper ging herum und mußte ernährt und gekleidet und gepflegt werden. Und dazu fehlt mir einfach die Kraft.«
»Du hast sehr viel Kraft, Kathryn. Du mußt sie nur aufspüren.«
»Und wenn ich das nicht kann? Wenn ich es gar nicht will?«
»Dann hättest du tiefer geschnitten«, erinnerte er sie, nahm ihre Hände und drehte die narbenbedeckten Handgelenke sanft nach außen. Langsam, zärtlich, führte er sie an seine Lippen und küßte beide. »Du brauchst nur jemanden, der sie küßt und heilt.«
»O Gott, Philip, ich habe solche Angst!«
»Du brauchst keine Angst zu haben, Kathy.«
Ebenso erstaunt wie über seine Küsse auf die Handgelenke ihrer Schwester war Renee jetzt darüber, daß er diese Verkleinerungsform gewählt hatte. Kein Wunder, daß seine Patientinnen ihn liebten, dachte sie und wünschte sich ganz weit weg; ihr Täuschungsmanöver kam ihr schäbig vor.
Plötzlich lag Kathryn in Philips Armen und weinte an seiner Schulter. »Ich habe mein ganzes Leben zerstört«, schluchzte sie, den Kopf an seine Brust gelehnt.
»Wir bauen doch alle hin und wieder mal Mist.«
»Aber nicht so wie ich.«
»Genauso wie du.« Philip löste sich aus der Umarmung, hielt aber weiter Kathryns Hand. »Wir machen alle hin und wieder Dummheiten. Manchmal sogar jahrelang.« Er schüttelte den Kopf, einige schwarze Haarsträhnen fielen ihm in die Stirn. »Wir bauen alle Mist.« Beide Frauen warteten gespannt, daß er weitersprach. »Meine erste Ehe war eine totale Katastrophe«, gestand er. »Debbie hat dir sicherlich erzählt, daß ihre Mutter schön ist. Ja, das ist sie auch. Und obendrein klug und zärtlich. Zumindest war sie es am

Anfang, als wir heirateten. Na ja, sie hatte sehr wenig Selbstbewußtsein, aber ich redete mir ein, daß mir gerade das an ihr gefiel. Es ist seltsam, daß sehr schöne Frauen oft am unsichersten sind. Wahrscheinlich dachte ich mir, das würde sich mit der Zeit schon geben, aber je länger wir verheiratet waren, um so schlimmer wurde es. Sie war krankhaft eifersüchtig. Sie rief mich in der Praxis an, wenn ich gerade mit Patienten beschäftigt war, und bestand darauf, mit mir verbunden zu werden. Sie ist sogar ein paarmal mitten während einer Sitzung in meine Praxis gestürmt. Eines Nachts hatten wir vor dem Zubettgehen eine Auseinandersetzung. Ich war zu müde zum Streiten. Sie hatte mich schon den ganzen Tag beschimpft. Ich wollte nur schlafen, und das sagte ich ihr auch, aber sie hörte nicht auf. Sie schrie mich an, und ich dachte mir, wenn ich meinen Schlaf nicht bekomme, dann würde ich am nächsten Tag nicht richtig arbeiten können, und ich sagte ihr, daß ich die Nacht in einem Hotel verbringen würde, wenn sie nicht aufhörte, mich anzuschreien. Als sie dann immer noch nicht aufhörte, zog ich mich wieder an und ging. Und weißt du, was sie dann tat? Sie lief mir brüllend auf die Straße nach, und zwar völlig nackt. Meine Frau, die Frau des Psychotherapeuten, jagte dem Wagen ihres Mannes hinterher wie ein kläffender Köter, und das auch noch total nackt! Da wußte ich, daß ich dieser Ehe entfliehen mußte, weil sie mich sonst zerstören würde. Meine Karriere, meine Praxis, alles, was ich mir so hart erarbeitet hatte. Ganz zu schweigen von meiner seelischen Gesundheit und meiner Selbstachtung. Ich wußte: Wenn ich nicht wegging, dann würde ich bald ein toter Mann sein.« Er schüttelte den Kopf und trank sein Glas leer.

»Debbie zu verlassen, war das Schwierigste, was ich je getan habe. Sie war ja noch ganz klein. Ich bin mir sicher, daß sie es nicht verstand. Ich weiß, wie unglücklich diese Scheidung sie gemacht hat.« Er sah Kathryn an. »Wir bauen alle Mist«, sagte er.

»Debbie liebt dich doch. Sie hält große Stücke auf dich.«

»Ja, aber wird sie mir je wirklich verzeihen?« Er senkte den Kopf. »Entschuldige.«
»Was denn?«
»Ich bin der Therapeut. Ich sollte dir zuhören, nicht umgekehrt.« Er wandte den Kopf zu Renee. »Diese Geschichte habe ich noch nie jemandem erzählt. Nicht mal Renee. Ich danke dir.« Kathryn sah genauso verblüfft drein, wie Renee sich fühlte. »Daß du mir zugehört hast«, fügte er erklärend hinzu.
»Es war mir ein Vergnügen«, sagte Kathryn. »Du hast mir das Gefühl gegeben, gebraucht zu werden. Ich sollte dir danken.«
Beide schwiegen. Warum hatte Philip Kathryn gesagt, er habe diese Geschichte noch nie irgend jemandem erzählt? Nicht einmal Renee, hatte er behauptet. Dabei hatte er ihr den Vorfall doch fast mit denselben Worten geschildert, kurz nachdem sie sich kennengelernt hatten. Hatte er das vergessen? Oder hatte er die Geschichte benützt, um seine eigene Verwundbarkeit zu zeigen und Kathryn dadurch zu verstehen zu geben, daß sie nicht allein war?
Renee lächelte und schlug die Augen auf. Die Dankbarkeit, die sie empfand, weil er ihrer Schwester soviel Liebe und Fürsorge gegeben hatte, überwältigte sie. Philip reagierte auf ihr Erwachen mit einem leichten Kopfnicken. Kathryn saß auf ihrer Liege; sie wirkte entspannt, ja glücklich. Renee beobachtete, wie Philip seine Hand ganz langsam und beiläufig von Kathryns Hand löste, so als habe er gar nicht gemerkt, daß sie die ganze Zeit über dort gewesen war.

11

»Wir nehmen den gegrillten Rotbarsch«, teilte Marc Cameron dem Kellner mit. Lynn verkniff sich ein Grinsen. »Der hat das letztemal zu interessanten Ergebnissen geführt.« Er zwinkerte, und Lynn bedeckte ihre Augen mit den Händen – zum Teil aus Verlegenheit, mehr noch aber, weil sie Angst hatte, sie könnten zuviel verraten. Sie saßen einander in einer stillen Ecke eines elegant, aber nicht luxuriös eingerichteten Restaurants in Pompano Beach gegenüber. »Na, erzählen Sie mir mal, was Sie die Woche über alles gemacht haben.«
»Bilde ich mir das jetzt ein«, fragte Lynn, »oder liegt es nur daran, daß ich weiß, daß Sie Schriftsteller sind? Auf jeden Fall wirken Sie immer so, als würden Sie jeden Moment darangehen, sich Notizen zu machen.«
»Ich mache mir Notizen.« Er deutete auf seinen Kopf.
»Genau das habe ich befürchtet.«
»Irgendwelche neuen, interessanten Fälle?«
Lynn kämpfte gegen das starke Bedürfnis an, über den Tisch zu langen und ihre Hand in seine zu legen. Selbst bei den harmlosesten Fragen, die er stellte, verspürte sie den Drang, ihm alles zu erzählen, und irgend etwas in der Art, wie er sie ansah, sagte ihr, daß sie die einzige Frau in diesem Raum war, daß sie wichtig war wie keine andere, daß jeder Mann, der nicht auf sie aufmerksam wurde, ein Idiot war und daß er nicht zu diesen Idioten zählte. »Der größte Teil des Vor-

mittags ging für ein Beratungsgespräch mit einem jung verheirateten Paar drauf. Offensichtlich verbrachten die beiden ihre Flitterwochen vor allem damit, sich gegenseitig zu verprügeln. Sie hatten völlig identische Veilchen – passend zu ihren identischen Eheringen.«
»Und was haben Sie ihnen gesagt?«
»Ich habe erklärt, daß Erwachsene sich nicht so verhalten dürfen«, sagte Lynn und bemühte sich, das Gedankenbild wegzuschieben, das sie die ganze Zeit vor Augen hatte: sie und Marc Cameron wälzten sich im Sand. »Ich habe ihnen gesagt, daß man bessere Lösungen für ihre Probleme finden kann und daß so etwas wie Selbstbeherrschung existiert.«
Sie merkte, daß sie flach atmete, wandte sich ab und tat so, als sehe sie sich in dem Lokal um. Zum erstenmal, seit sie auf Marc zugegangen war, der schon im hinteren Teil des großen Raums auf sie gewartet hatte, bemerkte sie, daß das Restaurant fast voll war; immer mehr Gäste strömten herein. Sie warf einen Blick auf ihre Armbanduhr. Es war nach zwanzig Uhr. »Ganz schön voll für einen Wochentag.«
»Es ist ein beliebtes Lokal.«
»Hoffentlich nicht zu beliebt!«
»Sie sagten, Sie wollten etwas Abgelegenes. Von unbeliebt war nicht die Rede.«
»Waren Sie hier schon mal?«
»Einmal, vor ein paar Jahren. Das Essen war hervorragend. Ich bin dann aber nie mehr wiedergekommen, einfach weil es ziemlich...«
»...weit vom Schuß ist?«
»Ja, ziemlich weit vom Schuß.« Sie lachten.
»Ich dürfte eigentlich nicht hier sein«, sagte sie.
»Warum denn nicht?«
»Meine Anwältin würde mich umbringen.«
»Erzählen Sie es ihr einfach nicht.«
»Schon zu spät«, sagte Lynn. »Ich hab's bereits getan.«
Marc Camerons Augen weiteten sich nur ein wenig, verrieten nichts.

»Sie heißt Renee Bower. Haben Sie schon von ihr gehört?«
Marc schüttelte den Kopf. »Ich bin mit ihrer Schwester zur Schule gegangen. Ist ja egal, auf jeden Fall mag ich sie sehr. Sie ist klug und gerissen. Und nett. Sehr nett. Sie ist mit einem Psychotherapeuten verheiratet. Philip Bower. Haben Sie schon vom ihm gehört?« Wieder schüttelte Marc Cameron den Kopf, aber diesmal lächelte er dabei. »Er ist offenbar sehr bekannt.«
»Mir nicht.«
»Renee meint, ich sollte mal mit ihm reden. Zumindest hat sie das gesagt. Ich glaube, in Wahrheit meint sie, ich sollte mir mal den Kopf untersuchen lassen.«
»Weil Sie sich mit mir treffen?«
Lynn nickte.
»Und was meinen Sie?«
»Daß sie wahrscheinlich recht hat.« Lynn sah Marc in die Augen. »Ich meine, was mache ich hier eigentlich, Marc?«
»Weiß nicht. Was *machen* Sie denn hier?«
»Weiß nicht.«
»Wie wär's denn damit?« Er beugte sich über den Tisch und küßte sie.
Lynn wich sofort zurück. Sie versuchte zu ergründen, wie es zu all dem gekommen war, wie es geschehen konnte, daß sie in einem überfüllten Restaurant in Pompano Beach saß und den Mann der Frau küßte, mit der ihr eigener Ehemann durchgebrannt war.
»Es tut mir leid«, sagte er.
»Es tut Ihnen überhaupt nicht leid.«
»Stimmt. Und Ihnen?«
»Auch nicht«, sagte sie, wieder einmal von sich selbst überrascht, denn sie hatte eigentlich »Mir schon« sagen wollen. »Aber wir müssen aufhören damit. Wirklich. Wir können uns doch nicht ständig gegenseitig begrapschen wie zwei Teenager!«
»Warum denn nicht?«

»Weil es nicht...«
»...richtig ist?«
»Klug. Nicht klug.«
»Was ist denn so toll daran, wenn man klug ist?«
»Man erreicht damit im allgemeinen mehr, als wenn man dumm ist.«
Marc streckte den Arm aus und nahm ihre Hand; auch als sie sie wegzuziehen versuchte, ließ er sie nicht los. »Ich mag Sie, Lynn. Sie mögen mich. Was ist so dumm daran, wenn zwei Menschen, die sich wirklich gerne mögen, eine Beziehung miteinander haben?«
»Warum?« fragte sie. »Warum mögen Sie mich?«
Er sah verdutzt drein. »Warum mag man jemanden? Was soll ich darauf sagen? Sie sind reizend, Sie sind gescheit, Sie sind interessant...«
»Ich bin Garys Ehefrau.«
Einen Augenblick lang herrschte Stille, bevor Marc zu sprechen begann.
»War das der Mensch, der mich gerade eben geküßt hat? Garys Ehefrau? Oder war das einfach Lynn Schuster, die Frau, mit der ich zu Abend esse?«
»Das ist ein und derselbe Mensch.«
»Das muß nicht unbedingt sein.«
»Sie würden mich doch gar nicht anders wollen«, sagte sie trocken und spürte, wie er seine Hand zurückzog. Sofort legte sie ihre Hände in den Schoß, so daß sie unter dem Tisch versteckt waren. »Seien Sie doch mal ehrlich, Marc, Sie würden nicht mal hier sitzen, wenn ich nicht Garys Frau wäre.«
Es herrschte Schweigen. Lynn betrachtete die Gesichter der anderen Gäste an den Nachbartischen; keiner schien in ihre Richtung zu blicken. Ob wohl irgendwer den Kuß beobachtet hat? fragte sie sich, genau wie bei ihrem letzten Treffen am Strand. Sie erkannte niemanden, wünschte aber eine Sekunde lang, es wäre anders. Irgend jemanden, dachte sie, damit sie vom Tisch aufspringen, Hallo rufen und einige

Minuten höfliche, belanglose Konversation machen könnte, um so den Bann dieses Mannes zu brechen, in dem sie offenbar stand, dieses Mannes, mit dem zusammen sie nicht gesehen werden durfte, am allerwenigsten, wenn er sie küßte. In aller Öffentlichkeit. Genauso, wie man es ihr von Gary und Suzette erzählt hatte. War das der Grund, warum sie hier saß? Wie du mir, so ich dir? Sollte dies der Versuch sein, aus doppeltem Unrecht Recht werden zu lassen? Was war nur los mit ihr?
Die Frau, die am Nebentisch saß, sah zu Lynn hinüber, lächelte ihr zu und rutschte auf ihrem Stuhl hin und her. Lynn wurde bewußt, daß sie sie angestarrt hatte. Sie wandte sich von der Frau ab, vermied jedoch sorgsam Marcs Blick und tat so, als begutachte sie die Plakate mit alten Filmstars, die an den Wänden hingen. Das Restaurant, das von außen sehr klein wirkte, war innen überraschend geräumig. Dieses Lokal steckte überhaupt voller Überraschungen, fand Lynn. Sie wußte, daß sie Marc früher oder später wieder ansehen mußte, und fragte sich einmal mehr, wie sie in diesen Schlamassel geraten war – ausgerechnet sie, die ihr ganzes Leben damit verbracht hatte, jedem Schlamassel auszuweichen, die immer vorsichtig gewesen war, immer die Konsequenzen einer jeden Entscheidung abgewägt hatte, bevor sie zur Tat schritt.
»Das Ganze sieht mir so gar nicht ähnlich«, sagte sie schließlich und zwang sich, Marc wieder anzuschauen. »So etwas mache ich normalerweise einfach nicht...«
»Sie haben doch gar nichts gemacht.«
»Ich bin so durcheinander. Ich komme mir vor wie eine Idiotin.« Sie hörte, daß sie lauter geworden war, und dämpfte ihre Stimme sofort wieder. »Ich habe mich immer beherrschen können.«
»Ist es so wichtig für Sie, sich beherrschen zu können?«
»Ich glaube schon, ja.«
»Und warum?«
»Weil es nichts Schlimmeres gibt, als sich ohnmächtig zu

fühlen«, erklärte Lynn. »Sie sind ein Mann. Sie können das unmöglich verstehen. Sie können sich von Natur aus beherrschen. Aber Frauen müssen ihr ganzes Leben lang darum kämpfen. Wenn wir etwas mit einem Mann anfangen, ist das ein einziges Herumjonglieren. Wir versuchen ständig, das, was wir geben sollen, mit dem auszubalancieren, was wir für uns behalten müssen. Die meisten Frauen geben zuviel von sich. Wenn dann die Beziehung zu Ende geht, stehen sie mit leeren Händen da.«
»Sie glauben also, weil ich ein Mann bin, kann ich mich ständig beherrschen?« fragte Marc. Die Antwort wartete er gar nicht ab. »Sie glauben, daß ich mich *von Natur aus* beherrschen kann. Das haben Sie doch gesagt, oder?«
Lynn nickte.
»Wie selbstbeherrscht, glauben Sie, war ich wohl, als meine Frau verkündete, sie werde mich verlassen? Stellen Sie sich das doch mal vor: Hier sitze ich, bin vierzig Jahre alt und, für einen Schriftsteller, alles in allem einigermaßen gut im Geschäft. Ich halte mein Leben für mehr oder weniger geordnet, habe meine Schäfchen ins trockene gebracht. Und dann kommt sie daher und spritzt sie alle naß! Innerhalb von Minuten hat sich mein Leben unwiderruflich verändert. Ich verliere meine Frau, mein Haus, meine Söhne. Plötzlich darf ich meine Jungs, abgesehen von jedem zweiten Wochenende, nur noch zweimal pro Woche sehen. Glauben Sie da allen Ernstes, ich würde mir nicht wünschen, alles anders zu machen, wenn ich mein Leben nur irgendwie beherrschen würde?« Er lachte, aber es klang bitter und leer. »Ich glaube, wenn ich aus der ganzen Sache irgend etwas gelernt habe, dann, wie wenig wir in Wirklichkeit beherrschen. Und was heißt das überhaupt, beherrschen? Ich sage Ihnen, was es ist – es ist ein Witz. Wir glauben, wir hätten Macht, aber so ist es nicht. Also, Mrs. Schuster, da können Sie genausogut ein bißchen von dieser kostbaren Selbstbeherrschung aufgeben, denn in Wahrheit haben Sie sowieso keine.«

Das Bild ihrer Mutter im letzten Stadium der Alzheimer-Krankheit blitzte in Lynns Vorstellung auf. »Erzählen Sie mir von Suzette«, sagte sie leise, bemüht, das Bild zu verdrängen.
»Was wollen Sie denn wissen?«
»Alles.«
Er lächelte; sie war ihm dankbar dafür.
»Wie ist sie denn so?«
»Sehr kunstsinnig«, gab er sofort zur Antwort. »Eigensinnig. Charmant. Hilfsbedürftig. Suzette«, fuhr er fort, und diesmal war er es, der Lynns Blick bewußt auswich, »ist eine in vieler Hinsicht bedürftige Frau.«
»Und Gary ist ein Mann, der es liebt, wenn er gebraucht wird.«
»Volltreffer!«
Lynn sah auf ihr leeres Glas; sie war ausgesprochen durstig.
»Gary ist nicht der erste Mann, mit dem Suzette ein Verhältnis hat, seit wir verheiratet sind«, sagte Marc nach einer kurzen Pause. Lynn merkte, daß sie vor Überraschung den Mund geöffnet hatte, und schloß ihn schnell wieder. »Seit ihre Eltern vor ein paar Jahren starben – sie wurden bei einem Autounfall getötet...«
»O mein Gott!«
»Ja, es war ziemlich schrecklich. Es hat Suzette sehr mitgenommen, was ja völlig verständlich ist. Sie fühlte sich sehr schuldig. Ein Teil dieser Schuld war ich. Plötzlich fand sie die Sache mit dem armen Künstler nicht mehr so verlockend wie am Anfang. Die rebellische Tochter verliert eben einiges an Härte, wenn sie niemanden mehr hat, gegen den sie rebellieren kann. Auf jeden Fall hat das mit den Affairen damals angefangen. Es waren nicht allzu viele. Nur ein paar. Ich habe nie etwas gesagt, und zwar deshalb, weil ich nicht wußte, was ich sagen sollte, um ganz ehrlich zu sein. Ich hatte kein Interesse daran, meine Ehe zu beenden. Ich liebte meine Frau. Ich versuchte ihr Verhalten zu verstehen. Ich

wollte meine Familie nicht zerstören, wollte meine Söhne nicht verlassen, so wie mein Vater mich verlassen hatte, als ich ein Kind war. Meine Jungs bedeuten mir mehr als alles andere auf der Welt. Ich würde alles tun, um Schaden von ihnen abzuwenden.«
»Das tut mir so leid, Marc.«
Er schob ihre Besorgnis mit einer Handbewegung beiseite. »Es ist schon komisch, wie es so läuft im Leben, was? Da ist eine Frau, die als einzige vernünftige Erklärung dafür, daß sie mich verlassen hat, angibt, sie wolle mehr Stabilität in ihrem Leben, sie wolle jemanden, der etabliert ist und sein Ziel kennt, jemanden, zu dem sie aufschauen kann und bei dem sie sich geborgen fühlt, weil sie weiß, daß er sich um sie kümmern wird, so wie ihr Vater sich immer um sie gekümmert hat. Und was tut sie? Auf der Suche nach Stabilität zerstört sie das Leben aller Menschen, die um sie herum sind. Mein Leben, das unserer Söhne. Ihr Leben. Das Ihrer Kinder. Ironie des Schicksals. Ich weiß« – er zuckte die Achseln – »ich sollte Ironie zu schätzen wissen.«
»Vielleicht wird ihr Verhältnis mit Gary genau denselben Verlauf nehmen wie ihre anderen Beziehungen.«
»Vielleicht. Aber ich glaube es nicht. Und Sie?«
»Am Anfang glaubte ich es. Ich war sicher, daß Gary zurückkommen würde.«
»Würden Sie ihn wieder aufnehmen, wenn er zurückkäme?«
»Wahrscheinlich schon«, antwortete sie. Ja, es war die Wahrheit. »Würden Sie Suzette wieder aufnehmen?«
»Nein«, erwiderte er heftig. »Dafür ist inzwischen schon zuviel Wasser unter der Brücke durch. Na, was halten Sie von dieser Neuschöpfung eines sprachlichen Ausdrucks?« Er versuchte zu lachen. »Also, erzählen Sie mir was über Gary.«
Wieder ertappte Lynn sich dabei, wie sie die posterbehängten Wände des Lokals anstarrte. »Was soll ich da erzählen? Er ist intelligent, freundlich, zärtlich. Ich habe immer ange-

nommen, daß er mir treu ist, und ich glaube, er war es auch, bis er Suzette kennenlernte. Aber es gibt offensichtlich vieles an Gary, das ich nicht kenne oder verstehe. Ich glaubte, er sei glücklich. Erst als er mir erklärte, er werde mich verlassen, habe ich erfahren, daß es nicht so war. Sie können sich ja vorstellen, welche Gefühle das in mir hervorgerufen hat. Ich meine, abgesehen von dem offensichtlichen Zustand – die verlassene Frau und das alles – bin ich ja auch noch Sozialarbeiterin. Von mir wird erwartet, daß ich gelernt habe zu erkennen, wann Menschen unglücklich sind. Man sollte annehmen, daß ich nach vierzehn Jahren Ehe wenigstens eine dunkle Ahnung davon gehabt habe, daß mein Mann unglücklich war. Ich dachte immer«, fuhr sie fort, obwohl ihr bewußt geworden war, daß sie vom Thema abschweifte, aber jetzt konnte sie nicht mehr aufhören, »daß meine Unabhängigkeit etwas war, was ihm an mir gefiel – die Tatsache, daß ich einen eigenen Beruf hatte, eigene Interessen, mein eigenes Leben. Daß ich mit ihm lebte, weil ich mit ihm leben *wollte* und nicht weil ich es *nötig hatte*. Aber in der Nacht, als er mir sagte, er werde mich verlassen, als er so dastand, mit einem Fuß schon aus der Tür, und als ich ihn dann bat, er solle mir sagen, warum, da sagte er, er habe eine Frau kennengelernt, die ihn braucht, die ihn wirklich braucht. Ich sagte, daß ich ihn auch brauche, daß unsere Kinder ihn brauchen, und er sagte, das sei nicht dasselbe, und es sei besser für uns alle, wenn er ginge. Ich sagte, ich wolle nicht, daß er geht, und er sagte, ich würde es schon verkraften, ich würde ja immer alles verkraften. Ich nehme an, er glaubte wirklich – glaubt wirklich –, daß er das Richtige tut. Ich weiß, daß es nie in seiner Absicht lag, mir oder den Kindern weh zu tun.«
»Trotzdem hat er Ihnen weh getan.«
Lynn lächelte, warf den Kopf zurück und starrte auf den Ventilator, der direkt über ihnen von der Decke hing. »Sie klingen wie Renee.«
»Renee?«

»Meine Anwältin, Sie wissen schon. Als ich ihr von Ihnen erzählte, sagte sie, ich solle aufpassen. Sie meinte, es läge wohl nicht in Ihrer Absicht, mir weh zu tun, aber das würde mir auch nicht helfen, wenn Sie es doch täten.«
»Mit wem haben Sie sonst noch über mich gesprochen?«
Lynn schüttelte den Kopf. »Mit niemandem sonst.«
»Nicht mal mit Ihrem Vater?«
»Mit meinem Vater am allerwenigsten. Er ist im Grunde ein sehr einfacher Mensch. Ich glaube nicht, daß er das verkraften würde. Ich glaube ja nicht mal, daß ich selbst das alles verkraften kann.«
»Und wie steht es mit meinem Vater?«
»Was?«
»Glauben Sie, daß Sie ihn verkraften können?«
»Ich verstehe nicht.«
»Ich werde ihn nächsten Sonntag besuchen. Er lebt im ›Schönwetter-Heim‹.« Er kicherte. »Ein witziger Name für ein Altersheim.«
»Es ist wunderschön dort«, versicherte Lynn. »Es ist das beste überhaupt.«
»Er hatte vor einigen Jahren einen Schlaganfall. Danach konnte er nicht mehr richtig für sich selbst sorgen. Ich habe immer noch verdammte Schuldgefühle, weil ich ihn da reingesteckt habe.«
»Sie brauchen sich nicht schuldig zu fühlen. Was hätten Sie denn sonst tun sollen?«
»Wollen Sie damit sagen, ich sei nicht Herr der Lage gewesen?« fragte er boshaft lächelnd.
Der Kellner trat an ihren Tisch und stellte behutsam die Teller auf die Platzdeckchen. »Passen Sie auf«, sagte er, als wäre es ihm gerade wieder eingefallen, »die Teller sind heiß.«
»Wein?« fragte Marc, immer noch lächelnd, nahm die Flasche aus dem Plexiglaskühler und füllte ihr Glas, bevor sie antworten konnte. »Also, was ist nun mit Sonntag? Gary hat doch die Kinder, oder?«

»Marc, ich...«
»Mein Vater würde Ihnen gefallen. Er ist ein verrückter alter Bursche. Hat sich vor ein paar Wochen ein himmelblaues Lincoln-Kabrio gekauft. Natürlich hat er keinen Führerschein mehr, er darf also nicht damit fahren, und das verdammte Ding, das über fünfunddreißigtausend Dollar gekostet hat, steht jetzt einfach auf dem Parkplatz und verstaubt. Ein Telefon hat er auch einbauen lassen. Gegen sofortige Lieferung gekauft. Leasen hält er für eine Unsitte, das ist nichts für ihn.«
»Und das Auto steht jetzt einfach so da?«
»Manchmal leiht er es einer von den Pflegeschwestern. Aber nur, wenn er sie nicht gerade in teure Ferien nach Rom oder Griechenland schickt.«
»Hat er so viel Geld?«
»Er hatte es wohl.« Marc Cameron durchschnitt das große Stück gegrillten Rotbarsch auf seinem Teller. »Offensichtlich hatte er es jahrelang angesammelt, wie ein Eichhörnchen. Soweit ich weiß, unterhält er praktisch bei jeder Bank in Florida ein Konto. Ich habe das erst vor wenigen Wochen herausgefunden, als mich eine dieser Banken anrief, und zwar wegen der Einlösung des Schecks, den er für das Auto ausgestellt hatte. Sie sagten, er habe nicht genug Geld auf seinem Girokonto, aber sie könnten das Geld von einem seiner Sparbücher nehmen. Ich wußte überhaupt nicht, wovon die sprachen. Na, jedenfalls dachte ich mir, der Sache gehst du mal nach. Das ist einer der Gründe, warum ich ihn am Wochenende besuchen will. Ich wäre Ihnen sehr dankbar, wenn Sie mitkommen würden.«
»Ich glaube, das lasse ich besser bleiben.«
»Ihre Berufserfahrung wäre von Nutzen für mich.«
Lynn führte einen großen Bissen Fisch an die Lippen, brachte es aber nicht über sich, ihn in den Mund zu schieben. »Kann ich es mir noch überlegen?« Warum sagte sie nicht einfach nein?
»Ist Ihnen schon mal der Gedanke gekommen, daß Sie zuviel überlegen könnten?«

Lynn nickte. »Das ist gut möglich.«
»Ich kann sehr geduldig sein«, erklärte er, »und sehr hartnäckig.«
Es entstand eine lange Pause. Beide saßen völlig bewegungslos da, jeder mit der vollen Gabel in der Hand. Einen Augenblick lang war Lynn versucht, sich das Stück Fisch in den Mund zu schieben, so wie Nicholas es in dieser Situation getan hätte, und triumphierend »Ich bin Erste!« auszurufen. Statt dessen sagte sie: »Wir müssen bestimmte Spielregeln einhalten.«
»Als da wären?«
»Keine Küsse mehr über den Tisch. Kein Clinch am Strand. Kein Über-den-Sand-Wälzen.«
»Und wie ist es mit der Rückbank in dem neuen himmelblauen Lincoln-Kabrio meines Vaters?«
Lynn schwieg. Die Vorstellung, wie Marc und sie einander auf der Rückbank des Wagens betasteten, stieg in ihr auf, blieb, ließ sich nicht verscheuchen. Wild entschlossen kaute sie das Stück gegrillten Rotbarschs, ohne weiter zu beachten, daß ihr von der dicken Pfefferschicht der ganze Mund brannte.
»Hey, ich mache doch nur Spaß. Kein Rücksitz, Ehrenwort! Keine überfallartigen Vorstöße über den Tisch hinweg. Keine Lustbarkeiten am Meer. Meine Lippen werden wie versiegelt sein«, sagte er mit einer Grimasse. Lynn lachte und griff nach ihrem Glas mit Wasser.
»Ich möchte nicht prüde wirken«, hörte sie sich erklären, stellte das Wasser zurück und nahm das Weinglas. »Ich will damit auch nicht sagen, daß ich in letzter Zeit nicht hin und wieder an Sex gedacht habe. Ich meine, es ist ja schon über ein halbes Jahr her. An einem zölibatären Lebensstil bin ich nicht interessiert. Aber ich will nichts voreilig tun, was ich hinterher bereuen würde.«
»Ich dränge Sie nicht.«
»Ich halte es für wichtig, daß unsere Beziehung platonisch bleibt. Zumindest für den Anfang«, fügte sie hinzu und biß

sich sofort auf die Lippe. Warum hatte sie das gesagt? Warum konnte sie sich nicht zügeln, wenn sie schon zu weit vorgeprescht war?
Marc Cameron hielt sein Weinglas in den freien Raum zwischen ihnen. Hastig hob Lynn das ihre und stieß mit Marc an; man hörte nur ein leises Klirren. »Für den Anfang«, sagte Marc.

12

Seine Hände auf ihrem Nacken fühlten sich kalt an. »Deine Hände sind kalt«, sagte Renee. Sie spürte, wie Philips Finger sanft über ihren Hals strichen. Er hatte gerade die Schließe der breiten goldenen Halskette zuschnappen lassen. Renee legte diesen Schmuck, den Philip ihr zu ihrem letzten Geburtstag geschenkt hatte, nur selten an – die Kette war aufgrund ihres Gewichts nicht gerade angenehm zu tragen, und noch unangenehmer war, daß sie unerwünschte Aufmerksamkeit auf ihr Doppelkinn zog. Sie dachte an die letzte Gelegenheit zurück, bei der sie sie getragen hatte, an die Überraschungsparty einige Wochen zuvor, als ihr Mann einen nicht unbeträchtlichen Teil des Abends mit dieser Alicia-aber-Sie-können-mich-Ali-nennen Henderson ins Gespräch vertieft gewesen war. Der Gedanke an Alicia Henderson zog den Gedanken an die unangenehme Überraschung nach sich, die Debbie ihr vor einer Woche im Restaurant bereitet hatte. Sie hatte Philip gegenüber nie mehr ein Wort über jenen Mittag fallenlassen, und er hatte die Sache natürlich erst recht nicht mehr erwähnt. Beide hatten so getan, als wäre der Vorfall genauso harmlos gewesen, wie er behauptet hatte. Einige Male war sie versucht gewesen, ihn darauf anzusprechen, aber dann war Philip gerade wieder auf dem Sprung in die Praxis, oder er sprach gerade mit Debbie oder mit Kathryn, und wenn sie dann nachts endlich zusammen im Bett lagen, sagte er jedesmal, er sei todmüde,

drehte sich auf die Seite und war nach wenigen Minuten eingeschlafen. Renee befühlte die schweren Goldglieder an ihrem Hals. Ein Mann nobler Gesten, dachte sie. Und gelegentlicher Treulosigkeit. »Wie sehe ich aus?« fragte sie.
»Es sieht toll aus.«
»Nicht *es*«, verbesserte sie ihn. Sie fragte sich, ob ihm seine eigene Wortwahl überhaupt bewußt geworden war. »Ich. Wie sehe ich aus?« Sie ließ die Arme seitlich an ihrem Körper herabfallen. Sie fühlte sich nackt, obwohl sie fertig angezogen war. Nervös wartete sie auf sein Urteil.
»Super«, sagte er. Dabei starrte er sein eigenes Bild im Spiegel gegenüber dem Ehebett an und strich sich sorgfältig über das Schläfenhaar.
»Findest du nicht, daß es mein Doppelkinn zu stark betont?«
»Welches Doppelkinn?« Er stellt sich hinter sie und wog ihre üppigen Brüste in seinen großen Händen. »Wer sieht denn schon dein Doppelkinn, wenn ihm diese herrlichen Doppeldinger da entgegenstarren?«
»Vielen Dank.« Renee lehnte ihren Körper an seinen und genoß trotz seiner Worte das Gefühl, ihn zu berühren. Es machte ihr auch nichts aus, daß ihre Frisur durcheinandergeriet und daß ihr neuer schwarzer Seidenanzug zwischen seinen unachtsamen Fingern zerknitterte. Es schien ihr eine Ewigkeit her zu sein, daß er sie das letztemal so berührt hatte. Plötzlich war es ihr egal, daß sie zu dem Abendessen mit einigen ihrer Anwaltskollegen zu spät kommen würden; es bekümmerte sie auch nicht, daß Debbie und Kathryn immer noch nicht von ihrem Nachmittagsausflug zurückgekehrt waren. Sie wollte Philips Hände auf ihrem Körper spüren. Sie hatte das Bedürfnis, ihm nahe zu sein; sie brauchte Bestätigung von ihm.
Er machte sich von ihr los. »Du siehst toll aus«, sagte er und bewunderte sich schon wieder im Spiegel. »Ich glaube, ich ziehe ein anderes Hemd an.«
»Jetzt? Philip, wir sind doch schon zu spät dran!«

»Und wessen Schuld ist das?«
»Ich sage ja nicht, daß irgend jemand schuld daran ist. Aber wir sind schon eine halbe Stunde zu spät dran, und das Hemd, das du anhast, sieht phantastisch aus.«
»Es paßt nicht zu diesem Anzug, aber gut, wenn es dir Probleme bereitet, ein paar Minuten zu spät zu kommen, dann behalte ich es eben an. Wenigstens einer von uns sieht ja gut aus.«
»Du siehst super aus«, versicherte Renee ihm mit einem leisen Flehen in der Stimme. Wie konnte er nur annehmen, er sehe nicht super aus?
»Wie du meinst.«
»Nein, nein.« Sie gab nach. »Du mußt dich wohl fühlen. Wenn du dich nicht wohl fühlst...«
»Es ist einfach das falsche Hemd«, erklärte er mit einem liebenswerten angedeuteten Grinsen.
»Welches Hemd paßt denn deiner Ansicht nach besser?«
»Ich weiß nicht«, sagte er und betrat den begehbaren Kleiderschrank. »Was meinst du denn?« Er kam mit zwei blaugestreiften Hemden zum Bett zurück. »Ich finde, das gestreifte ist interessanter als das einfarbige«, sagte er auf das Hemd deutend, das er trug. »Welches gefällt dir besser?«
»Sie sehen beide gleich aus.«
»Mein Gott, Renee, du bist so ungenau. Das hier hat doch viel breitere Streifen.«
Renee sah genauer hin, konnte aber immer noch keinen Unterschied feststellen. »Das in deiner rechten Hand«, sagte sie schließlich.
»Wirklich? Ich finde das links besser.«
»Das ist auch gut.«
»Deine Begeisterung ist überwältigend.«
»Tut mir leid, Philip, aber es ist mir wirklich völlig gleichgültig.«
»Das merkt man. Aber wenn es darum ginge, was *du* trägst, sähe die Sache ganz anders aus.«
»Sei doch bitte nicht lächerlich!«

»Aha, ich bin also lächerlich. Als was willst du mich denn noch beschimpfen?«
»Ich beschimpfe dich doch gar nicht.«
»Oh, entschuldige. Ich hätte schwören können, daß du mich als lächerlich bezeichnet hast.«
»Das Gespräch ist lächerlich«, sagte Renee trocken. »Komm, hören wir auf zu streiten. Ich entschuldige mich für das, was ich gesagt habe, und es tut mir leid, wenn ich einen desinteressierten Eindruck gemacht habe, als es darum ging, welches Hemd du anziehen sollst.« Sie warf einen Blick auf ihre Armbanduhr. »Ich bin einfach ein bißchen nervös.«
Philips Stimme wurde weich, klang besorgt.
»Warum denn, um alles in der Welt?«
»Wahrscheinlich deshalb, weil wir schon zu spät dran sind, und schließlich sind es meine Anwaltspartner. Ich weiß auch nicht. Ich kann nichts dagegen tun.«
»Doch, du entscheidest, ob du nervös sein willst oder nicht.«
In Situationen wie dieser wünschte Renee sich immer, einen Klempner geheiratet zu haben und nicht einen Psychologen. Mußte er denn immer so verdammt analytisch sein? Mußte er immer darauf hinweisen, daß sie in den meisten Dingen eine Wahl hatte und gewöhnlich die falsche traf?
»Renee«, sagte er und ließ dabei einen Unterton von Ungeduld anklingen, so als wäre ihr Name eine große Last für ihn, »du mußt selbst entscheiden, was dir wichtig ist!«
»Du bist mir wichtig.«
»Aber noch wichtiger ist dir, daß du pünktlich zum Essen kommst.«
Renee erwiderte nichts. Wie lange sollten sie denn noch so sinnlos hin und her reden? Sie sah zu, wie er beide Hemden in den Schrank zurückhängte. »Ziehst du dich jetzt doch nicht um?«
»Es lohnt sich nicht. Deine Kollegen sind so langweilig, ich bezweifle, ob sie überhaupt wahrnehmen, was ich trage.«

»Ich finde sie nicht langweilig.«
»Es sind Anwälte«, sagte Philip, als würde das Wort allein schon alles sagen. »Ist Debbie schon zurück?«
»Kathryn und sie sind nachmittags an den Strand gegangen.«
»Es ist schon nach acht«, sagte Philip. »Um die Zeit sind sie doch nicht mehr am Strand!«
»Sie sagten, sie würden vielleicht ins Kino und eine Kleinigkeit essen gehen.«
»Mein Gott«, murmelte Philip kopfschüttelnd.
»Was? Was ist denn?«
Er schüttelte weiter den Kopf. »Es ist dir doch scheißegal, nicht wahr? Debbie ist sechzehn Jahre alt. Deine Schwester ist schwer depressiv. Die beiden sind verschwunden, und das einzig Wichtige für dich ist, pünktlich zu dieser blöden Abendgesellschaft zu erscheinen!«
»Das ist nicht fair, und es stimmt auch nicht!« sagte Renee. Sie bemerkte, daß sie laut geworden war, und versuchte ihre Stimme zu dämpfen. »Sie sind nicht verschwunden. Sie sind an den Strand und dann wahrscheinlich zum Essen und hinterher ins Kino gegangen. Kathryn fühlt sich in letzter Zeit viel besser, und Debbie ist durchaus imstande, auf sich selbst aufzupassen. Ich mache mir keine Sorgen, weil es keinen Anlaß zur Besorgnis gibt. Philip, was ist eigentlich los?« Sie schloß die Augen. Sie wünschte sich seine Hände wieder auf ihren Brüsten, wünschte sich, er würde sie mit seinen kräftigen Armen umfassen und ihr sagen, daß es ihm leid tue, daß er sich wie ein Idiot benommen habe, daß er sie mehr als alles auf der Welt liebe, und jetzt gehen wir, bevor es noch später wird! Statt dessen blieb er, wo er war, nämlich am anderen Ende des Zimmers, sichtlich verärgert über das Gespräch und über sie. Was hatte sie denn falsch gemacht? Warum tappte sie immer wieder in die Falle? Warum konnte sie ihm nicht ab und zu einmal zustimmen? Warum mußte immer alles gleich so aufgebauscht werden?

»Das weißt du besser als ich.«
»Ich verstehe nicht.«
»Du bist in letzter Zeit so gefühlskalt«, sagte er. Er klang wie ein kleines Kind.
»Was?«
»Ich glaube, du bist dir überhaupt nicht bewußt, welche innere Distanz du zu mir eingenommen hast. Ich will dir nicht die Schuld zuschieben, Renee. Ich weiß ja, wieviel du zu arbeiten hast, wie beschäftigt du bist. Aber ich weiß auch, daß du schon immer sehr beschäftigt warst, und früher bist du damit besser klargekommen. Früher hattest du noch Zeit für mich. Denk mal drüber nach. Jetzt arbeitest du nur noch. In den letzten Monaten hatten wir nur wenig Zeit füreinander, und das tut mir weh, das ist alles.«
»Ich arbeite nicht ständig«, flüsterte Renee. Dann versagte ihr die Stimme. Seine Worte hatten sie völlig überrumpelt.
»Und wann bist du gestern abend heimgekommen?« fragte er.
»Gegen sieben.«
»Und am Abend davor?«
»Ich weiß nicht genau. Um dieselbe Zeit, glaube ich.«
»Mehr gegen halb acht, würde ich sagen.«
»Am Tag davor bin ich früher nach Hause gekommen.«
»Herzlichen Glückwunsch!«
»Was soll das, Philip? Du hast dich doch früher nie darüber beklagt, daß ich spät von der Arbeit komme.«
»Was hätte das auch gebracht?«
»Na ja, ich...«
»Hätte das denn irgend etwas geändert?«
»Wenn ich gewußt hätte, daß du unglücklich warst...«
»Ich habe nicht gesagt, daß ich unglücklich war.«
»Ich verstehe nicht. Was meinst du denn dann?«
»Ich wollte nur erklären, warum wir in letzter Zeit nur wenig Zeit miteinander verbracht haben. Du bist einfach zu sehr mit deiner Arbeit beschäftigt. Und wenn es nicht die

Arbeit selbst ist, dann hat es doch irgend etwas mit deiner Arbeit zu tun, so wie heute abend.«
Renee sah sich hilflos im Zimmer um. »Es tut mir leid«, stammelte sie, und es tat ihr wirklich leid, obwohl sie nicht genau wußte, warum. »Mir war überhaupt nicht klar... Ich denke, es ist einfach schwierig, ein paar Lücken in unseren vollen Terminkalendern zu finden, und dann ist ja auch noch meine Schwester da und Debbie...«
»Es ist also Debbies Schuld, daß wir keine Zeit mehr füreinander haben?«
»Das habe ich nicht gesagt!«
»Du verschwendest doch nicht mal zwei Minuten an Debbie! Das Kind kommt für zwei Monate auf Besuch, und du bist zu beschäftigt mit deiner verdammten Kanzlei, um dich mal zwei Minuten um sie zu kümmern!«
»Das ist ungerecht, Philip. Ich habe es mit Debbie versucht. Du weißt, daß ich es versucht habe. Sie will nichts mit mir zu tun haben.«
»Wenn du Debbie wirklich für dich gewinnen wolltest, Renee, dann könntest du es auch. Du bist eine gute Anwältin. Du weißt, wie man so etwas anpacken muß.«
»Augenblick mal! Wie sind wir eigentlich auf Debbie gekommen?« fragte Renee frustriert. »Warum sprechen wir denn jetzt über dieses Thema?«
Philip schritt wütend vor der Schlafzimmertür auf und ab. »Aha! Wir reden nur über die Themen, über die du reden willst! Wolltest du das sagen?«
»Nein, natürlich nicht. Keiner hat gesagt...«
»Über was willst *du* denn reden, Renee? Übers Wetter? Über Politik? Über meine Praxis? Über deine Kanzlei? Über alles eben Genannte? Über nichts vom eben Genannten? Du möchtest mich über mein Mittagessen mit Alicia Henderson ausfragen, stimmt's, Renee? Das steckt doch in Wirklichkeit hinter der ganzen Sache!«
Renee versuchte einen Protest zu formulieren. Es stimmte, vorhin hatte sie an die Frau gedacht, aber... Kannte er sie so gut?

»Du bist nervös wegen heute abend, und du machst dir Sorgen um deine Schwester, und das mußt du an irgend jemandem auslassen, und auf Debbie kannst du im Moment nicht herumhacken, weil sie nicht da ist, also muß eben ich dran glauben. Nur zu, Renee, schieß los! Es nagt schon seit Tagen an dir, also spuck es endlich aus!«
Renee starrte auf ihr dickliches Bild im Spiegel gegenüber dem Bett und hielt den Atem an, um die aufsteigenden Tränen zurückzuhalten. Sie wollte nicht weinen. Philip haßte es, wenn sie weinte. Außerdem würden dann ihre Lider anschwellen, und sie würde noch aufgeschwemmter aussehen, als es ohnehin der Fall war. Mußte sie sich wirklich fragen, warum er sich anderen Frauen zuwandte? Sah sie denn nicht, daß ihr die Antwort förmlich entgegenstarrte?
»Ich habe mich schon gefragt, wie lange du brauchen würdest, bis du ein paar Vorwände gefunden hättest, um dieses Mittagessen ins Spiel zu bringen«, sagte er. »Ich habe doch tatsächlich gehofft, du wärst erwachsen genug, das Ganze gar nicht erst anzusprechen.«
Renee wollte ihm ins Wort fallen, ihn daran erinnern, daß ja auch wirklich nicht sie es gewesen war, die jenes Mittagessen mit Alicia Henderson erwähnt hatte, daß sie es niemals angesprochen hätte, daß er es gewesen war, der diese Frau ins Gespräch und in ihr Leben gebracht hatte. Aber sie sagte nichts, denn es war doch egal, wer ihren Namen als erster genannt hatte. Die Frau war ihr im Kopf herumgespukt, und Philip hatte sie darin gesehen. Es hatte keinen Sinn, seine Beschuldigungen von sich zu weisen, wenn sie im Grunde berechtigt waren. Er konnte ihre Gedanken lesen. Das hatte er ihr einmal gesagt und überrascht, ja entrüstet dreingeschaut, als sie lachte.
»Na los, Renee! Sag, was du zu sagen hast! Schieß ruhig los!«
»Das ist unfair, Philip!« Renee stöhnte unter dem Gewicht seiner Anschuldigungen. Sie fühlte sich wie ein Kind. Das ist unfair, Daddy, das ist unfair!

»Nein, unfair ist, was du zu sagen beabsichtigst.«
»Ich will überhaupt nichts sagen.«
»Willst du dich über mich lustig machen? Du mußt es sagen! Dir platzt noch eine Ader, wenn du es nicht sagst. Du kannst jetzt nicht mehr zurück. Es ist Zeit, endlich aufs Ganze zu gehen. Das ist doch ein beliebter Anwaltstrick, oder? Sehen wir doch mal, welchen Schaden du hier anrichten kannst. Sehen wir doch mal, wie du ein völlig harmloses kleines Mittagessen in etwas verwandelst, dessen ich mich schuldig fühlen sollte!«
»Ich versuche überhaupt nicht, dir Schuldgefühle einzureden.«
»Nein? Und was versuchst du dann?«
»Gar nichts!« brüllte Renee.
»Bitte schrei mich nicht noch mal an«, sagte er ganz ruhig.
»Ich dulde es nicht, daß du mich anschreist.«
»Entschuldige. Ich wollte nicht in Wut geraten.«
»Ich habe schon genug Streß in der Praxis, Renee. Ich kann solche Hysterie zu Hause nicht brauchen.«
Renee fühlte Übelkeit wie eine Welle in sich aufsteigen. Sie war plötzlich völlig erschöpft. »Ich will nicht streiten.«
»Das hast du schon mal gesagt. Und warum streiten wir, deiner Meinung nach, trotzdem?«
»Ich weiß es nicht. Sprechen wir einfach nicht mehr darüber.«
»Nein, wir werden das, was du angefangen hast, zu Ende führen. Was willst du eigentlich von mir, Renee? Willst du Einzelheiten über meine Romanze mit Alicia Henderson? Gut, ich werde dir Einzelheiten liefern.«
»Ich will keine Einzelheiten.«
»Alicia Henderson und ich haben nun schon seit mehreren Monaten in jeder Mittagspause eine wilde, leidenschaftliche Affaire miteinander. Wir treiben es, wo wir können, je öffentlicher der Ort, um so lieber ist es uns. Das Troubadour ist einer unserer Lieblingstreffs. Wir treiben es zwischen den einzelnen Gängen, unter dem Tisch, auf dem Tisch, im Klo...«

»Philip...«
»Weitere Details? Also, laß mich mal überlegen. An manchen Tagen geben wir uns gar nicht erst mit dem Essen ab. Statt dessen schlecke ich an ihr rum. Sind diese Einzelheiten heiß genug für dich, Renee? Oder ist das dem Zeug zu ähnlich, das du jeden Tag zu hören bekommst?«
»Ich will keine Einzelheiten.« Renee weinte bitterlich. »Ich will Dementis!« Ihre Augen schwammen in den Tränen, die sie bisher hatte zurückhalten können. Sie wußte, daß sie ihr Make-up verwischen würden und daß sie die ganze verdammte Schminkerei wiederholen mußte, nachdem sie schon soviel Zeit darauf verwendet und es fast perfekt hingekriegt hatte. Sie trat zurück, bis sie die Bettleiste in den Kniekehlen spürte, setzte sich und ließ den Kopf vornübersinken. Das kalte Metall ihrer Halskette schnürte ihr die Kehle zu. Sie starrte auf ihren Schoß und fing die Tränen mit dem Handrücken ab, bevor sie den Seidenstoff des neuen Hosenanzugs erreichen konnten. Erst als sie merkte, daß Philip direkt vor ihr stand und seine Knie die ihren berührten, blickte sie auf.
»Hey«, sagte er, plötzlich ganz sanft. »Dementis sind einfach.« Er beugte sich zu ihr und küßte sie zärtlich auf die Stirn. Seine Wut war verflogen, als hätte es sie nie gegeben, als hätte sie sich alles nur eingebildet. »Es ist nichts dran, Renee. Ich schwöre es dir«, sagte er und küßte ihre geschlossenen Augenlider. »Ich schlafe nicht mit Ali Henderson. Ich verspüre keine Begierde, mit ihr zu schlafen. Und das einzige, was ich heute geschleckt habe«, fuhr er fort – und sie spürte, wie sein jungenhaftes Lächeln dicht an ihrer Haut immer breiter wurde – »war mein Mittagessen.« Sein Mund küßte sich an ihrem Gesicht hinab. Sofort schürzte Renee die Lippen, hob die Arme, und schlang sie um seinen Hals. Ihr Körper reagierte auf Philip, wie er es immer tat. Jetzt würde alles wieder gut werden. Er hatte ihr verziehen. Er war wieder zärtlich und fürsorglich, so wie früher, so wie am Anfang, als ihre Beziehung neu gewesen war, bevor sie

sich von dummen Eifersüchteleien und ihrer eigenen Unsicherheit überwältigen ließ, bevor sie ihr Gewicht ins Unermeßliche anwachsen und ihre Arbeit Macht über ihr Leben erlangen ließ. Kein Wunder, daß er verärgert und abwehrend war. Ihr war nicht bewußt gewesen, wie sehr es ihn störte, daß sie immer so spät nach Hause kam und seine Tochter so hartnäckig vernachlässigte. Sie würde alles wiedergutmachen.

Sie spürte, daß er am Reißverschluß seiner Hose zerrte, spürte, daß seine Lippen sich von ihren lösten und seine Hände ihren Kopf sacht nach vorne drückten. Im nächsten Moment war er in ihrem Mund; seine Hände preßten sich gegen ihre Schläfen und lenkten ihren Kopf in langsamen, bedächtigen Bewegungen, vor und zurück. Er wurde größer in ihrem Mund, während er immer wieder heftig in sie stieß. Er führte ihre Hände zwischen seine Beine und zeigte ihr genau, was sie tun sollte.

Sie dachte an Debbie, stellte sich vor, daß das Mädchen plötzlich ins Zimmer platzte, verdrängte das unerwünschte Phantasiebild schnell wieder. Allmählich begann ihr Kiefer zu schmerzen. Sehr gut, dachte sie. Das war die gerechte Strafe für die Szene, die sie Philip eben gemacht hatte. Wenn sie nicht aufpaßte, würde er sie verlassen, so wie er seine erste Frau, Wendy, wegen ihrer eifersüchtigen Beschuldigungen verlassen hatte. Wie oft hatte er ihr erzählt, daß Wendys mangelndes Selbstbewußtsein wie ein ständiger Keil zwischen ihr und ihm gewesen war! Diese schreckliche Geschichte von Wendy, wie sie nachts nackt hinter seinem Auto herlief! Wollte sie das denn in ihrer Ehe? Daß er davonfuhr, in die Nacht hinaus und in die Arme einer Alicia Henderson? Alicia-aber-Sie-können-mich-Ali-nennen, schoß es ihr durch den Kopf. Er hatte sie Ali genannt.

Seine Hände preßten stärker gegen ihren Kopf, forderten sie schweigend auf, das Tempo zu steigern, weil er bald soweit war. Renee schloß die Augen ganz fest. Philip kam, sein Körper erzitterte. Sofort lockerte er seinen Griff. Renee

schluckte hastig, während er sich von ihr löste. »Gib mir ein Papiertaschentuch!« sagte er heiser, und Renee griff nach der Kleenexschachtel neben dem Bett. »Spül dir den Mund aus!« sagte er, nahm ihr das Tuch aus der Hand und wandte sich rasch ab.
Renee starrte ihr zerzaustes Bild im Badezimmerspiegel an. Sie sah grauenhaft aus. Es gab keinen anderen Ausdruck dafür. Ihre Lider waren vom Weinen gerötet und geschwollen, und die Wimperntusche hatte sich zu dicken Klumpen verdickt, obwohl sie angeblich wasser- und schmierfest war. Ihr vor kurzem noch leuchtend kirschroter Lippenstift war bis zur Unsichtbarkeit verrieben, und ihr Mund wirkte völlig schief, so als hätte man ihn ihr nach unten geschlagen.
Sie rückte die Goldkette um ihren Hals zurecht und begann, ihr Make-up sorgfältig zu erneuern. Sie deckte die dunklen Augenringe ab – offenbar die einzigen beiden Stellen ihres Körpers, die von den überflüssigen Pfunden verschont worden waren –, und pinselte eine zusätzliche Schicht Rouge auf. Dabei setzte sie hoch über den Backen, zwischen den Augen und den Ohren, an und zog eine diagonale Linie bis zur Wangenmitte in der Hoffnung, dies verleihe ihrem Gesicht mehr Kontur. In *Vogue* hatte sie gelesen, daß die Fotomodelle es immer so machten. Sie wählte eine andere Lippenstiftnuance als zuvor, ein bräunliches Orange, und trug dunkelblaue Wimperntusche auf. Wie immer wünschte sie sich dabei, ihre Wimpern wären länger und so natürlich gebogen wie die von Debbie.
Als sie ins Schlafzimmer zurückkam, lag Philip ausgestreckt auf dem Bett. Seine Augen waren geschlossen, als schliefe er. »Philip?« flüsterte sie.
Er öffnete ein Auge. »Ich bin so müde«, sagte er. »Müssen wir denn da hingehen?«
»Wir werden dort erwartet.«
»Wir sind doch schon zu spät dran. Meinst du wirklich, die vermissen uns?«
»Philip, ich...«

»Tut mir leid, mein Liebling, aber es kostet mich eben sehr viel Kraft, mit dir zu streiten. Ich weiß, daß es dir vor Gericht von Nutzen ist, aber für den Ehemann ist es die Hölle.« Er lächelte. »Und dann hast du alles noch viel schlimmer gemacht. Du hast mich total heiß gemacht. Und jetzt will ich nur liegenbleiben, vielleicht ein bißchen fernsehen und von meiner Frau Rührei serviert bekommen. Mein Gott, das würde mir so viel bedeuten! Ein netter, ruhiger Abend zu Hause. Zur Abwechslung einmal früh ins Bett. Ist dieses Essen denn wirklich so wichtig?«
Renee setzte sich aufs Bett. »Nein«, sagte sie, »es ist nicht so wichtig.«

13

»Mr. Foster, ich bin Lynn Schuster von der Sozialberatung Delray Beach. Ich fürchte, Sie werden sich mit mir unterhalten müssen, ob es Ihnen nun paßt oder nicht.«
Lynn stand vor dem ihr inzwischen wohlvertrauten Haus des Wohnkomplexes Harborside Villas und hoffte, der große, gutgekleidete Herr, der auf ihr Klopfen hin geöffnet hatte, werde sie hineinlassen. Keith Foster war Ende Fünfzig oder Anfang Sechzig, etwas über 1,80 Meter groß, hatte tiefschwarzes Haar (das Lynn für gefärbt hielt), dunkle Augen und eine markante Nase. Es lag an dieser langen, geraden Nase, die irgendwie zu schmal war für sein breites Gesicht, daß man Foster nicht als einen schönen Mann bezeichnen konnte. Diese Nase war gleichzeitig zuviel und zuwenig. Wie so manches im Leben, dachte Lynn, als er sie einzutreten bat.
Das Haus der Fosters war genauso geschnitten wie das von Davia Messenger, aber während bei Davia Messenger eine kühle, bewußt arrangierte Mischung aus Gelb- und Grautönen vorherrschte, war es bei den Fosters, als beträte man eine warme, weiche rosarote Wolke. Die rosa Bodenfliesen der Diele gingen in einen dicken, roséfarbenen Wohnzimmerteppich über. Dort standen ein bequemes Sofa mit altrosa Bezug und zwei pink- und lilageblümte Ohrensessel. Auf dem rosa lackierten Couchtisch vor dem Sofa prangte eine wunderschöne malvenfarbene Vase, in der rosarote

Rosen steckten, und wohin Lynn sonst auch blickte, überall sah sie weitere rosa Blumensträuße. Die Wände waren in derselben Farbnuance gehalten und schlossen zur Decke hin mit weißen Zierstreifen ab. Eine weitere große Vase mit rosa Blumen stand mitten auf der Glasplatte des langen, von rosarot bezogenen Stühlen umringten Eßtisches.
»Ihr Haus ist sehr schön«, sagte Lynn, und es gefiel ihr wirklich. Sie setzte sich auf das Sofa, sank in die weichen, warmen Kissen und fühlte sich sofort geborgen. Keith Foster ließ sich ihr gegenüber auf der Kante des einen Ohrensessels nieder. Er wirkte seltsam deplaziert, hier, in seinem eigenen Wohnzimmer. Er ist das Unkraut in diesem gepflegten Garten, dachte Lynn, der dunkle Farbstrich auf der Pastellzeichnung. Er paßte nicht hierher. Dies ist das Haus einer Frau, fand Lynn. Kein Wunder, daß sich ein Mann von der Statur eines Keith Foster darin unwohl fühlte; erstaunlich fand sie jedoch, daß er das zuließ. Selbst Gary – der ihr bei der Einrichtung ihres Hauses ziemlich freie Hand gelassen hatte – war vehement gegen das von ihr gewünschte blaßrosa Schlafzimmer gewesen.
»Was kann ich für Sie tun?« fragte Foster mit seiner sympathischen Stimme, als Lynn den Reißverschluß der schwarzen Ledermappe auf ihrem Schoß öffnete und das Notizbuch sowie einen Filzstift hervorholte. Sofort fielen ihr wieder Davia Messengers Warnungen ein, den Stift nicht in die Nähe des Sofabezugs zu bringen.
»Ist Mrs. Foster zu Hause?« fragte Lynn und ließ den Blick über den stillen Raum schweifen.
»Sie ist mit Ashleigh spazierengegangen«, teilte Keith Foster ihr freundlich mit, als wäre es ganz normal, daß Mutter und Tochter sich um acht Uhr morgens die Beine vertraten. Lynn hatte absichtlich diese frühe Stunde gewählt in der Hoffnung, um diese Tageszeit die ganze Familie daheim anzutreffen. Sie hatte ihre eigenen Kinder beim Frühstück zur Eile angetrieben und die Hilfe ihrer Nachbarin in Anspruch genommen, um gegen acht Uhr bei den Fosters sein zu können.

»Werden sie bald zurück sein?« fragte Lynn. Sie bemühte sich, ihren Ärger nicht merken zu lassen.
»Das kann ich Ihnen nicht sagen. Diese Dinge entziehen sich meiner Kontrolle.«
Kontrolle, dachte Lynn in Erinnerung an ihr Gespräch mit Marc. Ist es denn so wichtig, alles zu beherrschen? hatte er gefragt. »Ihr Anwalt hat Ihnen doch sicherlich erklärt, daß es in Ihrem eigenen Interesse liegt, mit mir zusammenzuarbeiten, Mr. Foster, nicht wahr?«
»Meiner Erfahrung nach haben staatliche Behörden nicht gerade viel für meine Interessen übrig.«
»Vielleicht können Sie sich in diesem Fall mit den Interessen Ihres Kindes begnügen.«
»Ich verspüre keineswegs den Wunsch, Sie mir zum Gegner zu machen, Mrs. Schuster«, sagte Keith Foster gewandt und lächelte. »Weder Sie noch Ihre Behörde. Es ist, glauben Sie mir, mein Wunsch, in jeder Hinsicht mit Ihnen zu kooperieren, um diese lästige kleine Angelegenheit so schnell als möglich aus der Welt zu schaffen. Segeln Sie?« fragte er ganz unvermittelt, ging auf das große Fenster zu und sah über den Inland Waterway. Lynns Blick wurde auf die Segelboote gelenkt, die weiß vor dem blauen Himmel leuchteten. Sie schüttelte den Kopf. »Sie müssen einmal mit uns segeln gehen«, sagte er, wie man so etwas eben dahinsagt.
»Mr. Foster, man hat uns zu verstehen gegeben, daß Ihre Tochter häufig mit Blutergüssen gesehen wird...«
»Ashleigh verletzt sich leicht«, unterbrach er sie hastig. »Schon als Baby war das so bei ihr. Sie fällt ständig von irgendwo herunter oder stößt sich an. Als sie acht Monate alt war, fiel sie aus ihrem Kinderbettchen und brach sich das Schlüsselbein. Vor etwa einem Monat fiel sie in der Schule von der Schaukel und brach sich den Arm.«
»Sie hat sich den Arm in der Schule gebrochen?«
»Ja.«
»Welche Schule besucht Ashleigh, Mr. Foster?«
»Die Privatschule in Gulfstream.«

»In der wievielten Klasse ist sie?«
»Oh, das könnte ich jetzt nicht mit Sicherheit sagen.« Er lachte. »Augenblick bitte. In der ersten Klasse, glaube ich. Oder in der zweiten? Tut mir leid, aber mit diesen Dingen beschäftige ich mich schon lange nicht mehr. Zweite Klasse«, sagte er schließlich. »Ja, sie hat die zweite Klasse gerade hinter sich. Im Herbst kommt sie in die dritte.«
»Dürfte ich bitte den Namen ihrer Lehrerin erfahren?«
»Ihrer Lehrerin? Warum denn?«
»Ich muß den Unfall überprüfen, Mr. Foster. Ich muß die genauen Umstände im Zusammenhang mit Ashleighs Armbruch eruieren.«
»Die Umstände habe ich Ihnen doch eben erläutert. Sie fiel auf dem Spielplatz von der Schaukel.«
»Ich brauche eine Bestätigung dieser Aussage.«
»Dagegen protestiere ich!«
»Das glaube ich gerne, und ich kann es auch verstehen...«
»Tatsächlich?«
»Ja.«
»Haben Sie Kinder, Mrs. Schuster?«
»Ja.«
»Wie würden Sie denn reagieren, wenn ein Fremder in Ihr Haus platzen und Sie beschuldigen würde, Ihre Kinder zu mißhandeln, besonders wenn sich diese Beschuldigungen auf die Aussage einer verrückten Nachbarin stützen?«
»Welche Nachbarin soll das denn sein?« fragte Lynn vorsichtig, ohne auf seine Frage einzugehen.
»Bitte spielen Sie keine Spielchen mit mir, Mrs. Schuster. Wir wissen doch beide ganz genau, von wem ich spreche. Von Davia Messenger, Schutzheilige der Staubflocken und der kleinen Kinder.« Lynn mußte die Luft anhalten, um ein Grinsen zu unterdrücken. »Sie hat nicht alle Tassen im Schrank, und das wissen Sie auch. Sie haben mit dieser Frau geredet. Sie putzt Tag und Nacht ihr Haus und spioniert den Nachbarn hinterher. Sie ist eine Plage für die ganze Ge-

gend. Da können Sie fragen, wen Sie wollen. Fragen Sie ihren Mann, wenn Sie ihn finden. Er ist ihr vor etwa drei Monaten davongelaufen. Seit er weg ist, benimmt sie sich verrückter denn je, soweit das überhaupt möglich ist.«
»Warum sollte Ihre Nachbarin unserer Behörde Meldung erstatten, Mr. Foster?«
»Weil sie verrückt ist! Sie weiß nichts anderes mit ihrer Zeit anzufangen. Wie oft am Tag kann man denn die Fußböden saubermachen? Außerdem ist sie sehr eifersüchtig auf Patty.«
Lynn schwieg und wartete, bis Mr. Foster weitersprach.
»Meine Frau ist sehr jung und sehr hübsch. Beides gefällt Mrs. Messenger gar nicht.«
Mrs. Messenger hat ein Auge für das Schöne, dachte Lynn.
»Trotzdem brauche ich den Namen von Ashleighs Lehrerin«, sagte sie.
Keith Foster unterbrach sein Hin-und-her-Gerenne und starrte Lynn mit plötzlich kühlem Blick an. »Ich glaube, es ist eine Miss Templeton«, sagte er schließlich. »Und ich glaube, sie ist den Sommer über verreist. Und *außerdem* glaube ich«, fügte er hinzu und betonte das Wort so, als wäre es von ganz besonderer Bedeutung, »daß die Schule in den Sommermonaten geschlossen ist.«
Lynn dachte, daß er wahrscheinlich recht hatte, wollte es aber nicht laut sagen. »Es ist uns berichtet worden, daß Ashleigh zu jeder Tages- und Nachtzeit weint.«
»Das ist einfach nicht wahr.«
Lynn notierte sich diese Abrede und die Tatsache, daß er keinen Versuch gemacht hatte, irgendwelche Gründe dafür anzugeben, aus denen der Bericht nicht zutraf. Sie fand, daß dies für ihn sprach. Schuldbewußte Menschen fühlten sich oft gezwungen, nach abseitigen Erklärungen zu suchen, Antworten parat zu haben, alles zu tun, um den anderen von der Spur abzubringen. Keith Foster wartete nicht mit solchen Erklärungen auf. »Das ist einfach nicht wahr« – mehr sagte er dazu nicht. »Darf ich Sie fragen, wie alt Sie

sind, Mr. Foster?« fragte Lynn. Sie hoffte, Mrs. Foster und Ashleigh würden bald auftauchen und alles würde genau so sein, wie Mr. Foster gesagt hatte, genauso wunderbar und musterhaft wie dieses Haus.

»Neunundfünfzig«, antwortete er lässig. Es war offensichtlich, daß er mit seinem Alter gut zurechtkam. Er ging behende zu dem Ohrensessel zurück und setzte sich, ließ aber beide Fußsohlen auf dem Boden, um jederzeit wieder aufspringen zu können. »Im August werde ich sechzig.«

»Ich werde im August vierzig«, vertraute Lynn ihm an, um dem Gespräch eine andere Atmosphäre zu verleihen. »Und wie alt ist Ihre Frau?«

»Einunddreißig.«

»Das ist wohl Ihre zweite Ehe?« sagte Lynn und deutete auf die vielen Fotos auf dem Couchtisch, von denen einige Keith Foster zwischen zwei jungen Männern zeigten, die zwar jünger als er waren, ihm ansonsten jedoch völlig glichen.

»Es ist meine dritte Ehe. Das da sind meine Söhne aus der zweiten.« Er langte über den Tisch und nahm eine der teuer gerahmten Fotografien in die Hand. »Jonathan und David. Hübsche Jungs.« Er stellte das Foto zurück und griff nach einem anderen, auf dem er selbst und ein anderer junger Mann zu sehen war, der ihm überhaupt nicht ähnelte. »Das ist mein Sohn aus der ersten Ehe. Keith Jr.« – er lachte – »ist jetzt genauso alt wie Patty.«

»Dann ist Ashleigh also Ihre einzige Tochter?«

»Mein ein und alles.« Er lächelte; sein Lächeln war liebevoll und ehrlich. Er nahm ein Foto in einem rosaroten Emaillerahmen zur Hand, das ein scheu lächelndes junges Mädchen zeigte, dessen hellbraunes Haar zu Zöpfen geflochten und mit feuerroten Bändern geschmückt war. Die großen Augen blickten mit einem neckischen Ausdruck durch den Fotografen hindurch, so als nähmen sie die Kamera gar nicht wahr.

»Hat Mrs. Foster noch weitere Kinder?«

»Nein. Sie war erst zwanzig, als wir heirateten. Ich bin ihr

erster und einziger Ehemann. Seit elf Jahren. Ein beneidenswerter Rekord in der heutigen Zeit, finden Sie nicht auch?«
Lynn lächelte verlegen und notierte sich seine Worte. Sie bemerkte, daß ihre Hand dabei leicht zitterte, und hoffte, daß er es nicht gesehen hatte. »Wer sorgt denn hier im Haus für die Erziehung, Mr. Foster?«
Keith Foster zog die Brauen zusammen, so daß seine Augen fast verschwanden. »Was das Erziehen betrifft, sind wir wohl beide nicht besonders gut, fürchte ich«, sagte er schließlich, als müßte man sich dessen schämen. »Ich weiß, daß wir Ashleigh wahrscheinlich verzogen haben, aber ich bringe es einfach nicht über mich, ihr irgendeinen Wunsch abzuschlagen. Patty geht es genauso. Gerade deshalb ist diese Sache ja so empörend. Und so bestürzend. Ashleigh weh zu tun wäre das allerletzte, was wir machen würden. Darf ich Ihnen eine Tasse Kaffee bringen? Patty hat in der Küche welchen warmgestellt, bevor sie ging.«
»Das wäre ganz toll«, sagte Lynn dankbar. Sie war ohne Frühstück aus dem Haus gegangen, und außerdem hoffte sie, so lange wie möglich hier sitzen zu können.
»Wie trinken Sie ihn?«
»Schwarz, vielen Dank.«
Keith Foster entschuldigte sich und ging in die Küche. Lynn las sich die wenigen Bemerkungen durch, die sie in ihr Notizbuch gekritzelt hatte. Dann ließ sie den Blick über das schöne Wohnzimmer schweifen und versuchte, Davia Messengers Beschuldigungen in Einklang zu bringen mit der Realität dessen, was sie sah – mit einem Haus, das mit menschlicher Wärme und Liebe eingerichtet war, und mit einem offensichtlich in sein Kind vernarrten, wenn auch verständlicherweise reservierten Vater, der sich hier nicht allzu wohl fühlte. Vielleicht lag es auch nur an ihrer Anwesenheit. Wie würde *sie* denn reagieren, wenn ein Fremder in ihr Haus platzen und sie beschuldigen würde, sie mißhandle ihre Kinder? Wie würde sie auf einen Fremden reagieren,

der es sich anmaßte, Kontrolle über ihr Leben auszuüben?
Davia Messenger hatte über ihren Mann gelogen. Mit keinem Wort hatte sie erwähnt, daß sie von ihm verlassen worden war. Nervös klopfte Lynn mit dem Stift auf ihr Notizbuch. In der Reflexion des großen Fensters mit Blick auf das Wasser tauchte plötzlich Garys Gesicht auf. Aber vielleicht ist dieses Verschweigen verständlich, dachte sie. Genauso verständlich wie die Tatsache, daß Keith Foster nicht sofort gewußt hatte, in welche Klasse seine Tochter ging. Hätte Gary diese Frage prompt beantworten können? Gary hatte schon Schwierigkeiten, die Geburtstage seiner Kinder zu behalten. Bei Megan lag er jedesmal falsch, und an den von Nicky erinnerte er sich immer nur deshalb, weil er nahe an seinem eigenen Geburtstag lag. Lynn nahm das emaillegerahmte Foto von Ashleigh Foster zur Hand. Auf jeden Fall sah das Mädchen glücklich aus.
In der Küche fiel irgend etwas zu Boden und zerbrach. Es folgten ein gemurmelter Fluch und hastige Schritte. Lynn ging auf die Küche zu, in deren Mitte Mr. Foster auf Händen und Knien Scherben einer schönen rosa und weißen Porzellantasse von den Keramikfliesen aufsammelte.
»Sie ist mir aus der Hand gefallen«, sagte er verlegen.
»Hier ist noch ein Stück.« Lynn hob eine kleine, gebogene Scherbe auf, die unter dem großen, leuchtend weißen Kühlschrank hervorlugte.
»Patty wird darüber nicht gerade glücklich sein. Das Porzellan stammt von ihrer Großmutter. Es ist schon seit Generationen in der Familie.«
Lynn betrachtete die feine Handbemalung der Scherbe. »Es ist wunderschön. Vielleicht kann man es ja kleben.«
»Vielleicht.« Er schenkte hastig eine andere Tasse voll. »Schwarz, haben Sie gesagt?«
»Danke.« Lynn nahm die Tasse, die er ihr hinhielt, und folgte Keith Foster aus der strahlend sauberen Küche. Sie hatte immer geglaubt, Küchen sähen nur in Zeitschriften

wie *Better Homes and Gardens* so gut aus. Irgendwie erschreckte es sie, daß wirkliche Menschen mit wirklichen Kindern eine so aufgeräumte Küche haben konnten. Wann war die Abdeckplatte ihres Herds das letztemal ohne drekkige Fingerspuren gewesen? Wann hatte die Tür ihres Kühlschranks das letztemal so weiß gefunkelt wie diese hier? Besser gefragt – wann hatte sie eigentlich zum letztenmal überhaupt die Tür ihres Kühlschranks gesehen? Seit sie zurückdenken konnte, war diese Tür mit den Kunstwerken ihrer Kinder bedeckt gewesen. Was hatte Marc gesagt? Daß man Leute mit kleinen Kindern immer an ihren Kühlschranktüren erkennen könne, oder so ähnlich. Sein eigener Kühlschrank sei genauso vollgeklebt, hatte er ihr erzählt.
Der Kühlschrank der Fosters war mit keinen Kinderbildern verschönert.
»Gibt es noch andere Kinder in den umliegenden Häusern, Mr. Foster?« fragte Lynn, als sie wieder im Wohnzimmer waren.
»Keine in Ashleighs Alter. Wir haben uns deswegen schon überlegt, ob wir nicht umziehen sollen.«
»Hat Mrs. Foster einen Beruf außerhalb des Hauses?«
»Sie ist lieber Ganztagsmutter.«
»Es muß ziemlich anstrengend sein, soviel Zeit daheim mit einem Kind zu verbringen, besonders wenn es in der Nachbarschaft keine anderen Kinder gibt.«
»Ich weise die Unterstellungen dieser Aussage zurück.«
Lynn ging in die Mitte des Raums und stellte ihre Tasse auf dem niedrigen, rechteckigen Tisch ab. »Dürfte ich mir bitte mal Ashleighs Zimmer ansehen?«
Keith Foster sagte nichts, sondern ging zielstrebig nach rechts auf eine der beiden geschlossenen Türen an der Südwand des Wohnzimmers zu und öffnete sie.
Auch Ashleighs Zimmer war über und über rosa geblümt. Unzählige Puppen in den verschiedensten Größen und Ausführungen saßen gegen die Wände gelehnt und bevölkerten die Bücherregale sowie das kleine rosa Bett in der Mitte des

Raums. Da standen ein großes Puppenhaus, ein kleiner Schreibtisch, zwei Spielzeugkästen, die unter dem Fenster zu einer Bank zusammengestellt waren, und ein kindgroßes Plastik-Känguruh, dessen Beutel als Wäschesack diente. Wie alle anderen Räume war auch dieses Zimmer aufgeräumt, aber ohne daß es dadurch ungemütlich wirkte. Mitten auf dem Fußboden lagen ein paar Spielsachen herum, auf dem Schreibtisch waren einige Blätter Papier und ein paar Buntstifte verstreut. Ein ganz normales Kinderzimmer, dachte Lynn. Sie war froh, hier nichts Verdächtiges zu entdecken. Es sah aus wie das Zimmer eines privilegierten, glücklichen kleinen Mädchens.

Lynn ging zum Schreibtisch und betrachtete flüchtig die Zeichnungen, die Ashleigh liegengelassen hatte. Was sie sah, überraschte sie. Trotz der vielfarbigen Buntstifte, die überall herumlagen, waren Ashleighs Zeichnungen fast ausschließlich in Schwarz gehalten. Auf einem Bild ragte eine große, längliche Gestalt bedrohlich über einer kleineren auf. Die größere Gestalt, die sowohl ein Mann als auch eine Frau sein konnte, bestand nur aus Augen und Händen; die kleinere hatte keine Hände. Eine andere Zeichnung zeigte eine Gruppe von Kindern, die am Strand spielten. Keines der Kinder hatte Arme.

»Leider kann ich Ihnen jetzt nicht noch mehr Zeit widmen, Mrs. Schuster«, sagte Keith Foster, und Lynn warf einen Blick auf ihre Uhr. »Ich muß jetzt zur Arbeit.« Er ging einige Schritte auf die Haustür zu und blieb erst stehen, als er gemerkt hatte, daß Lynn ihm nicht gefolgt war.

»Ist das Ihr Schlafzimmer?« Lynn deutete auf die Tür, die noch geschlossen war. Keith Foster nickte. »Kann ich es mal sehen?«

»Nicht ohne einen Durchsuchungsbefehl.«

»Mr. Foster, ich dachte, Sie hätten verstanden, wie wichtig es ist, mit meiner Behörde zusammenzuarbeiten. Es ist dringend erforderlich, daß ich mit Ihrer Frau und Ihrer Tochter spreche. Wenn Sie die beiden da drin verstecken, tun Sie damit niemandem einen Gefallen.«

Keith Foster ging rasch zur Haustür und öffnete sie. Voller Ungeduld wartete er, bis Lynn herankam, und überraschte sie dann mit einem freundschaftlichen Handschlag.
Wie groß seine Hände sind, dachte Lynn, als seine Finger sich um ihre schlangen. (Großmutter, warum hast du so große Hände? Damit ich dich besser schlagen kann, mein Kind!) Lynn zog ihre Hand zurück. Konnte es sein, daß Davia Messenger einfach die falsche Person beschuldigt hatte?
»Ich werde meiner Frau sagen, daß Sie sie später anrufen soll, damit Sie vereinbaren, wann Sie Ashleigh zu Ihnen bringen kann«, sagte Mr. Foster freundlich, als stamme diese Idee von ihm. »Wenn Sie mich jetzt entschuldigen wollen – ich muß wirklich in die Arbeit.«

Nach dem Mittagessen und einem kurzen Strandspaziergang sah sich Lynn noch ein wenig die Schaufenster in der Atlantic Avenue an. Sie war nicht gerade scharf darauf, so schnell wie möglich ins Büro zurückzukehren. Sie hatte sich mit ihrem Chef, Carl McVee, über ihre Vorgehensweise im Fall Foster gestritten. Keith Fosters Anwalt hatte angerufen und ihm seine Meinung gesagt. Warum die soziale Beratungsstelle seinen Klienten auf Grund der Aussage einer verrückten Nachbarin belästige! Patty Foster hatte sich gnädig damit einverstanden erklärt, in der nächsten Woche mit Ashleigh zu einem Gespräch und einer ärztlichen Untersuchung zu erscheinen. In der Zwischenzeit, so McVees in scharfem Ton vorgebrachter Befehl, solle Lynn die Finger von der Sache lassen.
Lynn schob die Gedanken an Carl McVee, den sie in diesem Augenblick so vor sich sah, wie Ashleigh Foster ihn gezeichnet hätte, beiseite, betrachtete im Vorbeischlendern verträumt die Auslagen und überlegte, ob sie nicht ein paar Sachen brauchte. Sie war nie besonders wild aufs Einkaufen gewesen, und ihr Beruf erforderte eine gewisse Zurückhaltung, was die Kleidung betraf. Gary, fiel ihr plötzlich ein, als

ihr Blick auf eine schwindelerregende Anhäufung von Federboas und bodenlangen Abendkleidern fiel – Abendkleider von der Ausführung, wie Lynn sie noch nie an einer Frau gesehen hatte –, Gary hatte es sich zur Gewohnheit gemacht, ihr zu festlichen Anlässen Designer-Mode zu schenken, aber sie hatte sich nie wohl gefühlt in diesen Kleidungsstücken, an denen überall die Initialen anderer Leute zur Schau gestellt waren, und die meisten Sachen wieder in die Geschäfte zurückgebracht.
Plötzlich hörte sie hinter sich trällerndes Frauengelächter. Sie warf einen Blick über die Schulter und sah zwei Frauen, die Schwierigkeiten mit ihren Einkaufstüten und einer Autotür hatten. »Ich kriege sie nicht auf«, quiekte die Kleinere der beiden.
»Leg sie in den Kofferraum. Ich bin sowieso noch nicht fertig.«
Irgend etwas an der Stimme der zweiten Frau – einer tiefen, verführerischen, herrischen Stimme – veranlaßte Lynn, sich abzuwenden, noch bevor sie den Namen der Frau gehört hatte. »Suzette«, kicherte die erste Frau, »du hast schon eine gewaltige Summe ausgegeben. Wie viele Kleider brauchst du denn noch?«
»Psst«, sagte die Frau namens Suzette, immer noch lachend. »Ich habe endlich einen Mann gefunden, der es zu schätzen weiß, wenn ich gut angezogen bin, und das koste ich aus!«
Lynn senkte den Kopf so tief auf die Brust, daß sie glaubte, ihre Wirbelsäule werde abbrechen. Die beiden Frauen warfen ihre Einkaufstüten in den Kofferraum und eilten an ihr vorbei in das Geschäft hinein. Lynns Herz schlug rasend schnell, aber ihre Füße schienen am Boden zu kleben, als steckten ihre Schuhsohlen in Teer. Selbst wenn sie gewollt hätte, wäre es ihr unmöglich gewesen, sich vom Fleck zu rühren. Aber sie wollte ja gar nicht. Was sie wollte, wußte sie allerdings auch nicht.
Sie versuchte sich einzureden, daß die Frau, die sie eben ge-

sehen hatte – das hieß, eigentlich hatte sie sie *kaum* gesehen –, nicht Suzette Cameron war, aber sie wußte, daß das nicht stimmte. Wie viele Suzettes gab es wohl in einer kleinen Stadt wie Delray Beach? Sie versuchte sich selbst davon zu überzeugen, welch geringe Wahrscheinlichkeit bestand, daß die neue Flamme ihres Mannes und sie gleichzeitig vor demselben Geschäft auftauchten, und doch wußte sie, daß dies keineswegs unmöglich war. Jeden Tag trafen sich Leute zufällig. Weit erstaunlicher war, daß Suzette und sie bisher noch nie aufeinander gestoßen waren.
Zurück ins Büro! sagte sie sich und zwang ihre Beine zum Gehen. Zurück ins Büro! Statt dessen öffnete sie die Tür der kleinen Boutique und trat ein.
Das Geschäft war hell und geschickt eingerichtet; der schmale Raum war optimal genützt: Kleider und Abendgarderobe auf der einen Seite; eher sportliche Sachen auf der anderen. Lynn erfaßte den ganzen Laden mit einem Blick, hielt aber weiterhin den Kopf gesenkt. Sofort hatte sie Suzette Cameron und deren Freundin hinter einem langen Kleiderständer entdeckt. Sie hörte sie kichern und überlegte, ob sie wohl über sie lachten.
Sei nicht albern, wies sie sich zurecht und machte mit gesenktem Blick ein paar Schritte auf die beiden zu. Warum sollten sie über dich kichern? Sie wissen ja nicht mal, daß du da bist.
Wirklich nicht? fragte eine leise Stimme in ihr. Du hast sie erkannt, noch bevor du ihren Namen gehört hattest und obwohl du ihr Gesicht nicht genau gesehen hast. Du wußtest, daß sie es ist. Der Radar, den zukünftige Ex-Frauen besitzen, wenn es darum geht, die Frau zu identifizieren, die bald ihren Platz einnehmen wird! Lynn schlich sich näher heran und tat so, als mustere sie die Kleider. Was machte sie hier eigentlich? Hatte sie etwa vor, diese Frau zur Rede zu stellen? Wenn ja, was um alles in der Welt wollte sie ihr denn sagen?
»Wie findest du das hier?« hörte sie Suzettes Begleiterin fragen.

»Zu spießig.« Die Antwort kam wie aus der Pistole geschossen. »Ich möchte etwas, das mehr Sex ausstrahlt.«
Lynn bohrte ihren Finger in den Jersey eines der Kleider, die an dem Ständer hingen, ballte sie unwillkürlich zur Faust und zog gedankenverloren an dem Stoff. Mit weiterhin gesenktem Kopf arbeitete sie sich zu einem Spiegel vor, von dem aus sie die Frauen besser beobachten konnte. Nur einen einzigen Blick, sagte sie sich. Ich will nur wissen, wie sie aussieht.
»Das da kommt schon eher hin«, hörte Lynn Suzette ausrufen. Mit diesen Worten sprang Suzette hinter dem Kleiderständer hervor und hielt sich direkt neben Lynn das Kleid vor den Körper. Sie posierte vor dem Spiegel, und Lynn wurde schockartig klar, daß sie mitten in Suzettes Blickfeld stand. »Entschuldigung«, sagte Suzette Cameron und lächelte Lynn mit dem Lächeln an, das man Leuten zuwirft, wenn man sie aus dem Weg haben will. Folgsam trat Lynn vom Spiegel zurück, erleichtert, daß Suzette sie nicht erkannt hatte. Sie wußte, daß sie sie anstarrte, aber sie konnte nicht aufhören. Trotz der unverhohlenen Aufmerksamkeit, mit der sie schaute, war sie unfähig, die Einzelheiten von Suzettes Physiognomie in sich aufzunehmen. Auch als sie sich zu höchster Konzentration zwang, konnte sie zunächst nicht entscheiden, ob sie blondes oder braunes Haar hatte (es war dunkel) oder ob sie groß oder klein war (die Antwort lautete: sehr groß). Erst nachdem sie den Blick auf kleine, unscheinbare Details gerichtet hatte, so wie sie es von der Arbeit her gewohnt war – Suzette hatte durchstochene Ohrläppchen, ihre Fingernägel waren frisch manikürt –, war Lynn in der Lage, den Anblick der Frau ganz in sich aufzunehmen.
Suzette Cameron war groß und dünn und erstaunlich muskulös, das heißt eigentlich gar nicht erstaunlich, denn sie war ja ausgebildete Tänzerin. Sie hatte lange Beine. Die Waden fielen auf, denn sie ragten kegelförmig unter dem modisch kurzen Rock hervor. Trotzdem waren es keine un-

attraktiven Beine, gab Lynn widerwillig zu und schielte zum Saum ihres eigenen, zu langen Rocks hinunter; die manchmal tagelangen Spaziergänge am Strand hatten auch ihren Beinen zu einer etwas eigenartigen Muskelform verholfen. Sie überlegte, ob Suzettes Oberschenkel wohl genauso geformt waren wie ihre Waden, ertappte sich bei dem Wunsch, sie möchten schlaff sein, und wußte doch, daß sie alles andere waren als das.

Suzette Camerons Körper wies seltene, interessante Formen auf. Ihr Bauch war, obwohl sie Zwillinge geboren hatte, sehr flach, ihr Busen dagegen größer, als Lynn es von einer Ballettänzerin (nein, Ballettlehrerin) erwartet hatte. Ihre Hände waren lang und sehnig – sie hätte einen eleganten sterbenden Schwan abgegeben, dachte Lynn und wünschte, sie könnte ihr dabei helfen. Ihr fast schwarzes Haar – von Natur aus schwarz, nicht wie Keith Fosters dandyhaft gefärbte Locken – war voll und glänzend und kürzer geschnitten als ihr eigenes. Es umspielte das Kinn, das, wie Lynn befriedigt feststellte, in einer wenig schönen Spitze endete, so als hätte ein Maler das Interesse an dem von ihm geschaffenen Portrait verloren und einfach die beiden Seiten des Gesichts zusammengerückt, um schneller fertig zu werden. Auch die Nase war schmal, aber Suzette hatte volle Wangen; ihre Augen waren groß, aber seltsam schwer zu beschreiben, sie changierten zwischen grün und blau. Diese Frau war keineswegs häßlich, aber doch weit davon entfernt, eine Schönheit zu sein. Lynn war überrascht, sich in Übereinstimmung mit den Urteilen all der anderen zu finden – sie selbst war mit Abstand die Hübschere von beiden.

Sie beobachtete die Frau, die sich das Kleid, einen kurzen, rüschenbesetzten orangefarbenen Fummel ohne erkennbaren Schnitt, an den Körper hielt und sich im Spiegel betrachtete. Sie versuchte sich Gary neben dieser Frau vorzustellen, und dann Marc. Keiner von beiden paßte so recht zu ihr; und ebensowenig, fand Lynn, würde ihr das Kleid ste-

hen. Mir würde es auch nicht stehen, dachte sie. In diesem Moment fiel ihr Blick auf ein zweites Exemplar des von Suzette so bewunderten Kleides, und mit einer ihr bisher unbekannten perversen Lust begann sie zu überlegen, ob sie es anprobieren sollte, während Suzette Cameron mit ihrer Freundin schon in die erste der beiden Umkleidekabinen im hinteren Teil des Ladens verschwand.
»Kann ich Ihnen helfen?« sagte jemand hinter Lynn, und sie fuhr zusammen.
»Ich sehe mich nur um«, erklärte Lynn der verdutzten Verkäuferin, die ebenfalls erschrocken war. »Das heißt, eigentlich möchte ich das da mal probieren«, sagte sie, nahm das orangefarbene Kleid vom Bügel und ging damit in die zweite Kabine.
»Na, was meinst du?« hörte sie Suzette ihre Freundin fragen, während sie Rock und Bluse auszog und sich das Kleid hastig über den Kopf zog. Sie betrachtete sich im Spiegel. Das Kleid war mindestens zwei Nummern zu groß. Sie sah aus wie ein riesiger Kürbis.
»Sieh mal, wieviel Uhr es ist«, hörte sie Suzette sagen. »Du hast mir nicht gesagt, daß wir schon so spät dran sind. In fünf Minuten bin ich mit Gary zum Mittagessen im Boston's verabredet.«
Wie gelähmt stand Lynn in der Mitte der winzigen Umkleidekabine. Sie starrte ihr orangefarbenes Spiegelbild an. Frau als Riesenkürbis, dachte sie, dann: Frau als große orangefarbene Idiotin. Was spielte sie hier Katz und Maus, Katz und Maus und *Käse*, dachte sie beim Anblick ihres Spiegelbildes. Sie sollte schon längst wieder im Büro sein. Sie mußte raus hier. Sie mußte draußen sein, bevor Suzette sie erkannte; sie mußte zum Auto laufen, bevor sie Gary in den Weg lief. Wenn sie sich beeilte, war sie aus dem Laden, bevor irgend jemand überhaupt bemerkt hatte, daß sie je hier drin gewesen war. Aber sie mußte sich beeilen.
Sie hatte die Kabine verlassen und stand schon fast an der Ladentür, als ihr bewußt wurde, daß sie immer noch das

orangefarbene Kleid trug, das gleiche Kleid, das Suzette in diesem Augenblick vor dem Spiegel in der Mitte des Geschäfts vorführte, das gleiche Kleid, auf das die Verkäuferin jetzt deutete, während sie ihr »Wohin wollen Sie denn damit?« zurief – in diesem Augenblick ging die Tür auf. Gary betrat das Geschäft und erstarrte.

Er muß glauben, er sei in einen Alptraum geraten, dachte Lynn und beobachtete, wie zuerst sein Lächeln und dann alle Farbe aus seinem Gesicht wich. Die von ihm verlassene Ehefrau und die Frau, wegen der er sie verlassen hatte, standen etwa drei Meter voneinander entfernt vor ihm, und beide trugen das gleiche grauenhafte orangerote Kleid, und Orange war die Farbe, die er am wenigsten mochte. Wenigstens hat Suzettes Kleid die richtige Größe, dachte Lynn und begann fast zu weinen, als sie sah, daß es Suzette sehr gut stand, daß es ihre Kurven betonte, während es bei ihr selbst nur verbarg, daß sie keine Kurven hatte.

»Gary, wie hast du mich denn gefunden?« fragte Suzette, die noch nicht gemerkt hatte, daß etwas nicht stimmte.

»Ich habe dein Auto gesehen«, antwortete er. Dann versagte ihm die Stimme; er starrte mit leerem Blick zwischen den beiden Frauen hindurch und konnte sich nicht entscheiden, welche er nun anschauen sollte.

»Wohin wollen Sie mit diesem Kleid?« fragte die Verkäuferin noch einmal.

Und dann schwiegen alle, und alle sahen sich an, bis jeder, auch die arme, verwirrte Verkäuferin, genau wußte, wer die anderen waren und in welcher Situation sie sich befanden. Suzettes Freundin stöhnte auf.

»Dieses Kleid paßt einfach nicht zu mir«, erklärte Lynn der verdutzten Gesellschaft. Dann verschwand sie in der winzigen Umkleidekabine und kam erst wieder heraus, als sie sicher war, daß die anderen das Geschäft verlassen hatten.

14

Renee saß auf dem großen weißen Sofa in der Mitte ihres großen weißen Wohnzimmers und starrte auf die neueste Erwerbung ihres Gatten, die knallbunte Farbklecks-Explosion eines Künstlers aus Florida namens Clarence Maesele. Von abstraktem Illusionismus hatte Philip gesprochen, und Renee fand, daß diese Bezeichnung auf das Bild ebenso zutraf wie tausend andere. Es gefiel ihr. Es war farbenfroh und dynamisch, es drückte *Bewegung* aus. Anders als die meisten Gemälde an den Wänden von Philips Wohnung (seit wann war es für sie sogar in ihren eigenen Gedanken Philips Wohnung?), die aus statischen Farbflächen bestanden, war Maeseles Gemälde dreidimensional; die zahlreichen verschiedenen Farben hoben sich in dicken, ungleichmäßigen Schichten von der Leinwand ab. Normalerweise wurde sie schon fröhlich, wenn sie das Bild nur ansah. Als Philip einige Monate zuvor damit angekommen war und verkündet hatte, er habe es am Nachmittag gekauft (seit wann besprach er sich vor größeren Käufen nicht mehr mit ihr? Hatte er sich eigentlich je mit ihr besprochen?), war Renee ganz aufgeregt und glücklich gewesen. (Und ein kleines bißchen beunruhigt. Na komm, Renee, gib es zu! Nicht ein einziges Mal fragte er dich um deine Meinung – ob du den Preis zu hoch fändest oder den Kauf für ein gutes Geschäft hieltest, wo das Bild deiner Ansicht nach hingehängt werden sollte, ja ob es dir überhaupt gefiel oder nicht.) Sie hatte ihm

einen Bleistift und ein Lineal holen müssen, damit er den Punkt ausmessen und markieren konnte, an dem er den Nagel einschlagen wollte, und dann hatte sie ihm geholfen, das großformatige Bild ganz vorsichtig aufzuhängen, damit die Wand keinen Kratzer abbekam. Dann hatte sie sich zurückgelehnt und das Gemälde lange betrachtet, hatte sich von Philip etwas darüber erzählen lassen, hatte ein paar eigene Beobachtungen gemacht, sie aber für sich behalten, weil sie Angst hatte, von Philip kritisiert oder lächerlich gemacht zu werden. Philip war die Autorität in Sachen Kunst. Früher hatte sie sich auch ein bißchen ausgekannt, aber dieses Wissen war ihr in letzter Zeit allmählich abhanden gekommen. Vielleicht hatte sie es tatsächlich zugelassen, daß ihr Beruf Macht über ihr Leben erlangte. Vielleicht hatte sie wirklich die wichtigen Dinge aus den Augen verloren.
Renee wandte den Blick von dem Bild. So fröhlich es sie sonst immer stimmte, heute abend machte es sie nur nervös, ja sogar ein bißchen traurig. Es sprang auf sie zu und zeigte mit einem bunten, anklagenden Finger auf sie, aber sie wußte gar nicht mehr, welcher Dinge sie eigentlich beschuldigt wurde. Sie sah zu Philip, der in der Mitte des Raumes stand, und versuchte, sich auf seine Worte zu konzentrieren; sie wollte nicht beschuldigt werden, ihm nicht zugehört zu haben.
»Entschuldige bitte, Philip«, sagte sie. Sie bemühte sich, ihre Gedanken auf ihr Vergehen zu richten, aber sie konnte sich nicht mehr daran erinnern. Es war ja auch nicht wichtig. Es war ihr egal.
»Du hast mich unterbrochen.«
»Entschuldige.«
Schon wieder unterbrochen. Nochmals Entschuldigung.
Über was stritten sie sich denn diesmal? Wann hatte diese Streiterei angefangen?
Früher einmal hatten sie nicht gestritten; früher einmal waren seine Worte beruhigend und zärtlich und aufmunternd und liebevoll gewesen, nicht so barsch und häßlich und ge-

mein und erbarmungslos, ach Gott, so erbarmungslos. Mir wird doch nachgesagt, ich sei so schlagfertig, dachte sie. Ich bin doch die schlaue Rechtsverdreherin, die Zauberin der Gerichtshöfe. Ich bin die mit den tausend Anwaltstricks. Sagt er das nicht ständig? Daß ich fähig sei, ihm jedes Wort im Mund umzudrehen? Sieh es doch endlich ein, Renee, du blühst richtig auf, wenn du streiten kannst. Sagt er das nicht andauernd? Daß ich nicht glücklich bin, solange ich nicht einen anderen unglücklich gemacht habe?

Und doch hatte es einmal, ganz am Anfang, eine Zeit ohne jeden Zank gegeben.

»Erzähl mir, was du heute tagsüber alles gemacht hast«, hatte er einmal gesagt, als sie eines Nachts am Anfang ihrer Beziehung miteinander schliefen. »Jede Einzelheit. Ich will alles wissen.«

»Heute habe ich einen Dreckskerl vor Gericht gründlich auseinandergenommen«, sagte sie, während er ihren Hals, ihre Hände, ihre Brüste küßte.

»Hatte der Schlappschwanz einen Schlappschwanz, als er wieder ging?«

»Ach, darauf habe ich gar nicht geachtet.« Sie lachte. »Aber sein Geld habe ich ihm aus der Tasche gezogen!«

»Ich finde das, was du tust, einfach toll«, sagte er, ließ sie sich auf ihn setzen und drang in sie ein.

»Wirklich? Warum denn?«

»Es ist so sexy.«

»Sexy?« Sie lachte wieder. Er stieß tief in sie. »Wieso? Wieso ist es sexy?«

»Einfach so.«

Wann hatte es aufgehört, sexy zu sein? Seit wann machte ihre Arbeit ihn nicht mehr geil, sondern nur noch wütend?

»Heute hättest du mich vor Gericht erleben sollen, Philip. Ich war verdammt gut, das kann ich wirklich sagen.«

»Mußt du deswegen gleich ordinär werden?«

»Was?«

»Mußt du unbedingt fluchen? Kannst du nicht einfach gut sein, ohne *verdammt* gut sein zu müssen?«
»Entschuldige. Ich wollte wohl nur ein bißchen angeben.«
»Ein *bißchen? Wohl?*«
»Also gut, dann eben *sehr* und *ganz bestimmt*. Aber Philip, ich habe dieses Arschloch fertiggemacht. Er saß da oben auf der Anklagebank und log, was das Zeug hielt. ›Ich habe sie nie angefaßt‹, sagte er, ›ich habe sie nie berührt.‹ Und ich sitze da mit einem Haufen eidesstattlicher Erklärungen von Verwandten und Nachbarn in der Hand, die ihn alle mehrmals dabei beobachtet haben, wie er seine Frau schlug. Er winselt: ›Ich besitze nichts‹, und dabei weiß ich alles über sein kleines Treuhandvermögen, das er benützt, um sein Geld nicht in Verbindung mit seinem Namen, sehr wohl jedoch in seine Taschen zu bringen. Und dieses Arschloch, entschuldige, dieser Idiot hat die Frechheit, da oben auf der Anklagebank zu sitzen – und zwar unter Eid, der Mann steht unter Eid – und allen Ernstes zu beschwören, er habe seine Frau niemals geschlagen und stehe kurz vor dem Bankrott. Und er macht das gar nicht schlecht. Er macht es sehr gut. Durchaus überzeugend. Er sollte sich mal überlegen, ob nicht Schauspieler der geeignete Beruf für ihn wäre. Und weißt du, wann ich wußte, daß ich ihn in der Hand hatte? Ich stellte ihm ein paar scheinbar harmlose Fragen darüber, wie sich sein Treuhandvermögen zusammensetze und wie es verwaltet werde, und da zögerte er. Nur eine Sekunde lang, es dauerte nur eine Sekunde, aber ich sah diesen seltsamen Ausdruck in seinen Augen, und da *wußte* ich, daß er lügen würde, daß ich ihn nur noch ein bißchen anschubsen mußte, und er würde geradewegs in die Falle gehen.«
»Aha, du hast ihn also angeschubst.«
»Na klar.«
»Und jetzt bist du stolz, weil du einen armen Idioten, wie du ihn bezeichnest, ausgetrickst und zum Lügen gebracht hast...«

»Ich habe ihn nicht ausgetrickst.«
»Du hast auf den Gesichtsausdruck gewartet und ihm dann einen Schubs gegeben. Das hast du doch selbst gesagt.«
»Ja, aber...«
»Und der arme Idiot hatte nicht die geringste Chance. Du hast ihn fertiggemacht.«
»Und wie!«
Philip lächelte milde. »Ich finde es interessant, daß du dir so sicher bist, im Recht zu sein. Ich als Psychologe habe gelernt, daß die Dinge nur sehr selten so eindeutig sind, wie es scheint.«
»Ich werde dafür bezahlt, meinen Klienten zu verteidigen...«
»Und die Wahrheit bleibt auf der Strecke?«
»Die Wahrheit kommt ans Tageslicht.«
Er wandte sich von ihr ab. »Du hast auf alles eine Antwort, nicht wahr?«
Aber sie hatte damals keine Antwort gehabt und hatte auch heute keine. Nur einen Haufen quälender Fragen. Warum verwandelte sich jede Diskussion in eine Meinungsverschiedenheit? Warum schien alles, was sie tat, unrecht zu sein, so als würde sie von zwei Alternativen immer automatisch die falsche wählen? Was war mit ihrer Beziehung passiert? Wann hatte sich das Gleichgewicht der Kräfte so stark zu ihm hin verlagert?
Am Anfang war er stolz auf ihre Arbeit gewesen, stolz auch auf ihr Aussehen. Aber in den letzten Jahren hatte sie so zugenommen, daß ihre äußere Erscheinung ihn nur frustrieren konnte. Vielleicht äußerte sich das jetzt als Kritik an ihrer Arbeit. Aber während ihr diese Gedanken durch den Kopf gingen, fühlte Renee, daß es nicht stimmte, daß seine ätzende Kritik schon gang und gäbe gewesen war, bevor sie begonnen hatte, zum Frühstück Snickers und zum Mittagessen Mars in sich hineinzustopfen.
Das Problem war ganz allmählich entstanden, es hatte sich an sie und Philip herangeschlichen wie eine gigantische

Welle. Sie hatte an Zerstörungskraft gewonnen, während
sie wuchs, sie war über ihnen zusammengeschlagen und
hatte sie und ihn zu Boden gerissen. Von einer solchen
Welle waren sie beide überwältigt worden. Das hieß, zumindest sie, Renee. Philip wirkte nicht allzu überwältigt. Er
stand immer noch mit beiden Beinen auf dem Boden. Und
sah von Tag zu Tag besser aus.
Ohne Zweifel hatte sie den schönsten Mann Floridas an der
Hand und im Bett. Er war klug und gutaussehend und erfolgreich, und von allen Frauen, die er hätte haben können,
hatte er sie gewählt. Er liebte sie, und eine Zeitlang hatte er
auch ihren Erfolg geliebt. Aber dann hatte sich das Gleichgewicht verschoben. Ganz unmerklich zuerst, dann immer
stärker. Sein Lob verlor an Überschwenglichkeit, wurde zu-
rückhaltend und nahm einen gehässigen Unterton an. Und
dann war die Gehässigkeit ganz an die Stelle des Lobs getreten. Aber warum nur? Was hatte sie denn getan?
Renee saß in dem über und über weißen Wohnzimmer und
betrachtete ihren Mann, der vor dem großen Fenster, unter
dem der dunkle Ozean lag, auf und ab schritt. Sie wollte,
daß er damit aufhörte; sie wollte ihn umarmen und sich für
das, was immer sie gesagt oder getan hatte, entschuldigen,
das, was den Grund für seinen Ärger bildete, zurücknehmen. Gehen wir ins Bett, wollte sie sagen, und lieben wir
uns so wie früher, aber sie sagte nichts, denn sie hatte Angst
davor, ihn zu unterbrechen.
Schon wieder unterbrochen. Nochmals Entschuldigung.
Die Lampe neben ihr beleuchtete ihr Gesicht, und Renee er-
blickte ihr Spiegelbild in dem Fenster, das vom Boden bis
zur Decke reichte. Normalerweise hielt sie sich sehr gerade,
aber jetzt wirkte ihr Körper seltsam verdreht, vornüberge-
sackt; ihre Beine waren verkrampft übereinandergeschla-
gen, ihre Hände verbargen die untere Hälfte ihres Gesichts.
Am Anfang war alles so schön, erklärte das Spiegelbild im
Fensterglas. Es sprach zu Renee, als wären sie zwei verschiedene Menschen.

Erklär es mir weiter, sagte die Anwältin auf dem Sofa.
Wir schliefen andauernd miteinander, erzählte die Zeugin ohne Umschweife aus ihrer gläsernen Zelle. Er war immer so zärtlich. Ganz anders als jetzt. Ich fand alles, was er tat, wunderbar. Aber ich war ja auch schon kurz davor gewesen, meine Suche nach einem Ehemann aufzugeben.
Ach was, unterbrach die Anwältin auf dem Sofa voller Ungeduld, schlug die Beine andersherum übereinander und stützte die Ellbogen auf die Schenkel. Du bist doch ein Produkt des Feminismus. Frauen können alles. Wir brauchen keinen Mann, um eine Identität zu haben. Wir brauchen keinen Mann zum Glücklichsein. Du hast doch Köpfchen.
Ja, aber ich bin nicht hübsch. Und Köpfchen oder nicht – ich wollte immer nur hübsch sein.
Du siehst doch ganz gut aus.
Mag sein, aber ich bin in dem Glauben groß geworden, daß Kathryn die Hübsche in der Familie ist, daß ich für das, was ihr ganz von selbst zufiel, immer hart würde arbeiten müssen, daß Kathryn die Augen und die Wangenknochen unserer Mutter geerbt hatte. Und es stimmte ja auch. Keine Frage, Kathryn war die Hübsche. Und wenn es darum ging, einen Mann zu bekommen, dann zählte das Aussehen; das sagte meine Mutter, die davon fest überzeugt war. Aussehen, nicht Köpfchen! Intelligenz bringt dich nur in Schwierigkeiten, sagte sie immer. Für diesen »Emanzipationsquatsch« hatte sie nichts übrig. Und ich, die Kluge, die »Emanze«, wie mein Vater mich nannte, ich habe ihnen das alles abgenommen. Ganz egal, welche Fremdwörter ich benützte, ganz egal, wie progressiv die Reden waren, die ich schwang, es lief immer auf die gleichen zwei Dinge hinaus: Ohne Mann war ich nichts, und einen Mann würde ich nie kriegen, weil ich zu klug und zu hausbacken war.
Aber irgendwie hast du es dann ja doch geschafft, erinnerte die Anwältin auf dem Sofa ihr Spiegelbild. Du hast Philip in dich verliebt gemacht, und du hast es erreicht, daß er dich

heiratete. Und was habe ich bekommen? Den juristischen Studienabschluß? Weißt du was? Juristische Studienabschlüsse machen einen zur miesen Liebhaberin. Soll ich dir vielleicht von der Abschlußfeier an der Universität erzählen? Zu deren Anlaß niemand außer Kathryn kam, weil sie alle anderweitig beschäftigt waren?
Daraus kannst du ihnen keinen Vorwurf machen, ermahnte ihr Spiegelbild sie mit einem Anflug von Sarkasmus. Das war in New York. Es war zu weit weg, eine zu kostspielige Reise. Dad hatte in seiner Praxis zu tun; und Mom konnte ihn doch unmöglich allein lassen!
Hey, versteh mich bitte nicht falsch! Ich mache ihnen gar keinen Vorwurf. Ich habe gelernt, meine Eltern so zu akzeptieren, wie sie sind.
Besuchst du sie deshalb so selten?
Wir haben keine Gemeinsamkeiten.
Sie sind deine Eltern.
Sie sind kaltherzige Menschen, die nie Kinder hätten bekommen dürfen. Gott allein weiß, warum sie es doch taten, wenn man mal davon absieht, daß sich damals jeder Kinder anschaffte. Also setzten sie erst Kathryn und dann mich in die Welt, und dann überließen sie uns der Obhut einer Reihe von Haushälterinnen, bis wir alt genug waren, um uns selbst zu erziehen. Das alles akzeptiere ich. Es ist nun mal passiert. Schwamm drüber. Außerdem – so schlecht ist die Sache ja nicht ausgegangen. Schließlich bin ich heute Anwältin, oder? Wenn mein Vater nicht gewesen wäre, hätte ich nie Jura studiert. Ich dachte, er würde vielleicht stolz auf mich werden. Ich wollte, daß er nur so platzt vor Stolz auf mich. Ich war die Drittbeste! Die Drittbeste des gesamten Jahrgangs. An der Columbia! Aber er nahm sich nicht die Zeit, zu meiner Abschlußfeier anzureisen. Na gut, wenn der Berg nicht zu Mohammed kommt, geht Mohammed eben zum Berg. Ich bin zurückgekommen und habe einen Job in der besten Anwaltskanzlei von Delray Beach bekommen. Ich wollte immer in New York leben. Ich

hatte ein tolles Angebot. Statt dessen kam ich zurück nach Hause.
Und ich lernte Philip kennen und heiratete ihn, erzählte die Stimme im Glas. Meinen Traummann. Nur, daß aus dem Traum allmählich ein Alptraum wird. Und ich weiß einfach nicht, warum. Wir waren auf dem besten Weg, für alle Zeit ein glückliches Leben zu führen. Aber dann veränderte sich alles. Zuerst sagte ich mir: Sei nicht albern! Wer ist denn schon ständig hundertprozentig glücklich? Was ist so schlimm daran, wenn man zu achtzig Prozent glücklich ist, oder auch nur zu sechzig? Aber eines Tages wachte ich auf, und die Prozentsätze hatten sich verkehrt. Auch wenn wir miteinander schliefen, war es plötzlich anders als früher. Wir stritten uns die ganze Zeit. Es gab andere Frauen. Und die kluge, glückliche Frau, die er geheiratet hatte, war in eine unsichere, übergewichtige, eifersüchtige Mischung aus allem, was ich je verachtet habe, verwandelt worden. Sieh mich an! Ich hasse das, was mir da zugestoßen ist. Aber ich weiß immer noch nicht, wie es passieren konnte. Ich frage mich: Renee, was ist los mit dir? Du siehst vielleicht nicht besonders aus, aber *Köpfchen* hast du! Was zum Teufel ist mit deinem Leben geschehen? Und dann sehe ich Philip an, und mir fällt wieder ein, was meine Mutter immer sagte. Sie sagte, ich würde mich anstrengen müssen, um ihn zu halten, ja, das hat sie gesagt, und jetzt habe ich das Gefühl, ihn zu verlieren, also strenge ich mich nicht genug an. Ich weiß, daß ich schuld bin an dem, was passiert ist. Ich bin nicht gut genug. Ich bin nicht verständnisvoll genug. Mit meiner Klugheit schade ich mir nur. Ich bin zu egoistisch. Ich bin zu besitzergreifend. Ich bin viel zu sehr aufs Gewinnen aus. Immer muß ich recht haben. Ich kann nicht geben. Ständig sage ich irgend etwas, um ihn zu kränken, um ihm Schuldgefühle einzureden, dabei bin ich es doch, die sich schuldig fühlen sollte.
Du *bist* schuldig, sagte die Anwältin auf dem Sofa, die jetzt Richterin und Geschworene in einer Person war. Schuldig im Sinne der Anklage.

Plötzlich stellte sich Philip zwischen Renee und ihr Spiegelbild.
»Hast du auch nur ein einziges Wort mitbekommen?« wollte er wissen.
»Entschuldige, ich...«
»Du glaubst wohl, wenn du Entschuldigung sagst, ist alles wieder in Ordnung?«
»Ich weiß nicht, was ich sonst sagen soll.«
»Du hast die ganze Sache doch ins Rollen gebracht! Und jetzt glaubst du, eine simple Entschuldigung könnte alles wiedergutmachen.«
»Erzählst du mir nicht andauernd, daß wir unsere Gefühle wählen können?« fragte sie und bereute es auf der Stelle.
»Du kannst es dir aussuchen, ob du dich aufregst oder ob du meine Entschuldigung annimmst«, fuhr sie fort. Was soll's, dachte sie, jetzt ist es auch schon egal. Philip begann wieder wütend auf und ab zu gehen.
»Du hast ein überaus praktisches Gedächtnis. Kannst du mir mal sagen, warum dir immer dann Zitate von mir einfallen, wenn es deinen Zwecken dient?«
»Können wir das Ganze nicht einfach vergessen?« flehte Renee. Allmählich entsann sie sich wieder der Ursache des Streits.
»Ich komme nach einem anstrengenden Arbeitstag abends nach Hause und muß mich von dir beschuldigen lassen, ich sei absichtlich zu spät zum Essen gekommen, um mit einer Patientin zu schlafen. Und da soll ich mich nicht aufregen?«
»Ich habe dich nicht beschuldigt.«
»Nein? Was hast du denn genau gesagt?«
»*Genau* kann ich mich nicht mehr erinnern.« Renee versuchte, an ihm vorbei einen Blick auf ihr Spiegelbild zu werfen, als könnte die Gestalt im Fenster vielleicht mit einer besseren Antwort aufwarten, aber Philip stand genau dazwischen. Sie dachte an Kathryn und Debbie und hoffte, beide schliefen tief und fest. »Ich dachte, ich hätte dich ge-

fragt, wo du den ganzen Abend gewesen bist. Es ist fast elf Uhr nachts. Wir sollten uns um sieben mit Mike Drake und seiner Frau zum Abendessen treffen. Ich habe mir Sorgen gemacht, als du nicht erschienen bist.«

»Ich habe dir bereits erklärt, daß ich von einer Patientin aufgehalten wurde.«

»Ich habe um fünf bei dir in der Praxis angerufen, und dann noch mal um sechs, um halb sieben, um sieben und zu jeder folgenden halben Stunde. Ich versuchte es noch einmal, bevor ich die Kanzlei verließ und vom Restaurant aus. Ich habe zwischen den einzelnen Gängen angerufen und schließlich auch noch nach dem Kaffee.«

»Und du glaubst, das sei das Verhalten einer seelisch gesunden Frau? Du glaubst, daß so etwas eine intakte Ehe kennzeichnet?«

Bitte zieh unsere Ehe nicht in Zweifel! dachte Renee und sagte mit fester Stimme: »Es ist das Verhalten einer besorgten Ehefrau. Einer Ehefrau, deren Mann sich mit ihr um sieben Uhr zum Essen treffen sollte und nie erschien. Ich hatte Angst, es könnte dir etwas zugestoßen sein, du könntest einen Unfall gehabt haben...«

»Mit dem Auto eine Klippe hinabgestürzt vielleicht?« fragte er sarkastisch. »Ich dachte, du hättest befürchtet, ich wäre mit einer anderen Frau zusammen.«

»War es denn so?«

»Ja. Das habe ich dir bereits gesagt.«

»Mit einer Patientin.«

»Ja.«

»Mit einer suizidgefährdeten Patientin?«

»Das sind die meisten Frauen doch ständig.«

Renee erschrak fast so sehr, daß sie gar keinen Ärger über diese unsensible Bemerkung empfand, aber nur fast. Trotz ihrer guten Vorsätze schwoll ihre Stimme vor Zorn an. Beiß nicht an, sagte sie sich. Wenn du den Köder schluckst, hast du bereits verloren. »Philip, dieses Essen war wichtig für mich. Wir haben schon eine ganze Reihe von wichtigen

Abendgesellschaften mit Kollegen von mir versäumt, und Mike Drake hat mir in den letzten Jahren beim Aufbau meiner Kanzlei sehr geholfen. Du wußtest doch, wie wichtig es mir war...«
»Wichtiger als das Leben meiner Patientin?«
»Nein, selbstverständlich nicht wichtiger als das Leben irgendeines Menschen.« Renee versuchte wieder, an ihm vorbei zu der Frau hinüberzuschielen, die sich dort im Fenster spiegelte (sie war jetzt bestimmt ganz ruhig), aber Philip versperrte ihr hartnäckig den Blick. »Du hättest mich wenigstens anrufen und mir sagen können, daß es später wird oder daß du möglicherweise gar nicht kommst...«
»Was hätte ich denn sagen sollen? ›Entschuldigen Sie, gnädige Frau, bitte springen Sie nicht, bevor ich zurück bin – ich muß meine Frau anrufen und ihr sagen, daß ich vielleicht zu spät zum Essen komme‹? Oder wie wäre es mit: ›Hören Sie, gnädige Frau, wenn Sie springen, dann tun Sie es bitte bald, meine Frau hat nämlich ein wichtiges Treffen zum Abendessen, und sie will nicht, daß ich zu spät komme‹? Wie findest du diese beiden Möglichkeiten?«
Renee wußte, daß sie jetzt aufhören mußte. Sie wollte sich nicht noch weiter in diesen Sumpf ziehen lassen und beschloß, ihm keine Antwort zu geben. Aber zu ihrer Überraschung hörte sie eine Stimme (mein Gott – ihre eigene Stimme! Idiotin!) die Stille durchbrechen. »Ja, wenn es zum erstenmal passiert wäre!« sagte die Stimme weinerlich. »Aber, Philip, immer wenn wir im Zusammenhang mit meiner Arbeit irgendwohin gehen wollen, klappt es nicht!«
»Ich bin Arzt, Renee. Ich kann meinen Terminplan nicht immer vorhersehen.«
»Wenn es um dich geht, hast du offenbar nie Probleme mit deinem Terminplan!«
»Willst du damit sagen, daß ich das Essen heute abend absichtlich versäumt habe?«
»Nein, das will ich damit nicht sagen.«

»Was dann?«
»Daß es nicht das erste Mal war.«
»Nein, und es wird wohl auch nicht das letzte Mal gewesen sein. Mein Gott, Renee, ich spreche hier vom Leben einer Patientin, und du regst dich auf, weil ich das Essen verpaßt habe. Kannst du wirklich so egoistisch sein? Was ist nur los mit dir?«
»Ich denke einfach...«
»Du denkst überhaupt nicht, Renee. Genau das ist dein Problem. Du machst dir Sorgen um deine Schwester, und du bist aus irgendeinem unerfindlichen Grund sauer auf Debbie, oder aber du machst dir Sorgen um die Kanzlei oder bist wild darauf, bei deinen Anwaltspartnern Eindruck zu schinden, und dann läßt du es an mir aus. Wie immer. Es ist dir völlig egal, ob das, was du da sagst, mich kränkt oder nicht. *Meine* Gefühle sind dir überhaupt nicht wichtig.«
»Das ist nicht wahr. Deine Gefühle sind mir sehr wichtig.«
Renee hob eine Hand an den Kopf. Ihr wurde schwindlig. Steckte in dem, was er sagte, auch nur ein Körnchen Wahrheit? Sie konnte es nicht mehr entscheiden.
Plötzlich saß er neben ihr auf dem Sofa. Seine Hände berührten ihre, seine Stimme klang sanft und versöhnlich.
»Du hast dich verändert, Renee«, sagte er. »Du übernimmst dich. Du schaffst das alles nicht mehr. Schau dich doch mal an! Du bist erschöpft. Du siehst grauenhaft aus.« Das alles sagte er in freundlichem Ton, als wolle er nur ihr Bestes. »Du hast keine Leidenschaft mehr«, erklärte er ihr leidenschaftlich. »Was ist nur aus dem Mädchen geworden, das ich geheiratet habe?«
Renee fühlte einen stechenden Schmerz in der Brust. Drohte er ihr jetzt damit, sie zu verlassen? Gab er ihr zu verstehen, daß er Reißaus nehmen würde, wenn sie nicht abspeckte?
»Du kämpfst schon zu lange gegen diesen Schmutz an«, fuhr er fort, während sie ihre Panik niederkämpfte, um aufmerksam zuhören zu können. »Wenn man lange gegen den

Schmutz kämpft, wird man unweigerlich selbst schmutzig. Du bist einfach zu gut in deinem Beruf, Renee. Du bist erst dann glücklich, wenn du einen gegensätzlichen Standpunkt einnehmen kannst. Du berauschst dich am Streit. Ich dagegen sehne mich nach Harmonie. Ich weiß nicht – vielleicht haben wir uns nur etwas vorgemacht.«
Sofort war Renee wieder voll da. Ihr ganzer Körper war in Alarmbereitschaft. »Was willst du damit sagen?«
Er starrte ihr in die Augen; trotz seiner Behauptung, er sei müde, war sein Blick wach und klar. »Ich liebe dich, Renee«, sagte er langsam, »aber ich weiß nicht, ob ich das, was mit dir geschieht, ertragen kann.«
Es entstand eine lange Pause, in der Renee überlegte, was sie sagen könnte, damit alles wieder ins Lot kam. Sag's mir doch! dachte sie. Dann sage ich es auch. Ich sage alles, was du willst. Aber verlaß mich nicht. Ich bin nichts ohne dich. Du bist mein Leben. Ohne dich gibt es kein Leben für mich.
»Ich liebe dich, Philip«, flüsterte sie, als er ihren Kopf zwischen die Hände nahm und ihre Schläfen zu küssen begann. Sie sah gräßlich aus, sie wußte es. Er hatte es ihr gesagt. Wie brachte er es nur über sich, sie zu küssen? Wie hielt er es bloß aus, sie anzusehen?
Er senkte den Kopf, küßte ihre Mundwinkel und leckte die Tränen mit der Zunge auf. »Du mußt entscheiden, was wichtig für dich ist«, hörte sie ihn sagen. Dann verschloß er ihr den Mund mit einem Kuß.
Aus den Augenwinkeln sah Renee Philips Spiegelbild im Fenster, als er sich zu ihr beugte, um sie zu küssen. Es schoß ihr durch den Kopf, daß er wie ein Mafia-Boß aussah, der einem todgeweihten Mitglied seines Clans den Todeskuß verpaßte. Aber dann fühlte sie seine Lippen hart auf ihrem Mund und verbannte die unschöne Beobachtung aus ihren Gedanken.

15

Lynn lehnte den Kopf an die schwarze Lederbespannung des Wagens und schloß die Augen. »Sind wir bald da?« fragte sie.
Marc Cameron lachte leise auf. »Sie sind genau wie meine Jungs. Ein paar Minuten noch.«
Sie ließ die Augen zu, öffnete sie nur kurz, als Marc wegen einer roten Ampel in Military Trail anhielt. Sie fuhren nach Westen, landeinwärts, und Lynn dachte, daß das, was sie in ihrer Phantasie sah, wahrscheinlich sehr viel interessanter war als alles, was ihr der Blick aus dem Autofenster bieten konnte. Erst als sie hinter den geschlossenen Lidern Gary sah, zwang sie sich, die Augen weit zu öffnen und sie die restliche Fahrt hindurch offenzuhalten.
Würde sie je Garys Gesichtsausdruck vergessen können, als er diesen winzigen Laden betrat und sich gleichzeitig seiner ehemaligen und seiner zukünftigen Frau gegenüber sah, beide in völlig identischen Kleidern? Sie schielte zu Marc hinüber; er blickte zurück und lächelte. Sie hatte ihm nichts davon erzählt. Vielleicht würde sie es eines Tages tun, wenn der Seelenschmerz ein bißchen abgeflaut war. Und der Herzschmerz. Wenn sie soweit war, das Witzige erkennen zu können, das hinter dieser Demütigung steckte, dann würde sie es ihm vielleicht erzählen. Aber im Augenblick war es noch viel zu schrecklich, auch nur daran zu denken, und erst recht, darüber zu sprechen. Auch Gary hatte kein

Wort darüber verloren, als er frühmorgens die Kinder abholte. Er war nicht einmal hereingekommen, sondern nervös vor der Haustür herumgestanden, bis Megan und Nicholas fertig waren. Und er war Lynns Blick ausgewichen, als er ihr mitteilte, er werde die Kinder gegen fünf zurückbringen. Als Lynn dem wegfahrenden Wagen nachblickte, war es halb neun. Eine Stunde später stand Marc Camerons Auto vor ihrem Haus, und jetzt fuhren sie zu einem Altersheim namens »Schönwetter-Heim«, um seinen Vater zu besuchen. Lynn überlegte, was sie hier in diesem Wagen eigentlich zu suchen hatte. Ihr wurde bewußt, daß sie sich diese Frage in letzter Zeit oft stellte. Schließlich tat sie sie als unwichtig ab – wenn sie nun schon einmal hier war, dann wohl, weil sie ganz einfach hier sein wollte.
»Weiß Ihr Vater, daß Sie jemanden mitbringen?« fragte sie, als sie von der Hauptstraße nach Süden abbogen und auf eine lange, kurvenreiche, nicht asphaltierte Straße gelangten, die von alten Königspalmen gesäumt war.
»Ich dachte mir, ich überrasche ihn.« Marc Cameron schüttelte den Kopf. »Ich fürchte, ich habe noch weitere Überraschungen für ihn auf Lager.«
»Ach?«
»Ich war letzte Woche bei einem Anwalt, um mir eine Vollmacht über die Finanzen meines Vaters zu besorgen. Dann ließ ich alle seine Konten in einer Bank zusammenlegen, um einen Überblick zu bekommen, und führte ein längeres Gespräch mit dem Filialleiter. Bis auf weiteres darf mein Vater nur über eine genau festgelegte Summe verfügen. Jetzt ist Schluß mit den Lincoln-Kabrios und den Griechenlandreisen für die Schwestern. Und das wird ihm gar nicht gefallen.«
»Da haben Sie das Richtige getan.«
»Ja? Und warum fühle ich mich dann so beschissen?«
»Es ist nicht einfach, wenn man anfangen muß, die eigenen Eltern wie Kinder zu behandeln. Auf diese Rolle sind wir nicht vorbereitet worden.« Das Bild ihrer Mutter in deren

letzten Lebensmonaten, in Windeln gewickelt und unfähig, allein zu essen, drängte sich ihr auf, während Marc auf den frisch asphaltierten Parkplatz vor das große, vierstöckige, rosarote Gebäude, das »Schönwetter-Heim« fuhr. Er deutete zum anderen Ende des Parkplatzes, wo ein langes, blaues Auto mit Leinwandverdeck funkelnd in der Sonne stand. »Das berühmte himmelblaue Kabrio!«
Erleichtert wandte Lynn den Blick dorthin; das Bild ihrer Mutter begann zu verblassen. »Kaum zu übersehen.«
»Schauen Sie sich mal die Nummernschilder an!« sagte er, als sie auf den Wagen zugingen.
»BENGEL?« Lynn gab sich Mühe, nicht laut herauszulachen.
»Eigens angefertigte Nummernschilder, jawohl! Offenbar ist das sein Spitzname bei einigen der Schwestern. Daß seine Beliebtheit jetzt eine gewisse Einbuße erleidet, wird ihm gar nicht schmecken.«
»Sie haben wirklich völlig richtig gehandelt«, versicherte Lynn ihm ein zweites Mal. »Sie konnten doch nicht einfach zusehen, wie er sein Geld zum Fenster hinauswirft.«
»Warum denn nicht?« fragte er, und Lynn wurde klar, daß er diese Debatte schon viele Male mit seinem Gewissen geführt hatte. »Es ist *sein* Geld. Woher nehme ich das Recht, ihm vorzuschreiben, wie er es auszugeben hat?«
Sie standen auf dem Parkplatz vor dem rosaroten, stuckverzierten Gebäude. »Sie haben die Pflicht, sich darum zu kümmern, daß Ihr Vater im Alter versorgt ist, daß er genug Geld hat, um für sich aufzukommen. Und sich selbst gegenüber haben Sie die Pflicht, dafür zu sorgen, daß er Ihnen nicht finanziell zur Last fällt. Marc, Sie haben mir selbst gesagt, daß das Schreiben nicht gerade der allersicherste Beruf ist. Sie haben doch schon genug Probleme, da dürfen Sie sich nicht auch noch mit der Altersversorgung Ihres Vaters belasten, vor allem angesichts der Tatsache, daß er mehr als genug Geld besitzt, um für sich selbst aufzukommen. Sie dürfen nicht zulassen, daß er alles verpraßt. Sie handeln völlig richtig!«

Noch bevor er einen Schritt auf sie zu gemacht hatte, wußte sie, daß er sie küssen würde. Das einzige, was sie überraschte, war, wie rasch und leidenschaftlich sie darauf reagierte. »Sie haben mir versprochen, es nicht wieder zu tun«, sagte sie und löste sich aus seiner Umarmung.
»Da habe ich eben gelogen.« Er faßte sie am Arm und führte sie ins Haus.

Marcs Vater saß in einem alten Ledersessel mit grünem Kunststoffbezug und sah aus dem Fenster auf den Parkplatz hinunter. Lynn überlegte, daß er ihre Ankunft gesehen haben mußte und ihm daher auch die ziemlich öffentliche Zärtlichkeitsbekundung kaum entgangen sein konnte. Als Marc und sie sich dem alten Cameron näherten, schien er ihre Anwesenheit jedoch gar nicht wahrzunehmen.
»Paßt du auf dein neues Auto auf?« fragte Marc in bewußt lockerem Ton.
»Wer ist die da?« fragte Ralph Cameron. Er hatte aufgrund seines Schlaganfalls eine undeutliche Aussprache und war schwer zu verstehen (Weaisdida?).
»Das ist eine Freundin von mir, Dad, Lynn Schuster.« Marc gab Lynn zu verstehen, sie solle näherkommen, und Lynn stellte sich direkt in Ralph Camerons Blickfeld. Sie fand die Situation weniger peinlich, als sie erwartet hatte.
Langsam und mit sichtbarer Anstrengung wandte der alte Mann seinen ergrauten Kopf Lynn zu; seine Augen lächelten. »Schuster?« wiederholte er. »Sind Sie mit dem Komiker Schuster verwandt?«
Die Worte flossen ineinander, und es dauerte einige Sekunden, bis Lynn die Frage für sich wiederholt und verstanden hatte. Sie schüttelte den Kopf. »Nicht daß ich wüßte.«
»Der trat oft in der Ed-Sullivan-Show auf. Hatte einen Partner. Die hatten einen Sketch über Julius Caesar. Ich erinnere mich...«
»Nein, ich bin nicht mit ihm verwandt«, sagte Lynn.
»Wie geht's den Jungs?« fragte Marcs Vater (Wiegehsde-

Juns?). Zum erstenmal, seit sie das kleine Zimmer betreten hatte, ließ Lynn ihren Blick durch den Raum schweifen. Sie sah die Fotos von Jake und Teddy auf dem Tischchen neben dem schmalen Bett, und fand, daß die beiden eine interessante Mischung aus den Gesichtszügen ihrer Eltern aufwiesen und daß Marc ohne Zweifel eine interessante Mischung aus seiner Mutter und dem alten Mann war, der jetzt vor ihr saß und dessen Gesicht zwar schrecklich verzerrt, aber trotzdem attraktiv war, weil sich darin noch immer jugendliche Züge fanden. Beim Sprechen fuchtelte er hin und wieder mit dem rechten Arm in der Luft herum, während der linke steif und bewegungslos auf seinem Schoß lag. Diese Gesten waren zwar langsam und schwerfällig, und es bereitete Schwierigkeiten, seinen Worten zu folgen, geistig schien er jedoch völlig in Ordnung zu sein. Seine Sprechweise ließ seine Gedanken wirr und sonderbar erscheinen, aber Lynn erkannte, daß er durchaus klar dachte. Seine Augen waren von demselben Blau wie die seines Sohnes, und im Stehen hatte er wohl fast die gleiche Größe wie Marc. Sein Körper hatte allerdings durch den Schlaganfall an Massigkeit verloren; er war jetzt zart und dünn. »Warum hast du sie heute nicht mitgebracht?« fragte der alte Mann.
»Sie sind bei ihrer Mutter«, antwortete Marc. »Das nächstemal bringe ich sie mit. Heute möchte ich mich mit dir über einige Dinge unterhalten.«
»Zum Beispiel?« Es klang wie »UmBeipie?«. Lynn merkte, daß Marc plötzlich angespannt war.
»Wie behandeln sie dich denn hier, Dad?« fragte Marc, um nicht mit der Tür ins Haus zu fallen. Marc Cameron zuckte eine Achsel. »Können die Schwestern immer noch ihre Finger nicht von dir lassen?«
»Ein schrecklicher Zustand«, sagte der alte Cameron, und wieder lachten seine Augen.
»Du bist also glücklich? Keine Klagen?«
»Im Augenblick nicht«, erwiderte Marcs Vater und beäugte seinen Sohn mit skeptischem Blick, als wüßte er, daß sich

das bald ändern werde. Er zwinkerte Lynn zu; Lynn reagierte darauf mit einem breiten Lächeln. Im Kopf war der alte Mann jedenfalls voll auf Draht. Einen Moment lang überlegte sie, was nun besser war – wenn der Verstand nachließ und sich, wie bei ihrer Mutter, in einem einigermaßen gesunden Körper verlor, oder wenn man, wie Marcs Vater, klar denken konnte, der Verstand aber in einem geschwächten Körper gefangen war.
Marc Cameron setzte sich seinem Vater gegenüber aufs Bett und ergriff die Hände des alten Mannes.
»Möchten Sie, daß ich draußen warte?« fragte Lynn.
»Bitte bleiben Sie«, flüsterte Marc ihr zu. Dann begann er seinem Vater zu erklären, was er bezüglich der Finanzen des alten Cameron unternommen hatte. Lynn hörte zu, wie Marc, geduldig und so taktvoll und behutsam wie möglich, seinem Vater beibrachte, daß er nun die Vollmacht über dessen Konten hatte, daß es von nun an keine Reisen für die Schwestern mehr gab und auch keine himmelblauen Lincoln-Kabrios, und daß man ihn mit einem wöchentlichen Taschengeld abfinden werde.
»Und mich beaufsichtigen wie ein kleines Kind!« sagte sein Vater. Er wich dem Blick seines Sohnes aus; Tränen rannen an seinen Wangen herab. Er machte sich nicht die Mühe, sie abzuwischen.
»Nein, Dad, nicht wie...«
»Dann kann ich ja genausogut gleich sterben«, sagte Ralph Cameron, und zum erstenmal an diesem Nachmittag sprach er die Worte langsam und deutlich aus. Unwillkürlich hielt Lynn den Atem an.
»Mr. Cameron...«, begann sie, aber Ralph Cameron hob seinen heilen Arm, um ihr zu sagen, daß sie still sein solle.
»Bitte geh!« sagte er.
»Es ist zu deinem eigenen Besten, Dad«, fluchte Marc Cameron. »Ich kann nicht einfach zusehen, wie du dein Geld für Autos ausgibst, mit denen du nicht fahren darfst, und

für Reisen, die du dem Personal hier stiftest. Du hast dein ganzes Leben lang zu hart gearbeitet, als daß ich das zulassen dürfte.«
Ralph Cameron hob den Kopf und stierte seinem Sohn direkt in die traurigen Augen. »Bastard«, sagte er.
Lynn sah, daß Marc taumelte, als würde er zu Boden sinken. Sie litt mit ihm und wünschte, sie könnte seinen Schmerz lindern, aber sie wußte, daß das nicht möglich war. Er wandte sich von seinem Vater ab und ging rasch aus dem Zimmer. Ganz langsam und vorsichtig näherte Lynn sich Marcs Vater und kniete sich vor ihm auf den Boden. »Ihr Sohn liebt Sie sehr, Mr. Cameron. Ihm ist das alles sehr schwergefallen.« Der alte Cameron schwieg; sein Blick war starr auf das Fenster gerichtet, hinter dem man das blaue Kabrio sah.« »Auf Wiedersehen«, flüsterte Lynn, als ihr nichts mehr einfiel. Manchmal war es besser, an schlechten Dingen nicht mehr zu rühren.
Sie holte Marc auf dem Korridor ein. Mit derselben Intensität, mit der sein Vater aus dem Fenster gestarrt hatte, stierte er auf die geschlossenen Aufzugtüren. Lynn wußte, daß man in einem solchen Augenblick nicht sprechen durfte. Schweigend stellte sie sich neben ihn; auch so konnte sie ihm sagen, daß sie bei ihm war.
Im Aufzug, den Lynn nach Marc betrat, befanden sich bereits zwei Männer. Die Namensschilder auf ihren weißen Kitteln wiesen sie als Ärzte aus. Lynn lächelte ihnen zur Begrüßung zu. Marc sagte nichts, er schien die beiden gar nicht wahrzunehmen. Sein Blick folgte den aufleuchtenden Stockwerksziffern, während sie von der zweiten Etage ins Erdgeschoß fuhren.
»Entschuldigen Sie. Sind Sie Mr. Cameron?« fragte einer der Ärzte. Er war etwa in Marcs Alter, klein, untersetzt und trug einen Dreitageschnurrbart, der unter seiner kleinen Knollennase hervorsproß. Marc wandte sich ihm wie in Trance zu. »Dr. Turgow«, fuhr der Arzt fort und streckte ihm die Hand entgegen. »Wir haben uns bei Ihrem letzten

Besuch hier kennengelernt. Sie sind doch der Schriftsteller, nicht wahr? Ihr Vater ist derjenige, der Nancy Petruck nach Griechenland geschickt hat, damit sie ihre Großmutter besuchen kann.« Er lachte. »Dieses Auto ist wirklich sagenhaft. Unlängst hat er mich eine Runde damit drehen lassen. Ein toller Wagen! Was macht die Schreiberei?« Das alles kam in einem einzigen großen Wortschwall. Offensichtlich hatte er Marcs fast schon greifbare Feindseligkeit überhaupt nicht bemerkt. »Wissen Sie, ich denke mir immer, wenn ich Pensionär bin, fange ich auch mit der Schriftstellerei an.«
»Was für ein Zufall!« entgegnete Marc. Jedes Wort troff nur so vor Sarkasmus. »Ich denke mir immer, wenn *ich* dereinst Pensionär bin, fange ich mit der Medizin an.«
Wie auf ein Stichwort hin öffnete sich die Aufzugtür, und Marc trat hinaus, bevor Dr. Turgow überhaupt mitbekommen hatte, daß er soeben beleidigt worden war.

»Es ist unglaublich, was die Leute so alles zu einem Schriftsteller sagen.« Sie warteten darauf, daß sich die Brücke, die West Palm Beach mit Palm Beach verband, senkte. Marc kochte immer noch. »Können Sie sich vorstellen, daß man zu einem Rechtsanwalt sagt: ›Ich denke, wenn ich Pensionär bin, fange ich mit der Juristerei an‹? Oder zu einem Zahnarzt: ›Dann fange ich mit der Zahnmedizin an‹? Aber alle glauben, sie hätten Stoff für ein Buch. Vielleicht haben sie den wirklich; vielleicht war ihr Leben ganz besonders interessant, und vielleicht haben sie ganz außergewöhnliche Einsichten. Aber das heißt noch lange nicht, daß sie fähig sind, das alles zusammenhängend und auf so unterhaltsame Weise zu Papier zu bringen, daß die Leute es auch lesen wollen. ›Ich habe tolle Einfälle‹, sagen sie immer zu mir. ›Ich könnte wirklich schreiben.‹ Nein, können sie nicht. Sie mögen zwar gute Einfälle haben, sogar *geniale* Einfälle, aber sie bringen nicht die Disziplin auf, die man braucht, um sich Tag für Tag hinzusetzen und zu schreiben, die man braucht, um jeden Morgen dieses leere Blatt Papier vor sich zu ertragen und es in einen Spiegel der eigenen Seele zu verwandeln, so daß die Leser ihr eigenes Bild darin erkennen. Mit dem Schreiben ist es wie mit jedem Handwerk. Es kann sich nicht jeder einfach vor eine Schreibmaschine setzen und schreiben, aber alle glauben, wenn sie in Rente sind, schreiben sie schnell mal ein kleines Buch. ›Wenn Sie das können, kann ich das auch.‹ Wissen Sie, wie oft ich das schon gehört habe? Auch von Freunden, nicht nur von flüchtigen Bekannten. Das ist, wie wenn man vor einem Gemälde von Picasso steht und sagt: ›Das würde ja sogar mein Kind hinkriegen!‹ Also, das würde ich gerne mal sehen, wie dieses Kind es versucht. Mein Gott«, sagte er und trommelte mit den Fäusten leicht auf das Lenkrad, »diese Brücke dauert vielleicht!«

Lynn reckte den Hals, um die Autoreihe vor ihnen zu überblicken. »Ich glaube, jetzt fährt gerade das letzte Schiff durch«, sagte sie. Der Mast eines großen Segelbootes glitt zwischen den geöffneten Hälften der breiten Brücke hindurch. Sie sah zu, wie die beiden Brückenteile sich langsam senkten, sich in der Mitte trafen und wieder eine Fläche bildeten, so daß die Autos sie befahren konnten. »Was hört man denn sonst noch so als Schriftsteller?« fragte sie. Sie war froh über die Taktlosigkeit des Arztes, die es Marc immerhin ermöglicht hatte, Dampf abzulassen und nicht weiter über seinen Vater nachgrübeln zu müssen.

Marc hatte sich warm geredet. »Oft werde ich gefragt, woher ich meine Ideen habe.«

»Und – woher haben Sie sie?«

»Diese Frage läßt sich unmöglich beantworten.« Er lachte und lockerte seinen Griff um das Lenkrad. »Aber das glauben einem die Leute nie. Sie haben es gern, wenn alles seine Ordnung hat. Also erzählt man ihnen, man habe seine Ideen aus der Zeitung oder aus dem eigenen Leben oder aus dem Leben von Freunden, lauter solche Sachen. In Wirklichkeit weiß man selbst genausowenig wie alle anderen Leute, woher die Ideen kommen. Ich nehme an, es hängt da-

mit zusammen, daß Schriftsteller die Welt mit anderen Augen betrachten. Sie und ich können den gleichen Streit beim Abendessen mithören, und Sie überlegen sich vielleicht, wie Sie ihn schlichten könnten, während ich ihn für eine Szene in meinem Buch verwende. Schriftsteller benützen alles. Benützen, verändern, entstellen. Alles dient als Anreiz. Nichts ist heilig.«
»Nichts?«
»Nichts.«
Lynn rutschte auf ihrem Sitz hin und her; zum erstenmal fühlte sie sich bei diesem Gespräch nicht mehr wohl. »Wo fahren wir eigentlich hin?« fragte sie gedankenverloren. Sie fand, es sei an der Zeit, das Thema zu wechseln.
»Ich dachte an ein Mittagessen.«
»Gute Idee. Ich bin halb verhungert.«
»Ich dachte an ein Mittagessen bei mir daheim«, sagte er.
Lynn erwiderte nichts.

»Vorhin war eine Dame da, die Sie besuchen wollte«, sagte der Portier, als Marc Lynn durch die Flügeltüren ins Entrée seines Wohnhauses führte.
»Hat sie ihren Namen genannt?«
»Nein, Sir«, antwortete der schon etwas ältere Mann, der in seiner viel zu engen Uniform schwitzte. »Kein Name, keine Nachricht. Ich habe sie gefragt, aber sie sagte, sie wolle es später noch einmal versuchen.«
Marc zuckte gleichgültig die Achseln und ging mit Lynn zu den Aufzügen im hinteren Teil des Gebäudes.
»Eine schöne Wohnung«, log Lynn, als sie die kleine Diele der düsteren Dreizimmerwohnung betraten.
»Es ist eine ganz miese Wohnung«, verbesserte er sie. »Und Sie sind eine ganz miese Lügnerin. Braun – mein Gott!« rief er, als sie in dem engen Wohnzimmer standen, das ausschließlich in verschiedenen Braun- und Ocker-Nuancen eingerichtet war. »Ich sage ja nicht, daß alles immer in Blau oder Grün gehalten sein muß, aber, ich bitte Sie – hier hätte

ja sogar schon ein kleines bißchen Beige wahre Wunder gewirkt.« Lynn folgte ihm in die winzige Kochnische, deren Einbauschränke aus einer deprimierenden Holzimitation bestanden. »Aber was soll's – die Wohnung war möbliert, billig und noch zu haben, und so lange, bis feststeht, wie es weitergehen soll, komme ich hier ganz gut zurecht. So, was kann ich Ihnen zu trinken anbieten?«
»Ich hätte gern eine Cola.«
»Eine Cola für die Dame«, rief er, reichte ihr leise lachend eine kalte Dose aus dem Kühlschrank und sofort darauf ein Glas. Lynns Blick fiel auf die jüngsten Fingerfarbenbilder seiner Söhne, die an der Kühlschranktür klebten. »Und ein Bier für den angehenden Verführer.«
Lynn tat so, als hätte sie die letzte Bemerkung nicht gehört. Sie gingen ins Wohnzimmer zurück. Lynn kam zu dem Schluß, daß sie nicht hätte hierherkommen dürfen, und stellte gleichzeitig zu ihrem großen Schrecken fest, daß sie voller Ungeduld auf das wartete, was nun alles passieren würde.
»Für später habe ich einen köstlichen Krabbensalat im Kühlschrank. Habe ich heute morgen selbst gemacht.«
»Ich bin beeindruckt.«
»Sehr schön. Ich habe ihn nämlich gemacht, um Sie zu beeindrucken.« Er zwinkerte ihr zu, und ihr wurde klar, daß er diese Geste von seinem Vater hatte.
»Wo schreiben Sie denn?«
»Ich habe einen Schreibtisch im Schlafzimmer. Wollen Sie mal sehen?«
»Nein«, sagte Lynn hastig. Sie hätte nie hierherkommen dürfen. Wenn er sie vergewaltigte, würde kein Gericht der Welt ihn verurteilen. »Ich dachte, sie wolle es auch«, hörte sie ihn in einem überfüllten Gerichtssaal sagen. »Warum wäre sie sonst in meine Wohnung mitgekommen? Sie wußte, daß ich keine übertrieben ehrenhaften Absichten hatte.« Wie oft schon hatte sie junge Frauen davor gewarnt, sich in eine solche Situation zu begeben? Wo blieb ihr Ver-

stand? Und, noch wichtiger, wo blieb ihre Selbstbeherrschung?
»Was denken Sie gerade?« fragte er.
»Daß diese Wohnung wirklich deprimierend ist«, antwortete Lynn mit einem schnellen Blick über den Raum. »Gehen wir doch anderswohin. Ich habe eigentlich gar keinen so großen Hunger.«
»Sie sagten, Sie seien halb verhungert.«
»Eigentlich war ich nur durstig.« Sie hob die Coladose an die Lippen und nahm einen großen Schluck, um ihre Worte zu unterstreichen.
»Und was ist mit meinem Krabbensalat?«
»Wie wäre es denn mit einem Picknick am Strand?«
»Nicht schlecht. Aber kann ich erst mal mein Bier austrinken?«
»Ja, ja, natürlich.«
»Wollen Sie sich nicht setzen?«
»Nein, nein, ich fühle mich wohler, wenn ich stehe.«
»Sie sehen nicht aus, als würden Sie sich wohl fühlen.«
Lynn nahm noch einen Schluck aus der Dose und hoffte, er würde endlich sein Bier austrinken. »Wie finden denn Ihre Jungs diese Wohnung?«
Er lachte. »Sie finden sie toll.«
Lynn betrachtete die leere, ockerfarbene Wand ihr gegenüber. Ihr fiel ein, daß sie noch nie in dem Haus in Gulfstream gewesen war, das Gary sich für die Übergangszeit gemietet hatte.
»Natürlich ist es etwas ganz anderes als ihre gewohnte Umgebung.«
»Für Sie ist es wohl auch eine große Umstellung.« Lynn versuchte sich vorzustellen, mit welchen Gefühlen Gary ihr Haus am Crestwood Drive verlassen hatte und wie es ihm jedesmal ging, wenn er wieder dorthin kam. Allerdings war es Garys eigener Entschluß gewesen, dort auszuziehen. Marc dagegen hatte keine Wahl gehabt.
»Man gewöhnt sich an alles«, erklärte er. »Außerdem war

Suzettes Haus nie mein Haus. Jahrelang habe ich so getan, als ob, aber in Wahrheit war ich dort immer nur ein Gast, eine Art Untermieter mit besonderen Privilegien, wenn man so will. Suzettes Eltern hatten dieses Haus gekauft und bezahlt, so wie sie alles, was ihre Tochter wollte, kauften und bezahlten. Sie wissen ja, die Prinzessin soll bis ans Ende aller Tage glücklich leben.« Er zuckte die Achseln und nahm einen großen Schluck Bier. »Nachdem ihre Eltern umgekommen waren, wollte sie das Haus nicht mehr. Sie sagte, es hingen zu viele Erinnerungen daran. Wir haben uns nach einem neuen umgesehen.« Lynn sah, daß er die freie Hand zur Faust geballt hatte. »Kommen Sie, ich zeige Ihnen meine Radierungen.«

Lynn kam nicht dazu, Einwände vorzubringen. Marc faßte sie am Ellbogen und ging mit ihr, sie halb führend, halb schubsend, durch die schmale Diele. »Schlafen Ihre Jungs hier drin?« fragte Lynn und blieb vor einem kleinen braunen und ockerfarbenen Zimmer stehen, in dem, halb versteckt hinter Plüsch-Dinosauriern und Modellflugzeugen, zwei Einzelbetten standen. Unter dem Vorwand, sich die Sammlung von Hardy-Boy-Detektivgeschichten ansehen zu wollen, die in einem kleinen Regal standen, betrat Lynn das Zimmer. »Sie sind noch ein bißchen zu jung dafür, oder?«

»Die Bücher sind noch von mir«, gestand Marc ein wenig verlegen. »Ich habe sie aufgehoben und sogar mitgenommen, als ich von Buffalo hierherzog. Ich habe die Hardy Boys geliebt.«

»Ich bin Nancy-Drew-Fan«, sagte Lynn und lachte. »Und jetzt liest Megan sie.«

»Und da fragen die Leute noch, wie etwas zum Klassiker wird!«

Er kam näher zu ihr. »Was ist das?« fragte Lynn.

»Was denn?«

Lynn deutete auf etwas, das wie ein großes Aquarium aussah und auf dessen Boden sich etwas Langes, Schwarzes

schlängelte. »Das da.« Sie rückte näher an den Behälter heran.
»Ach das. Das ist Henry.«
»Henry?« Lynn beugte sich darüber, sah, daß sich das längliche Ding bewegte, und erkannte, daß es eine Schlange war.
»O mein Gott!«
»Mögen Sie Schlangen nicht?«
»Ich mag alles, was springt«, sagte Lynn. Sie kam sich zimperlich vor und wußte nicht, wohin sie sich wenden sollte.
»Schlangen springen nicht.« Sie drückte sich rasch an ihm vorbei und ging zurück in die Diele, wandte sich dann nach rechts und stand plötzlich im Schlafzimmer. »Falsche Abzweigung«, sagte sie. Ihr wurde bewußt, daß er hinter ihr stand und mit seinem kräftigen Körper den Rückweg versperrte. Jetzt näherte er sich ihr.
»Marc, ich finde das nicht so gut.«
»Wollen Sie, daß ich einen Aids-Test mache?« Er lächelte, sie lächelte zurück.
»Darum geht es nicht.«
»Um was geht es dann?«
»Es geht darum, daß ich gar nicht hier sein dürfte.«
»Ich weiß, Ihre Anwältin hat Ihnen davon abgeraten.«
»Ich bin zu alt für solche Spielchen, Marc.«
»Ich spiele keine Spielchen. Wie deutlich soll ich denn noch werden, Lynn? Ich möchte mit dir schlafen. Und ich glaube, daß du mit mir schlafen willst. Oder irre ich mich?«
»Das ist alles nicht so einfach.«
»Warum denn nicht?« Er machte noch einen Schritt auf sie zu, sie wich sofort zurück. »Hey«, sagte er und blieb völlig bewegungslos stehen, die Hände in der Luft, als würde ihm jemand eine Pistole an den Rücken halten. »Ich werde nichts tun, was du nicht willst.«
»Ich weiß nicht, was ich will«, gab Lynn ehrlich zu.
»Du mußt dich entscheiden. Du mußt mir sagen, was du willst.«
Lynn schloß die Augen und wünschte, sie wüßte es. Auch

bei geschlossenen Augen fühlte sie die Intensität seines Blicks, die Kraft seiner Begierde nach ihr. Ihr Körper sehnte sich danach, darauf zu reagieren. Es war schon so lange her, daß ein Mann sie begehrt hatte. Sie sah sich neben Marc auf der Rückbank im Wagen seines Vaters sitzen, er zog ihr die Bluse aus, seine Lippen wanderten über ihre Brüste. Ihr Körper bäumte sich ihm entgegen. Ein lautes Geräusch ertönte. Lynn öffnete die Augen. »Was ist das?« fragte sie, straffte die Schultern und stellte sich gerade hin.
»Die Wohnungstür«, sagte Marc. In diesem Augenblick begann das Telefon zu klingeln. »Und das Telefon.« Er lächelte. »Das ist wohl das, was man gemeinhin als ›Rettung in letzter Sekunde‹ bezeichnet. Ich gehe ans Telefon, du öffnest die Tür.«
Zielstrebig ging Lynn zur Wohnungstür, während Marc in die Küche eilte, um den Telefonhörer abzuheben. »Sie ist...? Gerade eben?« hörte sie ihn sagen, als sie die Klinke drückte. »Es ist der Portier«, rief Marc ihr zu. »Er sagt, die Frau, die vorhin schon mal da war, ist auf dem Weg nach oben.«
Lynn öffnete die Tür. Ihr gegenüber stand, mit vor Verblüffung offenem Mund, Suzette Cameron.

16

Renee betrachtete sich im Spiegel und fand, daß sie verdammt gut aussah. Den ganzen Vormittag war sie beim Friseur gesessen. Die kürzeren Haare paßten ihrer Ansicht nach sehr gut zu ihrem runden Gesicht. Sie umspielten seitlich die Wangen, reichten bis knapp unter die Ohrläppchen, und Renee fand, daß es eine für sie sehr günstige, jugendliche Frisur war. Und ihr neuer, smaragdgrüner Hosenanzug ließ sie schlanker wirken durch seine schlichte Eleganz. Schlicht zu teuer, dachte sie, zog den Bauch ein und freute sich darüber, daß die Einzelteile des neuen Ensembles mit vereinten Kräften dazu beitrugen, das zu kaschieren, was versteckt werden mußte, während die positiven Aspekte ihrer Figur hervorgehoben wurden. Das Oberteil gab einen großartigen Blick auf die Furche zwischen ihren Brüsten frei, und die Stoffalten unter dem Busen ließ ihre Taille mädchenhaft schmal wirken. Das Ding ist seinen Preis wert, dachte sie. Sie warf einen Blick auf den Wecker neben ihrem Bett und überlegte zweifelnd, ob Kathryn wohl schon umgezogen sein würde, wenn Philip mit dem Duschen fertig und zum Gehen bereit war, und ob es wirklich eine so gute Idee von Philip gewesen war, auf Kathryns Teilnahme an der Party zu bestehen.
Kathryn würde dort keinen Menschen kennen, und außerdem hatte sie Renee gestanden, daß sie von starken Schuldgefühlen gequält wurde. Es sei noch nicht genug Zeit seit

Arnies Tod vergangen, um zu Partys zu gehen, hatte sie hartnäckig beteuert, als Renee ihr vorschlug, sie solle mitkommen. Daher war Renee auch sehr überrascht gewesen, als es Philip gelang, Kathryn umzustimmen. Dabei gab es eigentlich gar keinen Grund, überrascht zu sein, schließlich wußte sie ja, wie gut Philip Menschen überreden konnte. Trotzdem, sie spürte, daß ihre Schwester sich bei der Sache nicht wohl fühlte, und beschloß, den ganzen Abend in ihrer Nähe zu bleiben und dafür zu sorgen, daß Kathryn ihren Spaß hatte. Ein Problem gab es allerdings, wenn sie ständig an Kathryns Seite sein wollte – Philips Seite würde dann gefährlich leer sein. Und viel zu viele Frauen würden bei dieser Party nur allzu bereit sein, diesen leeren Platz einzunehmen.
Renee legte sich die schwere goldene Halskette um. Sie fühlte sich kalt an auf ihrer warmen Haut. Sie mußte diese Gedanken aus ihrem Kopf verbannen. Sie mußte lernen, ihrem Mann zu vertrauen, andernfalls – das hatte er ihr gesagt – gab es keine Hoffnung mehr für ihre Ehe. Der heutige Abend würde ein Neubeginn sein. Sie würde Philip zeigen, daß sie genauso sein konnte, wie er sie wollte, wie er sie brauchte. Und sie würde es ihm zeigen, indem sie ihn in Ruhe ließ, ihn ziehen ließ, ihm erlaubte, sich an den geistlosen, bedeutungslosen Flirts zu beteiligen, die eine solche Party unweigerlich mit sich brachte. Sie würde ihrer eigenen Wege gehen und ihn seine gehen lassen. Wenn sie dann am Ende wieder aufeinandertrafen, würde es ohne die üblichen Eifersüchteleien und Gegenbeschuldigungen abgehen, die sie sonst immer heraufbeschwor. Heute abend, beschloß sie, würde sie sich mit aller Kraft auf Kathryn konzentrieren.
Es klopfte leise an der Schlafzimmertür. »Kathryn?« fragte Renee. Sie wußte, daß es nur ihre Schwester sein konnte, denn Debbie hatte die Wohnung bereits verlassen, um den Abend mit Freunden zu verbringen.
»Ich kriege das Rückenteil nicht zu«, sagte Kathryn. Barfuß

und auf Zehenspitzen trippelte sie ins Zimmer und drehte sich um. Ihr Kleid hatte hinten in der Mitte ein großes ausgeschnittenes Rechteck, das viel Haut sehen ließ.
»Welches Rückenteil?« fragte Renee ironisch.
»Da oben.« Kathryn streckte die Hände zwischen ihren Schulterblättern nach oben, aber ihre Finger reichten nicht an den Verschluß heran. Rasch umschloß Renee den Knopf mit der winzigen Schlaufe. »Wie findest du es?« Kathryn nahm den Rock des wadenlangen weißen Kleids seitlich in die Hände und drehte sich einmal anmutig um sich selbst.
»Ziemlich gewagt«, sagte Renee. Sie hatte sofort bemerkt, wie viel das Kleid sehen ließ, obwohl es, besonders von vorn, im ersten Moment eher sittsam und konservativ gewirkt hatte. Es war weiß und wirkte fast jungfräulich mit seinem hochgeschlossenen Décolleté und dem langen Rock. Erst wenn Kathryn sich umdrehte, sah man die tiefen Ausschnitte unter den Ärmeln, die den Blick auf einen Teil der Brüste freigaben, und das Rückenteil existierte praktisch nicht, wenn man von der kleinen Schließe im Nacken absah. Der Rückenausschnitt reichte so tief hinab, daß Renee einen Augenblick überlegte, ob Kathryn wohl einen Slip trug; sie hielt es jedoch für besser, nicht danach zu fragen. Kathryn war schon verunsichert genug, man mußte ihr nicht noch zusätzliche Bedenken einreden.
In Wahrheit war das Kleid reizend, und Renee sah, daß Kathryn es sich ohne weiteres leisten konnte, das zur Schau zu stellen, was sie selbst mit großer Mühe zu verbergen suchte. Außerdem bemerkte sie, daß sie mehr als nur einen Anflug von Neid empfand, und runzelte die Stirn.
»Findest du es unangemessen für die Party?«
»Nein, es ist reizend«, sagte Renee ehrlich. »Neu?«
»Ich habe es mit Debbie zusammen gekauft an dem Tag, als wir alle drei miteinander zum Mittagessen gingen. Erinnerst du dich?«
Renee nickte leicht. Sie zog es vor, nicht mehr an diesen Tag zu denken. Sie warf einen Blick in den Spiegel und sah Alicia

Henderson ihr neckisch zuwinken. Ob sie auch zu der Party erscheinen würde?
»Hör mal«, sagte Kathryn in diesem Moment fast flüsternd, »ich habe noch mal darüber nachgedacht. Ich glaube, ich gehe besser doch nicht mit zu dieser Party. Ich kenne da ja niemanden, und ich bin doch für dich und Philip nur ein Klotz am Bein. Ihr würdet meinetwegen gar keinen Spaß an dem Abend haben.«
»Sei nicht albern. Schon nach zwei Minuten wirst du alle genauso gut kennen wie ich. Vertrau mir«, sagte sie, verwundert über ihre eigene Wortwahl, »es wird sehr unterhaltsam für dich werden.«
»Ich will aber keine Belastung für euch sein.«
»Das wirst du auch nicht sein.«
»Ich habe euch schon genug Ungelegenheiten gemacht.«
»Wer sagt das?«
»Das braucht keiner zu sagen. Dazu seid ihr alle viel zu nett. Das ist euer Problem. Immer habt ihr Leute wie mich am Hals. Aber ich bin schon über einen Monat hier, und ihr müßt euer eigenes Leben leben.«
»Bitte sag jetzt nichts von Abreise. Daran darfst du nicht mal denken. Ich möchte, daß du so lange bleibst, wie *du* bleiben willst.« Erst jetzt wurde Renee bewußt, wie schön es für sie war, ihre Schwester um sich zu haben. Kathryn strahlte eine Wärme aus, die sie selbst in ihrem Leben viel zu lang vermißt hatte. Kathryns Anwesenheit stellte zwar eine zusätzliche Belastung dar, aber Renee wollte trotzdem nicht, daß ihre Schwester abreiste.
»Wow!« ertönte eine Männerstimme aus dem kleinen Vorraum, der das Schlafzimmer mit dem Bad verband. Philip kam herein. Er trug nichts außer einem großen weißen Badetuch, das er sich geschickt um den Unterleib gewickelt hatte. Mit einem zweiten Handtuch rubbelte er sich die nassen, dunklen Haare trocken. Beide Frauen drehten sich erwartungsvoll zu ihm um. »Das ist aber mal ein Kleid, Kathryn! Dreh dich um und laß es mich anschauen!« Kathryn

drehte sich rasch einmal um sich selbst; ihre Wangen waren leicht gerötet. »Tolles Kleid!« sagte er und blickte Renee dabei an. Renee straffte die Schultern und wartete begierig darauf, als nächste gelobt zu werden. »Renee, du hast doch Ohrringe, die zu Kathryns Kleid gut passen würden.« Renee sah zu der Kommode hinüber, in der sie ihre Schmuckschatulle aufbewahrte. »Du weißt schon, die aus Elfenbein und Silber, die großen, runden. Ich glaube, die wären das Tüpfelchen auf dem i. Du hast doch durchstochene Ohrläppchen, oder?« Er trat neben Kathryn und schob ihr das lange Haar zurück.
Renee öffnete die oberste Schublade der Kommode, sah Philips Revolver neben der Schmuckschatulle liegen und bedeckte ihn hastig mit irgendwelchen Seidentüchern. Sie hatte den Revolver dort verborgen, nachdem Debbie das ursprüngliche Versteck ausgeplaudert hatte. Ob Kathryn ihn gesehen hatte? Der Blick ihrer Schwester ruhte auf ihren Händen, während sie die Schatulle öffnete und die Ohrringe herausholte.
»Ja, genau, die sind perfekt.« Philip nahm die Ohrringe aus Renees ausgestreckten Händen in Empfang. »Da, probier die mal an!« Er gab sie Kathryn, trat zurück und sah zu, wie seine Schwägerin sie anlegte. »Na, was habe ich gesagt? Absolut perfekt.«
»Was meinst du, Renee?« fragte Kathryn.
»Sie sind perfekt«, stimmte Renee zu. Es war ihre ehrliche Meinung. »Philip hat wieder mal recht.«
»Und du hast nichts dagegen, daß ich sie trage?«
»Selbstverständlich hat sie nichts dagegen«, antwortete Philip für Renee.
»Ich finde sie wirklich wunderschön.« Kathryn betrachtete eingehend ihr Spiegelbild und war von dem, was sie sah, offensichtlich äußerst angetan.
»So, jetzt müssen wir nur noch etwas für dich finden«, sagte Philip lächelnd zu Renee.
»Was hast du denn gegen die, die ich trage?« Renee befin-

gerte die herzförmigen goldenen, mit Perlen besetzten Ohrringe, die sie angelegt hatte.
»Die sind ohne jeden Pfiff. Viel zu bieder. Wie wäre es mit diesen hier?« Er griff in Renees Schmuckschatulle und zog ein Paar Ohrgehänge aus schwarzem Onyx und Bergkristall hervor.
»Ich dachte, zu der goldenen Halskette...« sagte Renee zaghaft.
»Nimm die Kette ab. Sie paßt sowieso nicht zu diesen Klamotten. Wie eine Kaiserinwitwe siehst du damit aus. Du mußt ein bißchen Pep in deine Garderobe bringen, Renee, sonst wirst du immer mehr der Typ ›alte Dame‹.« Das alles sagte er ganz heiter, mit einem gutmütigen Unterton und ständig lächelnd. Dann wandte er sich wieder Kathryn zu.
»Was für Schuhe wirst du denn dazu tragen?«
»Ich dachte an weiße Ballerinas.«
»Perfekt. Und welches Parfum benützt du?« Zum zweitenmal schob er ihr das Haar hinter die Ohren und vergrub seine Nase an ihrem Hals.
»Ich weiß nicht mehr, wie es heißt.« Kathryn wurde ganz rot. »Es war eine Gratisprobe.«
»Es riecht toll. Du solltest Renee ein bißchen davon abgeben.«
»Ich habe mich bereits parfümiert«, sagte Renee, bevor ihre Schwester ihr etwas von dem Parfum anbieten konnte. Sie hoffte, daß ihre Stimme nicht verriet, wie nah sie den Tränen war.
Sie hatte wirklich geglaubt, diesmal richtig gewählt zu haben. Sie hatte ein Kleidungsstück ausgesucht, von dem sie überzeugt gewesen war, es werde Philip gefallen. Sie hatte lange vor dem Spiegel in der Umkleidekabine an dem Hosenanzug herumgezupft und versucht, sich mit seinen Augen zu sehen. Sie hätte ihn bitten sollen, beim Einkaufen mitzukommen. Sie wußte doch, was für einen guten Geschmack er hatte. Er sagte ihr ständig, er wisse viel besser als sie, wie sie sich herrichten müsse, und es stimmte ja auch.

Philip war derjenige in der Familie mit dem Künstlerblick. Er wußte sofort, was zusammenpaßte. Er liebte es, in Boutiquen mitzugehen und sie zu begutachten, während sie verschiedene Sachen anprobierte. Er genoß es, ein Wörtchen mitzureden, wenn es um ihre Kleiderkäufe ging. Er genoß es, ihr beim Auswählen zu helfen.
Wie viele Frauen hatten ihr schon gesagt, wie glücklich sie sich schätzen solle, einen Mann zu haben, der sich für diese Dinge interessierte? Was würde ich nicht alles darum geben! sagten sie immer. Dann hätte er ihr abgeraten, bevor es zu spät gewesen wäre, bevor sie etwas gekauft hätte, das sie wie eine Kaiserinwitwe aussehen ließ, das sie zur alten Dame machte. »Meinst du, daß ich mich umziehen soll?« fragte sie ihn, als Kathryn in ihr eigenes Zimmer zurückgegangen war.
»Dafür ist es jetzt zu spät«, sagte er und verschwand in dem begehbaren Kleiderschrank, um sich für die Party fertigzumachen.

»Ihre Schwester ist so schön«, sagte irgend jemand, als Renee sich gerade über den langen Tisch beugte und nach einem zweiten Kiwitörtchen griff. »Und so dünn«, fuhr die Stimme fort, als Renee sich gerade das ganze Törtchen auf einmal in den Mund schob. »Man muß wahrscheinlich wirklich dünn sein, um ein solches Kleid tragen zu können.«
Renee kämpfte gegen das Verlangen an, ein weiteres Dessert zu sich zu nehmen. Sie fühlte Philips tadelnden Blick auf sich ruhen, obwohl er am anderen Ende des Zimmers gestanden und tief in ein Gespräch mit ihrer Schwester versunken gewesen war, als sie das letztemal zu ihm hinübergeschielt hatte. Sie drehte sich um und sah die Frau an, die gerade gesprochen hatte. Es war die Gastgeberin, Melissa Lawless, eine etwa sechzigjährige Frau, die mit einem bekannten Kardiologen verheiratet war. »Ja, sie ist schön«, stimmte Renee ihr zu und richtete den Blick auf Kathryn,

die gerade im Begriff war, auf die Terrasse hinauszugehen, Philip immer noch an ihrer Seite.
»Ich wollte auch immer so dünn sein«, fuhr Melissa Lawless fort. »Dünn, aber saftig, wenn Sie wissen, was ich meine. Ich habe nie verstanden, wie Mädchen, die so dünn sind wie Ihre Schwester, einen so üppigen Busen haben können. Ich hatte einen üppigen Busen«, sagte sie mit kurzem Blick auf Renees ähnlich zu bezeichnende Brüste, »aber ich war auch sonst überall üppig, wenn Sie wissen, was ich meine.«
»Sie haben ein wunderschönes Haus«, sagte Renee. Die Diskussionen über weiblichen Kurvenreichtum wollte sie lieber Jane Russell überlassen.
»Uns gefällt es auch«, lautete die stereotype Erwiderung. »Ich freue mich ja so, daß Sie Ihre Schwester dazu überreden konnten, heute abend hierher mitzukommen. Sie hat, wie ich gehört habe, vor nicht allzu langer Zeit Schlimmes durchgemacht.«
Renee fühlte sich völlig überrumpelt. Wer hatte dieser Frau etwas über Kathryns Probleme erzählt? Philip ganz bestimmt nicht, überlegte sie, obwohl sie wußte, daß es kaum jemand anderer gewesen sein konnte. »Ja«, antwortete Renee, sorgsam darauf bedacht, die richtigen Worte zu wählen. »Ihr Mann ist gestorben.« Die Gastgeberin hatte doch ganz bestimmt auf Arnies Tod angespielt.
»Ich habe gehört, daß sie einen Selbstmordversuch unternommen hat«, fuhr Melissa Lawless fort – in so freundlichem Plauderton, als hätte sie gerade gesagt, sie habe gehört, am nächsten Tag werde die Sonne scheinen.
Renee stockte der Atem. Als sie endlich etwas erwiderte, klang ihre Stimme gepreßt und sonderbar, als gehörte sie jemand anderem. »Ja«, sagte sie. »Der Tod ihres Mannes war ein schrecklicher Schock für sie. Sie brauchte einige Zeit, bis sie wieder einen klaren Kopf hatte. Jetzt geht es ihr wieder gut.« Wie hatte Philip dieser Frau nur etwas so Intimes anvertrauen können? Und warum hatte er es für nötig erachtet, ihr überhaupt etwas zu erzählen? Es hätte doch möglich

sein müssen, einfach zu fragen, ob er seine Schwägerin zu der Party mitbringen dürfe, ohne den Gastgebern Kathryns Lebenslauf vorzulegen! Warum hatte Philip, der nicht nur gelernt hatte, sondern sogar verpflichtet war, Vertraulichkeiten für sich zu behalten, diejenigen ihrer Schwester so leichtfertig verraten?
Renee atmete tief durch, ließ die Luft ganz langsam aus der Lunge strömen, als atmete sie Zigarettenrauch aus, und erinnerte sich selbst daran, daß Kathryn ja nicht Philips Patientin war, daß er in ihrem Fall nicht durch sein Berufsethos verpflichtet war, ihr Geheimnis für sich zu behalten. Außerdem war es ja gar kein Geheimnis, überlegte sie weiter. Dennoch fühlte sie sich gekränkt durch Philips leichtsinniges Geschwätz – anders konnte man es wohl kaum bezeichnen.
»Ich bin überrascht, daß Philip Ihnen das alles erzählt hat«, sagte Renee, von sich selbst überrascht.
»Ach, er hat darüber kein Wort zu mir gesagt. Alicia Henderson hat es mir erzählt. Ich hatte neulich ihr gegenüber zufällig erwähnt, daß Philip seine Schwägerin zu der Party heute abend mitbringen würde...«
Renee merkte, daß die Frau noch weitersprach, als sie ihr schon lange nicht mehr zuhörte. Wann hatte Philip die schmutzige Familienwäsche vor den Augen Ali Hendersons gewaschen? An jenem Mittag, als sie ihn im Restaurant trafen? Damals, als die arme Mrs. Henderson über die beginnende Schizophrenie ihres Gatten angeblich so bestürzt gewesen war, daß sie es nicht über sich brachte, Philips Praxis zu betreten? »Mach dir keine Sorgen, Ali«, hörte sie im Geist Philip sagen. »In jeder Familie gibt es ein gewisses Maß an Geisteskrankheit. Meine Schwägerin zum Beispiel. Ihr Mann starb, und drei Monate später versuchte sie sich die Pulsadern aufzuschneiden.« Aber vielleicht war es ja auch gar nicht beim Mittagessen gewesen. Vielleicht hatte er es ihr beim Abendessen erzählt. Damals, als er nicht zu der Dinnerparty erschien, weil er vollauf damit beschäftigt

war, einen möglichen Selbstmord zu verhindern. Es war schon sehr praktisch, daß es auf der Erde nur so wimmelte von Leuten, die sich abmurksen wollten. »Habe ich dir schon von meiner Schwägerin erzählt?« hörte sie Philip noch einmal sagen, und diesmal stellte sie sich ihn nicht in der Schummrigkeit eines öffentlichen Restaurants vor, sondern in den anheimelnden vier Wänden von Alicia Hendersons privatem Schlafzimmer. Warum hatte er es für nötig befunden, Kathryns Vertrauen derart zu mißbrauchen? Und was hatte es ihm eingebracht?
Laß das sein, sagte sie sich und stampfte mit dem Fuß auf. Du machst es ja schon wieder. Du bauschst alles maßlos auf. Es gibt unzählige Möglichkeiten, wie Philip auf Kathryns Selbstmordversuch zu sprechen gekommen sein könnte. Wahrscheinlich erwähnte er ihn ganz unschuldig als ein Beispiel, um irgendein Argument zu verdeutlichen. Sie mußte aufhören mit diesen Verdächtigungen. Hör auf, dich wie eine Staatsanwältin zu benehmen, sagte sie sich. Laß die Anwältin in der Kanzlei!
Renee ließ den Blick durch das Zimmer schweifen; an der Tür zur Terrasse blieb er hängen. Philip war immer noch mit Kathryn dort draußen. Er hatte sich ihr gegenüber den ganzen Abend hindurch wunderbar verhalten, hatte dafür gesorgt, daß sie sich wohl fühlte, daß sie allen anderen vorgestellt wurde, daß sie nie allein und ihr Teller immer voll war. Er hatte den ganzen Abend hindurch sein Bestes getan, um Kathryn das Gefühl zu geben, daß sie keineswegs das fünfte Rad am Wagen war, sondern ein Mensch, über dessen Anwesenheit er sich ehrlich freute, ein Mensch, an dem ihm viel lag und von dem er sich wünschte, er möge sich gut amüsieren. Er war ein sehr bestimmender Begleiter, kein einziges Mal hatte er es zugelassen, daß Kathryn sich schmollend in eine Zimmerecke zurückzog oder alleine irgendwo hinging. Renee empfand Dankbarkeit für die Freundlichkeit und Sensibilität, die er ihrer Schwester entgegenbrachte. Wie konnte sie ihn nur zum Gegenstand ih-

rer infantilen Phantasien machen, auch wenn alles unausgesprochen blieb? Sie tat ihm ja bis in ihre Gedanken hinein unrecht!
»Wenn man vom Teufel spricht!« hörte sie die Gastgeberin ausrufen. Renee drehte sich um und sah Alicia Henderson mit entschlossenem, aber lässig wirkendem Gang auf sie zukommen.
»Alicia Henderson«, sagte die große, rothaarige Frau, streckte Renee die Hand entgegen und stellte sich ihr vor, als sähen sie sich zum erstenmal.
»Hallo, Ali!« erwiderte Renee in Erinnerung daran, daß die Frau ihr diese Abkürzung einmal angetragen hatte. »Wir kennen uns schon.« Alicia Henderson sah erstaunt und schließlich amüsiert drein.
»Ach, ja, stimmt. Von der Überraschungsfete bei Judy. Ich hätte Sie fast nicht erkannt. Haben Sie ein bißchen zugenommen?«
»Ich habe gerade eben zu Renee gesagt, daß ihre Schwester so dünn ist«, sagte Melissa Lawless, hocherfreut darüber, daß sie ihre Beobachtung in das Gespräch einfließen lassen konnte.
»Wie lange wird Ihre Schwester denn bei Ihnen bleiben?« fragte Alicia Henderson und schob sich den Spaghetti-Träger ihres schwarzen Lederkleids über die Schulter.
»Ich habe keine Ahnung«, antwortete Renee wahrheitsgemäß. Sie sah keinen Grund zur Lüge. Mit Ausnahme des kurzen Wortwechsels, den sie unmittelbar vor der Party mit ihrer Schwester gehabt hatte, war über dieses Thema nie gesprochen worden.
Alicia Henderson warf sich mit einer exotisch wirkenden, schwungvollen Kopfbewegung das lange rote Haar aus dem Gesicht. Renee erkannte, daß diese Bewegung eher der Gewohnheit als der Notwendigkeit entsprang. Sofort fielen die Strähnen wieder zurück. »Da haben Sie aber ein ganz schön volles Haus. Debbie ist ja auch noch da«, sagte Alicia Henderson. Den Namen von Philips einzigem Kind hatte sie ganz beiläufig fallengelassen.

»Debbie ist kein Problem«, log Renee.
»Ich finde, sie ist die reinste Nervensäge. Letzte Woche haben wir zusammen Mittag gegessen. Philip fragte mich, ob ich einverstanden wäre, mit ihr auszugehen, sie sei soviel allein.« Alicia Henderson grinste breit. »Sie wissen ja, wie schwierig es ist, Philip etwas abzuschlagen.«
Renee fühlte, daß ihr jeden Augenblick die Kinnlade hinunterklappen würde, und preßte zähneknirschend die Lippen zusammen. Warum hatte Philip diese Frau gebeten, seine Tochter zum Lunch auszuführen? Und konnte sie ihn danach überhaupt fragen, ohne einen Riesenkrach zu riskieren?
»Jedenfalls fand ich, daß sie eine ziemliche Nervensäge ist, aber Sie sind ja Kummer gewöhnt«, lautete Alicia Hendersons nächste Anspielung.
»Wie bitte?« fragte Renee.
»Na ja, zum einen Ihre Schwester, die sich auf solche Weise das Leben nehmen wollte, und dann natürlich Philip...«
Alicia Hendersons Stimme wurde gefährlich leise.
»Wie bitte?« wiederholte Renee wie eine Schallplatte, in der die Nadel an der wohlvertrauten Stelle hängengeblieben war.
»Entschuldigen Sie mich«, trällerte Melissa Lawless süßlich und war mit einemmal verschwunden.
»Wo ist Philip denn heute abend? Ich habe ihn noch nicht gesehen.«
Zum erstenmal seit Beginn der Unterhaltung fühlte Renee, daß sich ihre Gesichtsmuskeln entspannten und ihr Mund sich zu etwas verformte, was sich annähernd als ein Lächeln bezeichnen ließ. Irgend etwas an Alicia Hendersons letzter Frage verriet eine gewisse Ängstlichkeit. Sie hatte mit der Stimme einer Frau gesprochen, die merkt, daß ihr die Felle davonschwimmen. Die Affäre hatte also den üblichen Verlauf genommen, dachte Renee, zumindest was Philip betraf. Instinktiv nahm sie eine entspanntere Körperhaltung ein. Ali Henderson stellte für sie keine Bedrohung mehr dar,

sondern nur mehr eine unangenehme Erinnerung an Philips gelegentliche Geschmacksverirrungen. Wenn Alicia Henderson Philip nicht gesehen hatte, dann nur deshalb, weil Philip von ihr nicht gesehen werden wollte.

»Als ich ihn das letzte Mal sah, ging er gerade auf die Terrasse hinaus.«

»Und zwar nicht allein, da bin ich mir sicher.« Alicia Hendersons Stimme klang plötzlich sehr gereizt, so als wäre Renee jetzt ihre Verbündete, nicht mehr ihre Rivalin. Renee nahm alle Kraft zusammen, denn jetzt bestand die grauenhafte Möglichkeit, daß diese Frau ihr jeden Augenblick die Einzelheiten ihrer Affäre mit Philip gestand.

»Niemals allein«, wiederholte Renee ganz ruhig. Mit zwei kurzen Wörtern hatte sie dieser Frau klargemacht, daß sie nicht die erste war und wohl auch nicht die letzte sein würde, daß sie und ihresgleichen aber allesamt von völlig untergeordneter Bedeutung und Ausdruck von nichts anderem waren als von Toleranz auf ihrer und einer gewissen Schwäche auf Philips Seite. Alicia Hendersons schön maniküre Finger fuhren nervös durch ihr langes rotes Haar, und dann war sie plötzlich verschwunden.

Einige Minuten später kehrte Philip durch die Terrassentür ins Zimmer zurück; Kathryn war immer noch bei ihm. Sie hatte offenbar gerade gelacht und wirkte glücklicher, als Renee sie seit ihrer Ankunft je gesehen hatte. Renee beobachtete, wie Philip mit einem knappen Kopfnicken an Alicia Henderson vorbeiging, und ihr zaghaftes Grinsen wurde breiter und herzhafter. Als Philip neben ihr stand, grinste sie von einem Ohr zum anderen. Ihr Herz strömte über vor Dankbarkeit und Liebe. Ihr Mann war nach Hause zurückgekehrt.

»Wie geht es der schönsten Frau auf dieser Party?« fragte er, umfaßte mit beiden Armen Renees Taille und drehte sich übermütig einmal mit ihr im Kreis. »Amüsierst du dich?«

»Ich amüsiere mich großartig«, erklärte Renee, und sie spürte, daß es die Wahrheit war.

»Macht es dir etwas aus, wenn wir ein bißchen früher von hier weggehen? Ich dachte mir, wir könnten daheim unsere eigene kleine Party feiern.« Er beugte sich vor und leckte ihr mit der Zunge übers Ohrläppchen.
»Ich bin jederzeit zum Gehen bereit«, sagte sie. In ihrem ganzen Körper prickelte es, sie war wild auf ihn wie immer.
»Dann laßt uns von hier verschwinden«, sagte er, legte je einen Arm um Renee und Kathryn und führte die zwei zur Wohnungstür. »Manche Männer haben eben alles Glück der Welt!« sagte er, und die beiden Frauen lachten.

17

Die beiden Frauen saßen sich am Schreibtisch gegenüber und sahen einander an. »Wollen Sie wirklich keinen Kaffee?« fragte Lynn Schuster die blasse blonde Frau, die ganz vorn auf der Stuhlkante mühsam die Balance hielt und sichtbar zitterte.
Patty Foster schüttelte den Kopf. Sie war nicht geschminkt, nur die Wimpern ihrer großen braunen Augen hatte sie leicht getuscht. Ihr Gesicht war voller Sommersprossen. Wenn diese Frau Stunden damit verbrachte, in der Sonne zu liegen, wie ihre Nachbarin, Davia Messenger, behauptet hatte, dann benützte sie offensichtlich eine Creme mit sehr hohem Sonnenschutzfaktor. Über Patty Fosters Lippen huschte ein Lächeln, die Mundwinkel zuckten nach oben und dann sofort wieder zurück, so schnell, daß man das Lächeln kaum wahrnehmen konnte. Dann kaute sie nervös auf ihrer Unterlippe herum.
»Natürlich ist er nicht annähernd so gut wie der Kaffee, den ich bei Ihnen getrunken habe«, sagte Lynn, damit sich die Frau ein wenig entspanne. Patty Foster saß schon seit beinahe zehn Minuten in Lynns Büro, und Lynn konnte sich kaum an einen Menschen erinnern, dessen Anspannung – oder besser: Angst – während eines Beratungsgesprächs so offensichtlich gewesen war wie bei dieser Frau. »Was ist denn Ihr Geheimnis?«
»Ich gebe ein bißchen Kakao in den Kaffee«, antwortete

Patty Foster zaghaft, als wäre sie nicht sicher, ob Lynns Frage sich wirklich auf den Kaffee bezogen hatte. »Den Trick habe ich von meiner Großmutter.«
»Sind Sie und Ihre Großmutter sich sehr nahegestanden?«
»Sie hat mich aufgezogen.«
»Ach?«
»Meine Eltern sind gestorben, als ich noch sehr klein war. Das erklärt wohl auch meinen Vaterkomplex.« Wieder versuchte sie zu lächeln, aber es mißlang. »Meine Großmutter nahm mich zu sich und sorgte für mich wie für ein eigenes Kind. Sie war streng, genau wie Keith mit Ashleigh, aber ich habe eine Menge von ihr gelernt. Letzten Endes ist alles gutgegangen.« Prompt brach die junge Frau in Tränen aus. »Es ist doch alles in Ordnung, oder nicht? Ich meine, Sie haben mir doch gesagt, der Arzt habe erklärt, es gebe keine Anzeichen für Mißhandlungen...«
»Was macht Ihnen sonst noch Angst?«
»Was?«
»Was macht Ihnen sonst noch Angst?« wiederholte Lynn leise.
»Ich verstehe nicht.«
»Ich glaube schon, daß Sie verstehen.« Lynn sah Patty Foster tief in die Augen. Die junge Frau versuchte dem Blick auszuweichen, aber es gelang ihr nicht. Statt dessen zwinkerte sie mehrmals kurz hintereinander und schneuzte sich noch einmal, diesmal allerdings sehr viel leiser.
»Macht Ihnen Ihr Mann Angst, Mrs. Foster?« Lynns Stimme war behutsam und doch eindringlich, ruhig und vorsichtig wie das Skalpell eines Chirurgen.
»Nein, natürlich nicht. Was wollen Sie damit sagen?« Patty Foster antwortete schnell, zu schnell, und brach dann ab. »Ich weiß überhaupt nicht, wovon Sie reden.«
»Erzählen Sie mir von Ihrem Mann.«
»Keith ist ein wunderbarer Mann. Er ist zärtlich und rücksichtsvoll und gut. Wirklich, er ist ein guter Mensch. Er ist ein sehr einflußreicher Mann.«

»Das habe ich gehört.«
»Ein vielbeschäftigter Mann. Er arbeitet viele lange, harte Stunden jeden Tag.«
»Es ist sicher schwierig für ihn, wenn er manchmal nach einem schweren Arbeitstag abends heimkommt, und da rennt so ein kleines Kind durch die Gegend, macht Lärm, ist hin und wieder auch einmal unfolgsam.«
»Ashleigh ist sein ein und alles«, sagte Patty Foster, und Lynn notierte sich in Gedanken, daß sie genau die gleiche Phrase benützt hatte wie ihr Mann. »Zuerst war es schwierig für ihn«, gab Patty Foster zu. Sie starrte auf ihren Schoß. »Genau wie Sie sagten, er war es nicht gewöhnt, ein kleines Kind um sich zu haben. Er war auch ein bißchen eifersüchtig wegen der Aufmerksamkeit, die ich ihr schenken mußte. Aber das hat er überwunden.« Patty Foster blickte auf und sah Lynn direkt an. Plötzlich floß aus ihren Augen ein zweiter Strom von Tränen. »Er wollte ihr nie weh tun«, flüsterte sie. »Das müssen Sie mir glauben. Aber manchmal unterschätzt er einfach seine eigene Kraft.«
Lynn wählte ihre nächsten Worte sehr bedachtsam. »Wollen Sie damit sagen, daß Ihr Mann Ihrer Tochter den Arm gebrochen hat?«
»Würde das bedeuten, daß Sie mir Ashleigh wegnehmen?« Patty Fosters Stimme bekam wieder einen Unterton von Panik.
»Nein, natürlich nicht«, sagte Lynn rasch, um die Frau zu beruhigen. »Aber wir bieten Gesprächstherapien für Familien wie die Ihre an...«
»Das würde Keith niemals mitmachen.«
»Ich bin mir sicher, daß wir ihn dazu überreden könnten...«
»Nein, nein. Er würde das nie machen.« Patty Foster sprang mit solcher Heftigkeit von ihrem Stuhl auf, daß er fast umfiel.
»Mrs. Foster...«
»Sie glauben wohl, nur weil Sie irgend etwas sagen, wird es

auch eintreffen? Wie ist es denn, wenn man solche Macht über das Leben anderer Menschen ausübt, Mrs. Schuster? Wie ist denn das Gefühl, wenn zitternde Menschen vor einem sitzen, die wissen, daß ein einziges falsches Wort den Verlust ihres Kindes bedeuten kann? Wie ist es denn, solche Macht zu haben?«
»Glauben Sie mir, Mrs. Foster, ich habe nicht die geringste Absicht, Ihnen Ashleigh wegzunehmen.«
»Solange wir tun, was Sie sagen!«
»Wir versuchen doch nur, Ihnen zu helfen...«
»Ich habe das alles erfunden«, rief Patty Foster mit immer lauter werdender Stimme. »Mein Mann hat Ashleigh nie auch nur angerührt. Er liebt sie. Er würde ihr nie etwas antun.«
»Mrs. Foster...«
»Ashleigh hat sich den Arm in der Schule gebrochen. Keith war ihr immer ein wunderbarer Vater...«
»Sie brauchen keine Angst zu haben.«
»Der Arzt hat sie untersucht. Er hat keinen Hinweis auf Mißhandlungen gefunden. Ashleigh ist ein glückliches, gesundes kleines Mädchen, und niemand wird sie mir wegnehmen.«
»Das will doch auch niemand...«
»Wenn Sie irgend jemandem erzählen, daß ich so etwas gesagt habe, dann streite ich es ab. Ich sage, daß Sie lügen, daß Sie das alles erfunden haben. Haben Sie mich verstanden? Mein Mann ist sehr einflußreich. Er kann Ihnen große Unannehmlichkeiten bereiten, wenn er will.«
»Ich habe keine Angst vor Ihrem Mann, Mrs. Foster, und auch Sie brauchen keine Angst vor ihm zu haben.«
»Ich weiß überhaupt nicht, wovon Sie da reden«, sagte Patty Foster ganz ruhig und verließ fluchtartig Lynns Büro.
Arlene, Lynns Sekretärin, steckte den Kopf zur Tür herein. »Gab's Ärger?«
»Sie gehen ihr wohl besser nach. Schauen Sie, ob mit ihr alles in Ordnung ist. Ach, und schließen Sie bitte die Tür, ja?

Danke.« Die Tür zu Lynns Büro wurde zugezogen, so daß plötzlich angenehme Stille herrschte. »Und jetzt?« fragte Lynn laut, rieb sich die Augen und hörte im Geist ihre Mutter sagen, sie solle damit aufhören. Gedankenverloren ließ sie den Blick über den Raum schweifen und überlegte, wie sie auf Patty Fosters Ausbruch reagieren sollte. Die Frau hatte um ein Haar zugegeben, daß ihr Mann seiner Tochter den Arm gebrochen hatte, aber dann war diese Aussage von ihr ebenso schnell wieder zurückgenommen worden. Davia Messenger hatte, was die Kindesmißhandlung betraf, recht gehabt, aber in der Person des Täters hatte sie sich geirrt. Ihr Blick für das Schöne hat sie auf die falsche Spur gebracht, dachte Lynn und mußte fast lachen. Und was sollte sie jetzt tun? Wenn sie Ashleighs Lehrerin ausfindig machen und von ihr die Aussage bekommen konnte, daß Ashleigh sich den Arm nicht beim Sturz auf irgendeinem Spielplatz gebrochen hatte, dann würde das zusammen mit Davia Messengers Anschuldigungen wahrscheinlich ausreichen, um Keith Foster in die Therapie zu zwingen. Aber bisher waren Lynns Versuche, Ashleighs Lehrerin zu finden, fehlgeschlagen. Die Privatschule in Gulfstream war den Sommer über geschlossen, so wie Keith Foster es prophezeit hatte, und Lynn hatte bereits alle Templetons in Delray und im Großraum Palm Beach überprüft. Zur Sicherheit sah sie sich in der Akte über den Fall Foster noch einmal an, wie der Name der Lehrerin geschrieben wurde. Keine der Frauen, mit denen sie gesprochen hatte, unterrichtete in der exklusiven Privatschule. Lynn starrte auf das Telefon, als könnte der Apparat ihr sagen, welche Nummer sie wählen sollte. In Boca Raton und in Pompano Beach hatte sie es noch nicht versucht. Sie rief die Auskunft an. »Boca Raton«, sagte sie, nachdem die Dame von der Auskunft sie nach dem Ort gefragt hatte. »Templeton. Nein, ich habe weder den Anfangsbuchstaben des Vornamens noch die Adresse. Nennen Sie mir einfach alle, die Sie haben.«
Zum Glück waren in Boca nur vier Templetons aufgeführt.

Lynn notierte sie sorgsam und wollte gerade die erste Nummer wählen, als die Tür zu ihrem Büro aufgerissen wurde. Verwundert hob sie den Blick, und ihr Erstaunen wuchs noch, als sich die wütend ins Zimmer eilende Gestalt als ihr Mann entpuppte. »Gary... was machst du denn... was ist denn los?«
»Verdammt noch mal, Lynn, was geht da eigentlich vor?« fragte er wütend.
»Ich weiß nicht, wovon du redest«, sagte sie, aber noch während sie das sagte, wußte sie, daß es gelogen war.
»Du weißt verdammt gut, wovon ich rede. Von Marc Cameron rede ich.«
Lynns Augen weiteten sich vor Angst, als Garys Faust auf ihren Schreibtisch niederfuhr. »Ich glaube, du beruhigst dich besser erst mal«, sagte sie und bemühte sich, selbst etwas gelassener zu werden. Sie bemerkte die neugierigen Blicke der anderen Angestellten und ging zur Tür. Arlene, ihre Sekretärin, kehrte gerade mit einem sehr besorgten Gesichtsausdruck wieder an ihren Schreibtisch zurück. »Ist schon in Ordnung«, flüsterte sie der sichtlich verängstigten jungen Frau zu, bevor sie die Tür schloß.
»Ich will wissen, was da vor sich geht, verflucht noch mal«, forderte Gary zum zweitenmal, keineswegs ruhiger als zuvor.
»Gar nichts geht vor sich«, erklärte Lynn, fest entschlossen, die Stimme nicht zu heben.
»Was hast du eigentlich vor?«
»Ich habe überhaupt nichts vor. Hör mal, setz dich doch erst mal hin, dann können wir in aller Ruhe darüber sprechen...«
»Ich will mich nicht setzen, und ich will auch nicht in Ruhe über die Sache sprechen. Meiner Ansicht nach gibt es da nichts zu besprechen.«
»Warum bist du dann hier?«
»Weil ich fand, daß es keine besonders gute Idee gewesen wäre, wenn ich gestern zu dir gekommen wäre und vor den Kindern losgelegt hätte.«

»Dann sind wir uns ja wenigstens in einem Punkt einig«, sagte Lynn. Marc Cameron hätte über diese Bemerkung wahrscheinlich gelacht, aber Gary lachte nicht. »Worüber regst du dich denn eigentlich so auf, Gary?«
»Mußt du wirklich erst danach fragen?« Er blickte sie ungläubig an.
»Offensichtlich ja.«
»Was versuchst du eigentlich damit zu beweisen, daß du dich mit Marc Cameron triffst?«
Lynn hatte die sichere Seite ihres Schreibtisches erreicht und ließ sich langsam auf ihrem Stuhl nieder. »Ich versuche überhaupt nicht, irgend etwas zu beweisen.«
»Was ist nur in letzter Zeit in dich gefahren, Lynn? Was geht bloß in deinem Kopf vor? Erst folgst du Suzette in diese Boutique...«
»Ich bin ihr nicht gefolgt.«
»Dann versuchst du sie zu demütigen, indem du das gleiche Kleid anprobierst...«
»Bitte glaube mir, ich wollte sie nicht demütigen.«
»Warum hast du es dann getan? Kannst du mir das sagen? Was hattest du in diesem verdammten Laden und in diesem verdammten Kleid zu suchen?«
Lynn zuckte die Achseln. Was sollte sie darauf antworten? Daß jener Nachmittag für sie bereits in weite Ferne gerückt war? Daß sie nicht wußte, warum sie in den Laden gegangen war, außer daß sie ihre Neugierde hatte stillen wollen? Daß der einzige Mensch, der an jenem Nachmittag eine Demütigung zu ertragen hatte, sie selbst gewesen war? Und wie konnte er es eigentlich wagen, sie danach zu fragen, was in ihrem Kopf vorging? Hatte *sie* ihm vielleicht Blumen zu ihrem letzten Hochzeitstag geschickt?
»Und am Samstag geht Suzette zu ihrem Mann, um ihn zu fragen, ob er die Jungs über Nacht zu sich nehmen kann, weil ihr der Babysitter abgesagt hat, und wen sieht sie vor sich, als die Tür aufgemacht wird? Die Dame im orangefarbenen Kleid – die kleine Miss Schuster persönlich.«

»*Mrs.* Schuster«, sagte Lynn ruhig. Einen Augenblick lang wußte Gary nicht, was er darauf erwidern sollte.
Mit geballten Fäusten ging er vor Lynns Schreibtisch auf und ab. Lynn bemerkte, daß ihre Hände zitterten, und versteckte sie rasch im Schoß. »Was hast du in der Wohnung von Marc Cameron gemacht, Lynn?« fragte Gary nach einer langen Pause.
»Ich weiß nicht, ob dich das irgend etwas angeht«, erwiderte Lynn mit fester Stimme.
»Aber ich weiß es.«
»Und warum?«
»Weil es beispielsweise meine Kinder betrifft.«
»Wovon redest du da? Wieso betrifft das deine Kinder? *Unsere* Kinder«, berichtigte sie ihn.
»Denk doch mal nach!«
»Ich *denke* bereits nach. Du redest Unsinn daher.«
»Wie, glaubst du, würden sich die Kinder fühlen, wenn sie herausfinden würden, daß ihre Mutter mit einem Mann ausgeht, der...« Er stockte, weil er nicht wußte, wie er sich ausdrücken sollte.
»...der der Mann der Frau ist, mit der ihr Vater durchgebrannt ist?« vervollständigte Lynn den Satz für ihn und bemerkte zu ihrer Überraschung, daß es ihr ein Gefühl der Sicherheit gab, ihn zusammenzucken zu sehen.
Gary Schuster schüttelte den Kopf. »Ich hätte nie gedacht, daß du ein rachsüchtiger Mensch bist.«
»Ich bin nicht rachsüchtig.«
»Und du triffst dich also nicht deshalb mit Marc Cameron, um mir alles heimzuzahlen?«
»Daß ich mich mit Marc Cameron treffe, hat nichts mit dir zu tun.«
»Ach, komm, Lynn, hör auf, dir selbst etwas vorzumachen. Warum solltest du dich denn sonst mit ihm treffen, wenn nicht, um es mir heimzuzahlen? Es wäre richtig witzig, wenn es nicht so kläglich wäre«, sagte er. Lynn verspürte bei diesen Worten einen Stich, so als wäre sie von ihrer

Lieblingslehrerin mit dem Lineal geschlagen worden.
»Siehst du denn nicht, was du damit anrichtest?«
»Nein, ich sehe nicht, was ich damit anrichte«, erwiderte sie und betonte dabei jedes Wort genau so, wie er es getan hatte.
»Du benützt diesen Mann, um mich zu halten, oder zumindest, um über mich auf dem laufenden zu bleiben. Marc Cameron ist ein verantwortungsloser Mensch, eine verkrachte Existenz. Er ist überhaupt nicht dein Typ. Du würdest dich diesem Mann auf keine drei Meter nähern, wenn es dabei nicht um mich ginge.«
»Marc Cameron ist weder verantwortungslos noch eine verkrachte Existenz. Er ist ein sehr talentierter Mensch mit einem sehr unsicheren Beruf.«
»Er ist verantwortungslos und eine verkrachte Existenz. Ich will nicht, daß er in die Nähe meiner Kinder kommt.«
»Unsere Kinder möchte ich aus dieser Diskussion herauslassen.«
»Wie, glaubst du, werden sie sich fühlen, wenn sie das mit dir und Marc Cameron herausfinden?«
»Wirst du es ihnen erzählen?«
»Natürlich nicht.« Daß sie dies annehmen konnte, schien ihn wirklich zu ärgern.
»Nun, da wir uns ja bereits dahingehend geeinigt hatten, unseren Kindern mindestens einige Monate lang keine weiteren Komplikationen zuzumuten«, sagte Lynn spitz und beobachtete dabei, wie Gary angesichts der verschleierten Anspielung auf Suzette zusammenfuhr, »glaube ich nicht, daß du dir irgendwelche Sorgen zu machen brauchst.«
»Wir leben in einer kleinen Stadt, Lynn. Die Leute reden.«
»Über wen machst du dir eigentlich Sorgen, Gary? Über deine Kinder oder über dich selbst?«
»Diese Bemerkung ist wirklich unter deinem Niveau, Lynn.«
»Ich versuche nur zu verstehen, warum du so aufgebracht bist.«

»Ja, ich bin aufgebracht«, sagte er, die Wörter förmlich ausspuckend, »und ehrlich gesagt hätte ich nicht gedacht, daß man ein sozialwissenschaftliches Diplom braucht, um das herauszufinden, denn du benützt Marc Cameron absichtlich, um Jagd auf mich zu machen.«
»Ich tue nichts dergleichen. Meine Beziehung zu Marc Cameron geht dich nichts an. Sie hat nicht das geringste mit dir zu tun.«
»Sie hat sogar sehr viel mit mir zu tun. Der Mann würde doch für dich gar nicht existieren, wenn es dabei nicht um mich ginge.«
Lynn mußte beinahe loslachen, hielt sich aber zurück. Marc Cameron wußte Ironie vielleicht zu schätzen, Gary Schuster mit Sicherheit nicht.
»Was sind deine wahren Absichten gegenüber Marc Cameron?« fragte er in förmlichem Tonfall.
»Das geht dich überhaupt nichts an«, sagte Lynn und merkte, daß sie sich wiederholt hatte. Das Bewußtsein, daß ihre eigenen Angelegenheiten nicht mehr Sache ihres Mannes waren, rief ein Gefühl der Leere und Befremdung in ihr hervor.
»Ich denke, ich habe ein Recht darauf, es zu erfahren.«
»Ich denke, du hast jedes deiner ehemaligen Rechte in bezug auf mich verwirkt, als du abgehauen bist.«
»Wirst du ihn heiraten?«
»Ich bitte dich!« stöhnte Lynn.
»Aber du schläfst mit ihm«, behauptete er, als wäre das eine Tatsache.
Lynn starrte ihren Mann verwundert an. Sie schaffte es nicht, ein passendes Dementi zu formulieren.
»Marc Cameron ist ein Verlierer, Lynn. Der Mann ist vierzig. Sein ganzes Leben hat er nie mehr als dreißigtausend Dollar im Jahr verdient.«
»Was hat das damit zu tun? Seit wann ist das Einkommen eines Menschen der einzige Maßstab für seinen Wert?«

»Ach, komm, Lynn, kehr jetzt bitte nicht den idealistischen Teenager vor mir heraus, ja? Und leg mir nicht Dinge in den Mund, die ich nicht gesagt habe. Du weißt ganz genau, was ich meine. Das Letzte, was du jetzt brauchen kannst...«
»Bitte sag mir nicht, was ich brauche!«
»Na gut, dann eben das Letzte, was unsere Kinder jetzt brauchen können, ist ein Mann in ihrer Umgebung, den ihre Mutter finanziell unterstützen muß.«
»Für unsere Kinder sind *wir* verantwortlich – du und ich –, und nicht Marc Cameron, und womit er sein Geld verdient, geht weder sie noch dich irgend etwas an, solange er dabei nicht das Gesetz bricht.« Lynn stand auf. »Er hat es zwar nicht nötig, verteidigt zu werden, aber Marc Cameron ist zufälligerweise ein sehr talentierter Schriftsteller. Wenn seine Frau zu dumm war, das zu verstehen, dann ist das ihr Problem, nicht meines.«
Alle Farbe wich aus Garys Gesicht. »Ich dulde nicht, daß du Suzette beleidigst.«
»Dann ist es wohl besser, wenn du gehst.«
Gary schritt abrupt auf die Tür zu, blieb plötzlich stehen, wandte sich mit erhobenem Zeigefinger zu Lynn und sagte: »Mit *meinem* Geld wirst du ihn jedenfalls nicht aushalten, das schwöre ich dir!«
»Was redest du denn da?«
Gary ging zum Schreibtisch zurück und sagte wild gestikulierend: »Ich arbeite doch nicht wie ein Hund, um jeden Monat Geld abzuliefern, das du dann an verkrachte Existenzen wie Marc Cameron verschwendest!«
Lynn war versucht, aufzustehen, blieb aber sitzen, beugte sich vor und legte die Fäuste auf die Schreibtischplatte. »Darf ich dich daran erinnern, daß das Geld, das du jeden Monat zahlst, für deine Kinder bestimmt ist? Ich bekomme von dir keinen Cent Unterhalt.«
»Ich denke gar nicht daran, die Hypothek weiter abzubezahlen, damit du, wenige Monate nachdem ich ausgezogen bin,

irgendeinen anderen Typen in meinem Haus wohnen läßt!«
»Ich höre wohl nicht recht!«
»Siehst du denn nicht, wie lächerlich du dich machst, Lynn? Siehst du nicht, wie kläglich das ist, was du da tust?«
Zum zweitenmal hatte er dieses Wort gebraucht, und wieder versetzte es ihr einen Stich. Lynn war gekränkt. Sie merkte, daß ihre Augen sich mit Tränen füllten, und wandte rasch den Kopf zum Fenster. Sie wollte nicht, daß Gary sie weinen sah. Verdammt, sie wollte nicht weinen. Sie war zu wütend zum Weinen. Warum mußten Frauen immer gleich drauflosheulen? Wenn sie weinten, wirkten sie, als seien sie zu nichts zu gebrauchen; die Tränen brandmarkten sie zu emotionalen Krüppeln, degradierten sie zu kleinen Kindern im Kampf der Geschlechter. Kinder waren immer die ersten Opfer eines Kriegs. Sie war eine Erwachsene, verdammt noch mal! Warum mußte sie bloß heulen?
»Ich will dich nicht verletzen, Lynn«, sagte er, und Lynns Mund entfuhr ein Laut, der gleichzeitig wie ein Lachen und wie ein Aufheulen klang. »Also, glaub es oder glaub es nicht, aber ich hatte wirklich nicht die Absicht, dir weh zu tun.«
Lynn schluckte den dicken Kloß, der ihr im Hals steckte, hinunter und sah ihren Mann mit glitzernden Augen an. »Was war denn *dann* deine Absicht?« fragte sie. Es klang beinahe genauso förmlich wie die Frage, die er ihr zuvor gestellt hatte.
»Ich war wütend, das gebe ich zu. Ich war schockiert. Ich meine, wie würde es denn dir umgekehrt gehen?«
»Ich stelle mir vor, daß es so ähnlich ist, wie wenn man erfährt, daß der eigene Mann einen wegen einer anderen Frau verlassen wird.«
Es entstand eine Pause. »Na gut. Das habe ich wahrscheinlich verdient. Aber in Wirklichkeit geht es darum, daß...«
»Ja, um was geht es?«

»Es geht darum, daß wir beide genau wissen, daß du diesen Mann als Mittel benützt, um dich an mir zu rächen, und ich darf nicht zulassen, daß du das mir, dir selbst und unseren Kindern antust.«
»Ich verstehe nicht, wie du...«
»Dann laß es mich erklären«, unterbrach er sie. In seiner Stimme schwang ein unangenehmer Unterton mit, der immer deutlicher zu werden drohte. »Wenn du dich nicht bereit erklärst, diese Affäre mit Marc Cameron zu beenden...«
»Ich *habe* keine Affäre mit ihm!«
»Wenn du dich nicht bereit erklärst, diese Affäre mit Marc Cameron zu beenden«, fuhr er fort, als hätte sie gar nichts gesagt, »dann kannst du unser gesamtes großzügiges Scheidungsarrangement schlicht vergessen. Dann werde ich nicht nur die Hypothek nicht bezahlen, sondern auch um die Hälfte des Hauses kämpfen. Dann siehst du keinen Cent von mir!«
Lynns Herz klopfte so laut, daß sie kaum hören konnte, was Gary sagte. »Aber warum denn, um Himmels willen? Ist dein Selbstbewußtsein denn so angekratzt...«
»Mein Selbstbewußtsein hat nichts damit zu tun. Wenn du nicht in der Lage bist, klar zu denken und zu sehen, daß deine Handlungsweise deinen Kindern schaden könnte...«
»Ist es nicht ein bißchen spät, wenn du jetzt erst beginnst, dir Sorgen darum zu machen, ob unseren Kindern Schaden zugefügt werden könnte? Als du gingst, hast du dir keine Sorgen um sie gemacht. Reicht es nicht schon, daß du sie verlassen hast – mußt du sie jetzt auch noch aus ihrem Haus jagen?«
»Meine Kinder werden immer ein Heim haben«, sagte Gary ruhig. »Ich bin ihr Vater. Ich habe dasselbe Recht auf sie wie du. Wenn du es nicht schaffst, dich richtig um sie zu kümmern...«
Lynn gefror das Blut in den Adern. »Willst du damit sagen,

daß du versuchen willst, sie mir wegzunehmen?« hörte sie sich mit Patty Fosters Stimme fragen.
»Sie sind auch meine Kinder.«
»Aber wir haben uns darauf geeinigt, daß sie bei mir bleiben. Das stand nie zur Debatte.«
»Aber jetzt steht es zur Debatte.«
Lynn hob die Hand an die Stirn. »Soll das heißen, daß du mir das Sorgerecht streitig machen willst, wenn ich nicht aufhöre, mich mit Marc Cameron zu treffen?«
»Ich hoffe, ich werde diesen Weg nicht einschlagen müssen, Lynn.«
»Ich kann einfach nicht glauben, daß du mir das antun würdest.«
»Zwing mich nicht dazu!«
»Wie brächtest du es fertig, mir so weh zu tun?«
»Ich will dir nicht weh tun. Ich versuche nur, dich zu beschützen.«
»Ich brauche deinen Schutz nicht!«
»Das war schon immer dein Problem«, sagte er leise. »Du hast mich nie gebraucht.«
Lynn sank auf ihren Stuhl zurück. »Ich glaube, ich kenne dich nicht besonders gut«, sagte sie. Es klang verwundert. Sie blickte ihrem Mann in die Augen und sah zu ihrer Überraschung, daß sie noch immer so dunkelbraun wie eh und je waren. »Ich kann es nicht fassen, daß du das tun würdest.«
»Ich muß mich selbst schützen, Lynn. Ich muß beschützen, was mir gehört.«
Lynn sagte nichts. Sie war sogar zu verblüfft, um zu weinen.
»Denk darüber nach«, forderte Gary sie auf. »Es muß ja nicht so kommen. Sag deiner Anwältin, sie soll meinen Anwalt Ende dieser Woche anrufen. Ich bin sicher, daß wir uns auf ein Arrangement einigen werden.« Er ging auf die Tür zu, blieb aber noch einmal stehen. »Es tut mir leid, wenn das, was ich gesagt habe, grausam klingt...«

»Es tut dir überhaupt nicht leid.«
(»Stimmt, es tut mir nicht leid«, hätte Marc Cameron jetzt erwidert.)
»Ganz wie du meinst«, sagte Gary und ging.

18

»Ich habe lange genug für meine Fehler bezahlt, vielen Dank«, sagte die ältere, grauhaarige Dame mit vor Zorn gerötetem Gesicht, »und ich habe nicht die Absicht, Sie dafür zu bezahlen, daß Sie mir noch mehr Fehler einhandeln.«
Renee Bower streckte der Frau über den Schreibtisch hinweg die Hände entgegen, um sie zu beschwichtigen. »Es tut mir leid, Mrs. Reinking. Ich bin vielleicht ein bißchen ungewöhnlich vorgegangen...«
»Das kann man wohl sagen«, erwiderte die Frau und blickte Renee mit weiterhin empörtem Blick aus ihren wäßrigblauen Augen an. »Ich sehe, daß Sie die besten Absichten haben, aber ich darf Sie daran erinnern, daß *ich* hier die Klientin bin und daß Sie dafür bezahlt werden, meine Wünsche zu vertreten...«
»Sie bezahlen mich dafür, daß ich Ihre Interessen vertrete.«
»In diesem Fall ist das ein und dasselbe. Und ich werde mich nicht zu etwas zwingen lassen, was ich nicht will. Also, ich habe Sie ja bereits angewiesen, in das angebotene Arrangement einzuwilligen...«
»Aber es ist kein gutes Arrangement, Mrs. Reinking. Ihr Mann ist sehr wohlhabend, und was er Ihnen da anbietet, ist geradezu lachhaft angesichts all der Jahre, die Sie mit ihm verheiratet waren und in denen Sie sich soviel gefallen lassen mußten. Wir können weitaus mehr herausschlagen.«

»Ich will nur endlich frei sein.«
»Das verstehe ich sehr gut, aber Sie müssen auch an Ihre Zukunft denken...«
»Ich habe keine Zukunft«, erklärte ihr die Frau ohne Umschweife. »Ich werde bald sterben, Mrs. Bower.« Den letzten Satz sagte sie in so nüchternem Ton, daß Renee der Mund offenstand, bevor sie dazu kam, ihre Reaktion abzuschwächen. »Ich habe vielleicht noch ein Jahr zu leben, und mit dem, was mein Mann mir anbietet, werde ich in dieser Zeit sehr gut auskommen. Meine Kinder sind erwachsen, für sie ist gesorgt. Ich will von Ihnen nichts anderes als meine Scheidung. Es interessiert mich nicht, was Sie für fair halten oder was Sie sich überhaupt zu diesem Thema denken. Ich habe sechsundvierzig Ehejahre lang Befehle erhalten, und ich kann es, ganz wörtlich, auf den Tod nicht mehr ausstehen, das zu tun, was andere Leute mir auftragen. Und ich werde auch von Ihnen keine Befehle entgegennehmen. Also, entweder akzeptieren Sie das angebotene Arrangement, oder ich suche mir einen anderen Anwalt. Habe ich mich deutlich genug ausgedrückt?«
Renee nahm den Telefonhörer von der Gabel und meldete sich bei ihrer Sekretärin. »Marilyn, versuchen Sie, Mitchell Weir zu erreichen, und sagen Sie ihm, daß wir die von seinem Klienten vorgeschlagene Vereinbarung akzeptieren.«
»Danke«, sagte Gemma Reinking mit einem leicht aristokratischen Anflug in ihrem Neu-England-Akzent. »Jetzt weiß ich, warum Fred immer so gerne Befehle erteilte – man fühlt sich gut dabei.«
Renee stand auf und streckte ihrer Klientin quer über den Schreibtisch die Hand entgegen. »Ich rufe Sie an, sobald wir die Unterlagen haben. Dann können Sie kommen, wann es Ihnen paßt, und die Papiere unterschreiben.«
»Sind Sie glücklich verheiratet, Mrs. Bower?« fragte die Frau unvermittelt.
Renee riß die Augen auf, und das Lächeln gefror ihr auf den

Lippen, während sie krampfhaft nach einer passenden Antwort suchte. Was ist nur los mit mir? dachte sie voller Verwunderung. Es gelang ihr einfach nicht, die Worte zu formulieren. Natürlich war sie glücklich verheiratet. Sie führte ein Leben, von dem die meisten Menschen nur träumen konnten, und sie war mit ihrem Traummann verheiratet. Was war nur in sie gefahren? Warum machte sie nicht einfach den Mund auf und sagte dieser Frau, daß sie glücklich war?
»Lassen Sie nur, meine Liebe«, sagte Gemma Reinking sanft. »Vielleicht werden Sie eines Tages verstehen, warum ich so handle. Dann werden auch Sie wissen, daß es manchmal wirklich jeden Preis wert ist, sie loszuwerden.« Sie zwinkerte Renee zu, und sofort wirkte ihr siebzigjähriges Gesicht fünfzig Jahre jünger. Einen Augenblick lang sah Renee die junge Frau, die Gemma Reinking einmal gewesen war.
»Auf Wiedersehen, Mrs. Reinking«, sagte Renee. Der kräftige Händedruck der zarten Frau überraschte sie. »Und alles Gute.«
»Ihnen auch alles Gute, meine Liebe.«
Als Gemma Reinking die Kanzlei verlassen hatte, rief Renee über die Sprechanlage ihre Sekretärin an. »Marylin, ich möchte mit Lynn Schuster sprechen.« Sie griff in die unterste Schublade, holte einen Mars-Riegel hervor und verschlang ihn hastig. Erst dann wurde ihr bewußt, daß sie eigentlich gar nicht hungrig gewesen war. Essen war zu einer gedankenlosen Angewohnheit geworden, sie aß, um irgend etwas anderes nicht tun zu müssen. »Was, zum Beispiel?« fragte sie sich selbst und warf die leere Verpackung in den Papierkorb. Zum Beispiel über deine glückliche Ehe nachdenken, lautete die prompte Antwort. Rasch langte Renee noch einmal in die Schublade und nahm sich einen zweiten Schokoriegel.
»Lynn Schuster ist auf Leitung eins«, verkündete ihre Sekretärin, während Renee noch am Kauen war.

»Einen Augenblick bitte, Lynn, ich habe mich gerade verschluckt.« Renee würgte den Rest des Schokoriegels hinunter und räusperte sich dann direkt in den Hörer hinein. »Wie geht es Ihnen?«
»Mies«, sagte Lynn. »Ich habe wirklich alles vermasselt, stimmt's?«
»Sie haben die Sache nicht gerade vereinfacht. Aber das ist nicht so schlimm. Wenn es nicht wild hergeht, macht es keinen Spaß.«
»Haben Sie mit Garys Anwalt gesprochen?«
»Wir haben für Montag um vierzehn Uhr ein Treffen vereinbart. Seien Sie bitte um dreizehn Uhr dreißig bei mir in der Kanzlei.«
»Muß ich dabeisein?«
»Oh, ich glaube nicht, daß Sie das verpassen sollten.« Renee hörte Lynn aufseufzen. »Machen Sie sich keine Sorgen, Lynn. Ich bin da ganz in meinem Element. Das ist so leicht wie Kuchenbacken.« Renee zog eine Grimasse – warum hatten ihre Sprachbilder immer etwas mit Essen zu tun?
»Hoffentlich haben Sie recht.«
»Und bis dahin halten Sie sich von Mr. Cameron fern, ja?«
»Ja«, versprach Lynn leise.
»Ich kann Sie nicht hören.«
»Ich halte mich fern von ihm.«
»Bitte noch mal. Ich habe es immer noch nicht ganz verstanden«, spornte Renee sie an.
»Ich sagte, ja, ich werde mich von ihm fernhalten«, wiederholte Lynn so laut, daß Renee den Hörer von sich weghielt.
»So ist es brav! Wissen Sie, ich war früher in der High School Cheerleader. Ich habe immer bei den Football-Spielen die Zuschauer zu lauterem Anfeuern animiert.«
»Ich wette, da waren Sie Spitze.«
»Ganz genau«, sagte Renee laut, nachdem Lynn aufgelegt hatte. »Ich *war* Spitze.« Sie dachte daran zurück, wie sie in der Cheerleader-Uniform ausgesehen hatte. Mit einer Mi-

schung aus Zärtlichkeit und Bestürzung erinnerte sie sich an den flauschigen weißen Pullover und den kurzen, rotweißen Faltenrock, der immer ihren breiten Hintern sehen ließ, wenn sie Räder schlug oder Luftsprünge vollführte. Ihre mangelhafte Körperbeherrschung hatte sie immer durch ihren großen Enthusiasmus und ihr »Toll-daß-ich-mitmachen-darf-Lächeln« wettgemacht. Sie war weiß Gott nicht das hübscheste Mädchen im Cheerleader-Team gewesen und hatte auch bei weitem nicht die beste Figur gehabt, aber sie hatte immer am lautesten und ausdauerndsten angefeuert. Keine einzige Probe und kein einziges Match hatte sie je versäumt. Sie hatte vielleicht nicht die allerschönsten Beine gehabt, aber auf jeden Fall die kräftigste Lunge. Und sie hatte sie zu gebrauchen gewußt. Manche Dinge ändern sich nie, dachte sie.
Die Sprechanlage auf dem Schreibtisch summte, und Marilyns Stimme unterbrach ihre Träumerei. »Mr. DeFlores ist auf Leitung zwei.«
Renee starrte auf das Telefon. Mr. DeFlores hatte eines Abends beim Nachhausekommen entdeckt, daß ihn seine ihm seit fünf Jahren angetraute Frau verlassen und buchstäblich jedes Möbelstück, ja sogar das Plastikgeschirr mitgenommen hatte, das noch aus seiner Junggesellenzeit stammte. Würde Mr. DeFlores ihr glauben, daß sie in der High School Cheerleader gewesen war? »Mr. DeFlores«, sagte sie in den Hörer hinein und bemühte sich, nicht allzu pessimistisch zu klingen, während sie ihm beibrachte, daß seine ihm abhanden gekommene Frau sich erneut geweigert hatte, die getroffene Vereinbarung zu unterzeichnen, die auf ihr Drängen hin bereits in mehreren Punkten abgeändert worden war. »Wir können im Augenblick wirklich nichts tun, es sei denn, Sie gehen vor Gericht, was, wie ich Ihnen schon einmal erklärt habe, sehr teuer werden kann. Lassen wir ihr noch ein paar Wochen Zeit. Sie haben es mit dieser Scheidung doch nicht eilig, oder?«
Mr. DeFlores bestätigte, daß es ihm damit nicht eilig war.

»Gut, dann werde ich dem Anwalt Ihrer Frau mitteilen, daß wir keine weiteren Abänderungen akzeptieren und daß es nichts mehr zu diskutieren gibt, solange Ihre Frau sich nicht einverstanden erklärt, die Vereinbarung in ihrer jetzigen Form zu unterschreiben. Wir können warten. Wenn sie die Scheidung so schnell will, wie sie behauptet, dann muß sie jetzt den nächsten Schritt tun... Ja, ich melde mich bei Ihnen. In der Zwischenzeit versuchen Sie ganz ruhig zu bleiben, Mr. DeFlores. Die Zeit arbeitet immer für den, der bereit ist zu warten.« Renee war sich nicht sicher, ob das stimmte, aber es klang gut und schien ihren Klienten zu beruhigen. Sie legte auf und wollte schon Mrs. DeFlores' Anwalt anrufen, überlegte es sich aber plötzlich anders. Mrs. DeFlores' Anwalt war ein unangenehmer junger Mann, mit dem Renee jedesmal Schwierigkeiten hatte. Er sprach laut und schnell, und Renee sah ihn förmlich vor sich, wie er während des Telefongesprächs mit den Fingern in der Luft herumfuchtelte. Immer wenn sie mit ihm sprach, mußte sie an den Witz denken, den Philip einmal bei einer Party erzählt hatte. Frage: Was hat man, wenn man sechs Anwälte bis zum Hals im Sand vergraben hat? Antwort: Nicht genug Mumm. Der Witz tat weh, fand sie, aber sie hatte damals mitgelacht, weil sie nicht für humorlos gehalten werden wollte.

Renee hatte das Gefühl, eine Tasse Kaffee würde ihr jetzt guttun, und ging in den Gemeinschaftsraum, der auf der anderen Seite der Eingangshalle lag. Sie nahm die Kanne, die den ganzen Tag über warmgehalten wurde, schenkte sich eine Tasse Kaffee ein, fügte großzügig Sahne und Zucker hinzu, setzte sich in einen der niedrigen blauen Sessel und legte die Beine auf den bereits ziemlich zerkratzten Couchtisch vor ihr.

Ihre Gedanken kehrten wieder zu Mr. DeFlores zurück. Das Ganze war eine reine Machtfrage, aber wenn sie ihm das sagte, würde er sich nur noch mehr aufregen. Sich bereit zu erklären, die Scheidungsmodalitäten zu unterzeichnen, und sich dann im letzten Augenblick doch zu weigern; etwas Inakzeptables an einem bereits gutgeheißenen Arrangement zu entdecken; alte Forderungen aufzugeben und neue zu stellen, und das auch noch fünf Minuten vor zwölf – das alles gehörte zu dem Spielchen dazu. Eheleute, die sich scheiden lassen wollten, taten einander so etwas immer an. Auf diese Weise versuchten sie die Oberhand zu gewinnen, den Ton anzugeben, Drahtzieher zu bleiben. Lisa DeFlores machte es so mit ihrem Mann; Gary Schuster machte das gleiche mit seiner Frau. Renee schloß die Augen und legte den Kopf auf die Rücklehne, so daß ihr Adamsapfel in die Luft ragte.

Zumindest geben meine Klienten nicht auf, sie geben nicht klein bei, dachte sie dankbar. Besonders erfreut war sie darüber, daß Lynn Schuster beschlossen hatte, sich zu wehren. Viel zu viele Frauen taten das nicht. Sie zerbrachen unter dem Druck – dem finanziellen oder dem psychischen, manchmal unter beidem. Lynn hatte Angst und war tief verletzt, aber sie hatte Renee die Erlaubnis erteilt, alles Notwendige zu unternehmen, um Garys Drohungen zu entschärfen. Renee freute sich schon auf den Termin am kommenden Montag.

Ihr wurde bewußt, daß sie Lynn Schuster gerne mochte, und sie hoffte, Lynn und sie würden, wenn die Scheidung über die Bühne war, Freundinnen werden. Sie hatte alle ihre engen Freundinnen im Lauf der Jahre aus den Augen verloren, und erst jetzt merkte sie so recht, wie sehr sie sie vermißte. Obwohl ihr das alles zugestoßen war, wirkte Lynn Schuster wie eine Frau, die ihr Leben im Griff hatte. Na und? fragte sie sich. Habe ich meines vielleicht nicht im Griff? Plötzlich war sie sauer und ungeduldig, ohne zu wissen, warum.

»Hallo! Alles in Ordnung?«

Renee öffnete die Augen und sah ein paar Meter entfernt Margaret Bachman stehen, eine Anwältin, die vor nicht allzu langer Zeit der Anwaltsfirma beigetreten war. Marga-

ret betrachtete sie mit einer Mischung aus Neugier und Besorgnis. »Mir geht es gut«, sagte Renee.
»Ihr Gesicht hat gezuckt«, erklärte die Frau. »Es sah aus, als ob Sie Schmerzen hätten.«
Renee versuchte zu lächeln. »Ich habe mir nur gerade Gedanken über einen Fall gemacht.«
Margaret Bachman lachte. »John sagt, ich würde das andauernd tun. Jetzt weiß ich, was er damit meint. Wie ist der Kaffee?«
»Ausgezeichnet.« Renee sah zu, wie die etwa gleichaltrige Frau, die jedoch durch ihre Stimme älter wirkte, sich eine Tasse einschenkte. Sie sah auch, daß Margaret den Kaffee schwarz trank.
»Wir haben Sie bei der Party Samstag abend vermißt.«
»Bei welcher Party?«
»Bobs Party.«
Bob war Bob Frescati, einer der Gründer der Gemeinschaftskanzlei.
»Oh, entschuldigen Sie bitte«, sagte Margaret Bachman sofort. Es war ihr sichtlich peinlich. »Ich hatte angenommen, Sie wären...« Sie unterbrach sich, weil sie wußte, daß alles, was sie jetzt sagen konnte, die Sache nur noch schlimmer machen würde.
»Wir waren am Samstag woanders eingeladen«, sagte Renee und grinste Margaret Bachman so breit und offen an, wie es nur ging. Schließlich stimmte das ja auch. Sie und Philip waren am Samstag wirklich woanders eingeladen gewesen, nämlich zu der Party, zu der sie Kathryn mitgenommen hatten. An Bob Frescatis Party hätten sie also sowieso nicht teilnehmen können, selbst wenn er sie eingeladen hätte. So, wie sie auch zu keinem der anderen Kollegentreffen in letzter Zeit mehr erschienen waren, denn Philip hatte immer schon andere Pläne gehabt. Das hatte Bob ganz bestimmt gemerkt. Die Leute sprachen keine Einladungen mehr aus, wenn man ihnen zu oft abgesagt hatte. Trotzdem mußte sie zugeben, daß sie gekränkt war. Sie hatte sich im

Lauf der Jahre von allen ihren Freunden abgewandt. Fing sie jetzt an, dasselbe mit ihren Bekannten und Kollegen zu tun?
»Und ich hatte mich so darauf gefreut, Ihren gutaussehenden Mann kennenzulernen. Wissen Sie, er ist das Gesprächsthema Nummer eins der Sekretärinnen. Sie sagen alle, daß er einfach hinreißend ist.« Margaret setzte sich neben Renee.
»Ja, er ist ein sehr gutaussehender Mann«, pflichtete Renee ihr bei.
»Sie Glückliche!«
Renee nickte. Diesen Blick kannte sie. Wie hast du es bloß geschafft, dir einen Mann zu angeln, der das Gesprächsthema Nummer eins der Sekretärinnen ist? drückte dieser Blick aus.
»Ich werde vielleicht an einem der kommenden Abende ein kleines Essen geben. Vielleicht würden Sie und Ihr Mann auch gerne dabeisein?«
»Wir würden uns auf jeden Fall sehr freuen«, erklärte Renee, war sich allerdings überhaupt nicht sicher, ob das auf jeden Fall so sein würde.
»Na, dann sagen Sie mir doch einfach, wann es Ihnen passen würde – ich habe gehört, daß es bei Ihnen mit den Terminen ziemlich schwierig ist –, und dann lade ich die andern entsprechend ein.«
Renee nahm die Füße vom Tisch, sehr darum bemüht, nicht zu zeigen, welche Anstrengung sie das kostete. »Ich rufe Philip gleich an«, erklärte sie der verdutzten Frau, die auf eine so prompte Reaktion offensichtlich nicht gefaßt war.
Wütend und gekränkt kehrte Renee in ihr Büro zurück. Sie wußte, daß sie selbst an allem schuld war. Angesichts der Tatsache, daß es bei ihr schon zu einer Gewohnheit geworden war, nicht zu erscheinen und viel zu spät abzusagen, konnte sie nicht erwarten, daß die Leute sie weiterhin zu ihren Partys einluden. Sie fragte sich, ob es wohl auch schon andere gesellschaftliche Ereignisse gegeben hatte, von de-

nen sie ausgeschlossen geblieben war. Aber damit war jetzt Schluß. Es war höchste Zeit für einen Neuanfang. Sie nahm den Hörer ab, wählte die Nummer von Philips Praxis und wappnete sich innerlich für die geheuchelte Freundlichkeit von Philips Sekretärin, dieser Möchtegern-Engländerin.
»Praxis Dr. Bower.«
»Samantha, kann ich bitte mit Philip sprechen?«
»Wer ist am Apparat, bitte?«
»Hier spricht Mrs. Bower«, sagte Renee, kaum ihren Ohren trauend. Diese Frau war von einer Unverfrorenheit!
»Ach, entschuldigen Sie bitte, Mrs. Bower. Ich habe Ihre Stimme nicht erkannt. Dr. Bower ist für den Rest des Tages außer Haus.«
Renee warf einen Blick auf ihre Uhr. Es war noch nicht einmal drei Uhr nachmittags. »Er ist weggegangen? Wann denn?«
»Vor einer Stunde ungefähr.«
»Hat er gesagt, wohin er wollte?«
»Ich glaube, er sagte, daß er nach Hause gehen würde.«
»Nach Hause? Fühlte er sich nicht wohl?«
»Doch, er fühlte sich wohl«, sagte Philips Sprechstundenhilfe und lachte unangenehm auf. Muß er denn krank sein, um nach Hause gehen zu wollen? drückte dieses Lachen aus.
»Danke.« Renee legte den Hörer auf die Gabel und rief sofort ihre Sekretärin an. »Marilyn, würden Sie bitte versuchen, den Sechzehn-Uhr-Termin zu verschieben? Danke.« Dann wählte sie die Nummer ihrer Wohnung. Achtmal ließ sie es klingeln, bevor sie einhängte. Vielleicht war Philip auf dem Balkon und konnte das Telefon nicht hören, vielleicht war er auch unten am Pool. Noch einmal überlegte sie, ob er sich nicht doch krank gefühlt haben könnte. Es paßte gar nicht zu ihm, mitten am Tag heimzufahren. Sie wunderte sich, wo Debbie und Kathryn wohl steckten, aber dann fiel ihr ein, daß Debbie gesagt hatte, sie wolle mit Freunden nach Singer Island fahren. Kathryn hatte Debbies Vor-

schlag, sie zu begleiten, mit der Begründung abgelehnt, ihr sei mehr nach einem ruhigen Tag in der Wohnung. Vielleicht unternahmen sie und Philip gerade einen Strandspaziergang. Vielleicht waren sie noch nicht losgegangen, und sie kam noch rechtzeitig, um sich ihnen anzuschließen. Zum Teufel mit der Arbeit!
»Der Termin ist auf Donnerstag, sechzehn Uhr dreißig, verschoben«, verkündete Marilyn über die Sprechanlage.
»Falls es irgend etwas Dringendes gibt – ich bin daheim«, teilte Renee ihr einen Augenblick später auf dem Weg nach draußen mit.
»Alles in Ordnung?«
»Alles in Ordnung«, sagte Renee.

Philips weißer Jaguar stand auf seinem Platz; Renee stellte ihren weißen Mercedes daneben ab. Rasch ging sie über den Parkplatz und durch das Foyer des Hauses. Ihre Begrüßung des offensichtlich völlig desinteressierten Portiers fiel möglicherweise eine Nuance zu enthusiastisch aus. Sie fuhr im Lift zum sechsten Stock hinauf, legte den Weg durch den mit einem weichen Teppich ausgelegten Gang fast laufend zurück, stieß den Schlüssel ins Schloß und öffnete die Tür.
»Philip... Kathryn... Irgend jemand da?«
Sie hörte ein wohlvertrautes Geräusch; es war die Dusche im Bad. Was ist schon dabei? dachte sie übermütig. Sollte sie sich ausziehen und Philip bei seinen nachmittäglichen Waschungen Gesellschaft leisten? Wie ging noch mal der alte Spruch aus den sechziger Jahren? Spar Wasser – dusch mit einem Freund!
Philip würde überrascht sein, sie zu sehen. Schon oft hatte er behauptet, sie sei zu wenig spontan. Vielleicht würde er dann von der Tatsache, daß sie früher von der Arbeit heim- und zu ihm unter die Dusche gekommen war, so angetan sein, daß er sich Zeit für ein bißchen Liebe am Nachmittag nahm. Kein Vergleich mit der Vorstellung, sich mit Mr. DeFlores' Anwalt herumstreiten zu müssen!

»Renee?« Eine dünne Stimme ertönte aus einem anderen Raum. »Bist du es?«
Renee folgte der dumpf klingenden Stimme ins Gästezimmer. Kathryn saß im Bett. Ihr Haar war zerzaust, in ihren grünen Augen stand Angst. Das weiße Bettuch hielt sie straff bis unters Kinn hinaufgezogen. Rasch trat Renee zu ihr ans Bett. »Kathryn, was ist los? Ist alles in Ordnung mit dir? Du siehst fürchterlich schlecht aus.«
»Es geht mir nicht besonders.«
Renee beugte sich hinunter, um ihrer Schwester die Stirn zu befühlen, aber zu ihrer großen Überraschung wich Kathryn blitzschnell zurück. Nicht weniger erstaunt war sie, als sie bemerkte, daß ihre Schwester unter dem Bettbezug nackt war.
»Ich habe kein Fieber.«
»Kann ja sein, aber schau dich doch mal an! Du schwitzt. Vielleicht sollte ich einen Arzt rufen.«
»Es ist nur ein kleiner Grippeanfall«, widersprach Kathryn. Ihre Augen füllten sich mit Tränen. »Ich habe nur versucht, ein bißchen zu schlafen.«
»Ach, das tut mir leid. Habe ich dich aufgeweckt?«
»Nein, ist schon gut.«
Renee setzte sich zu ihrer Schwester aufs Bett. Irgend etwas in der Luft erregte einen Moment lang ihre Aufmerksamkeit, aber bevor sie es identifizieren konnte, war es schon wieder verschwunden. »Hast du etwas gegessen?«
Kathryn wollte gerade antworten, da ertönte Philips Stimme. Kathryn erstarrte.
»Was hältst du davon, irgendwo ein Eis essen zu gehen?« sagte er auf dem Weg zur Tür. Er hatte ein weißes Badetuch um die Hüften geschlungen und schüttelte gerade sein nasses Haar mit ein paar raschen Kopfbewegungen trocken. Renees Blick schoß von ihrer Schwester, die jetzt weißer war als das Bettuch, mit dem sie sich bedeckte, zu Philip, der trotz seiner spärlichen Bekleidung eindrucksvoll wie immer wirkte. »Na, was meinst du?« fragte er ohne Pause weiter.

»Ich habe dich kommen hören und dachte mir, du hättest vielleicht Lust auf ein schönes kaltes Eis.« Er blickte auf Kathryn, als sähe er sie zum erstenmal. »Hallo, Kathryn, ich wußte gar nicht, daß du da bist.«
»Ich fühle mich nicht besonders«, flüsterte Kathryn. »Ich bin wohl eingeschlafen. Ich habe dich gar nicht kommen hören.«
»Ein Patient hat abgesagt, da habe ich mich entschlossen, schon früher heimzufahren, mich auszuspannen und unter die Dusche zu steigen. Es ist heiß heute.« Er wandte sich wieder Renee zu. »Also, was ist? Hast du Lust, mit deinem Mann auszugehen und ein Rieseneis mit Schokowaffel zu verspeisen?«
Renees Gesicht entspannte sich, sie begann zu grinsen. »Klingt sehr verlockend.«
»Und wie steht es mit dir, Kathryn?«
Kathryn schüttelte den Kopf. Sie sah aus, als müßte sie sich jeden Augenblick übergeben.
»Kathryn sollte im Augenblick wohl besser keine feste Nahrung zu sich nehmen. Ich glaube, das beste für dich ist jetzt, im Bett zu bleiben und noch ein bißchen zu schlafen. Ich mache dir Tee und einen Toast, wenn du willst...«
»Nein, ich möchte nichts.«
»Wir bleiben nicht lange weg.«
Kathryn nickte.
Renee stand auf und zog ihrer Schwester die Decke, die ganz verwurstelt zu Kathryns Füßen lag, über die Schulter. »Du ziehst dir wohl besser etwas an, sonst erkältest du dich noch.« Sie beugte sich hinunter, um ihre Schwester auf die Wange zu küssen, aber Kathryn wandte den Kopf ab und senkte das Kinn zur Schulter, so daß Renees Lippen auf einer zerzausten Haarsträhne landeten. »Wird schon wieder werden«, sagte sie und wunderte sich, warum die Worte so hohl klangen. Dann nahm sie Philip bei der Hand und ging mit ihm aus dem Zimmer.

19

Lynn träumte, sie wäre in Marcs Wohnung. Sie standen in der Mitte des Zimmers, in dem seine Söhne schliefen, wenn sie zu Besuch kamen. Die Schlange schlief in ihrem Glasbehälter. Ab und zu warf Lynn einen argwöhnischen Blick auf sie.
»Ich weiß«, sagte Marc und ging auf sie zu, »du magst alles, was springt.«
Im nächsten Augenblick lagen sie auf dem Bett in seinem Schlafzimmer, und er zog ihr die Kleider aus. Sie spürte seine Hände langsam über ihren Körper streichen. Sie spürte seinen Bart an ihrem Mund. Plötzlich setzte sie sich auf. »Spielen wir ein Spiel!«
»Ich spiele keine Spielchen«, erklärte er.
»Ich seh' etwas, was du nicht siehst«, sagte sie trotzdem, »und das ist rot.«
»In diesem Zimmer gibt es nichts Rotes. Alles ist braun.«
»Ich seh' etwas, was du nicht siehst, und das ist rot.«
»Aber hier ist nichts rot!«
»Gibst du auf? Gibst du auf? Gibst du auf?«
Der kindische Refrain verwandelte sich in das Läuten des Telefons. Weil es im Traum geschah, wußte Lynn schon, bevor sie den Hörer abgenommen hatte, wer da anrief. Es waren ihre Kinder, die ihr berichteten, sie seien allein daheim, und ein fremder Mann versuche in das Haus einzudringen. »Verschließt die Türen!« befahl sie ihnen und lief die Straße ent-

lang auf ihr Haus zu. Aber ihr Haus stand nicht mehr da, wo es hätte sein sollen. An seiner Stelle befand sich ein kleines Ballett-Studio. Lynn rannte zu der Telefonzelle, die plötzlich an der Straßenecke zum Vorschein kam.
»Mommy, hilf uns!« schrie Megan. »Der Mann kommt. Er kommt rein!«
»Lauft!« drängte Lynn ihre Kinder völlig hilflos, denn sie wußte nicht, wo sie sie suchen sollte.
»Wohin denn?«
»Lauft in meine Hälfte des Hauses«, forderte Lynn sie immer lauter schreiend auf. »Solange ihr in meiner Haushälfte seid, kann er euch nichts tun.«
»Welche Hälfte ist denn deine?« fragte das Kind.
Lynn warf einen Blick die menschenleere Straße hinauf und hinunter und rang nach einer Antwort, fand aber keine. »Ich weiß es nicht«, sagte sie schließlich, als sie den Schatten des Mannes sah, der gerade nach ihren Kindern griff. »Ich weiß nicht, welche Hälfte meine Hälfte ist.«
Lynn riß die Augen auf.
Megan und Nicholas standen über ihr Bett gebeugt. »Alles Gute zum Geburtstag, Mommy«, riefen sie fast, aber nicht ganz, unisono. Voller Freude breitete Lynn die Arme aus und zog ihre Kinder an sich.
»Vorsicht!« warnte Megan und löste sich behutsam aus der Umarmung.
»Was hast du denn da?«
Stolz hielt Megan ihr einen kleinen runden Kuchen mit weißem Guß und einer Reihe zarter gelber Zuckerblüten entgegen. Lynn überflog das, was quer über die Oberfläche geschrieben war. »A. G. z. G. Mommy?« fragte sie.
»Die Frau in dem Geschäft hat gesagt, daß nicht genug Platz war, um Alles Gute zum Geburtstag zu schreiben. Geht es auch so? Sie hat gesagt, der Kuchen würde dir auch so gefallen.«
»Ich finde ihn köstlich«, sagte Lynn wahrheitsgemäß und bemühte sich, nicht zu lachen. »Wann habt ihr ihn gekauft?«

»Gestern. Mrs. Hart ist mit uns in das Geschäft gegangen, bevor du von der Arbeit zurück warst.« Mrs. Hart wohnte nur einige Häuser entfernt und paßte immer auf die Kinder auf, wenn Lynn später von der Arbeit nach Hause kam. »Sie hat gesagt, ich soll den Kuchen über Nacht in den Kühlschrank stellen, aber ich habe es nicht gemacht, weil ich nicht wollte, daß du ihn siehst. Ich wollte dich überraschen.«
»*Wir* wollten dich überraschen«, fuhr Nicholas gereizt dazwischen. »Er ist nicht nur von dir. Er ist auch von mir.«
»Ich habe ihn bezahlt«, erklärte Megan hochnäsig.
»Na und? Aber es war meine Idee.«
»Stimmt gar nicht!«
»Kinder«, sagte Lynn beschwichtigend, »es ist ein herrlicher Kuchen, und es war eine wunderbare Idee. Es ist überhaupt nicht wichtig, wer von euch ihn bezahlt hat und wessen Idee es war.«
»Meine war es!« sagte Nicholas.
»Nein, meine«, beharrte Megan.
»Wo hast du den Kuchen eigentlich versteckt?« fragte Lynn argwöhnisch.
»Unter meinem Bett.«
»Die ganze Nacht?«
»War das nicht richtig?« Megans Augen füllten sich mit Tränen.
»Ist schon in Ordnung«, sagte Lynn hastig. »Er schmeckt sicher köstlich.«
»Dürfen wir jetzt was davon essen?«
»Zum Frühstück?«
»Yeah«, schrie Nicholas. »Kuchen zum Frühstück!«
Lynn betrachtete die Gesichter ihrer beiden wunderschönen Kinder. Selbst wenn sie in den vergangenen vierzig Jahren alles andere falsch gemacht hätte – vierzig Jahre, mein Gott! –, sie hatte es zumindest fertiggebracht, zwei wunderschöne, gesunde Kinder in die Welt zu setzen. Bitte, lieber Gott, dachte sie, mach, daß er sie mir nicht wegnimmt! »Na klar, Kuchen zum Frühstück. Warum nicht?«

»Ich schneide ihn!« rief Megan und stürmte aus dem Zimmer.
»*Ich* schneide ihn!« schrie Nicholas hinter ihr her.
»*Ich* werde ihn schneiden«, erklärte Lynn, bezweifelte aber, daß die beiden sie gehört hatten. Sie folgte ihnen in die Küche, wo Megan den Kuchen bereits in die Mitte des Tisches gestellt hatte und gerade nach einem Messer griff. »*Ich* werde ihn schneiden«, wiederholte Lynn.
»Warum darf ich es nicht tun?« fragte Megan.
»Also gut«, sagte Lynn, von sich selbst überrascht. »Dann schneid du ihn. Aber sei vorsichtig.«
Megan strahlte.
»Daddy kriegt einen Anfall, wenn er hört, daß wir zum Frühstück Kuchen gegessen haben«, sagte Nicholas und lachte.
Lynn lief es kalt den Rücken hinunter. Ihr war, als würde die Schattenfigur aus dem Traum wieder um das Haus streichen. »Das Stück, das du da schneidest, ist zu groß, Megan.«
Nicholas griff über den Tisch und nahm das riesige Stück in die Hand. »Ich bin erster!« rief er und begann es sich in den Mund zu stopfen.
»Du bist ein solches Baby!« sagte Megan.
»Ruhe, Kinder! Wir haben keine Zeit zum Streiten. Ihr müßt euch noch fürs Camp anziehen, und ich muß mich fertigmachen zur Arbeit.«
»Es wäre gut, wenn du an deinem Geburtstag nicht arbeiten müßtest«, erklärte Nicholas mit kuchenverschmiertem Mund. »Wie alt bist du eigentlich, Mommy?«
»Sie ist vierzig«, antwortete Megan und sah dann ihre Mutter besorgt an. »Wie alt war deine Mutter, als sie starb?«
»Zweiundsechzig«, sagte Lynn. Es war für sie immer ein sonderbares Gefühl an ihrem Geburtstag, daß die Frau, die sie geboren hatte, nicht mehr da war und mit ihr feiern konnte. Während Megan die entsprechende Kopfrechnung anstellte, verwandelte sich ihre besorgte Miene in einen

Ausdruck der Bestürzung. »Ich bin schon noch eine Weile da«, versicherte Lynn ihr rasch.
»Und was ist, wenn dir etwas passiert?«
»Mir wird schon nichts passieren.«
»Aber wenn dir doch etwas passiert? Was, wenn du einen Unfall hast?«
»Ich werde keinen Unfall haben.«
»Aber wenn doch? Was passiert mit uns, wenn du bei einem Autounfall oder so stirbst?«
»Ich werde nicht bei einem Autounfall sterben«, sagte Lynn mit der Sicherheit eines Menschen, der in die Zukunft blicken kann. »Aber wenn doch«, fuhr sie fort, als sie sah, daß ihre Allwissenheit Megan völlig unbeeindruckt ließ, »dann habt ihr ja noch euren Vater. Er würde sich dann um euch kümmern.« Sie rang sich diese Worte nur mit großer Mühe ab. Sie sehnte sich nach einer Tasse Kaffee. »Aber so etwas wird nicht passieren.« Das Telefon klingelte. »Ich möchte bitte ein kleineres Stück Kuchen«, sagte Lynn zu ihrer Tochter und nahm den Hörer ab. »Hallo?«
Lynn hatte damit gerechnet, die Stimme am anderen Ende der Leitung werde die von Barbara sein, der Frau ihres Vaters, die anriefe, um ihr zu versichern, der heutige Tag sei der erste Tag vom Rest ihres Lebens, und war erstaunt, als keine Geburtstagsglückwünsche ertönten.
»Sie kommen am besten sofort hierher«, sagte die Stimme.
»Was? Wer spricht denn da?«
»Sie hauen ab.«
»Entschuldigung, aber ich glaube, Sie haben sich verwählt.«
»Lynn Schuster?«
»Ja, hier ist Lynn Schuster. Wer spricht denn bitte?« In Lynns Vorstellung entstand langsam ein noch schemenhaftes Bild.
»Die Fosters verlassen die Stadt. Der Möbelwagen steht schon vor ihrem Haus.«

»Was?«
Es knackte in der Leitung. Ganz langsam legte Lynn den Hörer auf die Gabel zurück. Das verschwommene Bild wurde plötzlich scharf. Es zeigte Davia Messenger, die besorgte Nachbarin der Fosters, mit ihrem geometrisch geschnittenen roten Haar, das ihr Raubvogelprofil noch betonte.
»Ist alles in Ordnung, Mom?«
Lynn erwiderte nichts. Wohin fuhren die Fosters? Was konnte sie tun, um sie zurückzuhalten?
»Mußt du weg?« fragte Megan ängstlich.
»Erst wenn ich meinen Geburtstagskuchen gegessen habe«, erwiderte Lynn und sah ihre Tochter erleichtert grinsen. »Ich habe euch sehr lieb«, sagte sie und drückte die beiden Kinder fest an sich. Mit den Gedanken aber war sie bei Ashleigh Foster. »Ich kann gar nicht sagen, wie lieb ich euch habe.«
»Wir haben dich auch lieb«, sagte Megan.
»Krieg' ich noch ein Stück Kuchen?« fragte Nicholas.

»Als der Bus die Kinder zum Camp abgeholt hatte, bin ich sofort losgefahren«, erklärte Lynn ihrem Vorgesetzten. Carl McVee, ein kleiner Mann mit Glatze, dessen altmodisch lange Koteletten seine Kahlköpfigkeit noch betonten, saß hinter seinem Schreibtisch, die Ellbogen aufgestützt und die Lippen zu einer häßlichen Schnute verzogen. »Das Haus war leer. Der Möbelwagen war schon abgefahren. Die Fosters waren natürlich schon lange weg. Ich habe die Umzugsfirma angerufen. Sie wollten mir keine Auskünfte erteilen, aber es ist ein hier ansässiges Unternehmen. Sie machen keine Umzüge in andere Bundesstaaten. Wir wissen also, daß die Fosters sich noch in Florida aufhalten. Ich habe in Fosters Büro angerufen. Dort sagte man mir, er sei in eine andere Stadt versetzt worden, aber sie wollten mir nicht sagen, in welche. Ich habe nachgesehen, welche Niederlassungen es von Data Base International gibt. Die Zentrale ist in

Sarasota, also sind sie wohl dorthin gezogen. Ich habe Stephen Hendrix angerufen, den Anwalt der Fosters...«
»Ich weiß.«
»Das wissen Sie?«
»Er hat unmittelbar nach dem Gespräch mit Ihnen hier angerufen.«
»Dann wissen Sie ja auch, daß er höchst unkooperativ ist.«
Lynn gefiel der Blick nicht, mit dem ihr Chef sie ansah.
»Ganz im Gegenteil, ich fand Mr. Hendrix sogar ausgesprochen kooperativ. Er hat sich bereit erklärt, unser Amt nicht zu verklagen, und zwar unter der Bedingung, daß...«
»Wie bitte?«
»Unter der Bedingung, daß Sie seinen Klienten in Ruhe lassen.«
»Sein Klient ist ein potentiell gefährlicher Mensch.«
»Sein Klient ist ein sehr *einflußreicher* potentiell gefährlicher Mann. Das ist ein bedeutender Unterschied.«
»Soll das heißen, daß wir nichts unternehmen werden?«
»Seien Sie doch vernünftig, Lynn. Wir haben nichts in der Hand.«
»Wir haben eine Menge in der Hand. Wir haben die Aussage der Nachbarin...«
»Einer Verrückten, von der Sie in Ihrem Bericht selbst geschrieben haben, daß sie vor Gericht nicht gerade eine beeindruckende Zeugin abgeben würde.«
»Wir haben Ashleighs Lehrerin, eine gewisse Miss Harriet Templeton. Es ist mir endlich gelungen, sie zu erreichen, und sie hat mir bestätigt, daß Ashleigh sich den Arm nicht bei irgendeinem Unfall auf dem Schulhof gebrochen hat.«
»Das beweist nicht, daß es Keith Foster war.«
»Es beweist, daß er gelogen hat.« Lynn ging wütend vor McVees Schreibtisch auf und ab. »Außerdem habe ich die zweite Frau von Keith Foster ausfindig gemacht.«
»Unsere Meisterdetektivin, sieh mal einer an!«
Lynn ignorierte seinen Sarkasmus. »Als Grund, warum sie

sich von diesem großen Menschenfreund scheiden ließ, nannte sie mir die Tatsache, daß er auch mit den Fäusten sehr großzügig auszuteilen begonnen hatte.«
»Lynn, Ihre Spürnase in Ehren, aber ich bitte Sie – die Aussage einer Ex-Frau!«
»Was ist so schlecht an der Aussage einer Ex-Frau?« Lynn erhaschte plötzlich einen unangenehmen Blick in ihre Zukunft. Die Schreckgestalt Ex-Frau! Sie sah sich schon als aufblasbare Puppe, der langsam die Luft entströmte. Je länger dieses Gespräch dauerte, um so mehr fühlte sie sich schrumpfen, immer wertloser werden.
»Die Motive der Dame sind wohl ziemlich fragwürdig«, sagte McVee kühl.
»Die Motive von Ihnen sind ziemlich fragwürdig.« Einen Augenblick lang war es ganz still. »Entschuldigen Sie. Ich verstehe einfach nicht, warum Sie sich so dagegen stemmen...«
»Lynn, wir haben das kleine Mädchen doch ärztlich untersuchen lassen, oder etwa nicht?«
»Ja, wir...«
»Der Arzt fand keinerlei Anzeichen für eine Mißhandlung, richtig?«
»Er fand keine Anzeichen für eine Mißhandlung, das stimmt. Aber Sie wissen genauso gut wie ich, wie lange die Fosters diese Untersuchung hinausgezögert haben. Alle Blutergüsse, die sie gehabt haben könnte...«
»Sind reine Mutmaßung.«
Lynn zwang den Blick zu Boden, weil sie befürchtete, ihre Wut könnte offensichtlich werden, wenn sie ihrem Vorgesetzten ins Gesicht sah. Seit wann gebrauchte er Floskeln wie »reine Mutmaßung«? Seit wann hatte er ein Jurastudium absolviert? »Die Fosters haben mir die Erlaubnis verweigert, ihren Hausarzt zu befragen.«
»Das ist ihr gutes Recht.«
»Ich weiß, aber...«
»Nichts aber, Lynn. Der Fall ist abgeschlossen.«

Lynn sprach weiter, als hätte er gar nichts gesagt. »Aber Patty Foster hat mir gegenüber so gut wie zugegeben, daß ihr Mann ihrer Tochter den Arm gebrochen hat.«
»Nachdem Sie sie entsprechend bearbeitet hatten, gab die arme Frau eben zu, daß ihr Mann leicht reizbar ist.«
»Ich habe sie überhaupt nicht bearbeitet.«
»Patty Fosters Geständnis, wenn Sie es unbedingt so nennen wollen, sagt nichts anderes aus, als daß die Frau ein bißchen durcheinander war. Im nächsten Augenblick nimmt sie alles wieder zurück. Sehen Sie doch den Tatsachen ins Auge, Lynn – wir haben nichts in der Hand, um ihn vor Gericht zu bringen. Und wir haben auch nichts, was diese Leute zwingen könnte, sich einer Therapie zu unterziehen.«
»Wir können...«
»Wir können gar nichts tun. Wir haben nichts in der Hand!« wiederholte er zum x-ten Mal.
»Wir haben eine Zeitbombe in der Hand!«
»Sind Sie jetzt nicht ein bißchen melodramatisch?«
»Ich möchte von Ihnen die Erlaubnis, das Jugendamt in Sarasota verständigen zu dürfen.«
»Erlaubnis verweigert.« Jetzt klang er wie ein Richter am Obersten Bundesgericht, fand Lynn. Sie folgte ihm mit dem Blick, als er aufstand und ihren Bericht auf den Schreibtisch fallen ließ, um seinen Worten zusätzliches Gewicht zu verleihen. »Ich riskiere doch mit einem derart dürftigen Beweismaterial keine Anzeige!«
Lynn probierte es mit einer anderen Taktik. »Sie sind doch sonst nicht ein Mensch, der sich Druck von außen beugt.« Ihr Versuch, ihm zu schmeicheln, klang genauso verlogen wie die Worte selbst. Carl McVee war geradezu berühmtberüchtigt dafür, jedem wie auch immer gearteten Druck nachzugeben.
»Ich nenne es nicht Druck. Ich nenne es gesunden Menschenverstand.« Lynn wollte gerade widersprechen, da fügte er noch etwas hinzu: »Und gerade der scheint Ihnen zur Zeit etwas abhanden gekommen zu sein.« Was immer

Lynn hatte sagen wollen, blieb ihr jetzt im Hals stecken.
»Die Leute klatschen eben gern, Lynn. Es ist inzwischen bereits bis hierher in den zweiten Stock gedrungen.« Er machte eine Pause. »Soweit ich unterrichtet bin, ist es letzte Woche in Ihrem Büro zu einer peinlichen Szene gekommen.«
»Ich weiß nicht genau, wovon Sie sprechen. In meinem Büro kommt es zu vielen peinlichen Szenen.«
»Und haben die auch alle etwas mit Ihrem Mann zu tun?«
Lynn schwieg und senkte wieder den Blick.
»Soweit ich unterrichtet bin, war er sehr aufgebracht über Ihr Verhalten in letzter Zeit.«
»Ich sehe nicht, welche Bedeutung das in diesem Zusammenhang haben soll...« sagte Lynn unwillig, als sie ihre Stimme wiedergefunden hatte.
»Sie sind schon lange bei uns, Lynn.«
»Ja. Aber ich verstehe immer noch nicht, was mein Privatleben mit...«
»Wir irren uns manchmal in unserem Urteil. Und manchmal schwappen diese falschen Urteile eben von einem Lebensbereich in den anderen über.«
»Nicht ich habe meinen Mann verlassen, Carl. Er hat mich verlassen. Er hat ein falsches Urteil getroffen, nicht ich.«
»Und diese Affäre, die Sie mit diesem...«
»Ich habe mit überhaupt niemandem eine Affäre! Wie können Sie es wagen, eine solche Unterstellung...«
»Schon gut, schon gut«, sagte McVee und fuchtelte mit den Händen herum, als gelte es, einen körperlichen Angriff abzuwehren, »vielleicht habe ich die Sache etwas übertrieben.«
»Ich finde, Sie sollten sich bei mir entschuldigen.«
»Ich entschuldige mich«, sagte McVee hastig.
Lynn ließ sich auf den Stuhl vor seinem Schreibtisch fallen. Die aufblasbare Puppe war zu einem Häufchen zusammengefallen. Die Luft war raus. Sie schwieg. Sie hatte nichts mehr zu sagen.

Carl McVee ging um den Schreibtisch herum und setzte sich mit seinem breiten Hintern vor Lynn auf die Kante der Tischplatte. »Es tut mir *wirklich* leid, Lynn. Meine Bemerkungen waren unangebracht. Sie sind meine beste Kraft an vorderster Front. Aber was den Fall Foster betrifft, können wir uns auf nichts anderes stützen als auf Ihren Instinkt. Ein guter Anwalt – und Stephen Hendrix ist ein guter Anwalt – könnte argumentieren, daß dieser Instinkt in letzter Zeit ein wenig durcheinandergeraten ist.«
Lynn wurde sich bewußt, daß er sich überhaupt nicht entschuldigt hatte. Er benützte nur entschuldigende Worte, um seine Argumente zu verstärken.
»Wir können nicht die ganze Welt retten, Lynn. Manche Dinge entziehen sich unserer Kontrolle.«
»Und deshalb wird ein kleines Mädchen um seine Kindheit gebracht, ja vielleicht wird es sogar sterben – nur weil Sie mir nicht erlauben, den Hörer vom Telefon zu nehmen.«
Carl McVee sah gequält aus, aber er ignorierte den zweiten Teil ihrer Bemerkung. »Das können wir nicht wissen.«
»Doch, genau das wissen wir.« Lynn holte tief Luft. »Ist das alles? Kann ich gehen?« Ihr war klar, daß sie die Grenze zur Grobheit überschritten hatte, aber sie verspürte das überwältigende Verlangen, das Büro dieses Mannes zu verlassen, bevor sie ihn noch aus dem Fenster im zweiten Stock warf.
McVee nickte, hob seinen Hintern vom Eck der Schreibtischplatte, ging auf seinen Stuhl zu, um sich wieder niederzulassen, blieb jedoch plötzlich stehen und lächelte Lynn an, als sähe er sie an diesem Tag zum erstenmal. »Ach, übrigens«, sagte er, »alles Gute zum Geburtstag!«

20

Renee saß in ihrem weißen Mercedes und betrachtete das Haus, in dem sie aufgewachsen war. Sie versuchte ihren Körper in Bewegung zu bringen, ihre Hand zu zwingen, endlich die Wagentür zu öffnen. Warum war es jedesmal, wenn sie hierherkam, dasselbe – diese Atemnot, das Zittern in ihren Fingern, dieses beklemmende Gefühl in der Brust? Mein Gott, sie waren ihre Eltern. Sie hatten sie lieb, auch wenn es ihnen schwerfiel, das zu zeigen. Außerdem hatte sie nie zu den Menschen gehört, die unbedingt jeden Tag »Ich liebe dich« hören mußten. Schließlich waren das doch nur Worte. So wichtig war das nun wirklich nicht. Doch, doch es war wichtig, wußte Renee plötzlich. Sie faltete die Hände im Schoß. Worte waren wichtig.
So saß sie hinter dem Steuer, den Blick auf das Wohnzimmerfenster ihrer Eltern gerichtet. Die Vorhänge waren zugezogen, wie immer, wenn die Mittagssonne hineinschien. Waren ihre Eltern überhaupt daheim? Sie hätte vorher anrufen sollen. Sie wußte doch, daß ihre Mutter es haßte, wenn man ohne Vorwarnung vor der Tür stand, daß sie Überraschungen vermied, weil sie ihrem Mann unangenehm waren. Renee betrachtete die kleine, in Silberpapier gewickelte Schachtel, die auf dem Beifahrersitz lag. Ihre Mutter hatte nächste Woche Geburtstag. Schon seit Jahren hatte sie ihr nichts mehr geschenkt. Als seine Töchter noch sehr klein waren, hatte ihr Vater entschieden, Geschenke

seien eine unnötige Geldausgabe. Renee konnte sich nicht erinnern, wann sie von ihren Eltern das letztemal etwas zum Geburtstag bekommen hatte; allerdings hatten sie ihr zur Hochzeit mit Philip einen Scheck zukommen lassen, der auf eine großzügige Summe ausgestellt war.
Renee warf einen Blick auf ihre Armbanduhr. Es war vierzehn Uhr dreißig. Ob ihre Eltern wohl daheim waren? Oder waren sie auf dem Golfplatz? Ihr fiel ein, daß sie jeden Samstag Golf spielten. Sie wußte nur nicht mehr, um welche Zeit. Und wenn sie daheim waren, würde sie sie dann beim Mittagessen stören? Sie konnte sich auch nicht mehr entsinnen, um welche Zeit sie immer aßen. Sie hätte vorher anrufen sollen, um sicherzugehen, daß sie zu Hause waren. Sie hätte anrufen sollen, um sie auch ganz bestimmt nicht beim Essen zu stören. Sie hätte überhaupt nicht kommen sollen. Warum war sie eigentlich hier? »Was habe ich hier verloren?« fragte sie sich laut. »Warum tue ich mir das alles eigentlich an?«
»Weil du immer noch versuchst, ihre Zuneigung zu bekommen«, hörte sie Philips Stimme mit glasklarer Logik antworten. »Du versuchst immer noch, Daddys perfekter kleiner Engel zu sein.«
»Aber das war ich doch nie. Ich war nie sein perfektes kleines Irgendwas.«
»Aber du wolltest es immer sein.«
Hatte er recht? War sie deshalb hergekommen? Verschwendete sie aus diesem Grund den halben Samstagnachmittag – die knappe Zeit, die sie für sich selbst hatte –, damit, vor einem Haus herumzusitzen, das ihr im Grunde nie ein Heim gewesen war? War das der Grund, weshalb sie trotz der großen Hitze vor Angst fröstelte, weil sie wußte, daß alles, was immer sie auch sagen würde, unweigerlich falsch war, sobald sie dieses Haus betrat? Warum landete sie immer wieder an Orten, an denen sie überhaupt nicht sein wollte?
Philip geriet fast nie in solche Situationen. »Meine Zeit ist zu kostbar«, sagte er immer. »Das Leben ist zu kurz.« Und

er hatte recht. Warum sollte er seinen Samstag damit verbringen, Leute zu besuchen, mit denen er nichts anfangen konnte? Sie machte ihm keinen Vorwurf daraus, daß er nicht hatte mitkommen wollen. Ende nächster Woche würde Debbie nach Boston zurückfliegen – *erst*, dachte Renee mit schlechtem Gewissen –, und es war nur zu verständlich, daß er sich dafür entschieden hatte, den Tag mit ihr zu verbringen. Sie hatte sogar Verständnis dafür, daß er sie in seine Pläne nicht mit einbezogen hatte. Für einen Vater war es eben wichtig, ein bißchen Zeit mit seiner Tochter zu verbringen, die er viel zu selten sah. Renee richtete den Blick wieder auf das Haus ihrer Eltern. Für ihren eigenen Vater war es nie besonders wichtig gewesen.
Sie hatte gehofft, Kathryn zum Mitfahren überreden zu können. Aber Kathryn hatte nur den Kopf geschüttelt und ihn tiefer ins Kissen vergraben, hatte sich das Bettuch über den Kopf gezogen und jede Diskussion verweigert.
Seit dem Nachmittag, an dem Renee früher von der Arbeit heimgekommen war und ihre Schwester im Bett vorgefunden hatte, war Kathryn den größten Teil der Woche in ihrem Zimmer geblieben. Sie hatte kein Fieber und zeigte nicht die geringsten Grippesymptome, aber sie aß wenig und sprach noch weniger. Alle Fortschritte, die sie in den fast acht Wochen ihres Aufenthalts gemacht hatte, waren wie weggewischt. Sie zog sich wieder in sich zurück, wurde schweigsam und unnahbar. Renee hatte Philip erzählt, daß sie sich Sorgen mache; er hatte gesagt, er werde versuchen, noch einmal mit Kathryn zu reden, und alles tun, um ihr zu helfen.
Er ist ein guter Mensch, dachte Renee. Zum erstenmal wurde ihr bewußt, daß ihre Familie für ihn ein ebenso großes Problem darstellte wie für sie selbst.
Das Bild ihrer Schwester, blaß und verängstigt, erschien plötzlich wie eine Spiegelung in der Windschutzscheibe. Renee sah Kathryn im Bett sitzen, das weiße Bettuch bis zum Kinn hinaufgezogen. Sie sah Philip im Gang, das weiße

Handtuch gekonnt um die Hüften drapiert. »Was hältst du davon, irgendwo ein Eis essen zu gehen?« hatte er gefragt.
Ein kleiner, schwarzbrauner Hund lief bellend auf Renees Auto zu und verscheuchte das Bild. Gut, dachte Renee, ohne zu wissen, warum. Sie beobachtete, wie der Hund wütend gegen den unbefugten Eindringling auf seinem Territorium ankläffte und sich dann hastig zurückzog. An seinem watschelnden Gang, der so wirkte, als könne sein Hinterteil dem restlichen Körper nicht recht folgen, sah Renee, das es ein alter Hund war. Genau wie ich, dachte sie, nur daß ich nicht einmal *weiß*, wohin ich gehen soll. »Doch, ich weiß es«, sagte sie plötzlich voller Tatendrang. »Ich gehe jetzt in dieses Haus. Ich werde hineingehen und mich diesen beiden Leuten zeigen, die den Anspruch erheben, meine Eltern zu sein, und ich werde ihnen sagen, daß ich sie liebe. Und ich werde das Haus nicht verlassen, ehe sie mir nicht das gleiche gesagt haben!«
Sie rührte sich nicht vom Fleck. Sie blieb hinter dem Lenkrad ihres weißen Mercedes sitzen. »Seht ihr den Wagen da draußen?« hörte sie sich zu ihren Eltern sagen. »Das ist *mein* Wagen. Philip, mein Mann, hat ihn mir gekauft. Philip sieht gut aus und ist sehr erfolgreich, und jede Frau, die ihn sieht, möchte an ihn ran, aber er gehört mir. Er liebt *mich*. Und er hat mir diesen Wagen geschenkt, weil es ihm, genau wie euch, ziemlich schwerfällt, anderen Menschen seine Gefühle mitzuteilen.« Renee befingerte das kleine Geschenk auf dem Nebensitz. Ich hab' dich lieb, Mommy, dachte sie. Hast du mich auch lieb? Hast du mich lieb, Daddy? Was kann ich euch nur schenken, damit ihr mich liebt?
Sie erinnerte sich, daß sie ihr, als sie noch ein kleines Mädchen war, immer irgend etwas weggenommen hatten. Zuerst war es ihr Daumen, den sie ihr aus dem Mund rissen, anfangs mit Hilfe grausamer Spötteleien, dann mit kräftigen Fingern und schließlich, als keine dieser beiden Takti-

ken Erfolg hatte, mittels irgendeiner scheußlich schmeckenden Flüssigkeit. Das nächste war dann ihre Lieblingsdecke gewesen, eine Decke, in die sie sich seit ihrer frühesten Kindheit nachts gekuschelt hatte und die zu Beginn ihres fünften Lebensjahres praktisch nur mehr ein Flanellfetzen war. »Du bist zu alt für das Decki«, sagten sie ihr und benutzten dabei das Babywort, das sie selbst sich schon Jahre zuvor abgewöhnt hatte. Jeden Morgen, bevor sie in die Schule ging, versteckte sie die Decke vor ihnen, manchmal unter der Matratze, manchmal ganz klein zusammengefaltet in ihrer Wäscheschublade, immer wieder an einem anderen Platz, aber eines Tages kam sie heim, und die Decke war verschwunden. »Du bist jetzt zu alt für das Decki«, sagten sie ihr wieder, als sie heulend protestierte, und ließen sie dann allein in ihrem Zimmer weinen, ohne Daumen, ohne Decke als Trost.

»Das ist doch lächerlich. Was bringt es denn, das alles wieder aufzuwärmen? Ich bin wirklich dumm«, sagte Renee, stieß die Wagentür auf und trat auf die Straße hinaus. Sofort gerieten ein paar Kieselsteine in ihre Sandalen. »Super«, sagte sie, bückte sich, um die Schuhe auszuleeren, verlor dabei fast das Gleichgewicht und schaffte es nur mit Mühe und Not, das Geschenk davor zu bewahren, daß es auf die Straße fiel. »Fängt ja schon gut an!« Sie sah nach rechts und links, so wie man es ihr als Kind beigebracht hatte – ob sie sie wohl beobachteten? –, überquerte die Straße, betrat jedoch absichtlich nicht den gepflasterten Weg, der zur Vordertür ihres Elternhauses führte, sondern ging über das frisch gemähte Gras. Sie schleuderte die Sandalen von den Füßen, schüttelte einen Kiesel heraus, der hartnäckig zwischen ihren Zehen stecken geblieben war, und bohrte die Fußsohlen in das empfindliche Gras Floridas.

Der Rasen erhielt sein frisches Grün – ein Grün, das zu vibrieren schien – durch ein unterirdisches Bewässerungssystem, das angesichts der Hitze in Florida mehr eine Notwendigkeit als einen Luxus darstellte. Ohne ständige Pflege verwandelte sich das Gras schlicht in Heu. Genau wie wir auch, dachte Renee und strich mit den Händen über die kleinen Sträucher, die in der Mitte des Rasens standen. Sie waren säuberlich in die Form von Pelikanen und kleinen Pferden zurechtgeschnitten. »Das nennt man die Kunst des Stutzens«, hatte ihre Mutter ihr erklärt, als Renee ein Kind war, »und du darfst die Sträucher nicht berühren oder dich daraufsetzen.« Selbstverständlich hatte Renee nur wenige Minuten später versucht, eines der empfindlichen Pferde zu besteigen, und für diese Missetat eine ordentliche Tracht Prügel kassiert.

Jetzt tätschelte sie den Kopf des Pelikans und ging dann quer über den Rasen zur Haustür. Sie dachte an das Zimmer, das sie sich mit Kathryn geteilt hatte und das in den traditionellen Farben Floridas, Gelb und Grün, eingerichtet gewesen war. Ihre Eltern hatten wuchtige Möbel und kleine Kunstobjekte immer gern gehabt – jedenfalls hatte ihre Mutter ihre ständig größer werdende Sammlung von Porzellanpuppen immer so bezeichnet.

Renee stand vor der Tür und führte ihre zitternden Finger an den Klingelknopf. Sie fragte sich, ob ihre Eltern daheim waren, in welchem Teil des Hauses sie sich wohl aufhielten, aus welchem Zimmer sie sie jetzt wohl herausklingelte. Sie erinnerte sich, daß, wo immer sie sich als Kind gerade aufgehalten hatte, ihre Eltern immer irgendwo anders zu sein schienen, und daß es immer darauf hinausgelaufen war, daß sie die beiden störte.

Sie drückte den Klingelknopf, hörte die zarten Glockentöne durch das kühle Hausinnere wehen. Sie hörte eine Stimme – »Ich komme« – und Stöckelschuhe (ihre Mutter trug nie Absätze unter acht Zentimetern, nicht einmal im Haus) gegen die Bodenfliesen im Wohnzimmer klicken.

Als die Tür geöffnet wurde, schlüpfte Renee gerade wieder in ihre Sandalen. »Renee.« In der Stimme der Frau schwang nicht die geringste Überraschung mit. Der Name war ganz sachlich ausgesprochen worden, wie von einem Lehrer, der die Anwesenheitsliste seiner Schüler durchgeht. Und doch hatten die Augen der älteren Frau leicht aufgeblitzt, waren fast unmerklich größer geworden. Renee sah, daß ihre Mutter nicht ganz und gar gleichgültig auf ihren Besuch reagierte.

»Darf ich reinkommen?« fragte Renee ihre Mutter, die sich im Lauf der Jahre bemerkenswert wenig verändert hatte. Sie war immer noch die schöne Frau, die Renee in ihren Kindheitserinnerungen stets heraufbeschwor, die schöne Frau mit den hohen Wangenknochen und den kühlen grünen Augen, die sie ihrer älteren Tochter vererbt hatte – ein Gesicht, mit dem sie Erfolg als Modell gehabt hätte, wenn sie größer gewesen wäre und sich für diesen Beruf interessiert hätte. Renees Mutter ging einen Schritt zur Seite und ließ ihre Tochter ins Wohnzimmer treten, das gleich hinter der Haustür lag.

Helen Metcalfe trug eine blaßrosa Strickjacke und eine weiße, faltenlose Leinenhose. Sie war noch genauso schlank wie beim letztenmal, als Renee sie gesehen hatte, und sie hatte sich so frisiert, daß die feinen Gesichtszüge gut zur Geltung kamen. Alles andere als ein furchteinflößender Anblick, dachte Renee. Und doch macht sie mir Angst. Renee stand inmitten des vorwiegend in Gelb gehaltenen Zimmers und fühlte sich, als stünde sie inmitten einer kalten, grellen Sonne. Sie war sich nicht sicher, ob ihre Mutter ihr einen Platz anbieten würde. Zögernd überreichte sie ihr das kleine Päckchen. »Für deine Sammlung«, erklärte sie und streckte ihrer Mutter das silbern verpackte Geschenk entgegen.

»Das wäre doch nicht nötig gewesen«, sagte Helen Metcalfe trocken und warf einen wachsamen Blick über die Schulter. Schon während sie das sagte, hatte sie begonnen, das Silberpapier geschickt zu entfernen.

»Na ja, mir ist eingefallen, daß du nächste Woche Geburtstag hast, und auf dem Weg hierher habe ich es in einem Schaufenster gesehen. Hoffentlich hast du so eine noch nicht.«

Helen Metcalfe nahm die zerbrechliche Figur aus dem Seidenpapier, drehte sie in der Hand hin und her und begutachtete sie von allen Seiten.
»Es ist Pan«, erklärte Renee.
»Sie ist wunderschön.«
»Hast du schon einen Pan?«
»Man kann gar nicht genug Pans haben«, sagte ihre Mutter mit einem zaghaften Lächeln, ging quer durch den Raum zu dem zartgelben Klavier und stellte das fragile Figürchen so zwischen die anderen, daß es nicht mehr so ohne weiteres zu sehen war. »Danke. Das war wirklich sehr süß von dir.«
»Du kannst die Figur umtauschen, wenn du lieber eine andere willst. Ich habe die Rechnung.«
»Ist schon gut«, sagte ihre Mutter, nahm jedoch die Rechnung aus Renees zitternder Hand entgegen.
»Wie geht es dir?« fragte Renee verlegen. Sie wünschte sich, ihre Mutter würde ihr einen Platz anbieten – nicht weil sie länger als unbedingt nötig bleiben wollte, sondern weil sie Angst hatte, ihre Beine könnten unter ihr nachgeben.
»Es geht uns gut«, antwortete ihre Mutter im Plural, wie um Renees Vater mit einzubeziehen, der gerade aus dem Garten ins Wohnzimmer trat.
»Hallo Daddy«, flüsterte Renee.
Ian Metcalfe warf einen Blick auf die Haustür. »Ich dachte schon, ich hätte jemanden kommen hören.« Er sah seine Frau an. »Was verschafft uns denn die Ehre dieses Besuchs?«
»Ich wollte euch wieder mal sehen«, sagte Renee ganz einfach. »Mutter hat nächste Woche Geburtstag...«
»Das war dir doch früher nie besonders wichtig«, erklärte ihr Vater, sah sie dabei immer noch nicht an und ließ sich in einen der beiden gelben Sessel mit den abgerundeten Lehnen fallen, den Blick auf die zugezogenen Vorhänge geheftet.
Renee merkte, daß sie immer noch flach atmete. Ihr Vater war selbst im Sitzen eine imposante Erscheinung. Sie zwang

sich, in dem zweiten Sessel Platz zu nehmen, in der Hoffnung, den Blick ihres Vaters dadurch auf sich zu lenken. Plötzlich wurde ihr bewußt, daß weder ihr Vater noch ihre Mutter auch nur den Versuch gemacht hatten, sie zu umarmen, und es lief ihr kalt den Rücken hinunter. Das wäre alles, was ich bräuchte, um glücklich zu sein, um eine echte Familie aus uns zu machen, versuchte sie ihnen schweigend, nur mit den Augen, zu sagen. Legt doch einfach den Arm um mich und sagt mir, daß ihr mich liebhabt.
Es ist so wenig. Aber es ist zuviel.
»Ich will nicht mit dir streiten, Daddy«, sagte Renee geduldig. »Ich dachte, es könnte ein netter kleiner Besuch werden.«
»Renee hat mir ein Geburtstagsgeschenk mitgebracht, eine kleine Panfigur«, hörte sie ihre Mutter sagen und spürte eine Welle der Dankbarkeit in sich aufsteigen. Sie lächelte ihrer Mutter zu, aber Helen Metcalfe sah nur ihren Mann an.
»Aha, auf einmal willst du uns also besuchen«, sagte ihr Vater. »Du wohnst zehn Minuten entfernt, aber normalerweise bist du ja zu beschäftigt, um mal vorbeizuschauen, zu beschäftigt, um mal den Telefonhörer in die Hand zu nehmen.«
»Ich rufe doch hin und wieder an, aber ihr seid ja immer gerade im Weggehen, und außerdem habe ich nie geglaubt, daß es euch recht wäre, wenn ich einfach so hereinplatze.«
»Heute bist du hereingeplatzt.«
»Na ja, mir ist eben eingefallen, daß Mutter nächste Woche Geburtstag hat, da dachte ich mir, ich probiere es mal. Ich wußte nicht mal, ob ihr überhaupt zu Hause seid.«
»Normalerweise wären wir auch nicht zu Hause«, sagte ihre Mutter. Kam sie ihr schon wieder zu Hilfe? »Normalerweise würden wir jetzt Golf spielen. Aber dein Vater hat in letzter Zeit Probleme mit dem Rücken.«
»Helen, ich bin sicher, daß unsere Tochter sich nicht für meinen Gesundheitszustand interessiert.«

»Das stimmt nicht, Daddy. Natürlich interessiere ich mich dafür. Was ist denn mit deinem Rücken?«
Ihr Vater tat ihre besorgte Frage mit einer Handbewegung ab. »Wenn man alt wird, bekommt man eben Rückenschmerzen. Nun«, fuhr er mit kritischem Blick auf seine Tochter fort, »ich sehe, daß du gesund bist. Du ernährst dich offenbar gut«, fügte er hinzu.
»Ich habe ein paar Pfund zugenommen.« Renee begann verlegen an ihrer Bluse herumzuzupfen.
Ihr Vater lachte auf. »War Untertreibung auch ein Lehrfach an der schicken Uni, auf die du gegangen bist?«
»Du solltest wirklich eine Diät machen«, riet ihre Mutter ehrlich besorgt. »Philip ist ein sehr gutaussehender Mann. Du willst ihn doch sicherlich behalten.«
»Philip gefällt es, wie ich aussehe«, erklärte Renee und versuchte, ihre Worte mit einem Lächeln zu unterstreichen.
»Korpulenz bei Frauen könnte ich nie tolerieren«, bemerkte Ian Metcalfe trocken, ohne Rücksicht auf seinen eigenen, dicker gewordenen Bauch. »Deine Mutter hat heute noch dasselbe Gewicht wie bei unserer Hochzeit. Dick wird man nur durch Faulheit und mangelnde Selbstdisziplin. Nun«, sagte er noch einmal, und Renee wappnete sich innerlich für das, was jetzt kommen würde, »du hast beschlossen, uns einen Besuch abzustatten. Ich nehme an, du erwartest, daß wir uns freuen, dich zu sehen.«
»Ja, das habe ich gehofft.« Aber wie sollten sie sich freuen? Sie war dick und faul und hatte keine Selbstdisziplin.
»Und daß wir dankbar sind, nehme ich an.«
»Nein, nicht dankbar...«
»Wir wären dankbar, wenn wir hin und wieder eine Einladung zum Abendessen in deiner schönen Wohnung erhalten würden.«
»Ich habe euch doch eingeladen. Aber ihr seid ja immer beschäftigt.« Die Leute sprechen keine Einladungen mehr aus, wenn man ihnen zu oft absagt, dachte sie und überlegte wieder, von wie vielen geselligen Abenden im Kollegenkreis sie

in letzter Zeit wohl ausgeschlossen worden war. »Ich plane eine kleine Dinnerparty nächste Woche. Kathryn ist hier«, sagte sie ganz langsam und unsicher, ob dies der richtige Weg war, aber jetzt konnte sie nicht mehr zurück, »und ich dachte mir, es wäre schön, wenn wir alle mal wieder zusammen wären.« Merkten sie, daß sie log?
»Ich wußte nicht, daß Kathy in Florida ist«, sagte ihre Mutter. »Sie hätte uns anrufen sollen...«
»Kathryn kann uns anrufen, wenn sie uns sehen möchte«, unterbrach ihr Vater ihre Mutter, Renees Einladung ignorierend.
Renee versuchte zu lachen, aber das Ergebnis klang eher wie ein heiseres Husten. »Das Telefon funktioniert in beide Richtungen«, erinnerte sie ihre Eltern.
»Was soll das heißen?«
»Genau das, was ich gesagt habe.« Renee war plötzlich aufgestanden, obwohl sie sich bemüht hatte, die Ruhe zu bewahren. »Warum müssen immer Kathryn oder ich euch anrufen? Ihr seid durchaus in der Lage, einen Telefonhörer von der Gabel zu nehmen und eine Nummer zu wählen. Warum ruft ihr nie *mich* an? Warum fragt ihr nie Philip und mich, ob wir mal zu *euch* zum Abendessen kommen wollen? Warum könnt ihr nicht einfach ab und zu anrufen und euch erkundigen, wie es mir geht und was es Neues gibt? Ihr wißt doch, wo ich wohne. Ihr wißt, wo ihr mich erreichen könnt. Ihr habt Kathryns Nummer in New York. Ihr könnt euch Ferngespräche leisten. Warum seid ihr denn so erstaunt darüber, daß sie euch nie angerufen hat? Ihr Mann ist vor wenigen Monaten gestorben, und ihr habt euch nicht einmal lang genug von eurem Golf losreißen können, um ihr euer Beileid auszusprechen!«
»Kathryn ist inzwischen ein großes Mädchen. Sie hat es nicht nötig, jedesmal, wenn irgend etwas nicht klappt, zu ihrem Vater und zu ihrer Mutter gelaufen zu kommen.«
»Der Tod eines Ehemannes ist ein bißchen mehr als etwas, das nicht klappt. Glaubt ihr wirklich, daß sie euch nicht mehr braucht, nur weil sie erwachsen ist?«

»Sie weiß, wo wir wohnen«, wiederholte ihr Vater.
»Sie hat versucht, sich das Leben zu nehmen!« rief Renee völlig frustriert. Sie wartete auf eine Reaktion. Ihre Eltern sagten nichts. Immerhin wich augenblicklich alle Farbe aus Helen Metcalfes Gesicht. »Wo wart ihr eigentlich Kathryns Leben hindurch?« Wo wart ihr *mein* Leben hindurch? Sie mußte sich auf die Zunge beißen, um nicht auch das noch zu sagen, denn sie wußte, daß sie bereits zu weit gegangen war.
»Wie lange ist sie schon in Delray Beach?« fragte ihre Mutter mit dünner Stimme.
»Noch nicht lange«, log Renee wieder. Hatte ihre Mutter überhaupt gehört, was sie eben gesagt hatte? Hatte sie Renee erzählen hören, daß Kathryn versucht hatte, ihrem Leben ein Ende zu machen? *Wie lange ist sie schon in Delray Beach?* wiederholte Renee verblüfft in Gedanken. »Ruft sie doch einfach mal an. Sie wohnt bei mir, und ich weiß, daß sie gerne von euch hören würde.«
»Es ist nicht an uns, sie anzurufen«, sagte Ian Metcalfe, stur geradeaus starrend, dem Blick seiner Tochter wieder ausweichend.
»Was redest du da? Was soll das heißen, es ist nicht an euch?«
»Kathryn ist zu Besuch bei dir«, erklärte ihre Mutter geduldig die Haltung ihres Mannes, als müßte sie Renee Anstandsformen beibringen. »*Sie* muß uns anrufen.«
»Ich fasse es nicht!« Renee kickte mit dem Fuß gegen den unteren Teil des kleinen Sessels, auf dem sie gesessen hatte, so daß er sich ziellos im Kreis drehte. »Habt ihr denn überhaupt kein Mitgefühl mit ihr? Könnt ihr euren gekränkten Stolz nicht einmal ein paar Minuten lang vergessen und versuchen euch vorzustellen, was sie durchgemacht hat? Sie wollte sich das Leben nehmen, und ihr macht euch Gedanken, ob es der Etikette entspricht, wenn ihr sie zuerst anrufen würdet!«
Ihr Vater erhob sich. »Es ist immer dasselbe, findest du

nicht, Renee? Von uns erwartet man, daß wir alles stehen- und liegenlassen und daran denken, was ihr, du und deine Schwester, durchmacht. *Euch* aber ist es völlig gleichgültig, was eure Mutter und ich durchmachen, was wir wegen *euch* in all den Jahren durchgemacht haben. Ihr wart von Anfang an egoistische Kinder. Ich hatte gehofft, durch die Ehe würde sich das bei euch verlieren. Bei deiner Hochzeit mit Philip glaubte ich, du hättest noch eine Chance...«
»Du mußt wirklich abnehmen, Renee«, sagte ihre Mutter in warnendem Ton, und Renee hatte einen Augenblick lang das Gefühl, in einer ihrer sonderbaren Träume gefangen zu sein. Es war doch einfach nicht möglich, daß sie über ihr Gewicht sprachen, nachdem sie sie gerade von Kathryns Selbstmordversuch unterrichtet hatte! »Du hast es geschafft, daß ein Mann wie Philip Bower dich geheiratet hat. Du willst ihn doch nicht verlieren, oder? Du bist nicht so schön wie Kathryn, aber früher hattest du immer ein so hübsches Lächeln.« Helen Metcalfes Stimme wurde immer schwächer, verlor sich, als hätte sie das Unaussprechliche ausgesprochen.
Ungläubig starrte Renee ihre Mutter an, nicht weil diese die Mitteilung von Kathryns Tat weiterhin ignorierte – so war ihre Mutter immer mit unangenehmen Dingen jeder Art umgegangen –, auch nicht wegen ihres altmodischen, unausrottbaren Glaubens, die Ehe sei das Allerwichtigste im Leben einer Frau, sondern weil ihre Mutter ihr eben zum erstenmal in vierunddreißig Jahren ins Gesicht gesagt hatte, daß es etwas gab, was sie an ihr hübsch fand. Sie war geradezu verblüfft, ihre Mutter das jetzt sagen zu hören. »Du findest, daß ich ein hübsches Lächeln habe?« Renee hatte die vorher zutage getretene Unsensibilität der Frau ganz und gar vergessen, wollte sich nur mehr in ihre Arme stürzen. Sie merkte, daß sie sich auf ihre Mutter zubewegte.
»Man ist, was man aus sich macht«, sagte Helen Metcalfe. Renee blieb abrupt stehen.
»Sie sagte, du *hattest* ein hübsches Lächeln«, sprach Ian

Metcalfe für seine Frau weiter. »Aber heute sieht das natürlich kein Mensch mehr. Es ist ja nicht nur dein Gewicht. Es ist alles an dir. Schau doch nur, was du anhast! Schau deine Haare an! Da müssen wir ja glatt wieder den Haarlosen Joe anrufen, so wie damals, als du klein warst und nie so lange still gesessen bist, daß deine Mutter dein Haar ordentlich bürsten konnte.«

Renee entsann sich des schon vor langer Zeit vergessenen Spitznamens, der, wenn sie sich recht erinnerte, von einer Comic-strip-Figur stammte, deren langes Haar in die Stirn fiel, so daß sie kaum gehen konnte, weil sie nichts sah. Sie hatte immer geglaubt, sie könne sich noch an alles aus ihrer Kindheit erinnern. Wie hatte sie das nur vergessen können?

»Du erwartest, daß sich alles um dich dreht«, fuhr ihr Vater fort. »Du erwartest von allen anderen, daß sie alles liegen- und stehenlassen und sofort gesprungen kommen, wenn du nur mit dem Finger schnippst.«

»Ich erwarte ein bißchen Anstand«, sagte Renee, jetzt sehr zornig.

»Dann praktiziere ihn erst mal selbst«, gab ihr Vater zurück. »Und erhebe nie mehr die Stimme gegen mich, junge Dame!«

»Bitte, Daddy, ich will nicht mit dir streiten. Ich bin doch nicht gekommen, um zu streiten.«

»Weswegen bist du dann gekommen?« fragte ihr Vater.

»Ich habe es doch schon gesagt. Mutter hat Geburtstag. Ich wollte euch einfach wieder mal sehen.«

»Warum?«

»Ihr seid meine Eltern. Ich habe euch lieb!« schrie Renee. Das Zimmer begann sich um sie zu drehen.

»Du hast eine sehr seltsame Art, uns das zu zeigen«, sagte ihr Vater, dessen Ärger sich jetzt in Zorn verwandelte. Einen Moment lang glaubte Renee, er würde sie schlagen.

»Warum wirst du so zornig, wenn ich das Wort Liebe ausspreche?« fragte Renee erstaunt.

»Ich bin nicht zornig.«
»Natürlich bist du zornig.«
»Das ist dein altes Problem, Renee. Du meinst, du wüßtest alles.«
»Ich habe euch nur gesagt, daß ich euch lieb habe, verdammt noch mal!«
»In diesem Haus wird nicht geflucht«, sagte ihr Vater drohend.
»Was ist nur los mit euch?«
»Wir dulden es nicht, daß du in diesem Ton mit uns sprichst, Renee«, erklärte ihr Vater. Aus seinem Zorn war kalte Wut geworden. Er ging zur Haustür. »Ich fürchte, du wirst gehen müssen, bevor sich deine Mutter noch mehr über dich aufregt.«
»Nein!« schrie Renee und sah, daß beide aufsprangen. »Nein. Ich verlasse dieses Haus nicht, bevor ihr mir nicht zugehört habt.« Sie ging auf die beiden zu. In den Augen ihrer Mutter bemerkte sie einen ängstlichen Ausdruck. »Ich habe euch gerade gesagt, daß ich euch lieb habe. Das ist wohl das erstemal überhaupt, daß das Wort ›Liebe‹ in diesem Zimmer ausgesprochen wurde, vielleicht sogar im ganzen Haus, und ihr könnt ignorieren, was ihr ignorieren wollt, ihr könnt so tun, als hätte Kathryn keinen Selbstmordversuch unternommen, als hätte ich das alles erfunden, weil ich grausam bin, aber ich werde es nicht zulassen, daß ihr ignoriert, daß ich gerade eben vor euch stand und euch gesagt habe, daß ich euch lieb habe. Und ich gehe nicht eher, als bis ich euch sagen höre, daß *ihr mich* lieb habt! Habt ihr verstanden? Ich gehe einfach nicht weg, bevor ihr das nicht gesagt habt. Ich bin vierunddreißig Jahre alt, aber ich bin immer noch euer Kind. Und ich habe euch noch nie sagen hören, daß ihr mich lieb habt.«
Ihre Eltern schwiegen. Waren sie zu verdutzt, um etwas zu sagen, oder war es ihnen so unmöglich, diese Worte auszusprechen?
»Findet ihr nicht, es ist an der Zeit, daß ihr mir sagt, daß ihr

mich lieb habt? Findet ihr nicht, daß ich lange genug darauf gewartet habe?«
»Renee...« begann ihre Mutter matt, mit brechender Stimme. »Was soll das denn?«
»Ich will hören, daß ihr es sagt. Ich will euch sagen hören, daß ihr mich lieb habt. Was ist denn? Könnt ihr es nicht sagen? Habt ihr mich vielleicht nicht lieb? Nicht mal ein ganz kleines bißchen?«
»Renee...« flehte ihre Mutter und schielte zu ihrem Mann hinüber. »Das muß doch wirklich nicht sein.«
»Es muß sehr wohl sein. Es bedeutet alles für mich. Bitte, ich flehe euch an. Ich muß es hören!«
»Aber warum denn? Warum ist das so wichtig für dich?«
»Ich weiß nicht, warum.«
»Das ist doch Unsinn, Renee.«
»Ich gehe erst, wenn ihr es gesagt habt.«
Wieder herrschte Schweigen. Renee betrachtete die Gesichter ihrer Mutter und ihres Vaters, sah, daß sich ihre Münder öffneten und sofort wieder schlossen, sah die Bestürzung in ihren Augen, das Zittern ihrer Lippen. Ganz langsam ging sie auf ihre Mutter zu und blieb erst stehen, als sie nur noch wenige Zentimeter von dem immer noch hübschen Gesicht der älteren Frau entfernt war. »Hast du mich lieb, Mommy?« fragte sie und hörte dabei die Stimme des kleinen Mädchens, das immer noch in ihr steckte.
»Du machst es mir sehr schwer, Renee.«
»Heißt das, daß du mich lieb hast?« hakte Renee hartnäckig nach.
»Du bist meine Tochter. Eine Mutter muß ihr Kind lieben.«
Sie sah ihren Mann an.
»Nein, schau nicht ihn an!« befahl Renee. »Schau mich an! Sag mir, daß du mich lieb hast. Bitte.«
Die Antwort ihrer Mutter bestand aus einigen stillen Tränen. Renee wartete darauf, daß die Frau zu sprechen begann. Sie wußte, daß der Fehler nicht bei ihrer Mutter lag, sondern bei ihr selbst. Sie wurde nicht geliebt, weil sie nicht

liebenswert war. Sie war dick und faul und hatte nicht genug Selbstdisziplin.
»Daddy?« rief sie und ging schwankend auf ihren Vater zu. »Kannst du es sagen? Ist es wirklich so schwer für dich, mir zu sagen, daß du mich lieb hast?«
Zum erstenmal, seit Ian Metcalfe das Zimmer betreten und mit seiner Tochter gesprochen hatte, sah er ihr direkt in die Augen. Als er den Mund zum Sprechen öffnete, hielt Renee den Atem an.
»Natürlich haben wir dich lieb, Renee«, sagte er. Dann senkte er den Blick.
Renee stand völlig erstarrt mitten im Zimmer. Es war ganz anders gewesen, als sie es sich vorgestellt hatte. All die Jahre hindurch hatte sie darauf gewartet, ihren Vater diese Worte sagen zu hören, und als sie ihn dann endlich dazu gezwungen hatte, sie von ihrem Textbuch abzulesen, wurde ihr klar, daß sie völlig bedeutungslos waren. Die Erlösung war nicht gekommen, es hatte nicht ein Herz zum anderen gefunden, es war nichts da, nur diese Worte selbst. »Natürlich haben wir dich lieb, Renee«, hörte sie ihn in Gedanken noch einmal sagen, und die Worte klangen überhaupt nicht so, wie sie es erwartet hatte.
Sie sah von ihrem Vater zu ihrer Mutter, die sich abwandte, weil sie Renees Blick nicht ertragen konnte. Was hatte sie erreicht? Was hatte sie zu erreichen gehofft? Sie hatte zwei Menschen gezwungen, sich widerwillig mit ihren Gefühlen auseinanderzusetzen. Sie hatte ihren Vater endlich dazu gebracht, die Worte auszusprechen, nach denen sie sich all die Jahre so verzweifelt gesehnt hatte, aber ihr Sieg war bestenfalls bitter. »Natürlich haben wir dich lieb«, hatte ihr Vater gesagt, er hatte für sich selbst und für seine Frau gesprochen, so wie sie immer füreinander gesprochen hatten, damit nicht jeder für sich selbst irgend etwas eingestehen mußte.
Was hatte sie zu gewinnen erhofft? Die vor langer Zeit verlorenen Eltern? Die innige Umarmung am Ende des Films?

Den letzten Kuß, bei dem immer ausgeblendet wurde? Das Happy-End?
Welchen Unterschied machte es schon in ihrem Leben, ob ihr Vater sie nun liebte oder nicht? Oder ihre Mutter? »Warum ist das so wichtig für dich?« hatte ihre Mutter sie gefragt. Warum sind Worte so wichtig? fragte sie sich selbst, während sie aus dem Haus lief, und gab sich die Antwort unter Tränen: »Weil sie einfach wichtig sind.«

21

Lynn saß an ihrem Schreibtisch und versuchte, ihre Gedanken in Worte zu fassen. Seit über einer Stunde arbeitete sie nun schon an ein und demselben Bericht, bemühte sich, Sätze zu formulieren, die einfach keine Form annehmen wollten, Beobachtungen aufzulisten, deren Richtigkeit sie plötzlich anzweifelte, Empfehlungen zu geben, die wohl niemandem eine Hilfe sein würden. Was soll das alles? dachte sie und schloß den Aktenordner. Sie war doch alt genug, um zu wissen, daß man Menschen – im Gegensatz zu den Worten, die stellvertretend für sie auf dem Papier standen –, nicht fein säuberlich in Sätze zusammenfassen konnte.
Sie warf einen nervösen Blick auf die Fotos ihrer beiden Kinder. Gary Schuster, du Mistkerl, dachte sie wütend. Wie kannst du uns das nur antun? Sie sah auf ihre Armbanduhr. Es war elf. In drei Stunden würden sie und Renee sich mit Gary und seinem Anwalt treffen, um über die Zukunft der Familie zu entscheiden. »Wie konntest du mir das nur antun?« Lynn schlug mit der Faust auf die Schreibtischplatte, daß die Bilder ihrer Kinder wie überrascht hochsprangen. »Und was ist mit den Blumen, die du mir zum Hochzeitstag geschickt hast? Und was ist mit dieser albernen Karte? All die wunderbaren Jahre, auf die du angespielt hast, und dein Wunsch, wir würden noch viele Jahre Freunde bleiben? Was hatte es damit auf sich?« Nur ein Haufen Wörter, dachte

Lynn zornig und begann die Papiere zu ordnen, die durch den Faustschlag durcheinandergeraten waren. »Jetzt willst du nicht mehr mein Freund sein, was? Jetzt willst du etwas ganz anderes. Stimmt's? Du willst, daß dein Haus verkauft wird, um die Hälfte des Erlöses für dich zu beanspruchen. Und du willst deine Kinder, zumindest behauptest du das. Renee sagt, in Wirklichkeit willst du sie gar nicht. Sie sagt, es ist ein üblicher Trick, den die Männer anwenden, damit ihre Frauen in den Scheidungsverhandlungen weniger verlangen. Sie sagt, ich soll sie nur machen lassen, ich soll das alles den Profis überlassen. Das ist genau das gleiche, was ich den Leuten hier immer sage. Worte, immer nur Worte.«
Die Tür zu Lynns Büro wurde geöffnet. Arlene erschien, besorgt dreinblickend. »Ist alles in Ordnung hier drin? Ich dachte, ich hätte Sie schreien hören.« Die junge Frau sah sich nach rechts und links um; ihr Pferdeschwanz schwang bei jeder Kopfbewegung mit.
»Alles in Ordnung. Ich habe nur gerade eine Rede eingeübt.«
»Eine Rede?«
Lynn erwiderte nichts. Das Problem beim Lügen bestand darin, daß man immer weiterlügen mußte, um die erste Lüge zu bemänteln. Eine war genug, fand Lynn. Arlene blieb noch einige Sekunden und zog sich dann, die Tür schließend, wieder zurück. »Reiß dich zusammen«, flüsterte Lynn. »Vertrau deiner Anwältin!« Vertrauen. Lynn zuckte zusammen. Sie hatte ihrem Mann vertraut. Und was hatte ihr das eingebracht? Sie war vierzig Jahre alt und mußte wieder bei Null anfangen, als wäre sie erst zwanzig. Gary hatte ihren vierzigsten Geburtstag nicht einmal zur Kenntnis genommen. Weder durch seinen Anwalt noch durch seine Kinder hatte er ihr Glückwünsche zukommen lassen. Daß sie vierzig geworden war, interessierte ihn überhaupt nicht mehr. Sie interessierte ihn nur mehr insofern, als sie ihm Unannehmlichkeiten bereitete. Sie exi-

stierte für ihn nur noch als jemand, den er loswerden, aus seinem Leben streichen wollte. Als die Ex-Frau eben, dachte sie und fühlte sich sofort minderwertig.
Das Telefon klingelte, verstummte aber fast sofort wieder. Über die Sprechanlage ertönte Arlenes Stimme. »Auf Leitung eins ist ein Mann. Seinen Namen wollte er nicht sagen.«
Lynn hob den Hörer ab. »Lynn Schuster«, meldete sie sich, dankbar für die Ablenkung.
»Alles Gute zum Geburtstag«, sagte Marc Cameron, ohne sich vorzustellen. »Ich weiß, ich bin ein paar Tage zu spät dran, und ich weiß auch, daß du mich gebeten hast, nicht anzurufen, aber ich wollte dir für heute nachmittag Glück wünschen.«
»Danke.« Lynn hatte Angst davor, mehr zu sagen. Plötzlich war sie angespannt und merkte, daß sie sich ärgerte, ohne den Grund dafür zu kennen. Marc trug keine Schuld an dem, was geschehen war. Es war nicht fair von ihr, ihn für das, was Gary getan hatte, verantwortlich zu machen. Aber sie wußte, daß es einfacher, bequemer war, Marc – oder Gary – zu beschuldigen, als die Schuld dort zu suchen, wo sie in Wirklichkeit lag – bei ihr selbst.
»Ruf mich doch bitte hinterher an und erzähl mir, wie es ausgegangen ist.«
»Wenn ich kann.« Sie wollte schon auflegen.
»Lynn...«
»Ja?«
»Würde es dich sehr aufregen, wenn ich dir sagen würde, daß ich mich, glaube ich, in dich verliebt habe?«
Lynn stockte der Atem. »Ich weiß nicht«, sagte sie leise. »Vielleicht wäre es besser, wenn du mir das nicht gerade jetzt sagen würdest.«
»Ruf mich später an«, sagte er. »Dann sage ich es dir.«

Lynn saß im Wartezimmer von Renees Kanzlei und versuchte, nicht an das zu denken, was Marc gesagt hatte und

Gary gleich sagen würde. Es wird schon alles gutgehen, wiederholte sie in Gedanken immer wieder, wie ein Mantra. Es wird schon alles gutgehen. Wirklich?
Sie dachte an einen früheren Termin in Renees Kanzlei zurück. »Warum wollen Sie diesen Mann wiedersehen?« hatte Renee sie gefragt, nachdem sie von Marcs erstem Besuch erfahren hatte. »Wollen Sie unbedingt herausfinden, wie weit Sie gehen können, bis Ihr Leben wirklich zerstört ist?«
Nun hatte sie es ja herausgefunden. War sie zu weit gegangen?
Die Tür zu Renees Büro wurde geöffnet, und Renee erschien. Sie sah ein bißchen müde aus, wirkte aber durchaus kampfbereit. »Tut mir leid, daß ich Sie warten ließ. Kommen Sie rein.«
Lynn folgte Renee in den ihr mittlerweile vertrauten Raum und setzte sich wieder auf den Stuhl an der falschen Seite des hoffnungslos überladenen Schreibtisches. Renee ging ans Fenster und sah auf den Innenhof hinaus. »Ein schöner Tag heute«, sagte sie.
»Das hatte ich gar nicht bemerkt.«
»Nervös?«
»Warum sollte ich nervös sein? Es steht ja nur mein Leben auf dem Spiel.«
Renee lachte. »Da fällt mir eine Geschichte ein. Angeblich ist sie wahr, aber ich habe da meine Zweifel.«
Lynn rutschte nervös auf ihrem Stuhl herum. Sie war wirklich nicht in Stimmung für irgendwelche Geschichten.
»Da soll angeblich einmal ein altes Ehepaar, beide so um die fünfundneunzig, in eine Anwaltskanzlei gekommen sein und dem Anwalt mitgeteilt haben, sie wollten sich nach über siebzigjähriger Ehe scheiden lassen. Der Anwalt sah die beiden Alten an und traute seinen Ohren nicht. Er konnte es sich nicht verkneifen, zu fragen, warum sie sich nach all den vielen Jahren und trotz ihres hohen Alters scheiden lassen wollten. Da antworteten sie, sie hätten die

Scheidung schon seit Jahrzehnten gewollt, aber sie hätten gewartet, bis ihre Kinder gestorben seien.«
Lynn starrte Renee begriffsstutzig an.
»Es sollte lustig sein. Es ist ein Witz. Ich wollte, daß Sie sich ein bißchen entspannen und lachen.«
Lynn rang sich ein müdes Lächeln ab. »Ich bin wohl zu nervös, um lachen zu können.« Sie steckte die Hände zwischen die Falten ihres beigefarbenen Rocks.
»Machen Sie sich keine Sorgen. Es wird das reinste Zuckerschlecken werden. Apropos, haben Sie Hunger?« Lynn schüttelte den Kopf. »Kaffee?« Lynn nickte. Renee drückte den Knopf an der Sprechanlage. »Marilyn, bringen Sie uns bitte zwei Tassen Kaffee. Wie trinken Sie ihn?«
»Schwarz.«
»Einen schwarz, den anderen mit Sahne und Zucker. Nur keine Nervosität, Lynn. Es wird klappen, ich verspreche es Ihnen.«
Wenige Minuten später kam Marilyn mit dem Kaffee herein. Lynn bemerkte einige leere Schokoriegel-Verpackungen in dem Papierkorb neben Renees Schreibtisch.
»Ich kann ja wahrlich nicht behaupten, daß Sie mich nicht gewarnt hätten«, sagte Lynn, dem Blick ihrer Anwältin ängstlich ausweichend.
»Na, Gott sei Dank«, scherzte Renee, offensichtlich in der Hoffnung, Lynn ein Lächeln zu entlocken. Lynn tat ihr den Gefallen und hob kurz die Mundwinkel an.
»Alles, was Sie prophezeit haben, ist eingetroffen.«
»Zum Beispiel?«
»Zum einen, daß ich eine völlig annehmbare Scheidungsvereinbarung vermasselt habe. Und zum zweiten, daß mein Chef von meiner Beziehung mit Marc Cameron weiß oder zu wissen glaubt. Er hat mein professionelles Urteilsvermögen angezweifelt. Möglicherweise ist das Leben eines kleinen Mädchens in Gefahr, weil ich meine Glaubwürdigkeit verloren habe. Gary droht, mir die Kinder wegzunehmen, weil er glaubt, daß Marc und ich eine Affäre miteinander

haben. Er stellt meine Erziehungskompetenz in Frage. Offenbar redet schon die ganze Stadt darüber. Alle sind überzeugt, ich hätte eine Affäre mit Marc. Und irgend etwas in mir schreit: ›Warum hast du denn keine Affäre mit ihm?‹ Ich werde ja so oder so beschuldigt. Wenn ich auf jeden Fall ins Gefängnis muß, dann kann ich genauso gut schuldig werden.«
»Niemand wird Ihnen Ihre Kinder wegnehmen. Haben Sie Vertrauen zu mir. Ich werde das nicht zulassen.«
»Wenn ich doch nur Ihr Selbstvertrauen hätte.«
»Wenn ich doch nur Ihre Figur hätte.«
Die Sprechanlage summte. Als Marilyns Stimme ertönte, fuhr Lynn zusammen. »Mr. Emerson und Mr. Schuster sind da. Ich habe sie in den Konferenzraum geführt.«
»Danke«, sagte Renee und sah zu Lynn hinüber. »Kann es losgehen?«
»Es muß ja wohl.«

»Sie müssen verstehen«, sagte Renee Bower, während sie um den runden Konferenztisch herumging, so daß ihr alle mit den Blicken folgen mußten, »daß Ihr letztes Angebot völlig inakzeptabel ist. Diese plötzliche Wende erscheint mir nichts anderes zu sein als reine Taktik, damit Mrs. Schuster sich mit weniger zufriedengibt, als ihr zusteht.«
»Mein Klient hat ein Anrecht auf die Hälfte des gemeinsamen Hauses.«
»Darf ich Sie daran erinnern, daß es Ihr Klient war, der aus eben diesem Haus auszog, als er seine Frau und die beiden Kinder wegen einer anderen verließ? Er hat alle Rechte, die er in dieser Hinsicht besaß, ein für allemal verwirkt, würde ich sagen.« Renee betrachtete die Kopie der ursprünglichen Scheidungsvereinbarung, die sie in der Hand hielt. »Ihr Klient hat seine Schuld praktisch zugegeben und akzeptiert, als er uns das ursprüngliche Scheidungsarrangement unterbreitete. Wir sehen nicht den geringsten Grund, diese ursprünglich vereinbarten Modalitäten zu ändern.«

»Die Umstände haben sich geändert.«
»Wirklich? Vielleicht könnten Sie mir erklären, inwiefern sie sich geändert haben.«
»Meine Frau weiß das ganz genau«, erwiderte Gary Schuster statt seines Anwalts. Lynn schrak zusammen.
»Vielleicht sollten Sie es mir trotzdem erklären«, sagte Renee. Sie setzte sich in einen der großen Ledersessel und wartete die Antwort ab.
Lynns Blick schweifte zu dem Gesicht des gutaussehenden Mannes, der ihr gegenüber am Tisch saß. Sie fragte sich, ob das wirklich derselbe Mann war, mit dem sie so viele Jahre lang ihr Leben geteilt hatte. Äußerlich war er der gleiche, groß und blond, immer braungebrannt und mit einer angenehmen Stimme, die sonst nur selten wütend klang. Aber seine normalerweise sanften Augen blickten sie, wenn auch nicht hart und kalt, so doch distanziert an; ihre Verzweiflung schien ihnen gleichgültig zu sein. Er trug einen hellblauen Anzug, der in Schnitt und Farbe fast identisch war mit dem seines Anwalts, einem dunkelhaarigen, im Vergleich zu Gary blassen Mann, der, wie man aus der dünnen Linie schwarzer Haare schließen konnte, die spärlich an seiner Oberlippe hervorsprossen, darum bemüht war, seine jugendliche Erscheinung mit Hilfe eines Schnurrbartes etwas älter wirken zu lassen.
Paul Emerson hatte das – zumindest für einen Angehörigen des Juristenstandes – große Pech, kaum älter als ein Junge auszusehen, obwohl er, wie Renee ihr erzählt hatte, mehrere Jahre älter als ihre Anwältin war. Renee war ihm schon früher begegnet und hatte Lynn berichtet, er sei ein guter Anwalt und ein vernünftiger Mensch. Er war seit fast achtzehn Jahren mit seiner ersten Freundin aus der High School verheiratet und Vater von sechs Kindern. Renee hatte Lynn erklärt, sie glaube, daß er von seinem Klienten gezwungen worden sei, eine härtere Haltung einzunehmen.
Lynn hustete nervös in die vorgehaltenen Hände. Renee lächelte ihr zu, gab ihr wortlos zu verstehen, sie solle die

Schultern straffen und ihrem Mann fest in die Augen sehen. Laß dich nicht einschüchtern, befahl sie ihr schweigend und beobachtete, daß Lynn allmählich die Kontrolle über ihren Körper zurückgewann, ihr Gewicht verlagerte, den Kopf dem Mann zuwandte, mit dem sie vierzehn Jahre lang das Bett geteilt hatte.
»Als ich dieses Angebot machte, wußte ich nicht, daß meine Frau sich mit einem anderen Mann eingelassen hat.«
»Wie heißt denn dieser Mann, Mr. Schuster?«
»Sie weiß es.« Gary Schuster warf seiner Frau einen anklagenden Blick zu. Lynn starrte mit zorngeweiteten Augen zurück.
»Sie sagen es uns wohl trotzdem besser.«
»Marc Cameron«, lautete die knappe Auskunft.
»Cameron... Cameron«, murmelte Renee, den Blick zur Decke gerichtet. »Kommt mir irgendwie bekannt vor, dieser Name. Ich überlege gerade, wo ich ihn schon mal gehört habe...«
»Schon gut, Frau Kollegin«, unterbrach Paul Emerson sie, womit sie offenbar gerechnet hatte, »wir räumen ein, daß es da eine Beziehung gibt.«
»Marc Cameron ist der Ehemann der Frau, mit der Ihr Klient weggelaufen ist?«
»Ich bin nirgendwohin gelaufen«, sagte Gary Schuster resolut. »Ich sitze hier.«
»Ach ja.« Renee lächelte ihn an und richtete den Kragen ihrer dunkelblauen Jacke. »Und Sie sind noch immer mit Marc Camerons Ehefrau zusammen, ist das richtig?«
Gary Schuster nickte und sah ungeduldig zu seinem Anwalt hinüber.
»Die Lebensumstände meines Klienten haben sich nicht verändert«, sagte Paul Emerson.
»Die meiner Klientin ebensowenig.«
»Soll das heißen, daß Ihre Klientin sich nicht mit Marc Cameron trifft?«
»Meine Klientin mag sich einige Male mit Mr. Cameron ge-

troffen haben, um sich über ihre jeweiligen Interessen in dieser komplizierten Angelegenheit zu besprechen.«
»Wollen Sie damit sagen, daß es sich nicht um eine Liebesbeziehung handelt?« fragte Garys Anwalt.
»Mein Gott, Suzette hat sie doch zusammen in seiner Wohnung gesehen!« fuhr Gary dazwischen.
»Und wann war das?«
Gary lehnte sich in seinem Sessel zurück. »Vor ein paar Wochen.«
»Können Sie es nicht ein bißchen genauer sagen?«
»Am Samstag, dem dritten August. Gegen ein Uhr. Ist das genau genug?«
»Ein Uhr mittags?« fragte Renee rasch in fast unschuldigem Ton. »Sie hat sie um ein Uhr mittags zusammen gesehen?« Gary schwieg. »Nicht um ein Uhr nachts? Sondern um ein Uhr mittags? Entschuldigen Sie bitte – Sie haben doch von ein Uhr mittags gesprochen?«
»Ja, von ein Uhr mittags.« Gary hob die Stimme, senkte sie aber sofort wieder. Sein Blick schoß zwischen den beiden Frauen hin und her. »Wollen Sie mir etwa weismachen, da sei gar nichts im Gange?«
»Ich will Ihnen überhaupt nichts weismachen, Mr. Schuster. Ich will Ihnen nur eines klipp und klar sagen: Das Zusammentreffen Marc Camerons mit Ihrer Frau stellt angesichts der Tatsache, daß Sie mit seiner Frau weggerannt sind, ganz und gar nichts Ungewöhnliches dar, und falls Sie weiterhin darauf bestehen, die Scheidungsvereinbarung, die Sie ursprünglich selbst vorgeschlagen haben, deswegen nicht mehr gelten zu lassen, oder falls Sie Ihre Frau einschüchtern wollen, damit sie etwas unterschreibt, was ihren Interessen eindeutig widerspricht, dann haben Sie einen wohlverdienten Prozeß am Hals.« Sie nahm das von Gary zuletzt vorgeschlagene Scheidungsarrangement zur Hand. »Dieses Angebot, meine Herren, ist der reinste Schrott, und das wissen Sie auch. Paul, ich muß ehrlich sagen, es überrascht mich, daß es Ihnen nicht peinlich ist, daran mitge-

wirkt zu haben. Auf jeden Fall beabsichtigen wir nicht, uns mit etwas einverstanden zu erklären, was meiner Ansicht nach noch über emotionale Erpressung hinausgeht.« Paul Emerson begann lautstark zu protestieren, aber sie sprach einfach weiter. »Wenn Sie vor Gericht gehen wollen, na gut, nur zu! Wir sind gerne bereit, vor Gericht zu gehen. Aber was wollen Sie dort eigentlich erreichen? Was wird ein Richter, der sich mit dieser Scheidungssache befaßt, denn sehen? Wird er eine schlechte Ehefrau und Mutter sehen, die ihren Mann und ihre Kinder vorsätzlich vernachlässigt hat, die sich mit anderen Männern herumgetrieben hat, die sich dem Glücksspiel ergeben, betrogen oder auf irgendeine andere Weise ihr Eheversprechen gebrochen hat? Nein, er wird eine Frau sehen, die mit ihren beiden Kindern nach vierzehnjähriger, relativ harmonischer Ehe von ihrem Mann verlassen wurde.

Und was tat diese Frau daraufhin? War sie verbittert? War sie gehässig? Versuchte sie, in einem Prozeß alles zugesprochen zu bekommen, was ihr Mann besaß? Nein. Sie teilte ihrer Anwältin mit, es gehe ihr nicht darum, ihn bluten zu lassen. Sie wollte fair sein. Sie gab sogar dem Wunsch ihres Mannes nach, die Ehe so schnell wie möglich zu beenden, obwohl ihr das offensichtlich sehr weh tat. Sie war bereit, das Arrangement, das er ihr vorgeschlagen hatte, zu akzeptieren. Von ihrer Seite gab es nur noch ein paar nebensächliche Punkte, über die nach Ansicht ihrer Anwältin noch verhandelt werden mußte. Und dann rief eines Abends der Ehemann der Frau, wegen der ihr Mann sie verlassen hatte, bei ihr an und schlug ein Treffen vor; es gäbe da einige Dinge, über die sie miteinander sprechen sollten. Und der Ehemann hörte davon, und da wurde er plötzlich eifersüchtig – aus Gründen, die wohl nur er selbst kennt. Er drohte ihr. Auf einmal wollte er, was er ganz plötzlich als seine Hälfte des Hauses bezeichnete, obwohl er doch nur allzu bereitwillig daraus ausgezogen war, und er wollte seine Kinder, obwohl es ihm doch kurz zuvor nicht die geringsten

Probleme bereitet hatte, sie zu verlassen. Er dachte nicht einmal so weit an ihr Wohlergehen, daß er sich um die Kosten für ihren Aufenthalt im Camp gekümmert hätte. Er überließ es seiner Frau, sich mit diesen Dingen herumzuschlagen, so wie er es seine ganze Ehe hindurch gemacht hatte.«

Lynn sah, daß Garys eben noch unbeteiligter Blick einem gequälten Gesichtsausdruck gewichen war. »Ich glaube, nicht einmal Sie, Mr. Schuster, würden die Behauptung wagen, Ihre Frau sei eine schlechte Mutter. Um es rundheraus zu sagen – sie ist eine ziemlich tolle Mutter. Oder stimmt das etwa nicht? Ihre Ausbildung als Sozialarbeiterin verleiht ihr einen besonders guten Einblick in die Bedürfnisse von Kindern, und sie ist immer für sie da, wenn sie von der Schule oder vom Camp nach Hause kommen. Im Gegensatz zum Vater dieser Kinder, der oft bis spät abends arbeiten muß und mittlerweile mit seiner neuen Familie beschäftigt ist.«

Renee legte eine rhetorische Pause ein, um ihre Worte stärker nachwirken zu lassen. »Suzette Cameron ist, soweit ich weiß, Mutter zweier Jungen.« Lynn war so gespannt auf das, was jetzt kommen würde, daß sie die Luft anhielt. »Ich frage mich, wie sie sich wohl fühlen würde, wenn ihr Mann ähnliche Drohungen in bezug auf das elterliche Sorgerecht für seine Kinder lautwerden ließe.« Blitzartig richteten sich Lynns und Garys Blicke auf Renee. »Wahrscheinlich genauso verzweifelt wie meine Klientin, wenn nicht sogar noch verzweifelter, wenn man bedenkt, was ihr zur Last gelegt werden könnte, nämlich daß sie Ehebruch begangen hat, und zwar nicht nur mit Gary Schuster, sondern, soweit ich unterrichtet bin, auch noch mit mehreren anderen Herren.«

Trotz seiner Bräune wurde Gary Schuster weiß wie die Wand. »Was, zum Teufel, reden Sie da?« Er war aufgesprungen. »Soll das vielleicht eine Drohung sein?«

Renee sah ihn mit ruhigem, festem Blick an. In Lynns Kopf

drehte sich alles. Sie preßte ihre Finger gegen die gerundete Tischkante. »Ich mache niemals leere Drohungen, Mr. Schuster. In Wirklichkeit habe ich nicht die leiseste Ahnung, welche Pläne Marc Cameron hinsichtlich seiner Kinder verfolgt oder nicht verfolgt, aber ich kann Ihnen versichern, daß Mrs. Schuster Sie mit allem, was in ihrer Macht steht, bekämpfen wird, um ihre Kinder zu behalten, auch wenn damit unangenehme Enthüllungen in Zusammenhang mit Suzette Camerons früheren Seitensprüngen verbunden sein sollten. Ich kann einfach nicht glauben, daß es Ihnen mit der Absicht, um das elterliche Sorgerecht zu streiten, wirklich ernst ist – ebensowenig wie ich glauben kann, daß Sie es wirklich auf einen langen Rechtsstreit ankommen lassen wollen, der sich nicht nur als kostspielig, sondern auch als zwecklos erweisen könnte. Er würde ja nur die von Ihnen so heiß ersehnte Scheidung verzögern und Ihnen letztlich gar nichts bringen. Kein Richter bei klarem Verstand würde Ihnen angesichts dieser Beweislage die Kinder zusprechen, das wissen Sie selbst ganz genau. Sie sind Anwalt. Ich brauche Ihnen also nicht zu erklären, daß Richter sich an die Tatsachen halten. Sie haben nur eifersüchtige Verdächtigungen vorzuweisen, angesichts deren Ihnen wahrscheinlich jeder Richter empfehlen wird, sich um Ihre eigenen Angelegenheiten zu kümmern.« Sie legte eine kurze Pause ein. Lynn merkte, daß ihr Schweigen nicht nur dem Atemholen diente, sondern auch eine bestimmte Wirkung erzielen sollte. »Außerdem sollten Sie wissen, daß ich, falls Sie diese Scheidungsklage tatsächlich einreichen, Gegenklage erheben werde. Meine Klientin hat sich bisher sehr großzügig gezeigt, indem sie auf ihren Unterhalt verzichtete. In Anbetracht der Tatsache, daß das Einkommen ihres Mannes ihr eigenes Gehalt um ein Vielfaches übersteigt, und in Hinblick auf seine Absicht, vor Gericht um die Hälfte des Hauses zu streiten, wird sie sich diese Großzügigkeit in Zukunft nicht mehr leisten können, besonders wenn ein kostspieliger Prozeß auf sie zukommt.« Renee überreichte Garys Anwalt eine Kopie der Gegenklage, die sie bereits formuliert hatte. »Sosehr ich einen ordentlichen Rechtsstreit liebe – ich hoffe doch, daß wir diese Angelegenheit außergerichtlich regeln werden, und zwar so schnell, wie wohl alle Anwesenden es wollen. Lassen Sie sich Zeit, schauen Sie sich das hier gründlich an. Falls es dann noch irgendwelche Fragen geben sollte – wir sind in meinem Büro.«

»Wir haben Gary gekränkt«, sagte Lynn traurig, nachdem ihr Mann das Gebäude mit seinem Anwalt verlassen hatte. Sie stand an Renees Fenster und blickte Gary nach, der gerade sichtlich verärgert über den Innenhof in Richtung Straße ging. »Ich glaube, er sah sich selbst als Suzette Camerons Ritter in glänzender Rüstung. Ich glaube, er hatte nie daran gedacht, daß es vor ihm schon andere gegeben haben könnte.« Sie schwieg eine Weile, um die Frage, die sie stellen wollte, so präzise wie möglich zu formulieren. »Glauben Sie, daß es richtig war, das, was Marc mir über Suzettes andere Affären erzählt hat, so zu benützen, wie wir es getan haben?« Lynn empfand es als ihre Pflicht, wenigstens eine Mitverantwortung für die Vorgehensweise ihrer Anwältin zu übernehmen. Schließlich hatte sie Renee gesagt, sie solle verwenden, was zu verwenden war, und alles Notwendige unternehmen.
»War das denn nicht der Grund, warum Marc Cameron überhaupt Kontakt zu Ihnen aufgenommen hat? Um Ihnen einige Dinge zu erzählen, die Sie seiner Meinung nach wissen sollten? Na, genau so ist es jetzt gekommen.«
»Ich glaube nicht, daß er, als er mir diese Sachen über Suzette erzählte, damit gerechnet hat, daß ich sie benützen würde, um ihr zu schaden.«
»Wirklich nicht?«
Die Frage schwebte im Raum wie der Geruch eines unangenehmen Parfums.
»Sie waren sehr beeindruckend. Direkt furchterregend«,

sagte Lynn, und Renee lachte. »Das meine ich ehrlich. Ich bin Ihnen zu großem Dank verpflichtet.«
»Keine Angst, Sie kriegen ja meine Rechnung.«
»Sie wissen schon, wie ich das meine. Wenn ich jemals etwas für Sie tun kann...«
»Wie wäre es mit einem gemeinsamen Mittagessen nächste Woche?«
»Das würde mich sehr freuen.« Lynn sah noch einmal aus dem Fenster in den nun leeren Innenhof des Einkaufszentrums hinunter. »Und jetzt?«
Renee hielt lächelnd eine Kopie des unterschriebenen Scheidungsvertrags in die Höhe. »Also, ich muß zugeben, es hat mich selbst überrascht, daß sie so schnell unterzeichnet haben. Wir haben ihnen offenbar wirklich den Wind aus den Segeln genommen. Wie auch immer – wir haben unser Arrangement. Die Kinder bleiben bei ihrer Mutter, und das Haus gehört Ihnen. Beim Kleingedruckten, auf das ich sie festnageln wollte, haben wir ein bißchen zurückstecken müssen, aber das wäre sowieso nur mehr das Tüpfelchen auf dem i gewesen. Jetzt wird die Scheidung durchgezogen.« Ihr Lächeln weitete sich zu einem Grinsen. »Wir haben den Scheidungsvertrag, Lynn. Jetzt können Sie tun und lassen, was Sie wollen.«
»Und Marc Cameron?«
»Das liegt ganz bei Ihnen.«

22

Sofort nachdem Lynn das Büro verlassen hatte, griff Renee in die Schreibtischschublade, um sich einen Schokoriegel zu genehmigen, mußte jedoch zu ihrer großen Enttäuschung feststellen, daß keiner mehr da war. Hastig sah sie in zwei anderen Schubladen nach und fühlte sich dabei so ähnlich wie eine Alkoholikerin auf der Suche nach einer Flasche. Sie fand nichts. »Verdammt!« Sie lehnte sich auf ihrem Stuhl zurück und kämpfte gegen den Wunsch an, die Beine auf den Schreibtisch zu legen, auf dem eine unbeschreibliche Unordnung herrschte. Die Papiere schienen aus ihm hervorzusprießen wie Unkraut im Garten. Für ihre Füße war kein Platz mehr. »Hah!« lachte sie laut auf, »ich mache mir ja sowieso nur was vor – ich würde es doch nie schaffen, meine Beine da hinaufzuhieven.« Und wenn es ihr gelänge, dachte sie weiter, dann würde sie nicht in der Lage sein, sie je wieder auf den Boden zu setzen. Dazu wäre schon ein Gabelstapler nötig. Die Vorstellung, daß ihre Beine mit Hilfe eines Gabelstaplers von der Schreibtischplatte gehoben wurden, dämpfte ihre gute Laune beträchtlich. Sie war glücklich, ja fast selig gewesen über ihren Triumph. Und es war wirklich ein Triumph, versicherte sie sich, um sich wieder aufzuheitern. Sie hatte Gary Schuster und seinen Anwalt einfach überrannt. Sie hatte ihn gezwungen, Farbe zu bekennen. Sie hatte gewonnen. »Hatte der Schlappschwanz einen Schlappschwanz, als er ging?« hörte sie Philip ankla-

gend fragen. »Ach, darauf habe ich gar nicht geachtet«, hörte sie ihre eigene Erwiderung. Hatte sie wirklich nicht darauf geachtet?
»Ach, Philip, warum kannst du nicht einfach stolz auf mich sein«, jammerte sie. Sie wünschte sich verzweifelt etwas Süßes, das sie sich in den Mund stecken konnte. »Furchterregend« hatte Lynn gesagt. Sie sei »furchterregend« gewesen. »Böse«, korrigierte Philip. Würde sie ihm von ihrem heutigen Sieg überhaupt erzählen? Würde er das Ganze als Triumph oder als Farce betrachten? Sie spielte mit dem Gedanken, ihn anzurufen, ließ es dann aber bleiben. Er war bestimmt gerade mit einem Patienten beschäftigt. Außerdem hatte er Besseres zu tun, als ihren Jubelrufen zu lauschen. »Was hältst du davon, irgendwo ein Eis essen zu gehen?« hörte sie ihn plötzlich wieder sagen und sah ihn vor sich, wie er, in ein Badetuch gehüllt, vor dem Zimmer ihrer Schwester stand. Wie immer, schob sie diese Erinnerung und das Bild ihrer blaß und verängstigt im Bett liegenden Schwester schnell beiseite. »Freu dich doch!« befahl sie sich. »Du warst super. Du warst ›furchterregend‹.«
Aber die Erinnerung an die großen grünen Augen ihrer Schwester ließ sie nicht los. Renee nahm den Telefonhörer von der Gabel und wählte die Nummer ihrer Wohnung. Philip wollte abends mit Debbie zu einem Rockkonzert nach West Palm Beach fahren. Vielleicht konnte sie Kathryn überreden, mit ihr auszugehen, nur sie beide. Mit Kathryn stimmte ganz offensichtlich irgend etwas nicht. Es war ihr so gut gegangen, und dann auf einmal war sie wieder bei Null angelangt. Vielleicht hatte sie Schuldgefühle, weil sie so kurz nach Arnies Tod begonnen hatte, das Leben wieder zu genießen. Aber Renee wurde das nagende Gefühl nicht los, daß Kathryn ihr noch immer nicht alles über den Abend seines Todes erzählt hatte, daß sie irgend etwas verschwieg. Vielleicht konnte sie Kathryn dazu bringen, ihr alles zu erzählen.
Renee lauschte dem Tuten des Telefons – fünfmal, sechs-

mal, siebenmal. Nach dem achten Mal wollte sie auflegen, da meldete sich plötzlich jemand. »Kathryn?« fragte Renee, weil das »Hallo« am Ende der Leitung vor Atemlosigkeit kaum verständlich gewesen war.
»Debbie«, berichtigte die Stimme. »Erkennst du deine dich liebende Stieftochter denn immer noch nicht?«
»Du klingst ganz außer Atem.«
»Ich war gerade im Treppenhaus, als ich das Telefon hörte. Es war ein Wettlauf gegen die Zeit, noch vor dem letzten Klingeln in die Wohnung zu kommen. Meistens klappt es nämlich nicht, weißt du. Der Anrufer legt immer genau dann auf, wenn man endlich am Telefon angekommen ist.«
»Nur gut, daß ich zu denen gehöre, die es lange klingeln lassen.«
»Gut für wen?« fragte Debbie herausfordernd.
Renee ging auf die provozierende Frage nicht ein. »Ist meine Schwester da?« fragte sie. Sie wunderte sich, wo Kathryn wohl steckte. Schließlich hatte sie die Wohnung schon seit Wochen nicht mehr verlassen.
»Ich weiß nicht. Ich bin doch eben erst gekommen, wie ich bereits sagte. Augenblick mal, ich sehe nach.« Der Hörer wurde rüde auf die Küchentheke geknallt, so daß es in Renees Ohr widerhallte; sofort darauf ertönte ein zweites, noch lauteres Geräusch. Renee kombinierte, daß Debbie den Hörer so schlampig auf die Theke gelegt hatte, daß er heruntergefallen war, jetzt am Kabel nach unten hing und nur wenige Zentimeter über dem Boden baumelte. »Außer uns verlassenen Stiefkindern ist keiner daheim«, verkündete Debbie einige Sekunden später.
»Kathryn ist nicht da?«
»Nein, es sei denn, sie versteckt sich unter dem Bett. Vielleicht ist sie weggefahren, um sich ihr Ticket zu kaufen.«
»Welches Ticket? Von was redest du?« Einen Moment lang dachte Renee, Kathryn habe sich entschlossen, Debbie und Philip zu dem Rockkonzert in West Palm Beach zu begleiten.

»Ihr Flugticket nach New York. Ich habe ihr erzählt, daß ich am Freitag heimfliege, und sie hat gesagt, da könne sie ja gleich mit mir zurückfliegen. Weißt du eigentlich schon, daß meine Mom mir ein paar Tage in der verruchten Stadt spendiert, bevor die Schule wieder losgeht?«
Renee ignorierte die Frage. »Kathryn hat nichts davon gesagt, daß sie abreisen will.«
»Kathryn hat dir von vielen Dingen nichts gesagt.«
»Was soll das heißen?«
»Hör mal, Renee, du bist doch angeblich so klug. Find es doch selbst heraus!«
»Ich habe keine Zeit für solche Spielchen, Debbie.«
»Nein? Das ist aber schade. Ich spiele nämlich gern Spielchen. Auf jeden Fall ist sie nicht da.«
»Bist du sicher, daß sie nicht vielleicht auf dem Balkon ist?«
»Sie ist nicht auf dem Balkon, es sei denn, sie baumelt am Geländer.«
Renee wollte schon auflegen, aber Debbies nächste Worte ließen ihr die Hand erstarren. »Entschuldige, hast du etwas gesagt?«
Am anderen Ende der Leitung ertönte ein nervöses Kichern. »Ich sagte, vielleicht versteckt sie sich ja unter *deinem* Bett.«
Dann wurde aufgelegt. »Was, zum Teufel, soll das denn bedeuten?« Renee legte den Hörer auf die Gabel und starrte über den Schreibtisch hinweg dorthin, wo kurz zuvor Lynn Schuster gesessen hatte. Alle Gedanken an ihren »furchterregenden« Sieg waren verschwunden. Was hatte Debbie nur gemeint? Und warum dieser plötzliche Entschluß Kathryns, nach New York zurückzukehren? Was war eigentlich los? Sie meldete sich bei ihrer Sekretärin. »Marilyn, ich gehe jetzt nach Hause.«
»Aber Sie haben in zehn Minuten einen Termin.«
»Streichen Sie ihn.«
»Streichen?«
»Streichen Sie ihn.«

Renee betrat ihre Wohnung und ging gleich in die Küche. »Kathryn?« rufend, öffnete sie den Kühlschrank und griff nach der Plastiktüte mit den Mini-Mars-Riegeln, die ganz hinten lag.

»Sie ist immer noch nicht da«, erklärte Debbie, die ganz leise hinter ihre Stiefmutter getreten war und sie erschreckt hatte. »Kleiner Imbiß, was?«

»Jawohl.« Renee drehte sich um und hielt Debbie auf der flachen Hand zwei Schokoriegel entgegen. »Willst du einen?«

»Nein, danke. Daddy geht mit mir vor dem Konzert zum Essen, da will ich mir nicht den Appetit verderben. Er führt mich ins Troubadour aus. Du erinnerst dich doch noch an das Troubadour, oder? Wir haben damals dort zu Mittag gegessen.«

Renee schloß schweigend die Kühlschranktür.

»Eines muß man dir lassen, Renee – essen kannst du.«

Renee aß einen der beiden Schokoriegel und machte sich dann über den zweiten her.

»Wie kannst du dieses Zeug nur essen? Meine Mutter sagt immer, Zucker zerstört das Gehirn.«

Renee lächelte nur und verspeiste den zweiten Riegel. Sie wußte, daß Debbie sie provozieren wollte, und es bereitete ihr eine perverse Freude, dem Mädchen den Spaß dadurch zu verderben, daß sie sich nicht in Harnisch bringen ließ.

»Warum bist du denn schon so früh da?« fragte Debbie. »Du hast mir so gefehlt.«

»Ich werde dir fehlen, wenn ich nicht mehr hier bin«, sagte sie. »Ich bin doch der einzige Mensch, mit dem du hier ein bißchen Spaß hast.«

Jetzt mußte Renee lachen. »Ich werde mir Mühe geben, auch ohne dich auszukommen.«

»Wie denn? Indem du so lange ißt, bis du nichts mehr spürst?«

Renee fühlte, daß ihre Wangen rot wurden, als hätte man sie geschlagen. Sie verließ die Küche, ging ins Wohnzim-

mer, setzte sich auf das weiße Sofa und starrte auf den Ozean hinaus. »Er bezeichnet es als ›Gewichtsproblem‹. Er sagt, daß du ziemlich schlank warst, als ihr euch kennengelernt habt. So weit kann ich mich natürlich nicht zurückerinnern. Ich war da ja noch ein Kind.«
Zum zweitenmal innerhalb von zwei Minuten lachte Renee laut auf. »Du bist nie ein Kind gewesen.« Seltsam, daß der Mensch auch in so großer Verzweiflung noch lachen kann, dachte sie. Sie sehnte sich nach einem dritten Schokoriegel. Sie kämpfte mit sich, ob sie aufstehen und sich einen holen sollte, entschied sich dann aber dagegen. Warum sollte sie Debbie noch mehr Munition liefern? Philip würde bald mit ihr zum Essen gehen – und am Wochenende würde sie endlich weg sein, hurra, hurra! –, und was brachte es denn, so kurz vor dem Ende noch einen Riesenkrach zu inszenieren? Besinn dich auf dein eigentliches Ziel! sagte sie sich und beschloß, es einmal anders zu versuchen.
»Na, war es ein schöner Sommer für dich?«
»Nicht übel.«
»Du hast ein paar neue Freunde gewonnen.«
Debbie zuckte die Achseln. »Kann sein. Du erinnerst dich doch an Alicia Henderson, oder?«
Renees ganzer Körper spannte sich an; ihre Kehle war wie zugeschnürt. »Ja, natürlich.«
»Sie hat mich einmal zum Mittagessen ausgeführt. Wußtest du das?«
»Ja, ich glaube, das hat sie mir erzählt.«
»Es wundert mich, daß sie dir davon erzählt hat. Das war wirklich nett von ihr, findest du nicht?«
Renee zwang sich, ihrer Stieftochter zuzulächeln. Debbie stand neben dem Clarence-Maesele-Gemälde, das an der Nordwand hing. »Sehr nett.«
»Ist das ein Gespräch?« fragte Debbie neckisch. »Führen wir wirklich gerade ein Gespräch miteinander?«
»Versuchen wir doch einfach, nicht allzu heftig zu werden.«

Debbie ging ans Fenster. Renees Blick folgte ihr. »Ja, das lassen wir wirklich besser bleiben, bei den vielen überschüssigen Pfunden, die du mit dir herumschleppst. Es könnte deinem Herzen schaden.«
Renee stand sofort auf. Genug war genug. »Das reicht!«
»Warte«, rief Debbie, und Renee blieb stehen, obwohl sie wußte, daß es besser wäre, weiterzugehen. »Es tut mir leid«, murmelte Debbie. »Es war nur ein Scherz. Ich wußte nicht, daß du so empfindlich bist. Komm, Renee, setz dich wieder hin. Wo bleibt dein Humor?«
Renee lächelte. Debbie entschuldigte sich genauso, wie ihr Vater es immer tat. Beide sagten, es tue ihnen leid, ließen sie aber gleichzeitig wissen, daß sie selbst schuld sei. Sie war zu empfindlich; sie hatte keinen Humor. Renee setzte sich wieder. Sie konnte nicht gewinnen. Wohin sollte sie denn auch gehen?
»Ich heiße Renee, das reimt sich mit Bikini«, sagte sie – wie zum tausendstenmal kam es ihr vor. Vielleicht war es tatsächlich schon das tausendstemal.
»Du magst mich nicht besonders, stimmt's?« In Debbies Stimme schwang ein aufrichtiger Ton mit, der Renee überraschte. War das denn wirklich noch zu bezweifeln?
Renee überlegte sich die Antwort ganz genau. »Nein«, sagte sie schließlich. Sie hatte sich für Ehrlichkeit entschieden.
»Warum denn nicht?«
»Ach, weißt du, Debbie«, sagte Renee mit denselben Worten, die das Mädchen vorhin am Telefon zu ihr gesagt hatte, »du bist doch angeblich so klug. Find es doch selbst heraus!«
Debbie zuckte die Achseln, wandte Renee das Profil zu und sah auf den weiten Ozean hinaus. »Kathryn hat dir also nichts davon gesagt, daß sie abreisen will?«
»Nein.« Weshalb sich darum herumdrücken?
»Das ist aber doch merkwürdig, findest du nicht? Ich meine, angeblich hattet ihr doch immer ein so enges Verhältnis.«
»Wahrscheinlich hat sie sich ganz spontan dazu entschlos-

sen. Vielleicht hat sie Angst, sie sei schon länger hier, als es uns recht ist, und als sie erfuhr, daß du nach Hause fliegst, dachte sie sich eben, das sei der richtige Zeitpunkt für ihre Abreise, nehme ich an.«
»Wirst du versuchen, es ihr auszureden?«
»Wenn ich kann.«
»Warum eigentlich?«
Die Frage erstaunte Renee. »Warum?«
»Wenn sie gehen will, dann laß sie doch.«
»Ich glaube nicht, daß es Kathryn zur Zeit besonders gut geht. Ich bezweifle, daß sie in der Lage ist, irgendwelche größeren Entscheidungen zu treffen.«
»Eine ganze Weile schien es ihr sehr gut zu gehen.«
»Ja, ich weiß, aber...«
»Was, glaubst du, ist passiert, daß sie sich so verändert hat?«
»Ich glaube, sie ist einfach müde«, sagte Renee, und der Ton ihrer Stimme verriet, daß sie über dieses Thema nicht weiterreden wollte. Sie hatte sich diese Frage in den vergangenen Wochen selbst oft genug gestellt, und gerade mit Debbie wollte sie darüber nicht debattieren. »Ich glaube, *ich* bin auch müde. Ich werde mich ein bißchen hinlegen.«
»Vielleicht sollte mein Vater mit ihr sprechen.«
»Was?«
»Ich sagte, vielleicht sollte mein Vater mit ihr sprechen. Ich wette, daß er sie dazu bringen könnte, es sich noch einmal zu überlegen. Er könnte sie zum Bleiben überreden.«
»Ja, vielleicht.«
»Vielleicht aber auch nicht.«
Renee hatte das Gefühl, ein Gespräch zu führen, in dem alle wichtigen Informationen zurückgehalten wurden. Allmählich verlor sie die Geduld. Sie wurde wütend. »Willst du mir damit irgend etwas sagen?«
»Was sollte ich dir schon sagen wollen?«
»Ist mir auch scheißegal«, erwiderte Renee und stand auf, um ins Schlafzimmer zu gehen.

»Du hast mir immer noch nicht gesagt, warum du mich nicht magst«, sprach Debbie weiter, bevor Renee das Zimmer verlassen hatte.
»Ich bitte dich, Debbie, ich weiß wirklich nicht, was das soll.«
»Ich reise in ein paar Tagen ab. Vielleicht siehst du mich nie wieder. Jetzt hast du die Gelegenheit, die Sache einmal klarzustellen.«
Renee befahl sich selbst, weiterzugehen und zu schweigen – einen würdevollen Abgang zu inszenieren, solange das noch möglich war. Statt dessen blieb sie vor der Wohnzimmertür stehen und drehte sich langsam um. Hör jetzt auf! schrie es in ihren Gedanken. Sag nichts! Aber es war schon zu spät.
»Ich habe versucht, dich liebzugewinnen, Debbie. Ich habe es wirklich versucht.«
»Aber...?«
»Aber du machst es einem so verdammt schwer.«
»Wieso denn?«
»Ich glaube, daß du das selbst weißt.«
»Sag es mir trotzdem.«
Renee betrachtete die Tochter ihres Mannes. War das Debbies Art, alles wiedergutzumachen? Wollte sie reinen Tisch machen, damit sie beide im nächsten Sommer ganz von vorn anfangen konnten? Hatte Philip mit ihr geredet und ihr geraten, sich anders zu benehmen? Streckte das Mädchen ihr tatsächlich die Hand entgegen? Sollte dieses chaotische Gespräch wirklich in einer tränenreichen, ehrlich gemeinten Umarmung enden? »Ich habe versucht, an dich heranzukommen, Debbie«, begann Renee. »Ich habe versucht, deine Freundin zu werden. Ich weiß, daß ich nicht so viel da bin, wie ich dasein sollte, aber ich habe dir vorgeschlagen, daß wir uns immer mal wieder Zeit nehmen, um gemeinsam etwas zu machen. Meine Einladungen nimmst du nie an. Du gibst mir immer das Gefühl, daß du nicht viel mit mir zu tun haben willst.«
»Vielleicht ist das deine eigene Paranoia.«

»Vielleicht. Aber sehe ich das denn wirklich falsch?«
Debbie schwieg. Sie blies die Backen auf und ließ die Luft mit einem leisen Knall entweichen. »Was sonst?«
»Na gut. Jetzt habe ich schon mal angefangen, da kann ich auch gleich alles sagen«, sprach Renee weiter. Sie kehrte ins Wohnzimmer zurück und ging auf ihre Stieftochter zu.
»Genau«, pflichtete Debbie ihr bei.
»Ich denke, daß...«
»Ich habe das Gefühl«, korrigierte Debbie sie.
»Was?«
»Du mußt ›Ich habe das Gefühl‹ sagen. Das Wort ›denken‹ kann leicht zur Polemik mißbraucht werden. Jedenfalls sagt Daddy das immer.«
»Ach.« Irgendwo in weiter Ferne hörte Renee Alarmglocken schrillen, aber sie beachtete sie nicht. »Okay, dann eben: Ich habe das *Gefühl*, daß du mich und die Tatsache, daß ich mit deinem Vater verheiratet bin, ablehnst und daß du während deiner Aufenthalte hier alles in deinen Möglichkeiten Stehende tust, um Spannungen zwischen Philip und mir aufkommen zu lassen. Oder irre ich mich?«
Debbie preßte die Lippen zu einer dünnen Linie zusammen, die nichts weiter ausdrückte als die reine Möglichkeit, daß Renee recht hatte. Diese Linie war das bildliche Äquivalent der Worte »Ich weiß nicht«.
»Debbie, nichts würde mich glücklicher machen, als wenn wir beide Freundinnen wären. Ich habe mir immer eine Tochter gewünscht...«
»Warum hast du dann keine?«
»Ich weiß es nicht. Es ist einfach anders gekommen. Dein Dad fand den Zeitpunkt nicht richtig, und deshalb...«
»Deshalb dachtest du dir, du könntest *meine* Mutter sein. Ich habe aber schon eine Mutter.«
»Das weiß ich. Ich hatte nie die Absicht, ihre Stelle einzunehmen.«
»Das könntest du auch nicht, und wenn du dich noch so sehr anstrengen würdest.«

»Ich will ihre Stelle nicht einnehmen.« Renee hob die Hände in die Luft. »Hör mal, dieses Gespräch war deine Idee. Wenn es die Probleme nur noch vergrößert, dann sollten wir das Ganze wohl besser abblasen, bevor wir uns noch Dinge an den Kopf werfen, die wir beide später bereuen würden.«
»So machst du es mit allem, was, Renee? Wenn du dich mit einer Sache nicht auseinandersetzen willst, dann tust du einfach so, als ob es das Problem gar nicht gäbe.«
»Das führt doch zu nichts.«
»Ignorier einfach die Probleme, dann verschwinden sie schon«, beharrte Debbie. »Ignorier mich lang genug, dann fliege ich vielleicht bald wieder heim. Ignorier die Frauen, vielleicht hauen sie dann ab.«
Renee stand regungslos da. »Wovon redest du da? Welche Frauen?«
»Du weißt ganz genau, welche Frauen«, sagte Debbie langsam und deutlich. »Philips Frauen.«
»Entschuldige bitte. Ich gehe jetzt in mein Zimmer und lege mich hin...«
»Alicia Henderson zum Beispiel«, höhnte Debbie. Sie ging ihrer Stiefmutter durch das Wohnzimmer nach.
»Halt den Mund, Debbie«, sagte Renee, ohne stehenzubleiben, ohne sich umzudrehen, förmlich auf der Flucht vor dem Kind ihres Mannes.
»Oder deine Schwester, beispielsweise.«
Renee blieb so abrupt stehen, als wäre sie gegen eine Mauer gerannt. Der Aufprall ließ sie zurücktaumeln, in ihrem Kopf drehte sich alles. »Wovon redest du da?«
»Von meinem Vater und von deiner Schwester«, sagte Debbie trocken; es klang wie ein Achselzucken. Renee wandte sich ganz langsam um. »Sie haben miteinander geschlafen, wenn du nicht da warst. Hier, in dieser Wohnung. Ach, komm« – sie lachte gekünstelt – »schau doch nicht so verdattert drein. Es ist doch unmöglich, daß du das nicht gewußt hast...«

Renee sah ihren Mann vor dem Zimmer ihrer Schwester stehen, ein Handtuch lässig um die Hüften geschlungen. »Was hältst du davon, irgendwo ein Eis essen zu gehen?« hatte er gesagt. Nein!
»Du lügst.«
»Ich habe sie zusammen gesehen.«
»Ich glaube dir nicht.«
»Sie waren in Kathryns Zimmer. Ich bin eines Nachmittags früher zurückgekommen als geplant. Sie haben mich nicht mal gehört. Die waren ganz schön zugange!«
»Ich verschwinde jetzt.«
»In seiner Praxis haben sie es auch miteinander getrieben, jede Wette. Da ist sie vielleicht sogar gerade. Yeah, wahrscheinlich ist sie jetzt dort – auf dieser hübschen, bequemen Couch – und fickt mit meinem Vater.«
Renee rutschte die Hand aus; sie verpaßte Debbie eine schallende Ohrfeige. Das Mädchen stöhnte auf. Sofort sprangen große Tränen aus ihren Augen und flossen die Wangen hinab. Renees ganzer Körper vibrierte wie eine Stimmgabel; dann wurde er völlig gefühllos.
»Und kannst du ihm das zum Vorwurf machen?« schrie das Mädchen. »Schau dich doch an! Ich finde es erstaunlich, daß er überhaupt deinen Anblick erträgt. Kein Wunder, daß er sich andere Frauen sucht. Kein Wunder, daß er oft so spät heimkommt und sich immer mal wieder ein schnuckeliges kleines Lunch mit Alicia Henderson gönnt.«
Renee hörte schweigend zu. Was sie gerade eben getan hatte, erschreckte sie selbst viel zu sehr, als daß sie den wütenden Wortschwall, den ihr Schlag ausgelöst hatte, unterbrechen konnte.
»Meinen Vater kann ich verstehen«, sagte Debbie, die jetzt gar nicht mehr aufhören konnte. »Aber dich nicht. Du bist doch angeblich so verdammt klug. Wie kannst du es da zulassen, daß mein Vater dir das antut? Hast du denn gar keine Selbstachtung? Wie kannst du es dulden, daß er eine Affäre nach der anderen hat? Weißt du denn nicht, daß schon die

ganze Stadt über dich lacht? Die berühmte Scheidungsanwältin, deren eigener Ehemann sie hinten und vorn betrügt! Warum läßt du dir das gefallen? Auf was wartest du eigentlich? Mein Vater hat mit deiner Schwester geschlafen! Und du hast es die ganze Zeit gewußt, stimmt's? Du hast nur so getan, als würde es nicht wahr sein. Du hast es gewußt!«
Renee sah ihre Schwester im Bett sitzen, den weißen Bezug bis zum Kinn hinaufgezogen, um ihre Blöße zu verbergen, das Gesicht von der besorgten Renee abwendend. Sie sah Philip im Gang, frisch geduscht, nackt, bis auf das Handtuch. »Was hältst du davon, irgendwo ein Eis essen zu gehen?« hatte er gefragt. »Hallo, Kathryn, ich wußte gar nicht, daß du da bist.« Und irgend etwas in der Luft, ein moschusartiger Geruch, der wie auf Befehl wieder verschwunden war. Der feine Duft der körperlichen Liebe, den zu erkennen sie sich geweigert hatte und den Debbie ihr jetzt ins Gesicht rieb.
Sie glaubte gehört zu haben, daß eine Tür geöffnet und wieder geschlossen worden war, aber es hatte so weit entfernt geklungen, und Debbies Stimme war so nah und so erbarmungslos.
»Was willst du dir noch alles bieten lassen?« schrie Debbie gerade, als im Gang eine Gestalt auftauchte. »Warum sagst du ihm nicht einfach, er soll sich zum Teufel scheren?« Sie machte eine Pause und holte tief Luft. Die Gestalt kam näher. »Und warum sagst du *mir* nicht, daß ich mich zum Teufel scheren soll?«
Kathryn trat aus dem Schatten.
»Was ist denn los?« fragte sie leise.
Renee starrte in das erstaunte Gesicht ihrer Schwester. Sie betete immer noch, das alles möge nicht wahr sein, aber sie wußte, daß es wahr war. Sie fühlte sich leer, ausgehöhlt, als hätte man ihr die Eingeweide herausgenommen.
»Das kannst wohl du mir am besten sagen.«
»Ich verstehe nicht...« sagte Kathryn. Dann schwieg sie.
»Ich auch nicht«, sagte Renee trocken. »Ist es wahr?«
Kathryn erwiderte nichts. Ihr Blick schoß hin und her zwi-

schen ihrer Schwester und Debbie, die wie versteinert dastand und sich nicht zu bewegen wagte.
»Ist es wahr?« wiederholte Renee ohne jede Erläuterung.
Kathryn ging an beiden vorbei ins Wohnzimmer, ließ sich auf das weiße Sofa fallen und sah hinaus aufs Meer, so wie Renee es kurz zuvor getan hatte.
»Ist es wahr?« fragte Renee zum drittenmal. »Ist es wahr? Hast du mit Philip geschlafen?«
Kathryn wirkte so verwirrt und völlig hilflos, als wäre sie gerade Zeugin eines Mordes geworden und stünde dem Täter jetzt ohne Hoffnung auf Entkommen gegenüber.
»Ich kenne die Antwort bereits«, sagte Renee, als deutlich geworden war, daß Kathryn nicht sprechen wollte oder konnte. »Aber ich will, daß du es mir sagst.«
»Warum?« fragte Kathryn mit schmerzverzerrter, leiser Stimme.
»Weil ich es wahrscheinlich doch nicht glauben kann, bevor ich es aus deinem Mund gehört habe.«
Es entstand ein endlos langes Schweigen. Endlich begann Kathryn zu sprechen.
»Ich wollte nicht, daß es passiert«, flüsterte sie. Renee sackte zusammen. Ein Schrei entwich ihrem Mund, und sie hielt sich den Bauch, als hätte man ihr in den Magen gestoßen. Debbie trat an die Wand zurück. Keine der drei Frauen schien zu atmen. »Ich kann dir nicht sagen, warum es passiert ist«, sprach Kathryn ängstlich, flehentlich weiter. »Ich weiß nicht mal, *wie* es passieren konnte. Ich liebe dich. Du bist meine Schwester. Du bist alles, was ich habe. Ich wollte dir nie weh tun.«
»Warum hast du es dann getan?« Die Frage war quälend in ihrer Einfachheit. Renee tastete nach der Lehne des weißen Sessels und ließ sich auf das weiche Kissen fallen. Warum war sie eigentlich noch hier? Warum ging sie nicht einfach? Hatte Debbie sie nicht genau das gefragt?
»Ich war so unglücklich, so durcheinander«, sagte Kathryn. Man merkte, daß sie sich die Worte erst während des Spre-

chens zurechtlegte. »So verängstigt. Ich hatte solche Schuldgefühle wegen Arnies Tod. Ich wußte nicht, ob ich leben oder sterben wollte. Ich hielt Philip für meinen Freund.« Sie senkte den Kopf, und als sie ihn wieder hob, sah sie noch verwirrter drein. »Er war so nett zu mir. Ich dachte, er weiß, was ich durchmache...«
»Mein Gott, er ist Psychotherapeut! Das ist sein Job!«
»Ja, vielleicht. Und vielleicht hat er ja am Anfang auch nur versucht, mir zu helfen. Aber dann ist es anders geworden. Oder vielleicht war es auch von Anfang an da. Ich weiß es nicht. Ich weiß nicht, was in ihm vorging. Ich weiß nur, daß *ich* mich besser fühlte, wenn er in meiner Nähe war. Er gab mir Sicherheit.«
Renee spürte, daß ihr Gefühl, betrogen worden zu sein, sich in Ärger und schließlich in Wut verwandelt hatte.
»Und das hast du dann ausgenützt...«
»Nein!« Kathryns Stimme war plötzlich ganz fest. »Ich habe es nicht ausgenützt. Ich war es nicht!«
»Was willst du damit sagen? Daß mein Mann dich verführt hat? Daß er so dumm und unsensibel gewesen sein soll, meine eigene Schwester auszunützen?«
»Ich sage ja nicht, daß er allein es war«, stotterte Kathryn, den Blick zu Boden gerichtet. »Ich weiß, ich hätte nein sagen können. Ich weiß, ich hätte ihn davon abhalten können. Aber ich wußte nicht, wie. Ich wußte nicht, was ich tun sollte. Eines Nachmittags kam er früher von der Arbeit heim, und ich war da. Debbie war den ganzen Tag unterwegs. Wir unterhielten uns. Er begann, mir den Rücken zu kraulen. Er sagte, ich müsse mich entspannen, und er wüßte, was zu tun sei, damit es mir besser gehe. Ich war so durcheinander. Er war doch so nett zu mir gewesen. Er hatte soviel Verständnis für mich gehabt...«
»Das hast du bereits gesagt.«
»Ich sage ja nicht, daß er allein schuld ist. Ich weiß, daß ich genauso Schuld habe wie er...«
»Du hast ihn verführt! Du hast etwas gesehen, was du woll-

test, und das hast du dir geholt. Du warst einsam und unglücklich und wahrscheinlich mehr als nur ein bißchen eifersüchtig. Und es war dir völlig egal, wer dabei verletzt werden könnte oder welchen Schaden du damit anrichten würdest, wenn nur du dich dabei gut fühltest. Wenn du nur bekommen konntest, was du wolltest!«
»Nein, das stimmt nicht. Es war nicht das, was ich wollte.«
»Wie oft wolltest du es denn nicht, Kathryn? Einmal? Zweimal? Fünfmal? Zehnmal? Wußtest du, daß Debbie eines Tages heimgekommen ist und euch beide gesehen hat?«
»O Gott!« Kathryn schloß die Augen. Sie wiegte den Oberkörper hin und her. Es sah aus, als würde sie jeden Augenblick in Ohnmacht fallen.
»Und dann dieser denkwürdige Nachmittag, an dem ich das Eis bekam, das für dich gedacht gewesen war!«
»O Gott, o Gott. Es tut mir so leid. Bitte, sag mir doch, was du von mir hören willst«, schrie Kathryn. Ihr Gesicht sah aus, als würde es sich gleich auflösen. »Bitte, sag es mir! Was willst du von mir hören?«
»Ich will nur die Wahrheit hören. Ich will, daß du zugibst, meinen Mann ganz bewußt verführt zu haben. Daß du seine Freundlichkeit und Fürsorglichkeit ausgenützt und in ihr Gegenteil verkehrt hast...«
»Nein. Du bist diejenige, die hier die Tatsachen in ihr Gegenteil verkehrt. Ich wollte nie, daß es passierte. Mir wurde schlecht, wenn ich nur daran dachte. Jedesmal, wenn er mich berührte, wäre ich am liebsten gestorben.«
»Aber du bist nicht gestorben, oder?« Renee sprang auf, packte die vernarbten Handgelenke ihrer Schwester und hielt sie wütend hoch. »Du stirbst doch nie.« Sie ließ Kathryns Arme wieder los, sie fielen hinab. »Du Arschloch!« schrie sie und brach in Tränen aus. »Du Arschloch!« Dann rannte sie, Debbies verdutztes Gesicht nur aus den Augenwinkeln wahrnehmend, zur Wohnungstür und ins Treppenhaus. Erst als sie hinter dem Lenkrad ihres Wagens saß und sich die Tränen mit dem Handrücken abwischte, wurde ihr bewußt, daß sie Debbie lächeln sehen hatte.

23

»Wohin soll's denn gehen?« fragte er, als er sich auf dem Beifahrersitz ihres Wagens niederließ.
Lynn sah zu Marc hinüber und schenkte ihm ihr schönstes Mona-Lisa-Lächeln, aber sie schwieg. Ihr war nicht nach Reden zumute.
»Ich nehme an, daß heute nachmittag alles glattgegangen ist«, sprach er weiter.
»Gary hat die Scheidungsvereinbarung unterschrieben«, erklärte Lynn, weil sie das Gefühl hatte, ihm diese Auskunft schuldig zu sein. Während des Telefongesprächs am frühen Abend hatte sie nichts gesagt, außer daß sie einen Babysitter gefunden habe und Marc in einer Stunde abholen werde.
»Apropos unterschreiben«, sagte Marc, »ich habe heute auf meine Vollmacht über das Vermögen meines Vaters verzichtet.« Lynn warf ihm einen fragenden Blick zu, schwieg aber. »Es ist *sein* Geld. Warum sollte ich kontrollieren dürfen, wie er es ausgibt? Wenn er seinen Pflegeschwestern Reisen nach Griechenland spendieren will, ist das seine Sache. Wenn er sich einen ganzen Wagenpark von himmelblauen Lincoln-Kabrios zulegen will – welches Recht habe ich, ihm den Spaß zu verderben? Ich weiß nicht. Ich hatte einfach kein gutes Gefühl dabei, ihn so zu entmündigen. Außerdem, wenn ich brav bin, borgt er mir ja vielleicht mal sein Auto. Na, was meinst du? Hast du Lust, am Samstag mit mir rauszufahren und zu sehen, ob er uns eine Runde damit drehen läßt?«

Lynn hielt den Blick auf die Straße gerichtet und schwieg. Sie wollte sich nicht über seinen Vater unterhalten. Sie wollte überhaupt nicht reden.
»Willst du mir nicht sagen, wohin du fährst?« fragte er nach einigen Minuten.
»Ich dachte mir, wir feiern meinen Sieg.« Ihre Stimme hatte einen schneidenden Unterton, den sie einfach nicht verbergen konnte.
»Ist irgendwas?«
»Warum fragst du?«
»Na, was ich dir über meinen Vater erzählte, hat dich ja ganz offensichtlich nicht interessiert, und du klingst fast ein bißchen... ich weiß auch nicht... sauer.«
»Warum sollte ich sauer sein?«
»Ich weiß nicht. Bist du's denn?«
»Natürlich nicht. Ich habe doch bekommen, was ich wollte, oder?«
»Ich weiß nicht. Hast du es wirklich bekommen?«
»Könnten wir diesen albernen Schlagabtausch jetzt bitte beenden?« fragte Lynn mit gepreßter Stimme. »Tut mir leid. Mir ist einfach nicht nach Reden zumute.«
»Sind wir bald da?« fragte er. Sie wußte, daß er auf ein Lächeln hoffte, und sie gab sich Mühe, ihm den Gefallen zu tun, indem sie ihre Mundwinkel so hinaufzog, daß ein Zwischending zwischen einem Grinsen und einer Grimasse entstand. Marc legte den Kopf an die Rücklehne und schloß die Augen.
Lynn versuchte sich auf die Straße zu konzentrieren und hielt das Lenkrad mit beiden Händen fest umkrampft. Warum hatte er gesagt, sie klinge sauer? Was sollte das heißen? Sie klang überhaupt nicht sauer. Warum, um alles in der Welt, sollte sie sauer sein? Sie hatte doch gewonnen, oder etwa nicht? Sie durfte ihre Kinder und ihr Haus behalten. Sie hatte Garys Drohungen aufgegriffen und gegen ihn gerichtet. Und war das nicht herrlich befriedigend gewesen? Sein Gesichtsausdruck, als er erfuhr, daß er nicht Suzettes

erster Seitensprung war! Schon das allein wog die Angst beinahe auf, die sie seinetwegen ausgestanden hatte. Warum sollte sie keine Befriedigung darüber empfinden, daß er so gedemütigt worden war?
Sie ließ noch einmal Revue passieren, was sie in den vergangenen Wochen wegen Gary alles durchgemacht hatte. Wie war es nur möglich, daß er bereit gewesen war, ihre gemeinsamen Kinder auf so grausame Weise gegen sie zu benützen? Welche Wut mußte sich in all den scheinbar so glücklichen Ehejahren in ihm angestaut haben, daß er imstande war, ihr so weh zu tun! Wie hatte er nur so gehässig sein können? War es nicht verletzend genug, daß er sie wegen einer anderen Frau verlassen hatte? War es da noch nötig gewesen, sie – sie *beide* – der Quälerei dieses Nachmittags auszusetzen? Wie lange würde es dauern, bis sie ihn nicht mehr nur mit Verachtung ansehen können würde? Wieviel Zeit mußte vergehen, bis sie den Vater ihrer Kinder an der Tür *ihres* Hauses anders als mit gekünstelter Fröhlichkeit begrüßen konnte? Und in welchem Zusammenhang stand ihre Wut auf Gary mit dem Rendezvous mit Marc heute abend? Verfluchter Kerl, dachte sie, sah zu Marc hinüber und fragte sich, welchen von beiden sie da eigentlich verdammte. Wie konnte er es wagen, zu behaupten, sie sei sauer!
»Wir sind da«, sagte sie, während sie das Auto in eine enge Lücke zwischen einem neuen Sportwagen und einem alten Straßenkreuzer parkte.
Marc öffnete die Augen und sah sich um. »Lynn...«
»Los!« Bevor er noch etwas sagen konnte, war sie schon ausgestiegen.
»Lynn, was sollen wir hier?«
»Es war deine Idee, erinnerst du dich nicht mehr?« Lynn holte tief Luft, ging an ihm vorbei in die Rezeption des Starlight Motel und versuchte ganz bewußt, das überraschte Gesicht gebührend auszukosten, das Marc machte, als sie um ein Zimmer bat und lässig vierzig Dollar auf die Theke warf. »Wahrscheinlich ist es nicht dasselbe Zimmer, das sie

hatten«, erklärte sie, während sie eilig an den Außentüren der einzelnen Motelzimmer vorbeischritt, »aber es wird seinen Zweck erfüllen.« Sie steckte den großen, unhandlichen Schlüssel ins Schloß und drückte die Tür auf.
Während sie die Tür zuzog, knipste Marc das Licht an. Die zwei Lampen über den beiden großen Doppelbetten und die kleine auf der Kommode leuchteten auf und erhellten das übliche, in Beige und Braun gehaltene Standardzimmer. Im gegenüberliegenden Eck stand neben einem kleinen runden Tisch ein großer Fernsehapparat. Die dunklen Vorhänge waren zugezogen. »Sieht aus wie meine Wohnung«, sagte Marc mit schiefem Lächeln.
»Mach das Licht aus«, befahl sie.
»Was immer die Dame wünscht.« Plötzlich lag der Raum im Dunkeln.
»Sag nichts!«
Plötzlich lag sie in seinen Armen, drückte sich an ihn, betastete sein Gesicht, strich mit den Fingern über seinen Bart. Sie preßte ihre Lippen auf seinen Mund und öffnete ihn mit ihrer Zunge. Ich habe ihn ganz klar überrumpelt, dachte sie. Als sie an seiner Jacke zerrte und sie ihm von den Schultern zog, so daß er die Arme nicht mehr bewegen konnte, geriet er fast ins Stolpern.
»Nicht so wild«, sagte er. Er versuchte, ihre Küsse zu erwidern, auf ihre Leidenschaftlichkeit zu reagieren, aber es gelang ihm nicht, irgendeinen Rhythmus bei ihr zu erkennen und vorherzusehen, was sie als nächstes tun würde.
»Wenn es nicht wild hergeht, macht es keinen Spaß«, sagte sie mit Renees Worten. »Ich will es wild.« Wieder bedeckte sie seine Lippen mit den ihren, während er seine Arme aus den Jackenärmeln zu befreien versuchte. Sie fingerte an seinen Hemdknöpfen herum, aber sie war zu ungeduldig und bekam sie nicht auf. Sie fühlte, daß er hinunterlangte, das Hemd aus dem Hosenbund zog und ihre Finger beiseiteschob, um die Knöpfe selbst zu öffnen. Als das getan war, hatte er Bewegungsfreiheit genug, sie zu umarmen, ihr die

Hände auf den Rücken zu legen, sie festzuhalten und zu bändigen. Sie löste sich aus seinem Griff, trat einen Schritt zurück, wartete nicht auf ihn, sondern zog sich den blauen Pulli über den Kopf, hakte den BH auf und legte sich Marcs Hände auf die nackten Brüste.
Er brauchte keine weitere Ermunterung. Er hob sie auf und legte sie auf das erste der beiden Doppelbetten, schüttelte sich die Schuhe von den Füßen und zog ihr die Sandalen aus. Dann legte er sich neben sie aufs Bett, küßte sie zärtlich und streichelte sanft die Kurven ihres Körpers. Hastig rollte Lynn sich auf ihn. Sie wollte es nicht sanft und zärtlich und langsam. Sie wollte es wild und heftig und schnell, damit sie es hinter sich hatte.
Sie wollte hart genommen werden, derb, damit keine Zeit zum Nachdenken blieb und keine Zeit, um irgend etwas zu fühlen. Sie tastete sich zu seiner Gürtelschnalle vor und zog ungeduldig daran, bis sie sich löste. Sie öffnete den Hosenknopf und zog den Reißverschluß auf. Dann griff sie hinein und umschloß ganz fest seinen Penis.
Er zuckte bei der Berührung zusammen. »Hey, nicht so wild!«
Sie beachtete ihn nicht, sondern begann seinen Penis zu massieren, als wäre er ein Stück Plastilin. Aber je mehr sie sich anstrengte, um so weicher wurde er. Was war los? Sie merkte, daß er sie wegzuschieben versuchte, daß er es langsamer haben wollte, aber sie ließ es nicht zu. War ihm denn nicht klar, daß zärtliche Liebkosungen jetzt nicht am Platz waren? Daß sie das nicht wollte? Was war nur los mit ihm? Warum reagierte er nicht auf sie?
Sie öffnete den Reißverschluß ihrer Hose, zerrte sie an den Hüften hinunter, schüttelte sie ab und führte Marcs Hand zwischen ihre Beine. Was war los mit ihm? Warum war er nicht erregt? Sie tat doch alles, was man von ihr erwartete. Gary hatte es immer gemocht, wenn sie die Führung übernahm. Sie senkte den Kopf und versuchte, Marcs Penis in den Mund zu nehmen.

»Du tust mir weh, Lynn«, flüsterte er, legte eine Hand auf ihre Schulter und versuchte ihren Kopf wegzuschieben.
»Was ist denn?« fragte sie verärgert und bemühte sich weiter, ihn zur Erektion zu bringen.
»Ich bin kein Punchingball, Lynn«, sagte er, wich ihrem Griff aus, setzte sich auf und bedeckte – schützte? – sich mit den Händen.
»Ich dachte, du wolltest mit mir schlafen.«
»Aber ja.«
»Den Eindruck machst du aber nicht.«
»Du gibst mir ja keine Chance.«
»Wieviel Chancen brauchst du denn noch?« Lynn vergrub das Gesicht in den Händen und versuchte die Tränen zurückzuhalten. »Was ist denn bloß, Marc?«
»Die Antwort darauf solltest du mir geben.«
»Ich dachte, du hättest das gewollt. Du hast es doch gesagt, als wir uns zum erstenmal sahen. Du hast gesagt, daß du mit mir in ein Motelzimmer willst, am besten in dasselbe Zimmer und in dasselbe Bett...«
»Ich weiß, was ich gesagt habe.«
»Ja, und? Jetzt verwirklichen wir es. Zumindest sind wir nahe dran.«
»Und was habe ich noch gesagt?«
Lynn starrte hilflos in die Dunkelheit. Was hatte er nur? Warum bestand er darauf, daß sie sich unterhielten? Sie wollte nicht reden. Das hatte sie ihm doch schon einmal gesagt.
»Was habe ich noch gesagt?« wiederholte er hartnäckig.
»Ist das ein Quiz, oder was? Kriege ich einen Preis, wenn ich die richtige Antwort sage?«
»Ich habe dir außerdem gesagt, daß ich mich in dich verliebt habe. Bedeutet dir das gar nichts?«
»Ich will nicht über Liebe reden.«
»Du willst Liebe *machen*, aber nicht darüber reden?«
»Genau. Genau das will ich.«
»Du willst keine Zeit mit Sprechen verschwenden.« Es war eine Feststellung, keine Frage.

Lynn nickte. Sie hörte wachsenden Ärger aus seiner Stimme heraus.
»Du willst es heftig und vulgär und schnell, damit es vorbei ist?«
»Mach's doch einfach! Hör auf, darüber zu reden!«
»Sag mir ganz genau, was ich tun soll.«
»Tu, was du willst. Aber tu's endlich.«
»Nein. Du hast hier das Kommando. Du sagst mir, was ich tun soll.«
Lynn wurde sich bewußt, daß sie beide schrien; sie befürchtete, daß man sie im Nachbarzimmer hören konnte. »Ich will, daß du mit mir schläfst«, flüsterte sie.
»Nein, das willst du gar nicht.« Er nahm ihre Hand und führte sie wieder zwischen seine Beine. »Ich zeige dir, was du willst«, sagte er verärgert, »und das hat überhaupt nichts mit Liebemachen zu tun.«
Er schubste sie auf das Kissen zurück, zerrte ihr den Tanga-Slip grob von den Hüften und spreizte ihre Beine. »Ist es das, was du willst? Ja? Denn wenn es das ist, dann werde ich dir den Gefallen gerne tun. Ich bin kein Heiliger, Lynn, und wenn das der einzige Weg ist, dich zu bekommen, dann beschreite ich ihn eben. Du willst nicht über Liebe reden? Gut. Dann klären wir das mal ab. Du willst nicht mit mir schlafen. Du willst ficken! Oder stimmt das etwa nicht? Komm, antworte mir! Ist es das, was du willst? Denn wenn du das willst, mußt du es mir sagen. Willst du, daß ich dich ficke? Willst du das wirklich? Sag's mir! Willst du das?«
»Ja! Nein! Mein Gott, ich weiß es nicht«, rief sie, rollte sich zur Seite, zog die Knie ans Kinn und krümmte sich zusammen wie ein Ungeborenes im Bauch der Mutter. »O Gott, ich weiß es nicht! Ich weiß es nicht!« Sie begann zu schluchzen. Er nahm sie in den Arm und bedeckte ihre zuckenden Schultern mit seinem Körper.
»Ist ja gut, Lynn. Ist ja alles gut. Es tut mir leid. Es ist ja gut.«
»Gar nichts ist gut. Ich weiß nicht mehr, was ich tue. Ich

weiß nicht einmal mehr, wer ich bin. Ich erkenne mich selbst nicht mehr, wenn ich in den Spiegel sehe.«
Er küßte ihren Nacken. »Ist ja gut. Alles wird wieder gut.«
Es kam Lynn vor, als wäre eine lange Zeit vergangen. Sie setzte sich auf, warf das Kissen zur Seite und kroch unter die Tagesdecke. »Ich möchte dir von heute nachmittag erzählen.«
Marc langte zum zweiten Bett hinüber, zog die Tagesdecke ab und legte sie Lynn um die Schulter, so daß sie fast darin verschwand. Dann lehnte er sich mit dem nackten Rücken an die Wand. »Ich höre.«
Wieder entstand eine lange Pause, bevor sie sprach. »Ich habe etwas getan, auf das ich nicht sehr stolz bin.« Sie drehte sich um und sah ihn an. Marc schwieg, saß ganz ruhig da, sah Lynn unverwandt an, wartete darauf, daß sie weitersprach. »Ich habe meiner Anwältin berichtet, was du mir über Suzettes Affären erzählt hast.« Sie wartete einen Augenblick, aber Marc sagte nichts. »Sie hat diese Information benützt und Gary damit von seiner Drohung abgebracht, mir das elterliche Sorgerecht streitig zu machen. Sie argumentierte so: Wenn er nicht nachgeben würde, würden wir uns überlegen, diese Information vor Gericht zu benützen. Oder du.« Wieder schwieg Lynn eine Weile, weil sie erwartete, daß er etwas erwidern würde, aber Marc schwieg. Sein Gesicht blieb reglos, es verriet nichts.
»Du hättest Garys Gesicht sehen sollen! Ich glaube, das werde ich nie vergessen, und ich habe Schuldgefühle – nicht nur weil ich ihn verletzt habe, sondern auch weil ich ihn verletzen *wollte*. Ich habe es genossen, ihm weh zu tun. Und außerdem habe ich die Dinge verwertet, die du mir erzählt hattest.«
Endlich brach Marc sein Schweigen. »Man verwertet eben, was zu verwerten ist.« Er starrte geradeaus.
»Hast du mir das alles aus diesem Grund erzählt? Damit ich es benütze?«

Wieder herrschte Schweigen. Dann ein langer Seufzer. »Ich weiß es nicht.«
»Und was ist mit mir? Benützt du mich auch?«
Marc lächelte. In der Düsternis des Motelzimmers waren seine Augen nur zu erahnen. »Das mit heute abend war deine Idee.«
»Benütze ich dich etwa?«
»Ich weiß nicht. Du bist wütend. Durcheinander. Voller Angst. Du hast gerade eben den Schlußstrich unter fast fünfzehn Jahre Ehe gezogen. Du bist in einem Motelzimmer mit dem Ehemann der Frau, die dein Mann zu heiraten beabsichtigt. Ist das der Grund, weshalb wir jetzt hier sind? Ich weiß es nicht. Ganz ehrlich, ich weiß nicht, wieviel Gary und Suzette mit der Tatsache zu tun haben, daß wir in diesem Augenblick zusammen in diesem Zimmer sind, und ich weiß auch nicht, ob ich die beiden dafür verfluchen oder ihnen dankbar sein soll. Aber ich weiß, daß ich mich in dich verliebt habe, daß ich soviel Zeit wie möglich mit dir zusammensein will, um dich und deine Kinder kennenzulernen. Ich weiß, daß ich all das tun möchte, was Erwachsene tun, wenn sie eine Beziehung miteinander haben, und dazu zählt auch, mit dir zu schlafen. Ich weiß, daß es mich ewig reuen würde, wenn dies meine einzige Chance gewesen sein und ich sie verpaßt haben sollte. Ob ich dich benütze? Ja, am Anfang vielleicht. Aber jetzt nicht mehr, glaube ich. Aber wie soll ich das sicher wissen? Ob du mich benützt? Vielleicht. *Wahrscheinlich.* Ich weiß es nicht. Es ist mir auch egal. Manchmal muß man einfach etwas riskieren.«
»Das habe ich nie sehr gut gekonnt – etwas riskieren.«
»Man muß sich nicht ständig selbst beherrschen, Lynn. Manchmal schadet es nichts, wenn man sich gehenläßt.«
»Und manchmal schadet es eben doch.«
»Der Witz dabei ist wahrscheinlich, eine gewisse Ausgewogenheit zu erreichen.« Er stand auf, zog den Reißverschluß an seiner Hose zu und schaufelte mit dem Fuß sein Hemd vom Boden auf.

»Du bist ein netter Mann«, sagte Lynn, wie schon zuvor einmal, aber erst jetzt wurde ihr bewußt, wie sehr es stimmte.
»So, wir hauen hier besser ab, bevor ich es satt bekomme, ein so netter Kerl zu sein. Du siehst unheimlich süß aus, wie du so dasitzt und unter dieser schäbigen Tagesdecke zitterst, und mein Pensum an guten Absichten ist für heute abend so gut wie erfüllt.«
»Und jetzt?« fragte sie.
Er antwortete nur zögerlich; es fiel ihm sichtlich schwer, es ihr zu sagen. »Ich glaube, du brauchst noch ein bißchen Zeit, um mit dir ins reine zu kommen, um Atem zu schöpfen und zu entscheiden, was du wirklich willst.« Er lächelte sie an und sprach mit zitternder Stimme weiter. »Ich gehe ja nicht weg. Du weißt, wo du mich finden kannst. Ich vertraue auf deinen Instinkt, auch wenn du selbst ihm mißtraust.«
»Und wenn mein Instinkt mich in eine andere Richtung führt?«
Er zuckte die Achseln. Er sagte es leichthin, aber seine Stimme klang sehr ernst dabei: »Manchmal muß man eben etwas riskieren.«

* * *

Als Lynn in derselben Nacht kurz nach zweiundzwanzig Uhr daheim ankam, stand ein weißer Mercedes vor ihrem Haus. Lynn blieb eine Weile sitzen und dachte noch einmal daran zurück, wie Marc aus ihrem Wagen gestiegen und in sein Apartmenthaus verschwunden war. Ich brauche also Zeit, um mit mir ins reine zu kommen, dachte sie. Auch auf dem Weg zur Haustür bemerkte sie das andere Auto nicht. Die Babysitterin würde überrascht sein. Lynn hatte ihr gesagt, sie werde sehr spät zurückkommen.
»Lynn...«
Beim Klang ihres eigenen Namens in der Dunkelheit drehte Lynn sich erschrocken um.

»Ich bin's, Renee«, sagte die Frau hinter dem Lenkrad des weißen Wagens mit brechender Stimme. »Entschuldigen Sie, ich wollte Sie nicht erschrecken. Ich wußte nur nicht, wohin ich sollte. Ich habe niemanden, zu dem ich gehen kann. Ich habe keine Freunde...« Sie brach ab. Lynn hörte Erstaunen aus Renees Stimme heraus. Rasch ging sie zu ihr.
»Was ist denn los? Was ist passiert?«
»Kathryn ist weg.«
Lynn brauchte eine Weile, bis sie kapiert hatte, daß Kathryn Renees Schwester war, die nicht einfach nur nach New York zurückgeflogen war. »Was soll das heißen – sie ist weg?«
»Wir haben uns gestritten. Fürchterlich gestritten. Über Philip«, flüsterte Renee; dann sprach sie mit normaler Stimme weiter. »Ich bin aus der Wohnung gerannt. Ich konnte nicht mehr klar denken. Ich habe überhaupt nicht mehr gedacht. Ich mußte nur weg. Stundenlang bin ich herumgefahren. Ich weiß gar nicht mehr, wo ich überall war. Ich bin einfach gefahren. Den Revolver hatte ich ganz vergessen.«
»Den Revolver? Welchen Revolver?«
»Philip hat einen Revolver. Ich hatte Angst davor, ihn wegzuwerfen, weil das Philip sicherlich sehr wütend gemacht hätte. Ich habe mir immer gesagt, ich muß ein besseres Versteck finden, aber ich fand keines. Ist ja auch egal. Sie hätte ihn sowieso entdeckt.«
»Was sagen Sie da? Ich verstehe nicht.«
»Als mir der Revolver einfiel, bin ich sofort zur Wohnung zurückgefahren, aber Kathryn war schon weg. Niemand war mehr zu Hause. Philip war mit Debbie zum Essen und dann zu einem Rockkonzert in West Palm gefahren. Er war nicht dabei, als Kathryn und ich uns stritten. Ich bin sicher, daß Debbie ihm nichts davon erzählt hat, sonst wäre er gar nicht erst mit ihr weggegangen.«
Renees Gesichtsausdruck sagte Lynn, daß Renee sich dessen keineswegs sicher war. »Als Sie in die Wohnung zurückka-

men, war Kathryn nicht mehr dort«, wiederholte sie, damit Renee nicht den Faden verlor und um sich selbst die Zusammenhänge klarzumachen.
»Noch bevor ich nachgesehen hatte, wußte ich, daß der Revolver weg war.« Lynn nahm die zitternde Frau in den Arm. Es war doch nicht möglich, daß es sich hier um denselben Menschen handelte, den sie heute nachmittag in voller Aktion erlebt hatte.
»Haben Sie überall nachgesehen? Vielleicht hat Philip ihn woanders hingelegt.«
»Ich habe alles auf den Kopf gestellt. Er ist weg.«
»Haben Sie die Polizei angerufen?«
Renee schüttelte den Kopf. »Ich hätte es tun sollen, ich weiß. Mein Gott, schließlich bin ich Anwältin, ich weiß, daß ich die Polizei anrufen müßte. Aber ich wußte nicht, was ich ihnen sagen sollte. Ich weiß nicht, wo sie suchen sollten, und ich wollte Kathryn nicht in Schwierigkeiten bringen. O Gott, Lynn, hören Sie mich doch nur an! Ich rede lauter dummes Zeug daher. Ich rede davon, daß ich sie nicht in Schwierigkeiten bringen will, dabei ist sie wahrscheinlich tot. O Gott, o Gott, es ist alles meine Schuld!«
»Hören Sie auf, Renee. Reißen Sie sich zusammen. Wir haben jetzt keine Zeit für so was. Bemitleiden können Sie sich später, wenn wir sie gefunden haben.«
»Ich habe schreckliche Dinge zu ihr gesagt. Ich habe ihr praktisch gesagt, sie soll sich doch umbringen. Ich habe sie fast herausgefordert, es zu tun.«
»Okay, okay. Hören Sie, setzen Sie sich ins Auto.« Lynn drückte Renee auf den Beifahrersitz des weißen Mercedes und setzte sich hinters Steuer. »Jetzt denken Sie mal nach«, sagte sie, während sie anfuhr, »wohin könnte sie gegangen sein?«
Renee brach in Tränen aus. »Ich weiß es nicht.«
»Was ist mit ihren Eltern?«
»Nein. Zu denen würde sie als allerletztes gehen.«
»Hat sie irgendwelche Freunde?«

Renee schüttelte den Kopf. »Nur mich. O Gott, was habe ich nur angerichtet!«
»Ganz ruhig, Renee. Wir finden sie schon.«
»Wohin fahren wir denn?«
»Zu Ihrer Wohnung. Vielleicht hat sie dem Portier etwas gesagt.«
»Den habe ich schon gefragt. Aber seine Schicht hatte gerade erst begonnen. Er war noch nicht da, als sie das Haus verließ.«
»Wer hatte vor ihm Dienst?«
»Weiß ich nicht. Ich habe vergessen, danach zu fragen. Ich habe alles falsch gemacht.«
»Beruhigen Sie sich, Renee. Das hilft doch weder Ihnen noch Kathryn. Jetzt sagen Sie mir bitte, wie man zu Ihrem Haus fährt.«
Einige Minuten später fuhren sie auf der kreisförmigen Auffahrt vor, die zum Eingang von Renees Wohnhaus führte, und hielten direkt vor der Tür.
»Sie wissen doch, daß Sie da nicht parken können, Mrs. Bower.« Der grauhaarige Portier, dessen Namensschild ihn als Stan auswies, begann schon zu schimpfen, bevor die Frauen ausgestiegen waren.
»Wir brauchen die Telefonnummer des Kollegen, der vor Ihnen Dienst hatte«, herrschte Lynn ihn an. »Es ist dringend.« Der verdutzte Portier, dem der dienstliche Übereifer beim Klang von Lynns Stimme vergangen war, warf einen argwöhnischen Blick auf Renee. Er wunderte sich offenbar, wie die elegante Bewohnerin »seines« Hauses Umgang mit einer so rüden Frau haben konnte, ging zur Portierstheke und begann sofort auf einer Liste nachzusehen. Die beiden Frauen folgten ihm. Er schrieb George Fines Namen und Telefonnummer auf ein Blatt Papier und überreichte es Lynn.
»Er schläft wahrscheinlich«, brummte der schon etwas ältere Mann, der an Unterbrechungen der Routine nicht gewöhnt war.

Lynn bemächtigte sich seines Platzes hinter der Portierstheke und wählte die Nummer, die er ihr gegeben hatte. »Mr. Fine?« fragte sie, als sich am anderen Ende der Leitung ein Mann gemeldet hatte, der, gemäß der Prophezeiung seines Nachfolgers, bereits geschlafen hatte. Lynn erklärte rasch, wer sie sei und was sie wolle. »Er sagt, Kathryn hat sich ein Taxi genommen«, erklärte sie und gab den Telefonhörer an den Portier zurück. »Diamond Cab Company.«
»Ich habe die Nummer der Diamond Cab«, sagte der Portier, der allmählich Gefallen an der spannenden Situation fand, sich an seinen Platz hinter der Theke drängte und die Nummer wählte.
Lynn erklärte der Funkzentrale, worum es sich handelte. Die Frau mit der jugendlichen Stimme erklärte ihr, sie werde zurückrufen, sobald der Fahrer, der Kathryn abgeholt hatte, ausfindig gemacht worden sei. »In der Zwischenzeit müssen wir die Polizei verständigen.« Lynn ging auf die zweite Leitung und sprach hintereinander mit zwei Beamten, denen sie versicherte, daß Kathryn nur für sich selbst eine Gefahr darstelle. »In ein paar Minuten sind sie hier.« Sie tätschelte Renees Hand und führte sie zu dem weinrot und weiß gestreiften Sofa, das in der Eingangshalle stand.
»Vielen Dank! Ich weiß nicht, was ich ohne Sie getan hätte.« Renee lachte, und Tränen liefen ihr über die Wangen. »Als Sie mir sagten, ich solle Sie anrufen, wenn ich Sie brauche, haben Sie wohl kaum erwartet, daß das schon so bald der Fall sein würde.«
»Ich freue mich, daß ich etwas für Sie tun konnte«, sagte Lynn. Sie fragte sich, wie lange Renee wohl schon vor ihrem Haus gestanden war und was Renee getan hätte, wenn sie nicht nach Hause gekommen wäre. Sie weigerte sich, daran zu denken, wo sie gewesen wäre, was sie vielleicht in genau diesem Augenblick getan hätte, wenn sie nicht nach Hause gefahren wäre. In Wahrheit war sie über Renees plötzliches Auftauchen vor ihrem Haus sehr froh gewesen. Sich auf die Probleme anderer zu konzentrieren, war Lynn immer schon

leichter gefallen, als sich mit ihren eigenen Schwierigkeiten zu beschäftigen.
Das Telefon klingelte. »Lynn Schuster?« fragte der Portier und hielt ihr den Hörer hin. »Diamond Cab«, flüsterte er laut, fast begierig. Seine schlummernde Abenteuerlust war endgültig geweckt worden.
Lynn nahm ihm den Hörer aus der Hand. »Hier spricht Lynn Schuster«, sagte sie und stellte zu ihrer Überraschung fest, daß sie nicht mit der Funkzentrale, sondern mit dem Taxifahrer verbunden war. »Sie haben doch eine Frau vom Oasis am South Ocean Boulevard abgeholt, irgendwann zwischen siebzehn und neunzehn Uhr heute abend... Ja, blondes Haar, sehr schlank.« Sie warf Renee einen Blick zu, um sich zu vergewissern, daß die Angaben stimmten. »Ja, sah ein bißchen traurig aus. Das war sie. Können Sie mir sagen, wohin Sie sie gefahren haben?« Als sie die Antwort hörte, begann Lynns Hand zu zittern. Ganz langsam gab sie dem Portier den Hörer zurück. Renee stand zögerlich auf. »Er hat sie zum Friedhof gebracht«, sagte Lynn.

24

Lynn raste die South Swinton Avenue entlang. Renee konnte nicht stillsitzen. Unbewußt machte sie Lynn jede Bewegung nach, bremste, wenn Lynn bremste, preßte den Fuß auf den Boden, wenn Lynn aufs Gas trat, trieb den Wagen mit Schulterbewegungen vorwärts und wurde bei jeder Ampel, die auf Rot stand, nervöser.
Die South Swinton Avenue war einmal *die* Straße von Delray Beach gewesen, aber der Zahn der Zeit und eine veränderte Bevölkerungsstruktur hatten sie zu einer der Hauptverkehrsstraßen der Stadt gemacht – besser: degradiert –, auch wenn es zu dieser Tageszeit relativ ruhig auf ihr war. Renee sah aus dem Seitenfenster und betrachtete gedankenverloren die großen Ficus-Bäume, von denen die einst so schicke Straße gesäumt war. »Warum, um alles in der Welt, wollte sie zum Friedhof?« Renee rieb sich die Stirn, als versuche sie, in ihren Kopf zu greifen und dort nach der Antwort zu suchen; dabei wiegte sie sich vor und zurück. »Wegen der morbiden Atmosphäre?«
Lynn lachte leise auf, und wieder empfand Renee Dankbarkeit für ihre Anwesenheit. »Entspannen Sie sich, Renee«, sagte Lynn mit einem Ausdruck, der signalisierte, daß sie alles im Griff hatte. »Wir wissen, wo sie ist, und die Polizei ist auch schon unterwegs.«
»Was, wenn sie schon...?«
»Ist sie nicht.« Wieder blieben sie an einer Ampel stehen.

Lynn wandte sich zur Seite und nahm Renees Hand. »Renee, wenn Kathryn sich wirklich umbringen wollte, dann hätten Sie sie schon bei Ihrer Rückkehr in die Wohnung dort tot vorgefunden. Menschen, die eine Waffe haben und sich in einer leeren Wohnung befinden, machen sich nicht auf die Suche nach exotischen Schauplätzen, wenn sie wirklich sterben wollen. Dann bitten sie auch nicht den Portier, ein Taxi zu rufen, und hinterlassen eine Spur, der sogar Hänsel und Gretel folgen könnten. Sie will sich nicht töten, auch wenn sie selbst wohl glaubt, daß sie es will. In Wirklichkeit will sie, daß Sie sie finden.« Es wurde grün. »Und Sie werden sie finden.«

Sie bogen nach Westen in die SW 8th Avenue ein. Der Wagen war vor dem Städtischen Friedhof von Delray noch gar nicht richtig zum Stehen gekommen, da sprang Renee schon hinaus. Ganz allein stand sie auf dem Gehsteig und spähte durch die mondbeleuchtete Dunkelheit über die Gräber des neueren Friedhofteils, die sich nur durch Pflanzen und Blumen voneinander unterschieden. Dieser Teil war ganz anders als der alte, in dem die schon lange zu einer Art Orangebraun verrotteten Grabsteine eher Verfall als das Gedenken an die Toten verkündeten. »Ich sehe sie nicht«, flüsterte Renee, als Lynn von hinten auf sie zutrat.

»Sie ist wahrscheinlich dort drüben.« Lynn deutete auf eine Gruppe schwerer Betongewölbe, die ebenfalls vollständig mit Rost bedeckt waren und wie große Särge aussahen, die noch immer auf das Begräbnis warteten.

»Unter einem amüsanten Abend habe ich mir eigentlich immer etwas anderes vorgestellt«, murmelte Renee, um ihre Angst mit Humor zu verdecken, und ging langsam weiter. »Kathryn«, rief sie, zuerst zögerlich, dann immer lauter. »Kathryn, wo bist du? Du weißt doch, daß ich Friedhöfe nie ausstehen konnte.« Sie lachte über diesen Satz. Sie kam sich albern und nutzlos und unpassend vor. Sie erinnerte sich, daß Kathryn als Kind einmal zu ihr gesagt hatte, Friedhöfe seien sehr beliebte Orte: Die Leute kämen für ihr Leben

gern dorthin! »Komm schon, Kathryn. Ich bin allergisch gegen diese vielen Plastikblumen.« Sie drehte sich zu Lynn um, und die Fassade der Lässigkeit bekam erste Risse. »Mein Gott, was ist, wenn sie mich nicht hören kann? Was, wenn sie schon tot ist?«
»Gehen Sie weiter!« sagte Lynn.
Renee ging langsam weiter die Reihen der rostüberzogenen Gewölbe entlang. Während der ganzen Zeit, in der sie jedes einzelne ganz vorsichtig umkreiste, fürchtete sie, ihre Schwester jeden Augenblick vor sich zu sehen – auf dem Boden liegend, ihr Blut in das schwere Erdreich vergießend. Wie hatte sie nur solche Dinge zu ihr sagen können! Und was sollte sie ihr jetzt sagen?
»Renee...« Lynn packte sie am Ellbogen, und Renee blieb auf der Stelle stehen. Sie sah Lynn an; dann folgte sie ihrem Blick.
Kathryn saß unter einem riesigen Gumbo-Limbo-Baum. Sie hielt den Kopf gesenkt und hatte den Rücken an den silbrigen Stamm gelehnt. Die Beine lagen bewegungslos vor ihr hingestreckt. Zuerst war es unmöglich zu sagen, ob die reglose Gestalt lebte oder tot war. Renee umkrampfte Lynns Hand. Die beiden Frauen schlichen sich näher. Die Gestalt unter dem Baum bewegte sich. Kathryn hob den Kopf.
»Bitte geht weg«, sagte sie. Sie sprach sehr leise, aber ihre Worte waren klar zu verstehen.
»Kathryn...«
»Nein!« Kathryn hob den Revolver, der in ihrem Schoß lag, auf und hielt ihn sich an die Schläfe. »Haut ab!«
»Bitte tu's nicht, Kathy!«
Kathryns Blick schoß argwöhnisch zwischen ihrer Schwester und der daneben stehenden Frau hin und her. Die Anwesenheit dieser Fremden verwirrte sie sichtlich. »Wer sind Sie?«
Lynn trat vor. Das Mondlicht beschien eine Hälfte ihres Gesichts und ließ ihr hellbraunes Haar glänzen. »Ich bin Lynn

Schuster«, sagte sie. »Früher hieß ich Lynn Keaton. Wir sind zusammen zur Schule gegangen. Ich weiß nicht, ob du dich an mich erinnern kannst.«
»Ich erinnere mich an dich. Ein toller Ort für ein Klassentreffen!«
»Fahren wir doch woanders hin.«
»Hier ist die Endstation.«
»Ich glaube, wir werden etwas Besseres finden, einen Ort, wo man reden kann.«
»Ich will nicht reden.«
»Bitte, Kathy«, flehte Renee, die aus ihrer Sprachlosigkeit erwacht war. »Laß dir doch helfen.«
»Ich will nicht, daß ihr mir helft. Ich verdiene eure Hilfe nicht.« Kathryn richtete den Blick wieder auf Lynn. »Hat sie dir erzählt, was ich gemacht habe?«
»Das ist doch egal«, sagte Renee. Bitte, bitte, sag es nicht, dachte sie. Sprich es nicht laut aus. Bitte sag es nicht!
»Was soll das heißen, es ist egal? Ich habe mit deinem Mann geschlafen. Wie kannst du sagen, daß das egal ist?«
Renee starrte Lynn an, um zu sehen, wie sie reagierte. Aber wenn Lynn in diesem Moment irgendeine Empfindung hatte – Ekel, Bestürzung, Überraschung –, so zeigte sich das nicht auf ihrem Gesicht. »Wirklich, Kathy«, rief Renee, »es ist egal. Es ist nicht wichtig.«
»Was redest du da? Wie kannst du sagen, daß es nicht wichtig ist? Philip ist doch dein ein und alles!«
»Nein!« Warum leugnete sie es? Philip *war* ihr ein und alles. Hatte sie nicht die letzten sechs Jahre damit verbracht, ihn zu ihrem ein und alles zu *machen*?
»Doch, er ist dein ein und alles. Genauso, wie Arnie mein ein und alles war. Ich habe den Tod verdient«, sagte sie und fuchtelte mit dem Revolver herum, als hätte sie vergessen, daß sie ihn in der Hand hielt.
»Du hast ihn nicht verdient«, sagte Lynn mit fester Stimme.
»Du hast meinen Mann nicht gekannt, oder, Lynn?«

Lynn schüttelte den Kopf.
»Dachte ich mir schon. Wir begegneten uns, kurz nachdem ich die High School verlassen hatte. Er war viel älter als ich. Er war hier in Florida auf Urlaub. Was soll ich dir sagen? Er zog mich total in seinen Bann.« Sie lachte, einen Augenblick ganz in der Erinnerung befangen. »Wir heirateten und gingen nach New York. Wir waren über zwanzig Jahre miteinander verheiratet. Er hat sich um mich gekümmert. Er tat alles für mich. Wir waren immer zusammen. Genau wie unsere Mutter und unser Vater«, sagte sie, den Blick auf Renee geheftet. »Und dann stand er eines Abends vom Tisch auf – ich hatte einen scharfen Hackbraten gemacht; das hätte ich nicht tun sollen – und fiel tot um.«
»Kathryn«, sagte Renee, »wie oft willst du das noch durchkauen? Es war nicht deine Schuld.«
Kathryn sprach weiter, als hätte niemand etwas gesagt. »Er stand vom Tisch auf und fiel um und war tot. Einfach so. Und ich sah ihn dort auf dem Boden liegen und sah eine ganze Welt für mich zusammenbrechen. Er hatte sich zwanzig Jahre lang um mich gekümmert, und plötzlich war ich allein. Ich hatte Angst und war verzweifelt und wütend.«
»Das ist doch ganz natürlich.«
»Und ich fühlte mich« – sie sah sich um wie auf der Suche nach einem ganz bestimmten Wort – »erleichtert.« Sie sagte es, rang nach Luft, ließ den Blick zwischen ihrer Schwester und ihrer ehemaligen Schulkameradin hin und her fliegen und hob die Hände an die Schläfen. Der Revolver baumelte herab wie ein Anhängsel, wie ein sechster Finger. Kathryns Stimme wurde dumpf und monoton. »Ich sah ihn da liegen, und ich fühlte mich... frei. All die Jahre, in denen ich ganz langsam erstickt worden war... O Gott! Arnie hat mich geliebt. Er hat sein ganzes Leben damit verbracht, für mich zu sorgen. Und ich habe ihn geliebt. Ich habe ihn wirklich geliebt.«
»Ich weiß«, versicherte ihr Renee und schlich sich behutsam näher.

»Warum hatte ich dann dieses Gefühl? Warum fühlte ich mich, als Arnie tot war, plötzlich so, als wäre ich selbst wiedergeboren worden? So als hätte ich eine zweite Chance bekommen?«
»Es ist nicht unnormal, solche Empfindungen zu haben«, hörte Renee Lynn sagen, während sie sich ihrer Schwester weiter näherte. »Du hattest einen Schock. Da gehen einem alle möglichen Dinge durch den Kopf. Dinge, die man nicht steuern kann.«
»Aber nicht solche Dinge!«
»Genau solche Dinge«, erklärte ihr Lynn. »Als meine Mutter starb, empfand ich die gleiche Wut, die gleiche Verzweiflung und Einsamkeit. Und Erleichterung. Und nicht nur Erleichterung darüber, daß ihre Leiden ein Ende gefunden hatten, denn sie hatte nicht wirklich gelitten, zumindest hatte sie den größten Teil dieser Jahre hindurch nicht gewußt, daß sie litt. Mein Vater und ich hatten in den letzten zwei Jahren das meiste durchzumachen. Ich sah mit an, wie meine schöne Mutter sich in eine Fremde verwandelte. Sie wurde zu einem eigensinnigen Kind, und eines Tages war sie nicht einmal mehr ein Kind. Nur mehr ein menschliches Etwas. Sie wußte nicht mehr, wer ich war. Sie wußte nicht einmal mehr, wer sie selbst war. Sie stellte immer wieder die gleichen sinnlosen, dummen Fragen. Die beiden letzten Jahre verbrachte ich damit, diese immer gleichen dummen Fragen immer und immer wieder zu beantworten, die immer gleichen Dinge zu wiederholen und zu wiederholen, bis ich am liebsten nur noch geschrien hätte.«
Renee hörte den Schmerz in Lynns Stimme und sah, daß sich ihre Augen mit Tränen füllten. »Ich schämte mich für sie. Ich wußte, daß sie nicht anders konnte. Ich wußte, daß es etwas war, über das sie keine Macht hatte. Trotzdem schämte ich mich für sie. Ich konnte es gar nicht abwarten, daß sie starb, damit es endlich vorbei war und ich mein eigenes Leben weiterleben konnte. Und dabei liebte ich sie! Ich liebte sie, aber als sie tot war, war ich froh. Bin ich deshalb ein schlechter Mensch?«

»Aber du warst stark«, warf Kathryn ein. »Stärker als ich. Du hast etwas gemacht aus deinem Leben, anstatt das Leben eines anderen zu zerstören.«
»Das hast du auch nicht getan.« Lynn holte tief Atem. Sie wußte nicht, ob sie weitersprechen sollte oder nicht, aber dann riskierte sie es einfach. »Wenn Renee Eheprobleme hat, dann bestanden die schon, lange bevor du herkamst.« Beide Frauen richteten den Blick fragend auf Renee.
Renee nickte. »Laß mich dir helfen, Kathy«, bat sie sanft. »Bitte laß mich dir helfen. Weis mich nicht ab. Du brauchst mich. Und ich brauche dich.«
»Warum denn? Damit ich dir noch einmal weh tun kann?« Kathryn sah von ihrer Schwester zu Lynn hinüber. Trotz des Inhalts ihrer Worte klang ihre Stimme erstaunlich fest. »Ich habe mit ihrem Mann geschlafen, weißt du.«
Lynn zuckte die Achseln. »Ich komme gerade aus dem Bett des Ehemannes der Frau, wegen der mein Mann mich verlassen hat.« Sie sah, daß Kathryn die Augen aufriß.
»Sag das noch mal«, forderte Kathryn sie, fast lächelnd, auf.
»Wenn du die schlüpfrigen Details erfahren willst, mußt du diesen Revolver weglegen und mit uns kommen. Wir würden ein interessantes Dreiergespann abgeben. Ich glaube, wir haben uns viel zu erzählen.«
Der Revolver in Kathryns Hand zitterte. »Ich wollte dir nie weh tun«, rief sie, den Blick auf ihre Schwester gerichtet. »Bitte glaub mir das. Ich wollte nie, daß es passiert. Für nichts in der Welt würde ich dir weh tun. Ich habe dich lieb.«
Renee lief zu ihrer Schwester und nahm sie in den Arm. Der Revolver fiel mit einem unangenehmen, dumpfen Geräusch zu Boden. Renee merkte, daß Lynn hinzugerannt war und die Waffe an sich nahm. Sie hörte aufheulende Sirenen und das dumpfe Echo von Türen, die zugeschlagen wurden. Stimmen näherten sich, Menschen kamen gelaufen. Renee drückte ihre Schwester ganz fest an sich und wiegte sie in ih-

ren Armen, so wie früher, als sie Kinder gewesen waren.
»Ich hab' dich auch lieb«, flüsterte sie.

»Und? Es ist doch wohl alles in Ordnung mit ihr?« fragte Philip, als Renee die Wohnung betrat.
»Es wird bald wieder alles in Ordnung sein mit ihr«, sagte Renee trocken, ging an ihm vorbei in die Küche und schenkte sich ein Glas kaltes Wasser ein. Sie trank es in einem einzigen, schmatzenden Schluck leer und füllte es sofort nach. »Die Polizei hat sie vernommen und ins Krankenhaus gebracht. Dort haben sie sie ziemlich gründlich untersucht.«
»Ist sie jetzt im Krankenhaus?«
»Nein. Sie ist bei Lynn.« Philip sah verdattert drein. »Lynn ist eine Freundin von mir.« Das Wort »Freundin« schien ihn zu verwirren; deshalb klärte sie ihn weiter auf – mit Hilfe eines Wortes, das er vielleicht besser verstand. »Eine Klientin.« Renee starrte ihren Mann ungläubig an. »Hast du wirklich erwartet, daß ich sie hierher zurückbringe?«
»Ich weiß nie, was ich bei dir erwarten soll, Renee.« Seine Stimme war eiskalt, kälter als das Wasser, das sie gerade trank. Renee stellte das Glas ins Spülbecken und ging ins Wohnzimmer; Philip blieb ihr dicht auf den Fersen. »Da kommen Debbie und ich heim und müssen feststellen, daß wir im ganzen Haus Tagesgespräch sind. Der Portier kann es gar nicht abwarten, uns von allem zu berichten. ›Hysterische Telefongespräche‹, sagte er. ›Die Polizei. Deine Schwester wird vermißt. Sie hat einen Revolver. Sie wird sich umbringen.‹ Wir gehen rauf, und die Wohnung sieht aus, als wären Einbrecher dagewesen. Und dann erzählt mir Debbie, ihr beide hättet euch am Nachmittag fürchterlich gestritten.«
Renee trat ans Fenster und blickte auf den schwarzen Ozean hinaus. »Wie konntest du das nur tun, Philip?« fragte sie leise, ohne jede Gefühlsregung. »Wie konntest du mit meiner Schwester schlafen? Nicht einmal Ratten beschmutzen das eigene Nest.«

»Was soll das heißen?«
»Meine Schwester hat heute nacht versucht, sich das Leben zu nehmen. Sie hielt sich einen geladenen Revolver an die Schläfe und hätte beinahe abgedrückt.«
»Und die Schuld daran gibst du mir?«
»Warum, um alles in der Welt, sollte ich dir die Schuld daran geben?«
»Es ist wahrscheinlich ganz normal«, sagte er gönnerhaft. »Diese Nacht war die reinste Hölle für dich. Du bist wütend. Du bist aufgebracht. Du bist durcheinander. Du bist sehr müde. Du siehst grauenhaft aus. Es ist ganz normal, daß du es an dem Menschen ausläßt, der dir am nächsten steht.«
»Und das wäre?«
»Hör zu, es ist fast zwei Uhr morgens. Ich schlage vor, daß wir jetzt schlafen gehen. Morgen wirst du alles klarer sehen.«
»Das bezweifle ich.«
»Renee, du weißt doch, wie du bist, wenn du müde bist. Dann sagst du Dinge, die du hinterher bereust. Ich möchte dich sehr bitten, unsere Beziehung nicht wegen einiger schlecht gewählter Worte in Gefahr zu bringen.«
Renee betrachtete den Mann, mit dem sie seit fast sechs Jahren verheiratet war. Wie immer, wenn er mit dem Rücken zur Wand stand, brachte er ihre Beziehung ins Spiel. Ihre ganze Ehe, gab er ihr zu verstehen, hänge von dem ab, was sie als nächstes sagte.
Sie spulte in Gedanken die sechs Jahre ihrer Ehe ab, von Anfang an, so als wären sie auf einem Videoband festgehalten. Sie drückte auf die Schnellauf-Taste und versuchte die guten Stellen herauszusuchen, aber als sie das Band verlangsamen wollte, um die guten Stellen zu betrachten, erkannte sie, daß sie zu flüchtig gewesen waren. Es gab nichts zu verlangsamen. Sie sah Philip an. Dies war der Mann, um den herum sie ihr Leben gebaut hatte, der Mann, ohne den zu leben ihr völlig unmöglich erschienen war.
Auch jetzt noch, nach allem, was er getan hatte, mußte sie

sich bei dem Gedanken, daß er sie verlassen könnte, an der Sofalehne festhalten. Warum war sie überhaupt zurückgekommen? Glaubte sie wirklich, es gäbe Worte, mit denen er die Situation noch verändern könnte? Sie stützte sich fest auf und sah ihm tief in die Augen. Dann sagte sie ganz ruhig: »Du Bastard.«
»Nun gut, Renee«, sagte er, »wenn das Gespräch zur Beschimpfung verkommt...« Er ging auf die Tür zu.
»Wage es nicht, einfach so zu gehen!«
»Ich denke gar nicht daran, zu bleiben und mich beschimpfen zu lassen.«
»Du bleibst in diesem Zimmer, bis ich fertig bin!«
»Du bist bereits fertig, würde ich sagen.«
»O nein – ich fange erst an.«
»Renee, was mich betrifft, so ist die Diskussion beendet. Du bist müde; du bist aufgeregt. Und mit gutem Grund. Ich will ja nicht so tun, als hättest du keine Gründe...«
»Wie lieb von dir!«
»Aber du bauschst das, was passiert ist, derartig auf, daß es in keinem Verhältnis mehr steht. Du wirst Dinge sagen, die dir schon morgen früh leid tun werden. Ich kenne dich doch, Renee. Ich weiß, wie du bist. Du wirst Dinge sagen, die du dann, wenn du sie nicht mehr zurücknehmen kannst und der Schaden angerichtet ist, sehr bereuen wirst. Ich will nicht, daß es so kommt. Ich denke nicht daran, hier stehenzubleiben und mit anzusehen, wie du unsere Beziehung zerstörst.«
»Ich? Du denkst nicht daran, mit anzusehen, wie *ich* unsere Beziehung zerstöre?«
»Ich sehe nicht mit an, wie du die letzten sechs Jahre, in denen wir uns etwas bedeutet haben, einfach ausradierst...«
Sie mußte fast laut losprusten. »Ich wußte gar nicht, daß ich die Macht dazu habe.«
»Du hast die *Wut* dazu.«
»Und habe ich nicht Grund genug?«

»Es ist ungesund.«
»Du willst also sagen, alles, was heute nacht geschieht, habe ich zu verantworten?«
»Ja, du hast es zu verantworten, wenn du noch weiter gehst.«
»Gut«, sagte Renee ganz ruhig. »Es ist an der Zeit, daß ich ein bißchen Verantwortung für mein Leben übernehme, findest du nicht?«
»Ich würde sagen, es ist Zeit, schlafen zu gehen. Denk daran, wie du dich morgen früh fühlen wirst.« Wieder wandte er sich zum Gehen.
»Keinen Schritt weiter!« rief Renee ihm nach.
»Sprich leiser.« Er richtete den Blick kurz auf Debbies Zimmer.
»Du bleibst hier in diesem Zimmer, bis ich fertig bin mit dem, was ich dir zu sagen habe. Ich warne dich – wenn du gehst, gehe ich dir nach. Ich folge dir von einem Zimmer ins andere, und wenn du diese Wohnung verläßt, folge ich dir durchs Treppenhaus und in die Eingangshalle. Am Portier vorbei. Dann hat er noch etwas, worüber er tratschen kann. Ich folge dir sogar auf die Straße hinaus. Ich renne hinter deinem Wagen her, wenn es sein muß. Und zwar *nackt*, wenn es sein muß.« Die Anspielung auf seine erste Frau war ganz bewußt und nicht zu überhören. Zum erstenmal verstand Renee die abgrundtiefe Verzweiflung, die eine Frau zu einer solchen Tat treiben konnte.
Philip wandte sich um und grinste sie höhnisch an. »Das wäre vielleicht ein Anblick!« lautete sein grausamer Kommentar. Er schlenderte in die Mitte des Zimmers zurück. »Nur zu, Renee! Die Vorstellung, wie du nackt und kreischend in die Nacht hinausrennst, würde wohl jedem Mann einen Schreck einjagen. Sag, was du zu sagen hast. Trample alles nieder, was dir im Weg steht. Zum Teufel mit den Folgen!«
»Zum Teufel mit dir!« gab Renee zurück. »Es war wohl noch nicht übel genug, daß du mit jeder Alicia Henderson

geschlafen hast, die dir über den Weg lief. Das hat dir noch nicht genügt. Du mußtest noch mit meiner Schwester schlafen!«
»Na und, dann habe ich eben mit deiner Schwester geschlafen. Das war doch gar nichts. Es hat überhaupt nichts bedeutet.«
»O Gott!«
»Bist du jetzt zufrieden? Fühlst du dich jetzt, nachdem ich es gesagt habe, besser?«
Renee ließ sich auf das Sofa fallen. »Wie konntest du nur? Wie konntest du mir das antun? Und ihr! Du wußtest doch, wie labil sie war.«
»Deine Schwester war nicht das unschuldige Opfer, als das du sie jetzt hinstellst.«
»Meine Schwester hat sich hilfesuchend an dich gewandt. Ihr Mann war gestorben. Sie hatte Schuldgefühle und war einsam und durcheinander. Sie wußte nicht mehr, wo ihr der Kopf stand!«
»Da unterschätzt du sie aber. Sie wußte ganz genau, wo ihr der Kopf stand! Sie wußte genau, was sie tat.«
»Meine Schwester hat sich heute nacht beinahe das Leben genommen, und du wagst es, mir zu sagen, sie habe gewußt, was sie tat! Empfindest du denn gar keine Schuld an dem, was passiert ist?«
»Ich weigere mich, die Schuld für die Taten deiner Schwester auf mich zu nehmen.«
»Es ist mir egal, ob du dich weigerst oder nicht«, schrie Renee. »Was bist du eigentlich für ein Arzt? Was bist du überhaupt für ein Mensch?«
»Was ist hier los?« fragte Debbie, die plötzlich in der Tür aufgetaucht war und sich den Schlaf aus den Augen rieb. »Warum schreit ihr so? Habt ihr Kathryn gefunden?«
Renee blickte ihre unschuldig dreinschauende Stieftochter an, deren Freundin zu werden sie sich sechs Jahre lang bemüht hatte. Jetzt fielen ihr wieder die Fragen ein, die Debbie ihr am Nachmittag gestellt hatte: »Was willst du dir noch

alles bieten lassen?« hatte sie gefragt. »Warum sagst du ihm nicht einfach, er soll sich zum Teufel scheren? Und warum sagst du *mir* nicht, daß ich mich zum Teufel scheren soll?«

Plötzlich lächelte Renee. »Scher dich zum Teufel!«

»Um Himmels willen, Renee!« protestierte Philip.

»Geh wieder in dein Zimmer, Debbie, und bleib dort«, befahl Renee dem verblüfften Mädchen.

Instinktiv trat Debbie einige Schritte zurück. Philips Blick wanderte von seiner Frau zu seiner Tochter, ganz langsam, ganz zaghaft, als hätte er Angst, eine plötzliche Bewegung zu machen. »Geh wieder in dein Zimmer, Debbie«, sagte er. »Mit Kathryn ist alles in Ordnung, Renee ist nur ein bißchen durcheinander.«

»Ein bißchen...« sagte Debbie skeptisch.

»Geh in dein Zimmer, Debbie!« fuhr Philip sie an.

»Was habe *ich* denn getan?« fragte Debbie und schloß die Tür ihres Zimmers hinter sich.

»Wage es nicht, jemals wieder so mit meiner Tochter zu sprechen!« warnte Philip seine Frau.

»Wage es nicht, mir vorzuschreiben, was ich zu tun habe!«

»Wenn du mit mir so sprechen willst, dann ist das eine Sache zwischen uns beiden, aber ich dulde es nicht, daß du in diesem Ton mit Debbie redest.«

»Du wirst es nicht dulden müssen.«

»Was soll das heißen?«

»Es heißt, daß ich gehe.« Renee hörte sich die Worte sagen, bevor ihr bewußt geworden war, daß sie sie überhaupt gedacht hatte. Sie waren zu schrecklich, als daß sie darüber hätte nachdenken können. Sie hatte sie sicherlich gar nicht gesagt.

»Das ist nicht dein Ernst.«

»Du schläfst mit der Hälfte der Frauen in dieser Stadt, darunter meine Schwester, und ich soll das ignorieren, weil es nichts zu bedeuten hat. Sechs Jahre lang hast du meinen be-

ruflichen Erfolg und mein Selbstbewußtsein untergraben, und ich soll hier sitzen wie ein kleines Mädchen und dir dankbar dafür sein. Ich habe keine Freunde und keine privaten Beziehungen zu meinen Kollegen, und ich soll dankbar sein, weil du bei mir zu bleiben geruhst. Ich habe mich bis zur emotionalen Empfindungslosigkeit vollgefressen, wie deine liebe Tochter sich ausdrücken würde, und ich soll weiterhin meine Süßigkeiten essen und immer fetter werden und dir für meinen eigenen Niedergang auch noch Dank abstatten.« Renee sah ihren Mann an, der über ihre Worte sichtlich erstaunt war. Dann lief sie aus dem Zimmer.
»Renee, wo willst du hin? Du weißt doch, daß nichts davon wahr ist. Du hast ganz einfach erkannt, daß diese Affären mir nicht das geringste bedeuteten.«
»Was bedeutet dir eigentlich überhaupt etwas?« fragte Renee auf dem Weg in die Küche. »Gibt es da überhaupt irgend etwas?«
»Du!« sagte er.
»Das glaubst du ja wohl selbst nicht.«
Renee riß die Kühlschranktür auf und durchstöberte das unterste Abteil. Nach wenigen Sekunden hatte sie die beiden großen Tüten mit den Mini-Schokoriegeln entdeckt, die ganz hinten lagen, trug sie zum Spülbecken, riß die erste Tüte auf und ließ einen Schokoriegel nach dem anderen im Abflußloch verschwinden, das in einen eingebauten elektrischen Zerkleinerer mündete. Dann drehte sie den Wasserhahn auf, knipste den Schalter an und hörte zu, wie die Schokoriegel zu Matsch zermahlen wurden.
»Renee, du machst das verdammte Ding noch kaputt...«
»Schau mich an«, schrie sie, leerte die Tüte und fuhr mit beiden Händen an ihrem dunkelgrünen T-Shirt und der dunkelgrünen Hose hinab. »Ich sehe aus wie ein Monster!«
»Und daran bin wohl auch ich schuld?«
»Nein, daran bist du nicht schuld. Ich bin selbst daran schuld. Das ist selbstgemacht«, rief Renee und schüttete den

Inhalt der zweiten Tüte in den Zerkleinerer. »Das habe ich mir selbst zu verdanken. Sechs Jahre lang habe ich mich bemüht, deine Liebe zu bekommen, genauso wie ich es mein ganzes Leben lang bei meinem Vater versucht habe, und das ist nun das Resultat!«
»Vergleich mich nicht mit deinem Vater!«
»Warum nicht? Du bist genau wie er. Ich war eine verdammte Idiotin. Was ist denn so Großartiges an ihm, daß ich ihn um seine Liebe anbetteln muß? Bin ich so fürchterlich? Ist er so wunderbar? Oder du?«
»Renee, ich liebe dich. Ich weiß, daß du im Augenblick zu wütend bist, um das zu erkennen...«
»Nein, du liebst mich nicht. Du liebst nur die Macht, die du über mich hast! Du genießt es, daß eine kluge, tüchtige Frau sich jedesmal in einen Wackelpudding verwandelt, wenn sie dich sieht. Man braucht mich ja nur anzuhören – alles, was ich sage, hat mit Essen zu tun!«
Renee sah ihren Mann hilflos an. Selbst jetzt noch hoffte sie, er werde noch einmal in seine Trickkiste greifen und die richtigen Worte finden, um sie beide aus diesem grauenhaften Bann zu lösen, hoffte, daß er irgend etwas sagen und alles wieder gutmachen werde.
Aber war zwischen ihnen denn jemals etwas gut gewesen? Hatte er wirklich diese Macht über sie, auf deren Zauberkraft sie auch jetzt noch vertraute, nur weil er gesagt hatte, daß es so kommen werde?
»Ich finde, ich habe mir das jetzt lange genug angehört«, sagte er statt dessen. »Ich habe dir gesagt, wie ich zu der Sache stehe. Aber das reicht dir ja offensichtlich nicht. Du hast gesagt, du würdest gehen; du hast eine Entscheidung getroffen. Dann bleib jetzt auch dabei. Schließlich willst du es doch, oder nicht?«
Sie erkannte die Taktik wieder. Er nahm sie beim Wort, gab ihr zu verstehen, daß sie, wenn sie ihn jetzt wiederhaben wollte, einen Rückzieher machen mußte, sich entschuldigen und zugeben mußte, daß der Fehler bei ihr lag. War sie be-

reit, so weit zu gehen? Konnte sie ihn wirklich verlassen? Wenn sie nur bereit wäre, sich noch mehr anzustrengen – vielleicht würde es doch funktionieren! Sie wurde nicht geliebt, weil sie nicht liebenswert war. Ohne ihn war sie doch nichts. Hatte er ihr nicht eben gesagt, daß er sie liebte? Was konnte sie mehr verlangen?

»Willst *du* es denn?« fragte sie. Selbst jetzt noch. Selbst jetzt noch!

»Was *ich* will, ist nicht wichtig. Es ist nie wichtig gewesen.«

»Das ist nicht wahr. Es war das Wichtigste von der Welt.« Überzeug mich davon, daß ich unrecht habe. Überzeuge mich davon, daß ich alles wieder in Ordnung bringen kann. Verlaß mich nicht. Ich nehme es zurück. Ich nehme alles zurück.

»Du hast dich durch deinen Beruf in ein schokoladeverschlingendes Monster verwandelt«, sagte er, das Gespräch allmählich an sich reißend. »Glaubst du, das war angetan, mich glücklich zu machen? Was denkst du denn, wie ich mich gefühlt habe, wenn ich mich mit dir in der Öffentlichkeit gezeigt habe? Wie, glaubst du, war es für mich zu wissen, daß alle hinter meinem Rücken über mich kicherten, weil meine Frau, die Frau des Psychotherapeuten, nicht einmal etwas so Simples wie ihren Appetit im Griff hatte? Kannst du es mir wirklich zum Vorwurf machen, daß ich mich anderweitig umgesehen habe?« fragte er, obwohl er instinktiv wußte, daß sie sich diese Frage in der Vergangenheit schon oft gestellt hatte. Aber ihre Kapitulation genügte ihm nicht – er wollte ihre totale Demütigung. Er wollte, daß sie ihn anflehte. Wird sie es tun? fragte er sich. »Die Frau, die ich geheiratet habe, war keine fette Schlampe. Sie war schlank und hübsch und legte Wert auf ihr Äußeres. Sie hatte einen gewissen Stolz, eine gewisse Selbstachtung. Sie schob die Schuld an ihren Unzulänglichkeiten nicht ständig auf andere. Na, was denkst du über dieses Urteil?«

»Ich denke...«, begann Renee, aber dann stockte sie, weil sie in Tränen auszubrechen drohte. »Ich denke...«

»Schau den Tatsachen ins Gesicht, Renee. Du bist schon seit Jahren zu keinem in sich schlüssigen Gedanken fähig!«
»Ich denke...«
»Du hast das *Gefühl*...« unterbrach er sie noch einmal.
»Ich *denke*«, wiederholte sie, »daß es dir ein perverses Vergnügen bereitet, mich vor dir auf den Knien liegen zu sehen.«
»Wo du noch immer deine besten Leistungen erbracht hast, das darfst du mir glauben.« Sein Gesicht wurde schmaler, wie die Reflexion in einem Spiegelkabinett.
»Ich denke, daß...«
»Du hast das *Gefühl*«, korrigierte er sie hartnäckig.
Renee spürte, daß die Gefahr, in Tränen auszubrechen, plötzlich gebannt war. Das Bild aus dem Spiegelkabinett verschwand. Ihr Mann stand vor ihr, groß und dunkelhaarig und gutaussehend, so wie die Märchenbücher ihn ihr versprochen hatten. »Ich habe ein *Gefühl* von Wut«, sagte sie kurz und bündig. »Aber ich *denke*, daß du ein kaltherziges, menschenverachtendes Arschloch bist.«
Bevor Philip etwas erwiderte, herrschte einen Augenblick lang verblüfftes Schweigen. »Das ist sehr gut, Renee. Ich hatte gar nicht gewußt, über welch reichhaltigen Wortschatz ihr Rechtsanwälte verfügt. Möchtest du mir vielleicht noch mehr sagen? Es ist nämlich so: Wenn du fertig bist, würde ich gerne ins Bett gehen.«
»Ja, ich möchte noch etwas sagen«, antwortete Renee ganz ruhig.
Er reckte erwartungsvoll den Hals.
»Scher dich zum Teufel!« sagte sie triumphierend und ging aus dem Wohnzimmer und aus Philips Leben.

25

Am Samstag morgen, Punkt neun Uhr, kam Gary, um seine Kinder für das Wochenende abzuholen. Lynn führte ihn ins Haus. Sie sah ihren Mann an, als wäre er ein guter alter Freund, der ihr aber im Grunde immer ein bißchen fremd geblieben war. Zu ihrer Überraschung stellte sie fest, daß sie gar nicht so sehr Ärger über ihn empfand, sondern eher Gleichgültigkeit – mit einem leichten Anflug von Neugier vielleicht, wie man sie einem Fremden gegenüber hegt. Schließlich war er immer noch der Vater ihrer Kinder – wenn sie auch wußte, daß er nicht länger zu ihrem Alltagsleben gehörte.
»Die Kinder haben noch nicht fertiggepackt«, erklärte sie ihm; sie wußte, daß die beiden in diesem Moment aufgeregt hinter den Türen ihrer Zimmer warteten. »Sie wollten sichergehen, daß sie diesmal auch wirklich mitkommen dürfen.« Lynn brach ab; sie hatte Gary zusammenzucken sehen. Dabei war es gar nicht als Vorwurf gemeint gewesen. Offenbar mußte sie, was ihre Wortwahl betraf, bei Gary immer noch sehr behutsam sein. Sie verspürte nicht den Wunsch, ihm noch mehr weh zu tun. Sie hatten einander schon genug gekränkt.
»Ich dachte mir, wir fahren nach Disney World«, rief Gary und brach in ein breites Grinsen aus, als er die Jubelschreie seiner Kinder hörte. Nicholas kam in die Diele gerannt, faßte seinen Vater um die Hüften und drückte ihn fest an

sich. Dann rannte er in sein Zimmer zurück, um zu packen. Gary lachte; sein Blick wanderte wieder zu Lynn. »Na, wie geht's denn so?« fragte er zaghaft, und Lynn sah, daß er immer noch mit der Angst zu kämpfen hatte, daß er immer noch nicht genau wußte, ob sie nun Freunde oder Feinde waren.

»Alles in bester Ordnung.« Sie deutete in Richtung Wohnzimmer. »Willst du dich nicht setzen?« Er nickte, und sie folgte ihm in das grün-weiße Zimmer. Vielleicht sollte ich mal neu tapezieren, überlegte sie sich. Vielleicht würde sie das Zimmer in zarten Pfirsich- und Grautönen einrichten, in den Farben, die sie in Renees Büro gesehen hatte. Einen Augenblick lang überlegte sie, was Renee und Kathryn wohl gerade machten. Renee hatte ihre Schwester am Tag zuvor nach New York zurückbegleitet, nachdem sie verkündet hatte, sie habe sich von Philip getrennt – und alles zurückgelassen, auch den weißen Mercedes – und spiele mit dem Gedanken, ihre Kanzlei in den Norden zu verlegen, was sie eigentlich schon immer vorgehabt habe. »Du könntest ihn um jeden Cent erleichtern, den er besitzt«, hatte Lynn ihr gesagt. »Auf jeden Fall solltest du dir nehmen, was dir von Rechts wegen zusteht.« Aber Renee hatte nur geheimnisvoll gelächelt und erwidert, manchmal sei es wirklich jeden Preis wert, wenn man sie nur loswerde.

Renees Mitteilung hatte Lynn Schwung zu einigen überraschenden Veränderungen gegeben. Nach zwölf Jahren Arbeit an vorderster Front in der Sozialberatungsstelle von Delray Beach hatte sie beschlossen, es sei höchste Zeit, einmal etwas anderes zu machen. Sie hielt dem verdutzten Carl McVee die Kündigung unter die Nase, blieb noch einen Monat und nahm dann einen Job beim Schulamt des Bezirks Palm Beach an. Und dann teilte sie dem Jugendamt von Sarasota ihre Befürchtungen in Zusammenhang mit einem kürzlich zugezogenen Bewohner der Stadt mit – Keith Foster, dem Vizepräsidenten von Data Base International.

»Ich möchte mich bei dir entschuldigen«, sagte Gary mit ge-

senktem Blick. »Es war ziemlich mies von mir, dich in die Kanzlei deiner Anwältin zu beordern, dir dann zu drohen, ich würde dir das Sorgerecht für die Kinder streitig machen, und die ursprüngliche Scheidungsvereinbarung zurückzuziehen.«
»Ich bin auch nicht gerade stolz auf mich«, gab Lynn zu.
»Bei der Scheidung kommt offensichtlich das Beste im Menschen zum Vorschein.« Er lachte bitter auf. »Es tut mir wirklich leid, daß ich dir weh getan habe, Lynn.«
»Mir tut es auch leid, daß ich dir weh getan habe.«
Sie saßen eine Weile schweigend da, zwei Menschen, die es gut miteinander meinten und einander doch eine Zeitlang nur hatten kränken wollen.
»Triffst du dich noch mit Marc Cameron?« fragte er.
»Ist das wichtig?«
Er schüttelte den Kopf. »Reine Neugierde.« Lynn mußte bei diesem Wort lächeln. »Es wäre wirklich Ironie des Schicksals, findest du nicht? Wenn zwischen dir und Marc alles klappen würde, während die Beziehung zwischen Suzette und mir wohl in die Brüche gegangen ist.«
Lynn musterte ihn und versuchte, sich an das Gefühl zu erinnern, das sie früher immer gehabt hatte, wenn sie ihm in die Augen sah. Sein Gesicht war schön, ja es wirkte fast gütig, aber es hatte keine Anziehungskraft mehr auf sie. Hinter diesem Gesicht war nichts mehr, was sie hätte entdecken wollen. »Ich bin sicher, daß ihr, Suzette und du, euch wieder zusammenraufen werdet.«
Er schüttelte wieder den Kopf. »Vielleicht. Auf jeden Fall haben wir beschlossen, es in nächster Zeit ein bißchen abkühlen zu lassen. Eine Pause einzulegen. Ins reine mit uns zu kommen.« Er sah zum Fenster hinüber, wo das in einen Silberrahmen gefaßte Foto der Familie stand, die er verlassen hatte. »Sie hat mich angelogen«, flüsterte er wie zu sich selbst. »Ich glaube, das tut am allermeisten weh.«
Nicholas kam hereingerannt, die kleine Reisetasche über der Schulter. »Ich bin fertig.«

»Wo ist deine Schwester?«
»Die holt noch ihre Zahnbürste. Ich habe meine schon.«
»Das wird auch gut sein!«
Megan betrat zaghaft das Wohnzimmer, als befürchtete sie, es sei mit gefährlichen Minen gespickt. Und vielleicht war es ja auch so. »Ich habe alles gepackt.«
Gary stand auf. »Super. Dann können wir ja losfahren.«
»Was wirst du denn machen, Mom?« fragte Megan, als hätte sie Angst, Lynn allein zu lassen, oder das Gefühl, daß ihre Freude auf das Wochenende mit dem Vater gleichzeitig eine Art Verrat an ihrer Mutter sei.
»Ich werde es mir gemütlich machen«, sagte Lynn.
»Aber was willst du denn tun?«
»Deine Mutter hat sicher irgend etwas vor«, sagte Gary.
»Willst du mitkommen?« hakte Nicholas nach.
»Nein, mein Schatz«, antwortete Lynn sanft. »Das ist euer Wochenende mit eurem Vater. Ihr fahrt jetzt los und sollt euren Spaß haben. Macht euch um mich keine Sorgen.« Sie umarmte ihre Kinder fest, dann ließ sie sie los und sah ihnen nach, wie sie auf die Straße zu Garys Auto liefen.
»Ich bringe sie morgen abend gegen acht zurück. Paßt dir das?«
»Ja. Fahr vorsichtig.«
Er nickte. Ein trauriges Lächeln huschte über sein Gesicht.
»Ich wünsche dir ein schönes Wochenende.«
»Ich dir auch.«
»Komm schon, Daddy!« schrie Nicholas vom Auto her.
Lynn blieb in der Diele stehen. Wenn der heutige Tag wirklich der erste Tag vom Rest meines Lebens ist, dachte sie, was fange ich dann am besten mit ihm an? Die Sicherheit ihres alten Jobs hatte sie nicht mehr; einen Ehemann auch nicht; sie hatte nicht einmal irgend etwas fürs Mittagessen im Haus. Ach, was soll's! sagte sie sich. So gut wie heute hatte sie sich schon seit Jahren nicht mehr gefühlt. Manchmal muß man einfach etwas riskieren.

Lynn parkte ihren Wagen vor Marc Camerons Apartmenthaus. »Könnten Sie bitte bei Marc Cameron klingeln?« fragte sie den jungen Portier, der sie anlächelte, als spräche sie eine Fremdsprache. »Marc Cameron«, wiederholte sie. »Er wohnt in Apartment 403.«
»In Apartment 403 ist kein Cameron«, sagte der offenbar neue Portier nach einem Blick auf die Liste der Hausbewohner.
»Er hat die Wohnung vom eigentlichen Mieter gemietet.«
Der Portier, ein großer, schlanker Mann mit strohblondem Haar, nicht älter als zwanzig, ging die Seiten des Verzeichnisses langsam durch. »Ach ja, hier! Er ist Untermieter von Joel Sanders, Apartment 403. Sie haben recht.«
»Würden Sie bitte bei ihm klingeln?«
»Na klar.« Er hob träge die Hand, um in Apartment 403 zu klingeln. Niemand meldete sich. »Wollen Sie, daß ich ihn mal anrufe?« Lynn nickte hastig in der Hoffnung, ihn etwas anzuspornen, aber seine Finger drückten die Tasten des Telefons, als hätte er Arthritis. Lynn riß sich zusammen, um ihm nicht einfach den Hörer aus der Hand zu reißen. Konnte er nicht noch etwas langsamer machen? »Niemand da«, erklärte der Portier in lässig schleppender Sprechweise, nachdem er es mindestens sechsmal hatte klingeln lassen. Lynn dankte ihm und wollte wieder gehen. »Ist das ein großer Typ mit rotblondem Haar und Bart?«
»Ja.«
Der Portier nickte, erfreut, dem Namen endlich ein Gesicht zuordnen zu können. »Er ist vor ein paar Stunden weggefahren.«
»Hat er gesagt, wohin er wollte?«
»Gar nix hat er gesagt«, erklärte der Portier. »Wollen Sie eine Nachricht hinterlassen?«
Lynn überlegte sich, daß es bestimmt zu lange dauern würde. »Nein. Keine Nachricht.«
Sie stieg in ihr Auto und fuhr Richtung Strand. Es war ganz

gut, daß Marc nicht daheim gewesen war. Seine Abwesenheit hatte sie davor bewahrt, sich gänzlich zum Narren zu machen. Warum wollte sie sich überhaupt mit einem Mann wie Marc Cameron einlassen? Ein Schriftsteller, der kurz vor der Scheidung stand, der zwei Söhne und einen kränkelnden Vater hatte. Nur weil er sie oft zum Lachen brachte? Nur weil er sie herausgefordert hatte, so zu sein, wie sie schon seit Jahren nicht mehr gewesen war? Nur weil er fürsorglich und intelligent war und schon sein reiner Anblick sie mit Freude erfüllte? Was waren das denn für Gründe? Welche Sicherheit hatte sie, wenn sie einen Mann nur deshalb liebte, weil sie sich in seiner Gegenwart wohl fühlte?
Sie bremste. Was war so schlecht daran, sich wohl zu fühlen? Seit wann war Sicherheit ein gleichwertiger Ersatz für Liebe?
Sie wendete ganz abrupt mitten auf der dichtbefahrenen Straße; um sie herum begann alles wütend zu hupen. Sie wußte sofort, wo sie Marc finden würde. Hatte er sie nicht selbst eingeladen, dorthin mitzukommen?
Sie fuhr die Dixie Street nach Norden, dann westwärts auf dem Lake Drive. Hoffentlich ist Marc noch dort, wenn ich ankomme, dachte sie. Auf den Straßen herrschte der typische Samstagnachmittagsverkehr; daran konnte man sehen, daß der Sommer fast vorüber war. Bald würde wieder »die Saison« über sie alle hereinbrechen. Die »Schneehasen« würden in wahren Horden kommen, und dann folgte unweigerlich die Invasion der »Schneeflocken«, die vor dem unwirtlicheren Klima flohen. Dann würde der Verkehr unerträglich werden. Die Strände würden überquellen, und auf ihren Spaziergängen am Meer entlang würde sie dann wie jedes Jahr das Nörgeln unzufriedener Paare über den mangelnden Sonnenschein, die Unzuverlässigkeit des Wetters in Florida und über den Unrat zu hören bekommen, der die langen Strände verschmutzte. Im Sommer sollten sie herkommen! dachte sie. Sommer in Delray Beach. Das war mit nichts zu vergleichen.

Hinter Military Trail hielt sie nach der Abzweigung zum
»Schönwetterheim« Ausschau. Marc hatte gesagt, er werde
seinen Vater besuchen. Er hatte sie eingeladen, mitzukommen. Ja, aber das war damals, und in fünf Tagen konnte viel
geschehen sein. Es *war* viel geschehen in diesen fünf Tagen.
Gary hatte erzählt, er und Suzette hätten beschlossen, sich
für eine Weile zu trennen. Es war durchaus möglich, daß
Suzette Marc angerufen, um Vergebung angefleht und gebeten hatte, er möge zu ihr zurückkommen. Würde er das
tun? Würde sie in das Zimmer von Marcs Vater stürmen
und Suzette an Marcs Seite finden?
Sie erkannte das Auto, bevor sie den Fahrer sah. Das himmelblaue Lincoln-Kabrio bog gerade von der Privatstraße
auf den Lake Drive und reihte sich in den ostwärts verlaufenden Verkehr, also in die Gegenrichtung, ein. Das weiße
Verdeck des Wagens war zugezogen. Lynn beobachtete aus
geringer Entfernung, wie der Fahrer die Druckknöpfe aufriß, das Dach sich schließlich hob, nach hinten glitt und sich
wie ein riesiges Akkordeon zusammenfaltete. Der Fahrer
des Wagens mit dem Nummernschild BENGEL grinste so
breit, daß seine Zähne zwischen dem Bart aufblitzten, und
schlug mit der Hand im Takt der Musik, die aus dem Autoradio in den sonnigen Frühnachmittag hinausdröhnte, auf
das Lenkrad. Hin und wieder fiel sein Blick auf die Autos,
die ihm entgegenkamen, aber er sah sie sich nicht näher an.
Offensichtlich war er in Gedanken mit etwas ganz anderem
beschäftigt.
Lynn fuhr langsam weiter. Was sollte sie tun? Sie konnte
nicht schon wieder mitten in diesem Verkehr eine Wende
wagen. Sie konnte ihr Fenster herunterkurbeln und
schreien und hoffen, daß er sie trotz seiner lauten Radiomusik hören würde. Schau zu mir her! befahl sie ihm in Gedanken, als der Abstand zwischen den beiden Autos kleiner
wurde. Schau zu mir her – hier drüben bin ich!
Marc hob die Hände in die Luft, schloß die Augen und
streckte sich.

»Nein, verdammt, mach sie wieder auf!« sagte Lynn laut. »Hier bin ich!«
Er ließ den Kopf kreisen, hob ihn langsam wieder und wandte sich träge und gedankenverloren zur Seite.
»Hier drüben bin ich!« sagte sie noch einmal. Sein Blick fiel auf sie.
Der Fahrer hinter ihr hupte laut. Sie sah geradeaus. Es ging wieder weiter. Sie wurde unsanft gezwungen, den anderen Autos zu folgen.
Mit einer weichen, gleitenden Armbewegung schaltete Lynn die Automatik in Parkposition, zog den Schlüssel aus dem Zündschloß und öffnete die Tür ihres Wagens. Hinter ihr ertönte wütendes Gehupe. »Was soll das?« schrie irgendeiner. »Wo zum Teufel wollen Sie denn hin?«
Sie ging auf sein Auto zu und sah, daß Marcs Grinsen immer breiter wurde, bis es von einem Ohr zum anderen reichte. Schnell beugte er sich zur Seite und öffnete die Beifahrertür des blauen Lincoln. Lynn setzte sich neben Marc, schloß die Augen und kostete den Moment in seiner ganzen Schönheit aus.